Joan Barfoot
Eine Hütte für mich allein

Roman

Deutsch von
Uta Gorides

rororo

Rowohlt

Die Originalausgabe erschien 1979 unter dem Titel «Abra»
bei McGraw-Hill, Ontario, Kanada
Umschlagentwurf Isar Petrikat-Velonis
Foto der Autorin von Dick Wallace
Deutsche Erstausgabe

Veröffentlicht im Rowohlt Taschenbuch Verlag GmbH,
Reinbek bei Hamburg, August 1981

Gesetzt aus der Garamond (Linotron 404)
Gesamtherstellung Clausen & Bosse, Leck
Printed in Germany
580-ISBN 3 499 14818 8

Die rororo-Reihe «neue frau» legt erzählende Texte aus den Literaturen aller Länder vor, deren Thema die konkrete sinnliche und emotionale Erfahrung und ihre Suche nach einem selbstbestimmten Leben ist. Die monatlich erscheinenden Bände wenden sich an alle, die mit Spannung verfolgen, wie sich die Beziehung der Geschlechter und das Selbstverständnis der Frau wandeln.

1

Mein Name ist Abra.

Mein Name ist Abra.

Ich hatte das beinahe schon vergessen; hier, wo es doch niemand hört, hat das Namengeben seinen Sinn verloren.

Und deshalb gab es bis zu diesem Augenblick – wie man sieht, bedeutet auch Zeit wieder etwas für mich – keine «Abra». Nun ist sie wieder da, wie viele andere Dinge auch, all diese Erfahrungen, mir dreht sich der Kopf. Ich dachte, die Zeit der Konflikte wäre vorbei. Ich hatte sie schon vergessen. Ich hatte so viele Dinge vergessen.

Abra. Ein komischer Name. Ich hatte ihn heute pausenlos wiederholt, Laute geformt und verformt, bis er völlig absurd klang. Das harte «A» am Anfang, das so sanft ausklingt. Abra. Mein Name. So wie mich die andern nannten. Je häufiger ich ihn wiederhole, desto bedeutungsloser wird er. Mein Name. Abra.

2

Ich hätte eigentlich wissen müssen, daß einer von ihnen irgendwann einmal hier auftauchen würde. Ich bin jedoch froh, daß ich nicht darüber nachgedacht habe. Es hätte doch nichts genützt.

Das Mädchen ist hübsch, sehr hübsch. Ich kann sie ganz deutlich vom Garten aus sehen, wo ich den Salat ausdünnte, ausjätete und nachschaute, ob alles gedieh; ich mache das jeden Tag, und es sieht dieses Jahr sehr vielversprechend aus. Sie geht langsam auf die Hütte zu – wartet irgendwo ein Auto auf sie, oder kann es sein, daß sie den ganzen Weg von der Stadt bis hierher zu Fuß gegangen ist?

Sie scheint sehr blaß zu sein, meine eigenen Hände sind jedoch von der Gartenarbeit so braun, daß ich Blässe kaum beurteilen kann. Sie sieht mich nicht in meinem Garten kauern. Wahrscheinlich klopft sie sehr zaghaft an die Tür, denn sie macht einen sehr scheuen Eindruck. Ich überlege mir noch, ob ich einfach hierbleiben und warten soll, bis sie wieder weggeht. Aber als sie sich dann umdreht und ich ihr erschrockenes Gesicht sehe, das etwas so Verletzliches an sich hat, denke ich doch, daß ich mich bemerkbar machen sollte, da ich stark genug bin und nichts dabei riskiere. Ich stehe auf und schüttle die Erde von den Händen, wische sie an meinen Jeans ab und überlege, wie ich mich ihr nähern soll, ohne sie zu erschrecken.

Das Beste wäre wohl, sie zuerst mal anzusprechen, sachte, damit sie nicht zusammenfährt, sie ist wie das Wild, das ich manchmal hier sehe, immer auf der Lauer und Gefahr witternd. Da ich aber meine Stimme kaum gebrauche, es mir nie angewöhnt hatte, mit mir selbst oder mit Tieren oder Pflanzen zu sprechen, schaffe ich es auch nicht, sie normal klingen zu lassen. «Kann ich Ihnen helfen?» rufe ich mit sanfter, weicher Stimme, aber sie bricht sich und klingt selbst für mich eher knurrend, vielleicht sogar drohend. Sie schrickt zusammen, dreht sich blitzschnell um und starrt mich an. Es tut mir leid. Ich versuchte zwar immer, die Leute fernzuhalten, wollte sie aber nie erschrecken. Es ist ein trauriger Erfolg, wenn man so voller Angst angeblickt wird.

Beim zweitenmal klappt es schon besser. Ich räuspere mich, lächle, stelle sorgfältig meine Hacke ab und gehe langsam auf sie zu. Ich würde ihr gern etwas entgegenhalten, etwas zum Essen oder ein Geschenk.

«Kann ich Ihnen helfen?» frage ich noch einmal. Sie beobachtet mich. Ich nähere mich ihr ganz langsam und lasse ihr genügend Zeit, mein Wohlwollen und das Fehlen jeglicher böser Absicht zu erkennen. Eine Verhaltensweise, die man Tieren gegenüber haben muß. Alles, was in der Natur lebt, ist voller Mißtrauen.

Sie beobachtet mich wortlos und wartet. Sie geht nicht durch, wie manche Tiere das noch tun, obwohl ich schon so lange hier bin. Ihr Gesicht verwirrt mich, es sieht so aus, als ob sie rennen wollte, sie ist auf der Hut, aber gleichzeitig auch irgendwie entschlossen, sie wird nicht rennen. Als ich noch näher gekommen bin, denke ich, daß sie krank aussieht, und frage mich, woher sie wohl kommt. Ihr Besuch begeistert mich nicht gerade, aber zu meiner Überraschung möchte ich auch nicht, daß sie wieder geht. Ich kann es nicht erklären. Ich bleibe kurz vor ihr stehen. Sie muß nun sagen, was sie will, muß mir ein Zeichen geben, da ich nicht mehr weitergehen kann. Ihr Mund bewegt sich ein paarmal, als ob sie etwas sagen wollte, aber sie schluckt jedesmal die Worte wieder. Ich denke, ich sehe eher freundlich aus, obwohl ich natürlich nicht weiß, was sie in meinem Gesicht sieht.

Endlich: «Sind Sie Abra Phillips?» Ihre Stimme ist sehr leise, mädchenhaft und hoch, etwas zitternd, als wäre es nicht ihre richtige Stimme, sondern wie meine, eine Stimme, die eben erst zum Vorschein kam und völlig fremd für sie klang.

Ihre Worte sprechen etwas in mir an. Irgendwie kommt mir «Abra Phillips» sehr vertraut vor, und ich denke darüber nach. «Sind Sie Abra Phillips?» Bin ich das? Ich komme zu dem Entschluß, daß ich das sein muß, außer mir läßt sich niemand mit diesem Namen verbinden.

«Ich denke schon», antworte ich. Ich sage es sehr besonnen, denn ich habe mir die Antwort reiflich überlegt, aber sie weicht einen Schritt zurück und ihre Züge werden angespannter. Ich bin ratlos, was hat es mit Abra Phillips nur auf sich, daß dieses Mädchen, dieses schlanke Wesen, das mich mit großen Augen anstarrt, sich so bedroht fühlt?

Wieder herrscht Stille. Ich weiß nicht, wie ich sie beruhigen soll. Es wäre sinnlos zu sagen: Hab keine Angst, es gibt keinen Anlaß dazu. Alles, was in freier Natur lebt, muß das selbst erfahren. Worte nützen nichts.

«Weißt du, wer ich bin?» fragt sie endlich, beinahe flüsternd, und ihre Stimme klingt etwas älter, nicht mehr so mädchenhaft.

Ich weiß nicht, wer sie ist und fühle mich jetzt ebenfalls unbehaglich. Sollte ich es denn wissen? Ich spüre einen gewissen Druck, eine Erwartung, die mich befangen macht. Sie ist mir völlig unbekannt, ich kann mich nicht daran erinnern, sie jemals getroffen zu haben, ich bin mir auch sicher, daß sie nicht aus der Stadt ist. Aber trotzdem, und ich weiß wieder nicht warum, scheint es sehr wichtig zu sein, daß ich mich höflich verhalte.

«Nein, es tut mir leid, ich kenne Sie nicht. Sind wir uns denn schon begegnet?»

«Ja, es ist nur schon ziemlich lange her», sie schaut mich erwartungsfreudig an. «Wahrscheinlich erkennst du mich nicht mehr. Ich bin Kate.»

Offensichtlich erwartet sie, daß ich nun weiß, wer sie ist und irgendwie reagiere. Aber ich kenne sie nicht, kann mir auch nicht vorstellen, was sie von mir will, und das Ganze wird mir allmählich lästig. Ich spüre, wie ich ärgerlich werde, denn das hier ist mein Platz. Ich möchte, daß sie wieder geht und bin ziemlich abrupt.

«Bitte, gehen Sie», sage ich, «ich kenne Sie nicht, es muß sich um eine Verwechslung handeln. Ich kenne niemanden, der Kate heißt.

Ich weiß nicht, was Sie von mir wollen und kann Ihnen nicht weiterhelfen.»

Ich mache Anstalten, mich wieder abzuwenden. Die Sonne steht sehr hoch, es ist heiß, und ich möchte in meinem Garten arbeiten, die kühle Erde von unten heraufholen und um meine Pflanzen verteilen, möchte sie erquicken und beleben. Bei dieser Hitze könnten sie das Gefühl haben zu verbrennen. Aber sie geht nicht. Ich spüre ihre Gegenwart, wie sie dasteht, unbeweglich, und mich beobachtet, und dann höre ich, wie sie zu weinen anfängt. Trotzdem, oder vielleicht gerade deshalb, drehe ich mich nicht um; ich kann mir nicht vorstellen, ihr helfen zu können und möchte auch nichts damit zu tun haben. Ich bewege mich immer noch langsam und vorsichtig von ihr weg, als sie wieder anfängt.

«Kate, Mutter», sagt sie, «ich bin Katie. Deine Tochter. Ich bin deine Tochter. Ich bin Kate Phillips.»

Ich bleibe stehen, drehe mich aber nicht nach ihr um, noch nicht. Tochter? Das ist so weit weg, liegt so weit zurück, daß die Zeit, der ich sie zuordne, nicht mehr Bestandteil meines Lebens ist. Eine Tochter. Ich denke über das Wort nach, ein seltsames Wort, ich lasse es mir im Kopf herumgehen, erforsche es und erinnere mich schließlich. «Tochter» – ein Kind. Eine Neunjährige, sehr dünn mit riesigen Augen, wie diese junge Frau hier. Tochter, das war jenes kleine Mädchen. Konnte diese Person auch Tochter sein?

Ich drehe mich prüfend um. Die Augen, ja. Ihre Schlankheit auch, obwohl sie auf andere Art schlank ist als die Neunjährige. Sie hat auch nicht das Gesicht eines Kindes und überhaupt nicht das Gesicht dieser Tochter. Es ist sehr viel älter, nicht faltig, das meine ich nicht, sondern irgendwie müde. Nicht so frisch wie das Gesicht der Tochter. Es kann nicht ein und dieselbe Person sein, die Tochter war jemand ganz anderes, ein Kind. Ich habe lange nicht mehr an sie gedacht, diese junge Frau hier hat jedenfalls überhaupt nichts hier zu suchen.

«Nein», sage ich bestimmt, meine Stimme läßt mich diesmal auch nicht im Stich, sondern verleiht meinen Worten Klang, Festigkeit und Härte. «Nein, du bist nicht meine Tochter. Ich erinnere mich an sie, sie sieht ganz anders aus. Geh jetzt.»

Sie rührt sich nicht. Ihr Gesicht ist starr, verletzt und gleichzeitig entschlossen, es wird nicht so einfach mit ihr sein. Hätte ich doch nur noch die Hacke in den Händen, nicht um sie zu bedrohen, sondern weil ich mich so nackt und wehrlos fühle bei dieser Konfrontation.

«Natürlich sehe ich nicht so aus.» Ihre Stimme klingt angestrengt, als ob sie sie zwänge, vernünftig zu klingen. «Ich war neun damals. Jetzt bin ich achtzehn. Du kannst kaum annehmen, ich hätte mich nicht verändert. Du hast dich auch verändert. Ich habe dich überhaupt nicht erkannt.»

Zeit. Sie war neun. Nun ist sie achtzehn? Neun Jahre? Es ist möglich, räume ich ein. Sicher, es kann neun Jahre her sein – es könnte auch zwanzig Jahre oder ewig lange her sein.

Also. Selbst wenn es möglich ist, liegt es dann nicht doch immer noch bei mir, ob ich sie erkennen will oder nicht? Ihr Körper scheint sich mir zuzuneigen, und ihr Gesicht ist mir voll zugewandt, fixiert mich, will mein Nachgeben erzwingen. Ihre Suggestion ist wortlos, aber sehr wirkungsvoll, ich darf ihr jedoch nicht nachgeben. Ich möchte ihr noch einmal sagen, doch zu gehen, möchte sie abweisen. Ich sehe jetzt deutlicher die Neunjährige in ihr. Die Haare, die Haare sind dunkler, nicht mehr so rötlich und nicht mehr so seidig. Gewellt, wunderschön, keine Locken und auch nicht mehr so kurz, was es so einfach machte, mit der Hand durchzufahren, wenn man neben dem Kind herging. Ich hatte immer gedacht, rotes Haar wäre eher kräftig, ihres war jedoch ganz seidig.

Ihr Körper und ihr Gesicht sind weniger knochig. Ihre Knochen standen irgendwie immer im Weg, manchmal, wenn wir uns irgendwie ungeschickt umarmten, konnte das richtig weh tun. Das würde jetzt nicht mehr passieren, sogar die Knochen in ihrem Gesicht sind abgepolsterter.

Nur die Augen sind dieselben. Weit auseinanderstehend, tiefbraun, intensiv, ernsthaft. Schon immer versuchten sie einem zu signalisieren, ihr nicht weh zu tun, ein Signal, das schon mit neun Jahren da war, als niemand daran dachte, ihr weh zu tun. Sie war ein Kind, das schon viel zu wissen schien.

Ich kenne sie nun, und das verbindet mich mit ihr.

«Ich mache Tee», sage ich und gehe auf die Hütte zu. Ich weiß, daß ich nichts gegen sie unternehmen kann, ich hoffe jedoch, daß sie den andern Weg einschlägt, in die Stadt, nach Hause flüchtet, was immer auch ihr Zuhause ist, aber nein, sie folgt mir. Wir haben beide wohl keine andere Wahl mehr. Auf diese Art und Weise ist vieles verlaufen.

Ich setze den Wasserkessel auf, während sie sich an meinem alten, runden Holztisch niederläßt. Ich entdecke ganz oben auf dem Regal eine zweite Tasse, die sie sich jedoch nicht anbietet herunterzuholen, obwohl sie größer ist als ich. Sie ist immer noch auf der Hut, hat immer noch Angst vor mir. Ich bin es nicht gewohnt, beobachtet zu werden. Meine Bewegungen sind ungeschickt, umständlich gieße ich den Tee ein. Ich habe das Gefühl, eine bestimmte Rolle zu spielen, jemanden darzustellen für mein Gegenüber, meine Tochter. Das Gefühl ist mir bekannt, eine bestimmte Empfindung taucht in meinem Gedächtnis auf, obwohl ich nicht genau sagen kann, woher sie kommt. Sich zu setzen, scheint das einzig Angemessene zu sein, also setze ich mich schwerfällig auf meinen Stuhl; ich wäre jedoch am liebsten woanders, wieder friedlich und allein in meinem Garten. Sie betrachtet mich traurig und irgendwie erwartungsvoll. Was erwartet sie?

«Warum kamst du hierher?» frage ich schließlich. Irgendwie klingt meine Frage jedoch holprig, unrhythmisch, als ob ich sie glätten, noch einmal in anderer Form stellen müßte; ich belasse es jedoch dabei.

«Ich bin alt genug», antwortet sie. Sie hält inne, als ob diese Erklärung ausreichend wäre. Sie hält mit einer Hand ihre Tasse und führt mit dem Zeigefinger der andern an ihrem Rand entlang, immer und immer wieder, das Gesicht gesenkt, ihren Finger verfolgend, als ob er alles erklären würde. Endlich fährt sie fort.

«Ich wollte wissen, wohin du verschwunden bist. Ich wollte wissen warum. Daddy meinte, ich sollte warten, dich in Ruhe lassen, du wolltest das so haben, aber ich bin alt genug, ich habe auch Rechte, und sie sind so wichtig wie deine.» Diese letzte Bemerkung klingt herausfordernd, feindselig, als ob ich anderer Meinung sein könnte und ihr diese Rechte streitig machen wollte. Was ja irgendwie verständlich ist.

«Es war nicht einfach, dich ausfindig zu machen», meint sie. «Daddy wollte mir nicht sagen, wo du bist. Ich brauchte ein halbes Jahr dazu.» Sie wirft mir einen Blick zu, eine Aufforderung, die Mühe und Anstrengung, die es sie gekostet hat, auch zu schätzen.

«Das tut mir leid», sage ich, «ich kam nie auf die Idee, daß du mich eines Tages aufsuchen wolltest.» Ich zuckte die Achseln. «Ich habe wahrscheinlich zuviel einfach nur angenommen.»

«Was hast du eigentlich angenommen, Mutter? Was glaubtest du über uns zu wissen?» Sie läßt ihrem Ärger freien Lauf, ist nicht mehr eingeschüchtert, ihre Stimme klingt jedoch gequält. «Wie konntest du nur annehmen, ich würde nicht bei der ersten Gelegenheit nach dieser Mutter suchen, die ich mir kaum mehr vorstellen konnte. Ich wollte wissen, warum du mich verlassen hast, ganz einfach den Grund dafür erfahren, warum du mich verlassen hast.»

Es überrascht mich, was dumm von mir ist, ich hatte mir nämlich nicht überlegt, daß uns Welten trennen mußten. Sie hat alles auf sich bezogen, während es mit überhaupt niemandem etwas zu tun hatte. Natürlich ist sie in mancher Beziehung noch ein Kind, ich sollte mir das vor Augen halten, trotzdem reagiere ich heftig darauf, eine Art Defensivmaßnahme.

«Warum denkst du, ich verließ gerade dich?» frage ich, und sie schaut mich wieder erschreckt an. «Ich habe nicht dich verlassen, du hattest gar nichts damit zu tun. Es war ganz allein meine Angelegenheit.»

Als sie mir antwortet, ist sie ruhiger und gefaßter.

«Warum bist du dann gegangen? Wenn es nicht wegen mir und auch nicht wegen Daddy oder Elliott war, warum bist du dann gegangen? Irgendwelche Gründe mußt du doch gehabt haben.»

«Ich weiß nicht. Ich erinnere mich nicht mehr. Ich glaube, es gab keine wirklichen Gründe.» Ich unterbreche mich. «Du bist achtzehn, sagtest du?»

«Ja.»

«Dann hast du ja überlebt. Warum beläßt du es nicht dabei und lebst dein Leben so weiter? Das ist doch wohl das Wesentliche, oder nicht?»

Ich bringe die Worte nur langsam und mit großer Mühe hervor. Ich möchte ihnen Nachdruck verleihen und sie zum Weggehen bewegen, aber ganz sicher bin ich meiner Sache nicht. Es liegt alles schon so lange zurück, ich bin so lange ohne Worte ausgekommen, sogar meine Gedanken scheinen sie nicht mehr zu benötigen; sie wurden zu Empfindungen, plötzlichen Eingebungen, und nach Worten zu suchen und sie mit Hilfe meiner Zunge, meiner Lippen, meiner Kehle hervorzubringen, verständlich werden zu lassen, bedeutet eine Anstrengung, und jeder Schritt muß mühselig durchgedacht werden, bevor der richtige Laut hervorkommt. Es ist mir erst jetzt klargeworden, wie entwöhnt ich alldem schon war. Ich war die ganze Zeit nie damit konfrontiert worden.

Es ist eine ungewohnte Anstrengung, ein Einbruch in mein Leben, der mir meine Kräfte raubt. Ich stehe abrupt auf und ignoriere absichtlich, daß mein Gegenüber, deren Kopf zurückschnellt, als ich mich erhebe, und deren Augen sich nach innen kehren, immer noch Angst vor mir hat, etwas von mir erwartet und den Gedanken, mit leeren Händen gehen zu müssen, unerträglich findet. Ich gehe schnell und ohne Rücksicht zu nehmen zur Tür und aus der Hütte. Alles muß wieder seine Ordnung haben, und ich muß mich wieder frei fühlen können. Die Sonne brennt beinahe senkrecht auf meinen Garten, es ist nur wenig Zeit vergangen. Die Hacke liegt immer noch neben der Reihe mit den winzigen Maispflänzchen. Ich möchte jeden Augenblick ausnutzen, der Sommer ist so schnell vorbei und es gibt so viel zu tun. Ich hebe die Hacke auf und fange wieder an zu jäten, noch intensiver; ich nehme die am Boden wachsenden grünen Pflanzen, die jedes Jahr meine Nahrung zu ersticken drohen, in Angriff. Ich köpfe sie und grabe ihre Wurzeln aus, voller Rachsucht und dann wieder bedauernd, da ich sie so mißhandelt habe; wenn sie schon vernichtet werden müssen, sollte es auf sanfte Art und Weise geschehen. Ich werde ruhiger und konzentriere mich darauf, sie sorgfältig auszugraben; es sind ganz winzige Pflänzchen, vielleicht die Ableger von denen, die ich schon herausgehackt habe. Ich lege sie ans Ende der Maisreihen – es sind dieses Jahr nur drei lange Reihen, das meiste der Ernte wird für den Winter eingefroren – und lasse sie dort, um sie dann später, wenn ich mit meiner Arbeit fertig bin, wieder aufzulesen.

Ich denke an den reifen, eßbaren Mais, an die feinen, seidigen Fasern, die die Kolben umgeben und erinnere mich wieder an Katies seidiges Haar, Katie, meine neunjährige Tochter, und dann fällt mir auch wieder die junge Frau in der Hütte ein, und ich kann spüren, daß sie wartet, spüre den Druck ihres Wartens. Aber ich kann noch nicht zurückgehen, wenn ich daran denke, steigt der Ärger wieder in mir hoch.

Das Stückchen Garten mit dem Mais ist fertig, ich sammle das Unkraut auf, es ist nicht sehr viel, und lege es in einen Korb. Ich trage es zu dem Komposthaufen, werfe es darauf und wende das Ganze. Das Faulen geht hier sehr viel schneller vor sich.

Der Kohl wird wieder verwurmt sein. Jedes Jahr ist er beinahe unbrauchbar, obwohl ich es jedes Jahr wieder versuche, ohne jemals herauszufinden, was ich eigentlich tun sollte. Die Tomaten und Paprika dagegen gedeihen prächtig und wie die Maiskolben friere ich die meisten für den Winter ein. Es glückte mir jedoch noch nie, das Gemüse so einzufrieren, daß es auch nur annähernd wie frisch schmeckt, aber ich brauche etwas zum Essen im Winter, und es ist zumindest nahrhaft.

Ab und zu, wenn ich, auf dem Boden kauernd, nach den Pflanzen schaue – es ist äußerst wichtig für mich, wie die Ernte ausfällt –, stehe ich auf und lehne mich etwas zurück und presse die Hand ins Kreuz, um die Schmerzen zu lindern. Ich bin nicht mehr jung. Ich kann also nicht mehr einfach annehmen, daß alle Teile meines Körpers einwandfrei funktionieren. Ich gehe nie zum Arzt, aber ich bemerke, wie sie sich allmählich abnutzen. Dinge, die man vielleicht gar nicht bemerken würde, wenn es nicht so wichtig wäre, sie im Auge zu behalten. Wenn ich so dastehe, wende ich mein Gesicht der Sonne zu, um sie auszunutzen, solange sie noch so intensiv ist.

Als ich mich zum letztenmal wieder aufrichte und dem Licht entgegendrehe, sehe ich die junge Frau. Sie ist vor die Tür getreten und beobachtet mich, sie blickt in die Sonne, hält sich aber nicht die Hand vor die Augen, sie kann also nur meine Umrisse sehen. Ihre Arme hängen seitlich herunter und die Schultern fallen etwas nach vorn, als ob sie ihre Niederlage eingestanden hätte.

Gut, denke ich, jetzt geht sie wohl. Ich beuge mich wieder über meine Pflanzen. Es ist genug Salat fürs Abendessen da, gerade so viel, wie ich brauche.

Sie ist von hinten auf mich zugekommen; als ich, meinen Salat in den Händen, aufstehe, bin ich mit ihr konfrontiert. Ich schrecke zusammen, und diese Reaktion sowie die Art und Weise, wie sie mich traurig und stumm anblickt, machen mich wieder wütend.

«Nun?» frage ich kurz.

«Möchtest du, daß ich gehe?» Ihre Stimme klingt wieder sehr hoch, jung und angespannt. Mein Ärger verflüchtigt sich, ich kann ihr einfach nicht böse sein. Warum sie jedoch gerade meinen besonderen Schutz genießt, weiß ich selbst nicht. Aber zwischen uns bestehen doch wohl gewisse – Bande. Warum kann ich es nicht definieren?

Die Abwehr und Verwirrung setzen nun erst wirklich ein, ich spüre die Gefahr, aber ich kann sie trotzdem nicht wegschicken. Ich kann mich höchstens abweisend verhalten.

«Du mußt das selbst entscheiden. Ich lade dich nicht ein, aber ich kann dich kaum vertreiben. In der Stadt gibt es ein Hotel, du mußt auf dem Weg hierher daran vorbeigekommen sein. Ich lebe hier für mich allein. Wahrscheinlich kann ich dir nicht viel weiterhelfen. Ich habe keine großen Erkenntnisse zu bieten, und falls du Erklärungen suchst, die habe ich auch nicht. Und du wirst schließlich und endlich wieder gehen müssen und wieder das tun, was du normalerweise getan hast.»

Ich bin barsch. Geben ist etwas Ungewohntes für mich. Was sie sucht, kann ich schon seit Jahren nicht mehr verkörpern. Es ist viel zu lange her, um noch einmal damit anzufangen. Sie wird wohl verletzt sein, aber schließlich doch das Feld räumen und das Ganze wieder vergessen, sich neuen Dingen zuwenden, was beweist, wie wenig ich mich an sie erinnere. Daß sie jedoch zu heulen anfängt, bringt mich völlig aus der Fassung. Ich gehe in den Garten zurück, wahrscheinlich nur, um mich nicht mit ihr auseinandersetzen zu müssen, denn ich bemerke, daß ich völlig unnötigerweise die grünen Bohnen berühre, um zu sehen, ob sie gedeihen. Als ich wieder nach ihr schaue, trocknen die Tränen auf ihrem Gesicht, sie hat sie nicht abgewischt, aber sie erscheint viel ruhiger und gefaßter.

«So einfach geht es nicht», sagt sie. Sie hat sich inzwischen wieder völlig in der Hand, ist gelassen und entschlossen. «Du kannst dich nicht auf diese Weise aus der Affäre ziehen. Als hätte es überhaupt nichts mit dir, sondern nur mit mir etwas zu tun.» Sie nimmt eine lose Strähne ihres wunderschönen rotbraunen Haars aus dem Gesicht.

«Ich gebe dir etwas Zeit zum Nachdenken. Ich gehe jetzt in die Stadt zurück und nehme mir ein Zimmer in dem Hotel, das du erwähnt hast. Ich komme morgen wieder. Ich lasse dich in Ruhe, wenn du keine Lust hast, brauchst du auch nicht mit mir zu reden.» Sie ist sehr blaß, entschlossen und kindlich. «Aber ich werde wieder hier auftauchen. Und dich daran erinnern, daß du eine Tochter hast und dich nicht so einfach über alles hinwegsetzen kannst. Ich komme so lange wieder, jeden Tag, bis du bereit bist, mit mir zu reden.

Bis morgen, Mutter.»

Sie kommt etwas näher, bleibt kurz vor mir stehen und schaut mir in die Augen. Ich erwidere ihren Blick, ruhig und wie ich annehme, ohne sie herauszufordern, ohne sie zu ermuntern. Sie legt ganz leicht ihre Hände auf meine Schultern und beugt sich etwas vor. Sie küßt mich auf die Wange. Ihre Lippen fühlen sich an, als würde eine Blume mein Gesicht streifen.

Ich muß etwas gestehen, das ich ihr allerdings nie gestehen würde: ich folge ihr, als sie weggeht, verstecke mich dabei hinter den Bäumen, die den Weg säumen, bewege mich lautlos von einem zum andern und sehe sie zwischendurch einen Augenblick lang, beobachte, wie sie sich nach der Hütte umdreht, bis ihr eine Kurve die Sicht versperrt, dann wird sie langsamer, und da sie sich nicht mehr beobachtet glaubt, läßt sie ihrem Kummer freien Lauf. Ich sehe, wie sie sich mit der Hand übers Gesicht fährt. Sie sieht bemitleidenswert aus, ich reagiere jedoch verärgert, obwohl ich mich dieses Mal über mich selbst ärgern muß, da sie nichts demonstrieren wollte, ich hatte es selbst darauf angelegt.

Daß sie meine Tochter ist, hat nichts zu sagen. Ich würde gegenüber jedem Versuch, mir eine Falle zu stellen, so reagieren.

Aber warum lasse ich es dann mit ihr soweit kommen?

Am Ende des Wegs, beinahe einen halben Kilometer von der Hütte entfernt, bleibt sie stehen. Ich habe dort in einer Art improvisierter Garage mein Auto abgestellt und hole es nur bei ganz seltenen Gelegenheiten hervor, wenn ich zum Beispiel in die Stadt fahren muß, um meine Vorräte zu erneuern, Dinge, die ich einfach kaufen muß. Falls es überhaupt möglich ist, steuere ich es dann vorsichtig den engen Fahrspuren entlang bis zur Hütte; ich krieche ganz langsam hoch, um nicht in die gefährlich nahen Gräben zu kippen. Wenn ich alles ausgeladen habe, fahre ich nach diesen Ausflügen das Auto wieder bis zum Ende des Wegs zurück. Im Winter, wenn ich es nicht schaffte, den Motor anzulassen, blieb ich manchmal hier stecken und lernte ohne die Dinge auszukommen, die ich für lebensnotwendig gehalten hatte. Wenn ich mich dann schließlich freigeschaufelt hatte, holte ich einen Nachbarn, mit dessen Hilfe ich das Auto wieder in Gang brachte. Die Leute hier haben es sich abgewöhnt, Fragen zu stellen. Der Mann vom nächsten Hof kommt einfach mit, lädt die Batterie auf und geht wieder nach Hause, und ich gebe ihm jedesmal ein paar Dollar. Am Anfang passierte das öfters, einmal, weil ich das Auto nicht richtig pflegte und dann, weil ich meine Vorräte nicht richtig angelegt hatte und immer wieder in die Stadt zurückfahren mußte. Ich wußte nicht, wie abhängig ich davon war. Genauso abhängig wie von dem Gemüse. Es ist nun eine ziemlich alte Karre, aber die Kilometerzahl ist nicht sehr hoch, da ich außer in die Stadt nirgendwo hinfahre, diese Strecke beträgt nur zehn Kilometer, und ich lege sie sehr selten zurück. Da es eine wenig befahrene Landstraße ist, kann es auch sehr gefährlich, wenn nicht unmöglich sein, sie zu benutzen. Das ist ein weiterer Grund, alles unter Dach und Fach zu bringen, bevor der erste Schnee fällt.

Ich sehe, wie sie durch die Fenster meines Autos schaut, wahrscheinlich auf der Suche nach irgendwelchen aufschlußreichen Hinweisen, aber es ist nichts drin. Sie selbst hat ein kleines Auto, und ich mag die Art und Weise, wie sie einsteigt. Dabei sehen sie so unkomfortabel aus, diese kleinen Dinger, und sie ist ziemlich groß, aber sie läßt sich rasch und elegant hineingleiten, mit seiner und ihrer Größe vertraut. Ich bemerke auch, daß sie ein sicherer Fahrer ist, daß sie so geschickt wendet und losfährt, als ob das Auto eine Verlängerung ihres Körpers wäre und sie die schmale Schotterstraße schon jahrelang kennen würde. Ich muß gestehen, daß mir ihr äußeres Erscheinungsbild gefällt, es stört mich nur, daß sie hier erschienen ist.

Ich ging beinahe noch langsamer, als ich Katie gefolgt war, zur Hütte zurück. Der Besuch ruft viele Erinnerungen und seltsame Gedanken in mir wach, und ich bin überrascht, wie nahe sie an der Oberfläche lagen. Wenn ich in den letzten Jahren überhaupt an mein früheres Leben dachte, dann immer nur sehr flüchtig, und es blieb etwas Vages und völlig anderes. Katie, ihre Bitterkeit und Neugierde konfrontierten mich zum erstenmal auch mit einem Teil meines alten Ichs. Ich kann keinen bestimmten Vorfall, den man eine Erinnerung nennen könnte, herausgreifen, aber ich kann Formen und Umrisse erkennen, und ich habe Angst, daß alles wieder zurückkommt, mich überrumpelt und aus dem Gleichgewicht bringt. Plötzlich sind mein Selbstvertrauen und meine Sicherheit, an die ich mich schon so gewöhnt hatte, wie weggeblasen.

Ich habe meiner Meinung nach nie meine Erinnerungen unterdrückt, nicht einmal am Anfang dieser Zeit, die anscheinend neun Jahre beträgt. Es erschien mir vielmehr ganz natürlich, daß sich die Vergangenheit genauso wie die Person, die sie erlebt hatte, auflöste.

Ich möchte nicht, daß Katie zurückkommt. Ich möchte sie hier nicht empfangen, wenn sie kommt, diese ganze Vergangenheit im Gefolge, den Weg heraufkommt. Ich möchte, daß sie wieder in die Stadt zurückgeht und dort glücklich und zufrieden ist. Ich möchte sie nicht hier haben, wo sie mein Glück und meine Zufriedenheit in Frage stellt.

Es wird noch nicht so schnell dunkel werden. Im Sommer sind die Tage sehr lang, und ich kann nach dem Abendessen noch stundenlang draußen bleiben, im Garten oder im Wald arbeiten oder einfach irgendwo sitzen und auf das Leben um mich herum lauschen. Wir halten keine Zwiesprache, dieses Leben und ich, aber wir nehmen voneinander Kenntnis, und die Sommerabende sind immer sehr wohltuend.

Später, wenn die Sonne untergegangen ist und ich noch nicht müde bin, backe ich manchmal. Normalerweise Brot, da ich es immer gebrauchen kann. Heute abend bin ich jedoch auch noch nach dem

Holzspalten, das sich wegen Katie so lange hinausgezögert hatte, hellwach, beinahe etwas rastlos. Ich möchte irgend etwas backen, kein Brot, sondern etwas, das nicht notwendig ist, etwas Leichtsinniges, einen Kuchen; ich backe also einen Kuchen und verbrauche zu viele von den kostbaren Eiern, was bedeutet, daß ich solange, bis mein Eierlieferant wieder vorbeikommt, ohne Eier auskommen muß.

Ich habe schon lange keinen Kuchen mehr gebacken. Es scheint eine komplizierte Angelegenheit zu sein, umständlich, klebrig, und als ich dann schließlich fertig bin, scheint es schon ziemlich spät zu sein. Er sieht jedoch sehr lecker und einladend aus, ich habe aber jetzt keine Lust darauf. Ich möchte auch nicht durch das Anschneiden seine Form und Symmetrie zerstören.

Ich glaube nicht, daß ich ihn für Katie gebacken hatte. Jedenfalls dachte ich nicht an sie, als ich mich dazu entschloß. Aber er steht am nächsten Tag, als sie hierherkommt, auf dem Tisch, und als sie später geht, fehlen ein paar Stücke, und ich freue mich, da sie ihn anscheinend mochte.

3

Als ich die Hütte zum erstenmal sah, wußte ich sofort, daß ich mein Zuhause gefunden hatte. Es war kein friedliches, wohltuendes Wiedererkennen wie bei einem alten Freund – dieses erste Mal war eher wie ein elektrischer Schock, heftig, abrupt, seltsam und äußerst schmerzhaft, und er verwandelte alles. Mein früheres Leben löste sich auf. Vom ersten Augenblick an war es mein Zuhause. Wie läßt sich das erklären?

Aber nach diesem anfänglichen Schock des Wiedererkennens, nach den ersten Veränderungen und dem Inbesitznehmen, gingen die Umwandlungen langsamer in mir vor sich, setzten sich ganz allmählich in mir fest. Ich kann nicht sagen, daß ich vom ersten Augenblick an dieses Gefühl, mich von meiner Umgebung zu unterscheiden, verlor. Ich hörte die Vögel, sah die Blumen, fühlte mich jedoch immer als Außenstehender, als Zuschauer, als Zuhörer. Ich kann mich nicht mehr erinnern, wann sich diese Unterscheidung auflöste, es muß ziemlich lange gedauert haben, erst als ich ein

Teil meiner Umgebung geworden war, was etwas ganz anderes ist, als sich zu Hause zu fühlen.

Zum Glück war es Frühjahr, wäre ich nämlich erst im Herbst eingezogen, wäre ich bestimmt nicht für den Winter vorbereitet gewesen. Seltsam – die Erinnerung erscheint mir gleichzeitig wie eine Trennung; dadurch daß ich zum Gegenstand meiner Erinnerungen wurde, verwandelte sich auch alles, was ich damals wahrnahm, zu Gegenständen, Erinnerungsstücken, und die Einheit ging verloren. Das macht auch jetzt zum Teil meine Verwirrung, meine Desorientiertheit aus. Ich gehe nicht mehr völlig in meiner Umgebung auf, was allerdings nichts an der Tatsache geändert hat, daß ich mein Zuhause gefunden habe.

Es ist natürlich auch nicht die gleiche Jahreszeit, es ist Sommer und nicht Vorfrühling, aber das zählt nicht. Der Rhythmus der Jahreszeiten ist mir inzwischen ziemlich vertraut. Ich weiß, daß sich jedes Jahr dieselben Empfindungen einstellen, dasselbe Atemschöpfen; es ist beruhigend zu wissen, daß ich im Frühjahr das neue Leben, meine eigene Freude fühle, den Wunsch verspüre, all die jungen Pflanzen, die Krokusse und Schneeglöckchen ausfindig zu machen und zu berühren, meine Streifzüge zu unternehmen, gerührt die ersten blühenden Flecken zu entdecken, die sich vor den immer noch rauhen Winden verstecken, am Morgen aufzuwachen und jeden Tag mehr und mehr Vögel zu hören, bis ihr Jubilieren alles erfüllt.

Und im Sommer dann die Arbeit, die Beschäftigung mit dem Garten, dem Gemüse, meiner Nahrung, das Inhalieren der Sonne, meine Haut, die immer brauner wird, so wie auch die Blumen ihre Farben entwickeln, und dann die wundervolle Nahrung, die mein geliebtes Gemüse liefert. Die langen Abende, wenn man das Gefühl hat, jeden Tag das getan zu haben, was getan werden mußte. Der Herbst mit den gelben Kürbissen, die im Garten liegen und darauf warten, geerntet zu werden; der eine Ahornbaum, der nicht auf meinem Grundstück, sondern auf dem eines Nachbarn steht, auf einer Hügelkuppe, und der sich so leuchtend rot verfärbt, der einzige, der so intensiv und spektakulär ist. Auf meinen Bäumen nehmen die Blätter sanftere Farben an, hellere Orange- und Gelbtöne, bis sie dann fallen und ich sie zusammenreche und verbrenne, bis auf den Teil, den ich im Garten fürs nächste Jahr verrotten lasse, obwohl ich weiß, daß das Verbrennen wahrscheinlich gegen irgendwelche Gemeindebestimmungen verstößt; der Geruch des brennenden Laubs signalisiert einen perfekten Tag. Es ist eine Art letzter Ritus für das ausklingende Jahr.

Und dann fängt es zu schneien an, am Anfang noch ganz leicht, manchmal auch ziemlich stürmisch; die Flocken sind meistens sehr groß und sanft und bleiben als weiße Flecken auf dem Boden liegen, sie sind beinahe immer sehr dick, da sie sich nicht durch die verschmutzte und erhitzte Atmosphäre über den Städten zu quälen brauchen, hier, obwohl ich eigentlich nicht weit weg von der Stadt lebe, weniger als zweihundertfünfzig Kilometer, ein Katzensprung, ist die Luft rein und klar.

Der erste Schnee scheint irgendwie sogar zu seiner eigenen Überraschung zu fallen, er hat etwas Zaghaftes, nichts Selbstverständliches an sich, eine Vorhut, die das Gelände auskundschaftet und sofort, ohne eine Spur zu hinterlassen, aufgeschluckt wird. Er wird jedoch immer dichter, setzt sich immer entschlossener auf dem Boden fest und läßt sich nicht mehr einfach wegblasen oder aufsaugen; er hat auch dieses Mal Wind im Gefolge, und es ist deshalb nicht so still, noch nicht, und die Erde scheint plötzlich abwechselnd weiß, grün und braun zu sein und einen Augenblick später wieder weiß; kurz darauf legt sich auch der Wind, und der Schnee fällt wieder sanfter, merkt, daß er gewonnen hat, daß er nun an der Reihe ist und nicht mehr so wild und stürmisch zu sein braucht. Ich beobachte den ersten Schneefall bis spät in die Nacht hinein, das Licht habe ich gelöscht, um in dem Dunkel draußen besser unterscheiden zu können, und obwohl es einen Wechsel bedeutet, heiße ich ihn willkommen.

Morgens, wenn ich aufwache, schaue ich mir die unberührte Schneefläche an. Abends beschäftige ich mich an meinem Kamin, mit meinen Zeichnungen, mit mir selbst. Alles ist langsam, gedämpft, und meine dicken Steppdecken sind so schwer und schutzgewährend wie der Schnee. Am Anfang war das Überwintern eine richtige Feuerprobe, und ich fühlte mich in diesem ersten Jahr lange Zeit blaß und substanzlos, bis dann mein Denken so still wie das Weiß draußen wurde.

Man kann den Jahreszeiten nicht nachtrauern. Ich bin nicht traurig, weil der Schnee schmilzt und es an der Zeit ist, meine Steppdekkenhöhle zu verlassen, oder weil ich den letzten Kürbis geerntet habe, das letzte rote Blatt von dem Ahornbaum gefallen ist und ich mich wieder verkriechen muß. Alles geschieht zu seiner Zeit, und es ist irgendwie überraschend, daß jede Jahreszeit auch mit meinem eigenen Rhythmus zusammenfällt.

Ich weiß, daß ich in den nächsten zwei oder drei Monaten meine bescheidene Ernte einbringen werde, die ich dann einlege, einfriere oder eindünste. Ich werde die Erde umgraben und düngen, damit sie im nächsten Frühjahr fruchtbar und ergiebig ist. Im Herbst werde ich eine größere Expedition in die Stadt durchführen, um mich für den Winter mit Dingen einzudecken, die ich nicht selbst beschaffen kann. Ich werde mich schwitzend über meinen Ofen beugen, in den Töpfen rühren und ihren Inhalt umgießen, und mein Heim wird von dem seltsam bitteren Geruch frischer Gurken erfüllt sein, die sich in saure Gurken verwandeln, und ich kann beobachten, wie sich die Gefriertruhe mit dem Gemüse füllt, das ich blanchiert und für die ganzen vor mir liegenden Monate abgepackt habe. Ich werde das Holz, das ich im Frühjahr und am Anfang des Sommers gehackt habe und von dem ich in den kommenden Wochen noch mehr hacken will, an das Haus heranschaffen und mit beschwerter Dachpappe abdecken, damit ich an frostigen Winternachmittagen genügend Brennholz für den Abend und den nächsten Morgen hereinholen kann, um die Kälte zu vertreiben. Ich werde Samen sammeln, Tüten damit füllen und griffbereit für die Vögel und Eichhörnchen aufbewahren.

Wenn es dann so weit ist und ich das Gefühl habe, daß der Herbst vorbei ist und der Winter am nächsten Tag hereinbrechen wird, während dieser kurzen Zeitspanne, die vielleicht gerade einen Tag beträgt, werde ich einen längeren Spaziergang unternehmen. Es ist der Tag, an dem ich mich von der Jahreszeit verabschiede, ich mache das am Anfang und Ende von jeder Jahreszeit.

Diesen Herbst werde ich mit den täglichen Inspektionen meines Gartens, oder was bis dahin von ihm übriggeblieben ist, beginnen. Der Boden sollte feucht sein und wegen der Beimischung von vergärendem Kompost leicht säuerlich riechen. Außerdem sollte er leicht und locker und krümelig sein, und vielleicht gehe ich auch mit bloßen Füßen auf der Erde durch meinen Garten.

Langsam wandere ich dann unter den großen alten Ahornbäumen den Weg entlang, riesige Bäume, die schon Generationen gesehen haben müssen. Ich weiß kaum etwas über die Vergangenheit dieses Platzes; ich nehme an, es waren vor allem Bauern, die hier lebten, nicht sehr wohlhabend, da der Boden zu unfruchtbar ist. Da ich meine eigene Vergangenheit abgelegt hatte, wollte ich mein neues Zuhause genauso unbelastet sehen können. Als ich dann doch etwas von seiner Vergangenheit erfuhr, war es ganz beiläufig und bedeutungslos.

Am Ende des Wegs werde ich für ein paar Augenblicke in meinem Auto sitzen und den Motor laufen lassen, um es aufzuwärmen. Ich muß gestehen, daß ich es abschließe; es ist eines meiner wichtigsten Besitztümer, und wenn es gestohlen würde, was zwar auf einer einsamen Landstraße ziemlich unwahrscheinlich ist (die Jungen auf dem Land gleichen in ihrer Abenteuerlust den Jugendlichen in der Stadt, ohne jedoch die Böswilligkeit, der man in der Stadt begegnet, zu besitzen), so wäre das eine ziemliche Katastrophe, ich passe also auf, daß ihm und ihnen nichts passiert.

Die Gräben links und rechts von meinem Weg und von der Straße, die ich eine Zeitlang zu Fuß entlanggehe, werden beinahe ausgetrocknet sein. Bis auf ein kleines Rinnsal. Im Frühjahr, wenn der Schnee schmilzt und die Quellen, die ein paar Kilometer entfernt aus dem Felsen kommen, das Wasser herunterschießen lassen, überschwemmen sie, wie auch der kleine Bach, der an meiner Hütte vorbeifließt, ihre ganze Umgebung. Das Wasser strömt vorbei, und das Rauschen ist in der Stille der Nacht ganz deutlich zu hören; im Herbst sind die Gräben dagegen still, beinahe wie stehende Gewässer.

Ich gehe ein kurzes Stück der Straße entlang, springe dann über den Graben und steige die kleine Böschung auf der andern Seite hoch. Dort verläuft ein Zaun, der meine Felder von den Feldern der Gemeinde trennt; ich habe ihn jedoch nicht instandgehalten, und die Gemeinde kümmerte sich auch nicht darum. Es ist auch ziemlich unwichtig, da weder sie noch ich Vieh halten, das davonlaufen könnte, obwohl ich einmal mit dem Gedanken spielte, mir Ziegen anzuschaffen. Aber ich entschied mich dann doch dagegen, weil ich nicht für das Wohlergehen der Tiere verantwortlich sein wollte.

Der Zaun hat also nicht mehr die Bedeutung, die er früher hatte, als das Land noch bewirtschaftet wurde. Die Pfosten wackeln, und der Draht hängt durch, der einzige Teil, der straff ist und seine Funktion noch erfüllt, ist der oberhalb verlaufende Stacheldraht, wahrscheinlich hält er auch noch die Pfosten aufrecht. Die Stacheln hindern mich auch am Darüberklettern, und da der Zaun sowieso schon unter meinem Gewicht nachgibt, könnte ich leicht darin hängenbleiben. Jedesmal nehme ich mir vor, mit einer Drahtschere zurückzukommen und den Stacheldraht oben abzuknipsen, aber ich mache es nie. Er gehört einfach dazu. Wenn ich den Zaun geschafft habe, befinde ich mich auf meinem Waldgrundstück. Es ist kein richtiger Wald, höchstens ein Wäldchen, in dem es Eichhörnchen und Chipmunks und wahrscheinlich auch Schlangen und Skunks und Kaninchen gibt, ab und zu auch ein Reh oder ein ganzes Rudel, das irgendeinem mysteriösen Pfad folgt. Ich verhalte mich ganz ruhig. Ich sitze oder kauere auf einem Blätterteppich, die Bäume sind beinahe kahl. Wenn ich ganz vorsichtig bin und mich nicht rühre, nehmen die weniger scheuen Tiere, die Eichhörnchen und Chipmunks, wieder ihre alte Tätigkeit auf, jagen einander wie zuvor, als ich den Frieden noch nicht gestört hatte, transportieren Nüsse, sorgen genauso wie ich für die nächste Jahreszeit vor. Sind sie sich auch bewußt, daß das der letzte Tag ist, der Wendepunkt? Wenn ich im Frühjahr denselben Spaziergang unternehme, öffnen sich gerade die ersten kleinen Blüten, während im Herbst wieder andere Blumen, die letzten des Jahres, zu verwelken beginnen. Die Bäume sehen schon beinahe skelettartig aus, aber ich habe keine Todesahnungen.

Sehr viel später – ich nehme mir den ganzen Tag für diesen Spaziergang und verweile so lange wie ich will – setze ich dann meinen Weg fort. Wenn man aus dem Wald herauskommt, wird das Gelände ziemlich abschüssig und endet in einer kleinen Schlucht. Die großen Bäume hören auf, und dichtes Gestrüpp überwuchert die Ränder. Ich gehe ganz hinunter, bahne mir einen Weg und an der tiefsten Stelle, dort, wo kaum ein Sonnenstrahl durchdringt, ist dann mein Bach, derselbe, der auch durch das Grundstück fließt, der von einem Gehöft zum andern fließt, hier jedoch mein Bach ist; von hier aus fließt er dann ganz nahe an der Hütte vorbei. Das Quaken der Frösche, die in seiner Umgebung leben, durchlöchert meinen Schlaf, und die Geräusche des Bachs selbst sind auch ständig vorhanden, auch wenn ich sie nicht bewußt wahrnehme. Das Bachbett ist hier noch etwas breiter, später verengt es sich allmählich, und ich muß vorsichtig von einem Stein auf den andern treten, wenn ich es, ohne mir die Füße naß zu machen, überqueren will. Im Spätherbst ist das Wasser auch ziemlich kalt, eigentlich ist es das ganze Jahr über kalt; man planscht hier nicht lange darin, diese Erfahrung habe ich ziemlich schnell gemacht. Das Wasser ist nicht sehr tief, und die Schlucht ist so überwuchert, daß man kaum Leben vermutet; abgesehen von dem sanften Plätschern ist es hier sogar noch stiller als im Wald. Die Vögel, die noch nicht nach Süden geflogen sind, scheinen weit weg, irgendwo hoch oben zu sein, und es ist der verschwiegenste Ort auf meinem ganzen Grundstück. Man kann nicht nur das Bachwasser, sondern auch die Stille trinken.

Steigt man auf der andern Seite hoch, so kommt man wieder an einen Zaun, der dem ersten sehr ähnlich sieht, aber keinen Stacheldraht hat. Da ich nicht will, daß er gerade unter mir vollends zusammenbricht, klettere ich behende über ihn, probiere aus, wie sehr ich ihn belasten kann und finde die stabilste Stelle. Irgendwann einmal wird er einfach umkippen und sich nicht wieder aufrichten, ich hoffe nur, daß das nicht passiert, solange ich hier bin.

Auf der andern Seite ist eine Weide, die steinig, karg, flach und nicht sehr einladend ist. Auf dem Boden läßt sich hier kaum etwas anbauen, man kann zwar das Vieh darauf grasen lassen, aber nicht mit dem Pflug darübergehen.

Ich weiß, es ist sehr selbstsüchtig, das ganze Land für mich zu beanspruchen, es ungenutzt zu lassen, keine Nahrung aus ihm herauszuholen. Ich könnte es an einen Bauern verpachten, der mehr Platz für sein Vieh braucht, ich tue es aber nicht, weil ich ungestört spazierengehen möchte.

Ich kann mich auf die herumliegenden Felsblöcke setzen und mein Gebiet überblicken. Ich gehe zwischen ihnen durch, bleibe immer wieder stehen und beobachte das winzige Leben, das sich hier abspielt, Kröten, Vögel, Insekten, Würmer, alles ist vorhanden, nur ist es sehr klein, und man muß sich bei jedem Schritt vergegenwärtigen, wieviel Leben man unter sich zertritt. Im Wald zum Beispiel, wo alles sehr viel größer und eindrucksvoller ist, vergißt man das meistens. Aber auf der Wiese, auf der man nur von Felsblöcken, Gras und ein paar spärlichen Pflanzen umgeben ist, muß man auf den Boden schauen, um die kleinen, sich bewegenden Formen zu erkennen.

Am andern Ende ist ein Zaun, der ziemlich wichtig ist, weil er mein Land von dem meines Nachbarn trennt, und er hält Vieh, das entlaufen könnte. Ich überprüfe ihn zwar regelmäßig auf meinen Spaziergängen, aber er hält ihn instand. Wenn mir die Reparaturen auffallen, bezahle ich bei unserm nächsten Zusammentreffen die Hälfte davon. Es ist derselbe, der mir auch meine Eier bringt und hilft, mein Auto anzulassen.

Schließlich bin ich auf diesem Spaziergang am Ende der Weide angelangt und gehe auf einem Feldweg zur Hütte zurück. An diesem Weg wachsen Büsche und wilde Blumen und ein paar Ahornbäume. Wenn ich geradeausblicke, sehe ich die Trauerweide, die über die Hütte hängt; ich stelle mir vor, daß eines Tages bei einem der winterlichen Stürme oder bei besonders hohen Schneemassen einer ihrer langen Äste durch das Dach bricht. Oder der ganze

Baum kippt um, da er sowieso schon natürlicherweise gespalten ist, und bricht über mir zusammen. Trotzdem würde ich ihn nie absägen, ich hoffe einfach nur das Beste und denke nicht daran.

Jedesmal wenn nach einem Spaziergang die Hütte und die Trauerweide wieder auftauchen, beflügelt mich ihr Anblick, das letzte Stück Weg zurückzulegen, ein Feuer anzuzünden, meine Füße hochzulegen und vielleicht noch einmal alles, was ich gesehen habe, an mir vorbeiziehen zu lassen, mich zu Hause warm und gemütlich zu fühlen. Ich gehe also schnell bis zur Hütte und denke schon nicht mehr an all die kleinen Lebewesen, die ich zertrete.

Das Haus ist sehr alt, aus Steinen und selbst gebaut, eine sorgfältige und solide Arbeit. Es ist jedoch nicht primitiv, es gibt Elektrizität und fließendes Wasser, und ich kaufte auch gleich bei meinem Einzug eine Gefriertruhe. Es ist mein Zuhause. Kein Rückzug aus der Zivilisation in den Busch, die Wildnis, auf «Ursprünglichkeit» lege ich keinen Wert. Ich bin an Komfort gewöhnt.

Ohne das Bad sind es vier Räume. Die Küche ist geräumig und mit vielen modernen Geräten und alten Bufetts und Schränken ausgestattet, für die Töpfe und Pfannen habe ich selbst Haken eingeschlagen. Ich habe den Raum in Schwarz und Weiß gestrichen, nur den Aufbau der Bufetts, die aus einfachem Holz sind, habe ich so belassen. Diese Farbzusammenstellung mag vielleicht kalt erscheinen, ist es jedoch nicht. Ich habe einen kleinen, runden Tisch aus schwerem Holz, das ich abschliff, und zwei Stühle, von denen einer immer leerbleibt. Ich benutze diesen Tisch zum Frühstücken, manchmal auch zum Mittagessen, selten zum Abendessen. Früher hatte ich nie so viele Mahlzeiten zu mir genommen, aber hier leiste ich ganz andere Arbeit und brauche mehr zu essen.

Der Kühlschrank und der Herd sind weiß, gebraucht. Wenn man durch die Tür kommt, sieht man als erstes die Küche. Es gibt nur eine Tür, die ins Freie führt.

Es ist sehr angenehm, an dem Küchentisch in der Mitte des Raums zu sitzen und sich umzuschauen; das Fenster über dem Wasserbecken hat keine Vorhänge. Küchen sind häufig am besten zum Herumsitzen geeignet. Und meine ist bestimmt sehr einladend; ich könnte jedoch nicht sagen, welcher Raum mir am liebsten ist; jeder ist anders und erfüllt meiner Meinung nach seinen Zweck auf wohlgefällige Art und Weise.

Von der Küche führt ein kurzer, niedriger Flur zum Wohnzimmer. In ihm esse ich gewöhnlich zu Abend, weil es ein Raum für abends ist, abends am besten wirkt; er ist dunkel und hat nur zwei enge Fenster wie die Bauernhäuser. Tagsüber kann er leicht bedrükkend wirken.

Als ich hier einzog, tapezierte ich diesen Raum mit einer altmodischen, kremfarbenen Tapete, die ein tiefrotes Federmuster hatte. Ich hatte so etwas noch nie gemacht und werde es auch nie wieder machen, da ich nicht sehr geschickt mit meinen Händen bin. Ich verbrachte ein paar mühselige Tage damit, versuchte verzweifelt, Unebenheiten zu glätten, Übergänge unsichtbar zu machen und das Papier an Hindernissen wie Türen und Fenstern entsprechend zu schneiden. Als ich damit fertig war, fühlte ich mich völlig erschöpft, entmutigt und unfähig, da zwischen den einzelnen Bahnen immer noch Zwischenräume waren und sie außerdem Falten auf der Wand warfen – nicht sehr auffallend, aber trotzdem gepfuscht. Wenn ich sie mir jetzt anschaue, sehe ich diese Fehler jedoch nicht mehr.

Die Möbel kaufte ich in einem Trödelladen in der Stadt, ein altes Sofa, einen tiefen Sessel mit etwas müden Sprungfedern, drei kleine Tische, zwei Tischlampen, eine Stehlampe, einen Hocker. Ich kaufte außerdem noch viele Meter Stoff und bezog das Sofa und die Stühle damit.

Ich entschied mich für ein ruhiges Blumenmuster, gedämpftes Blau und Rosa, und das Rosa harmonisiert mehr oder weniger mit der Tapete. Das Beziehen war jedoch ein weiterer Kampf mit Nägeln und schwierigen Ecken, und auch jetzt geht ab und zu wieder etwas auseinander, und ich muß den Schaden wieder reparieren. Aber es ist sehr gemütlich.

Die Tische schliff ich ab, da sie aus sehr feinem, schönem Holz waren, das überstrichen worden war. Dazu brauchte ich auch wieder Tage, aber ich konnte draußen in der Sonne arbeiten. Von Zeit zu Zeit reibe ich sie mit Öl ein, und sie haben einen tiefen, matten Glanz. Sie sind das einzig Elegante in meinem Wohnzimmer.

Später nähte ich die Vorhänge, ein gedämpfter Blauton, der zum Sofa paßt, jedoch erst nachdem ich meine Erfahrungen mit den Vorhängen für das Schlafzimmer gemacht hatte.

Den wichtigsten Platz nimmt in meinem Wohnzimmer der Kamin ein, er ist riesig und wurde früher wohl zum Kochen benutzt. Ich tue das auch manchmal, an langen Winterabenden, wenn nur Zeit und nichts als Zeit vor einem liegt; der Platz vor dem Kamin, ein paar Schritte von den Flammen entfernt, ist auch ideal, um den Brotteig aufgehen zu lassen. Mein Vorrat an Holz ist nie ausgegangen, und ich mußte auch keines kaufen. Außer im Winter hacke ich jeden Tag Holz, manchmal fälle ich auch abgestorbene oder absterbende Bäume, säubere die Äste und bündle die Zweige, um Holz zum Anzünden zu haben, oder ich hacke den Stamm in kleinere Stücke, so daß immer ein reichlicher Vorrat vorhanden ist, wenn ich den Kamin in Betrieb setze. Er ist in eine Wand eingelassen, und die Möbel sind um ihn herum angeordnet, so daß er der eigentliche Mittelpunkt des Raums ist.

Ich lege nicht nur wegen der Wärme so großen Wert auf ihn. In jedem Raum gibt es einen elektrischen Heizofen, was die Hütte warm und gemütlich hält, und häufig drehe ich sogar einen oder zwei aus, weil es zu warm wird. Es macht mir einfach Spaß, vor dem Feuer zu sitzen, und die Mühe, die es kostet, ist inzwischen sogar ein Teil des Vergnügens.

Das Schlafzimmer, das neben dem Wohnzimmer liegt, ist ebenfalls voll mit gebrauchten Möbeln, die aus Holz sind und wohl auch sehr schön und elegant wären, wenn ich sie abschleifen und polieren würde. Aber ich bin nie dazu gekommen und denke nicht, daß ich es jetzt noch einmal machen werde.

Sie sind weiß gestrichen, ich habe sie so gekauft. Ein riesiger alter Frisiertisch mit einem Aufbau, eine Art abgebrochener Sockel für einen nicht vorhandenen, ovalen Spiegel. Der Spiegel fehlte schon, als ich den Tisch kaufte.

Das Bett ist ein Doppelbett mit einem einfachen Kopfende, und ich habe es ans Fenster gestellt, damit ich morgens und auch nachts im Liegen hinausschauen kann und die Morgendämmerung, das Erwachen der Vögel oder die Sterne beobachten kann. Ich strich die Wände blau, aber es ist kein gewöhnliches Blau, sondern eine Art Aquamarin, und die Vorhänge sind auch in Blau mit einem tiefgrünen Blumenmuster.

Sie sind irgendwie schief. Ich schnitt den Stoff nicht sehr sorgfältig zu und nähte sie schlecht um, und als Resultat kam das dann dabei heraus. Man hat jedoch immer noch das Gefühl, friedlich auf dem Meer zu treiben, wenn man sich von dem zarten Blau meines Schlafzimmers umgeben sieht.

Das Badezimmer ist nichts weiter als ein Badezimmer. Abgesehen von einer neuen Handtuchstange und Vorhängen für die Dusche, die eine häßliche rosarote Farbe haben, aber die billigsten waren, die ich auftreiben konnte, habe ich nichts daran geändert. Die Wanne, das Waschbecken und die Toilette sind weiß und glänzen mehr oder weniger; auf dem Boden liegt ein verschossenes bläuliches Linoleum, und die Wände sind rosa, ein schmutziges, stumpfes Rosa. Ich schaue nie hin.

Der andere kleine Raum, der kaum größer als das Badezimmer ist, beanspruchte meine ganze Aufmerksamkeit und wahrscheinlich auch die meiste Zeit, er ist zweifellos der persönlichste. Er war einmal ein zweites Schlafzimmer gewesen. Jetzt steht mein Schreibtisch drin, ein drehbarer Schaukelstuhl, und an der Wand hängen ein paar Zeichnungen von mir, die nicht sehr gut sind, aber doch von mir stammen. Der Schreibtisch ist alt, Kiefer, der einzig wertvolle Gegenstand. Er hat riesige Fächer, und in zweien davon bewahre ich meine Unterlagen über meine Ausgaben und Einnahmen auf, mein Haushaltsbudget, wie meine Großmutter es nannte. In den andern sind meine Tagebücher mit Notizen über die Expeditionen, die ich hier durchgeführt habe. Ich schreibe und arbeite hier an meinen Skizzen. Es ist der Ort, der mich am seltensten, aber gleichzeitig auch am konzentriertesten sieht.

Nachdem Katie gegangen ist, das Holz gespalten und der Kuchen gebacken ist, finde ich mich in diesem Zimmer wieder. Durch ihre und meine eigenen Reaktionen durcheinandergebracht, lasse ich mich an meinem Schreibtisch nieder und versuche, die Sache auf methodische Art und Weise zu klären. Ich schaffe es jedoch nicht. Der Kopf schwirrt mir. Zum erstenmal seit ich hier bin frage ich mich, wie ich wohl aussehe, wie sie mich sieht, und es stört mich, daß mir das anscheinend doch sehr wichtig ist.

Meine Hände sind eindeutig gealtert. Ich sehe sie jeden Tag, ihre Knochigkeit und Schwielen. Die Adern treten hervor, und die Haut ist auffallend durchsichtig, es ist ein richtiger Schock, wenn man sich bewußt wird, wie dünn die Haut eigentlich ist. Ich schob diese minimale Schutzschicht hin und her und sah ganz deutlich die Arterien und Venen darunter, die sich nicht bewegen, und realisierte, wie ungeschützt sie sind und wie schwach und verwundbar ich bin, eben nur ein hilfloses menschliches Wesen.

Ich weiß auch, daß mein Körper straff und durchtrainiert ist; wenn ich auf meinen Bauch und meine Beine schaue, sehe ich, daß sie fest und muskulös sind, daß ich nirgendwo Fettpolster habe und das sogar im Winter, als ich gedacht hatte, ich würde etwas Speck ansetzen. Nur meine Haut wird blasser; im Sommer werde ich aber wieder tiefdunkel und kräftig und sehe auch nicht mehr so zerbrechlich aus wie mit meiner winterlichen Blässe.

Ich weiß jedoch nicht, wie mein Gesicht aussieht. Ich habe mein Haar sofort nach meiner Ankunft hier abgeschnitten; das erste Mal stutzte ich es ganz kurz, beinahe wütend auf seine lange, dunkle Masse, die ich um den Kopf wand oder flocht oder einfach nur zurücknahm und offen über den Rücken fallen ließ. Ich erinnere mich jetzt daran, daß man mir Komplimente machte, es als reizend altmodisch bezeichnete; ich machte jedoch kurzen Prozeß und schnitt alles ab. Wenn ich jetzt zur Schere greife, sind sehr viel graue Haare unter dem Abgeschnittenen, und ich nehme an, daß Grau dominiert, obwohl ich noch nicht so alt bin. Erst dreiundvierzig oder vierundvierzig, falls es wirklich schon neun Jahre her ist.

Ich bin mir auch meiner Manie bewußt, mir mit den Fingern durchs Haar zu fahren, was mich wahrscheinlich noch seltsamer erscheinen läßt. Ich frage mich, wie Katie mich wohl sah, es würde mich nicht wundern, wenn sie mein Anblick erschreckte.

Ich kann fühlen, daß mein Haar sehr ungleichmäßig ist. Es ist immer noch sehr kurz. Es gibt nirgendwo einen Spiegel.

Zwei Dinge, die ich hier nicht besitze: Spiegel und Uhren. Zu Anfang war das unerträglich. Ich schaute schon instinktiv in den Spiegel, um mein Aussehen zu prüfen; vielleicht wollte ich aber auch nur ab und zu mein Spiegelbild erhaschen, um mich von meiner Existenz zu vergewissern. Dazu braucht man Spiegel, und ich kam zu dem Schluß, daß für Uhren dasselbe gilt.

Ich beweise mir jetzt meine Existenz durch das, was ich tue. Ein Holzstoß, der größer ist als der gestrige, zeigt mir ganz deutlich, daß ich Arbeit leistete, Fortschritte machte, und das wiederum definiert auch Zeit.

Ich erinnere mich auch wieder, daß ich früher dauernd auf die Uhr schaute. Sie regelte mein ganzes Leben: wann ich was machte, aufwachte, kochte, Wäsche wusch, das Fernsehen einschaltete, die Zeitung las und sogar wann ich eine Zigarette rauchte. Und wann ich schlafen ging. Mein Leben war einfach eine Funktion der Zeit.

Inzwischen kann ich auch sehen, daß ich einfach nur die Zeit bewältigte. Ich bewältigte nicht meine Arbeit innerhalb einer bestimmten Zeit, sondern nur eine bestimmte Zeit mit meiner Arbeit; all das hat sich geändert. Eine Arbeit dauert einfach so lange, wie sie eben dauert, und eine Jahreszeit ist der Zeitabschnitt, in dem eine bestimmte Arbeit geleistet wird, unabhängig von irgendwelchen persönlichen Zeiteinteilungen. Ich tue, was ich kann, und für alles übrige bin ich dann nicht verantwortlich. Ich bin sozusagen davon entbunden.

Es kam mich jedoch hart an. Als ich in der ersten Begeisterung mehr tat, als nötig oder möglich war, änderte das nichts an dem Naturgeschehen. Nach der Hütte kam der Garten dran, und ich begriff, daß sich nichts erzwingen läßt. Offensichtlich eine Binsenwahrheit – aber für mich war es eine neue Erkenntnis, und ich lernte, nichts zu überstürzen.

Wenn auch langsam in diesen ersten Wochen und Monaten und sehr mühevoll, weil so vieles meinen Angewohnheiten zuwiderlief, aber ich lernte.

4

Meine Erinnerungen schlagen über mir zusammen, erschlagen mich, und ich bin ihnen wehrlos ausgeliefert. Ich denke: Ich will mich gar nicht erst darauf einlassen, es kommt doch nichts dabei heraus, und schon bin ich dabei, ziemlich ratlos. «Schau her», sagen meine Erinnerungen, «so war's, das hast du hinterlassen, schau's dir an, wie es wirklich war.» Warum passiert das gerade jetzt, damals vor vielen Jahren, als sich alles so plötzlich änderte, machte ich mir kaum Gedanken, stellte keine weiteren Überlegungen an, empfand kein Bedauern, und es kam zu keiner Konfrontation.

Seltsamerweise, auch wenn es mir nicht gleich bewußt wird, erinnere ich mich nur an die Lebensrhythmen und später an das Fehlen dieser Rhythmen. Es haftet ihnen etwas Unbeteiligtes, Distanziertes, nichts Reales, etwas Substanzloses an, als ob sie einem fremden Leben angehören würden. Vielleicht liegt das an meinem lückenhaften Gedächtnis. Vielleicht war ich aber auch nicht real und kann mich deshalb auch gar nicht anders erinnern. Ich kann das nicht entscheiden. Ich weiß nur, daß meine Erinnerungen jetzt sehr schmerzlich sind. Ich stehe ihnen bezugslos gegenüber, aber trotzdem tun sie mir weh.

So sind jedoch meine Erinnerungen, so war's.

Elliott war elf, Katie neun. Mein Mann hieß Stephen. Ich Abra.

Diese Bezeichnungen benutzten wir füreinander.

Und dann gab es natürlich noch den Hund, Fletcher. Wir hatten ihn für Elliotts siebten Geburtstag aus dem Tierasyl geholt und wollten es ihm überlassen, einen Namen für ihn auszusuchen. Er wählte Fletcher, nach seiner Grundschullehrerin Alice Fletcher; er konnte sie nicht leiden und wußte, daß es eine Beleidigung war, einen Hund nach einer Person zu nennen, obwohl er ihn selbst gerne hatte. Er sagte, er würde es Alice Fletcher erzählen, aber es fehlte ihm sowohl der Mut wie auch die nötige Grausamkeit. Stephen und ich machten uns jedoch eine Zeitlang Gedanken über diesen kuriosen, verhaltenen Haß, der in dem Kind steckte.

(Ich dachte zuerst daran, Fletcher mitzunehmen, als ich wegging. Er war inzwischen ein ausgewachsenes großes Tier, das wie ein deutscher Schäferhund aussah, und ich dachte, er könnte nicht nur zu meiner Unterhaltung, sondern auch zu meinem Schutz dienen, falls sich das neue Leben als gefährlich herausstellen sollte. Aber ich konnte das natürlich nicht tun, nicht nur weil es Elliotts Hund war, sondern auch, weil ich wußte, daß ich diese Sache entweder allein wagen mußte oder überhaupt nicht. Ich mochte ihn jedoch sehr gern, ich sollte Katie nach ihm fragen. Wahrscheinlich ist er inzwischen tot.)

Wir lebten in einem großen Haus. Stephen war (ist) ein sehr erfolgreicher, ein ungewöhnlich erfolgreicher Börsenmakler, wie man mir sagte, und wir waren wohl das, was man als gehobenen Mittelstand bezeichnet. Unser Lebensstil war jedoch ziemlich einfach, wir waren zwar an Komfort, aber nicht an Luxus gewöhnt; das Haus war unsere größte Anschaffung gewesen und noch im nachhinein finde ich es ziemlich außergewöhnlich.

Es lag nicht weit von der Stadtmitte entfernt, an einer sehr ruhigen Straße und war von einem üppig bewachsenen Morgen Land umgeben, der ausschließlich zum Haus gehörte. Es gab Bäume und Hecken und Blumenbeete, und die Leute, die vor uns hier wohnten, hatten einen Gärtner, der sich um alles kümmerte. Ich glaube, sie hatten auch einen Koch. Wir lebten jedoch nicht so, nur einmal in der Woche kam eine Putzfrau, die das Haus in Ordnung brachte. Ich mähte den Rasen, die Blumenbeete ließ ich verwildern, Stephen schnitt ab und zu die Hecken. Anscheinend stimmte schon damals etwas nicht mit mir, da ich mich kaum um die Beete kümmerte und auch keinen Spaß daran hatte, während mich jetzt mein Garten völlig ausfüllt.

Aber damals war sowieso alles ganz anders.

Die Möbel, die wir uns anschafften, waren einfach und stabil und nicht besonders elegant. Solange die Kinder noch klein waren und herumtobten und außerdem noch einen großen und nie sehr sauberen Hund im Gefolge hatten, hielten wir das für praktischer; später, wenn sie erwachsen wären, würde sich das ändern. Das soll jedoch nicht heißen, daß unser Haushalt heruntergekommen war, das war keineswegs der Fall. Wir waren eine normale Familie. Wir waren nur – häuslich.

Stephen machte auf mich den Eindruck eines Mannes, der immer gleichmäßig nett und freundlich war. Von Freunden hörte ich, daß er bei seiner Arbeit sehr forsch und tüchtig war und nichts durchließ, zu Hause war er jedoch sehr liebevoll und verstand sich ausgezeichnet mit den Kindern; ich kannte auch andere Männer, die nicht mehr die Energie aufbrachten, sich ihren Kindern zu widmen. Stephen versuchte jedoch immer für sie dazusein, und an den Wochenenden, wenn er sah, daß ich eine Pause brauchte, machte er kleine Ausflüge mit ihnen, ging mit ihnen in den Park, in den Zoo, ins Schwimmbad oder einfach nur spazieren. Er hatte sie gern um sich herum, und sie fühlten sich wohl mit ihm.

Jetzt ist er vielleicht auch wie ich beinahe völlig ergraut. Damals war sein Haar noch dunkel mit tiefroten Schatten, und er war straff und hochgewachsen. Zur Arbeit trug er Anzüge, gemusterte Hemden und Krawatten, zu Hause Jeans und Pullover. Ich erinnere mich auch, daß er ein besonderes Rasierwasser benutzte, der Name ist mir jedoch entfallen. Ich weiß noch, daß ich immer an ihn dachte, wenn ich irgendwo hinging und dieses Rasierwasser roch.

Ich denke, ich liebte ihn, obwohl ich jetzt nicht mehr sagen kann, was das eigentlich bedeutet. Andere, deren Ehen in die Brüche gingen, beneideten uns, weil wir uns anscheinend so gut vertrugen. Ich erinnere mich, daß ich felsenfest davon überzeugt war, ihn zu lieben, also muß es wohl auch der Fall gewesen sein.

Elliott glich mir, Katie eher Stephen. Elliott war ziemlich klein für sein Alter, dunkelhaarig, ohne diesen Stich ins Rote, den Katie von ihrem Vater geerbt hatte. Er hatte ein schmales Gesicht und blaue Augen, und wenn er lächelte, zog sich alles nach oben und seine Augen wurden zu kleinen blauen Halbmonden. Da es so selten war, kam seinem Lächeln auch eine besondere Bedeutung zu, er schien ein sehr scheues Kind zu sein, wenn er jedoch einmal Bekanntschaften geschlossen hatte, so mochten ihn die anderen auch, er brauchte nur etwas länger. Ich hielt ihn für ein glückliches Kind. Und ich erinnere mich, daß auch ihm meine ganze Liebe gehörte.

Katie. Die bildhübsche Katie mit den großen braunen Augen und dem langgestreckten, schmalen Körper, die das Tanzen beinahe noch vor dem Gehen lernte, für die Musik immer eine Aufforderung war. Eine Zeitlang nahm sie Tanz- und Musikunterricht, aber als sie dann mit den Regeln konfrontiert wurde, verlor sie den Spaß daran. Wir ließen sie schweren Herzens aufhören, weil wir uns eben auch dachten, daß sie vielleicht eines Tages einen Beruf daraus machen könnte, wir sahen jedoch, wie sie allmählich immer lustloser und in ihren Bewegungen immer stilisierter und bewußter wurde und sahen ein, daß wir ihr alles nur damit verderben würden. Als sie mit dem Unterricht aufgehört hatte, ließ sie ihrem Vergnügen an Bewegung und Musik auch wieder freien Lauf.

Ich erzählte ihnen Geschichten und ging mit ihnen spazieren, und ich bemühte mich immer, auch wenn es mir manchmal nicht gelang, genügend Zeit für sie zu haben.

In unserem riesigen Haus hatten natürlich beide ihr eigenes Zimmer, und wenn wir nicht gerade Gäste hatten, stand ihnen auch noch das Gästezimmer zur Verfügung; Stephen und ich hatten ein großes Schlafzimmer, und auch all die andern Zimmer, die Wohn- und Eßzimmer, waren sehr hell und geräumig, mit vielen riesigen Fenstern; Stephen hatte außerdem auch noch einen kleineren Raum, ein Arbeitszimmer, in das er sich zurückzog, wenn er noch etwas erledigen mußte.

Ich war überzeugt davon, ich hätte mir nichts Besseres wünschen können, die meisten würden sich ein solches Leben gar nicht zu erträumen wagen. Gesunde, glückliche Kinder, einen liebevollen Ehemann. Und außerdem Fletcher. Ein Bild häuslichen Glücks – ein richtiges Kaminbild. Und ich schwöre, daß ich sie auch alle liebte und alles tat, was in meinen Kräften stand.

Und dann verließ ich sie, ließ alles hinter mir.

Irgend etwas, nichts Auffälliges oder Besonderes nahm damals seinen Anfang und endete in dem Frühjahr, als ich hierherkam. Das Ende war klar und eindeutig, kalt und unumstößlich, ich versuche jedoch umsonst, den Anfang zu lokalisieren. Bestimmte Momentaufnahmen tauchen auf, aber es gibt keine Antworten, nur Etiketten auf der Rückseite.

Morgens: die Kinder in der Schule, Stephen im Büro, ich Kaffee trinkend und Zigaretten rauchend, immer noch im Morgenmantel, meine Gefühle – innere Unruhe, Unbehagen und abwechselnd auch Langeweile, weiter nichts.

Nachmittags: am schlimmsten im Winter, da die Straßen glatt und glitschig waren und Autos, die die abfallende Straße herunterkamen und gerade oberhalb von unserem Haus um die Ecke bogen, oft gefährlich ins Schleudern gerieten. Ich stand Todesängste aus wegen der Kinder, stellte mir vor, wie irgendein Idiot die Straße herunterraste, die Kurve nicht kriegte und langsam – ich sah es immer im Zeitlupentempo vor mir – unaufhaltsam auf sie zuschlitterte. Ich saß nachmittags am Wohnzimmerfenster und hielt nach ihnen Ausschau und hätte vor Dankbarkeit heulen können, wenn ich zuerst das eine und dann das andere mühsam die Straße heraufstapfen sah; ich hielt den Atem an, bis sie auf unserem Weg waren, rannte, um ihnen die Tür aufzumachen, half ihnen aus ihren Wintersachen und drückte sie an mich. Manchmal, wenn sie Freunde dabei hatten oder schnell wieder weg wollten, wurden sie ungeduldig, und ich versuchte, sie laufen zu lassen, ich strengte mich wirklich an. Sie erschienen mir jedoch so kostbar, so zerbrechlich und hilflos, daß ich mich gerade noch zurückhalten konnte, sie nicht an mich zu reißen und zu beschützen – vor was? Manchmal preßte ich sie jedoch ganz fest an mich, erdrückte sie beinahe, als ob sie mir entrissen werden sollten, dann wieder hatte ich Angst, sie zu berühren, so zart erschienen sie mir.

Abends: drinnen, warm und sicher. Die Kinder zu Hause und auch Stephen, falls er kein Meeting hatte. Wenn er beschäftigt war, saß ich allein im Wohnzimmer, nachdem ich die Kinder ins Bett gebracht hatte, ich las und genoß die Einsamkeit, der reinste Luxus für mich. Wenn er zu Hause war, saßen wir zusammen auf der Couch, lasen beide etwas, hatten einen Drink und ließen sanfte Musik laufen, ab und zu unterhielten wir uns auch, lockere und leichte Gespräche von Leuten, die sich schon lange kennen. Manchmal, wenn wir uns zu nichts mehr aufraffen konnten, holten wir aus Stephens Arbeitszimmer den tragbaren Fernseher und schauten uns die fürchterlichsten Programme an. War die Horrorshow im Spätprogramm besonders gruselig, wurde zum Beispiel ein japanischer Monsterfilm gezeigt, kicherten wir und machten Popkorn und vergnügten uns bis spät in die Nacht hinein. Ab und zu, wenn auch sehr selten, da eines der Kinder aufstehen konnte, liebten wir uns auf dem Sofa, während die japanischen Monster brüllten und zum Angriff ausholten; die Leute schrien und rannten um ihr Leben, und wir lachten und hielten einander umschlungen. Stephen hatte einen schönen Körper, schmal und geschmeidig, und er lachte gern im Bett; ich bin sicher, daß er keine einsamen Nächte verbrachte, nachdem ich weggegangen war. Es gibt genügend Frauen, die gern im Bett lachen und ihn auch noch sehr nett und gut aussehend finden.

Freunde: es gab wohl welche. Ich lernte die Frauen in meiner Nachbarschaft etwas kennen, gut genug, um sie ab und zu um einen Gefallen zu bitten und mich auch erkenntlich zu zeigen, aber nicht genug, um wirkliches Interesse zu entwickeln oder zu spüren. Ähnlich verhielt es sich auch mit den Müttern von Elliotts und Katies Freunden; wir konnten zwar über die Kinder sprechen, aber nicht über uns selbst, unabhängig von ihnen. Gelegentlich gaben wir auch Dinnerparties für Leute, mit denen Stephen zu tun hatte; wir nahmen diese Verpflichtungen so hin, als etwas, das seine Arbeit mit sich brachte und dem ich mich als Ehefrau nicht entziehen konnte. Wir luden Stephens Vorgesetzte und ihre Frauen ein, sowie ein paar wichtige Angestellte und ihre Frauen, und es war dann vor allem meine Aufgabe, sie richtig zu placieren und im Gespräch den verschiedenen Fähigkeiten und Interessen gerecht zu werden und Peinlichkeiten zu vermeiden. Ich glaube, ich bewältigte das ganz gut.

Diese Abendessen waren die einzigen Verpflichtungen, die Stephen mir aufbürdete, und ich wußte das zu schätzen. Es kam nie vor, daß ich zuviel trank oder zuviel redete oder Dinge sagte, die ungeschickt oder unfreundlich oder zu scharf formuliert waren. Ich muß gestehen, daß ich es komischerweise auch irgendwie genoß und mich sogar darauf freute, obwohl diese Einladungen keinem natürlichen Bedürfnis entsprachen und mich, wie alle übrigen, zwangen, anders auszusehen und anders zu reagieren. Sie gaben mir die Gelegenheit, eine andere Rolle auszuprobieren, aus mir herauszugehen, wie man damals sagte, und solange ich nichts verkehrt machte, konnte ich es als Spiel betrachten.

(Diese Schnappschüsse blitzen vor mir auf, und ich versuche zu ergründen, was aus alldem resultierte, wie ich gegen Ende dieses Lebens eigentlich war. Liebevoll, treusorgend, mitfühlend mit schauspielerischen Neigungen? Glücklich mit einer Familie, die einen Zusammenhalt hatte, weil jedes Mitglied wußte, daß ich immer da sein würde, daß ich immer Zeit hätte, für jeden von ihnen? Eine Frau, deren Heim, Mann und Kinder nichts zu wünschen übrig ließen, die alle Erwartungen erfüllte; ich war es, Abra, Frau und Mutter, die sie zusammenhielt, umhegte und pflegte?

Ich habe nichts mehr mit dieser Person gemeinsam. Die Bilder beweisen mir jedoch, daß ich damals nicht unglücklich war. Ich fühlte mich einigermaßen wohl und dachte auch, ich hätte erreicht, was ich mir vorgenommen hatte, das heißt Kinder großzuziehen und zu versuchen, eine glückliche Ehe zu führen. Aber all das war separat für sich, etwas Objektives, daneben, in nicht zugänglichen Regionen wuchs dieses undefinierbare Unbehagen. Wie hätte ich damals schon erraten können, was es bedeutete? Wie hätte ich in den Lauf der Dinge eingreifen können?)

(Ich bin schuldig. Ich weiß, all die andern hielten mich für schuldig und bemitleideten Stephen und auch diejenigen, die ich liebte, meine Familie, waren verletzt und hielten mich für schuldig. Ich kann mich nicht rechtfertigen. Ich nehme diese Schuld auf mich, ich weiß, daß ich ihnen genügend Anlaß gegeben hatte, mich zu verurteilen. Aber ich sah damals und sehe auch heute noch keine andere Möglichkeit.)

5

Katie steht alldem fassungslos gegenüber.

Wie versprochen kommt sie am nächsten Morgen nach ihrem ersten Besuch wieder zurück. Sie sieht müde, verstört, unausgeschlafen, aber sehr entschlossen aus – anscheinend hat sie sich zu etwas durchgerungen. Ich sitze noch bei meinem Tee, als sie ankommt, obwohl es schon spät am Vormittag ist. Ich habe ebenfalls kaum geschlafen. Die Nacht war voller Erinnerungen gewesen, und das war nur ein Bruchteil, gerade der Anfang.

Von der Vergangenheit völlig absorbiert, habe ich ganz vergessen, daß sie zurückkommen wollte und schrecke hoch, als es klopft. Ich drehe mich um, weiß wieder, wo ich bin und was das bedeutet und rebelliere einen Augenblick dagegen, gestört zu werden. Aber dann klopft sie noch einmal, und ich muß natürlich antworten. Sie trägt einen langen hellblauen Rock und ein Oberteil mit Trägern, außerdem hat sie einen weißen Schal mitgebracht, falls sich das Wetter ändern sollte. Ich fahre mir mit den Fingern durchs Haar, eine alte Angewohnheit, erinnere mich dann aber, wie grau und struppig es ihr vorkommen muß, und versuche, es wieder zu glätten. «Kann ich reinkommen?» fragt sie.

Ich trete zurück, um sie vorbeizulassen. Sie sieht hinreißend aus, ihre Jugend ist wie ein Schock für mich, und es durchzuckt mich, daß sie das alles mir zu verdanken hat. Ich habe wieder dieses Gefühl der Verbundenheit.

«Tee?» frage ich. Sie steht am Küchentisch, zögernd, da sie nicht weiß, ob sie willkommen ist. Ich zeige auf den zweiten Stuhl, und sie setzt sich und faltet die Hände vor sich auf dem Tisch. Sie hat sehr lange Finger.

«Ja, bitte», sagt sie. Ich gieße zwei Tassen ein, und wir sitzen uns ein paar Augenblicke schweigend gegenüber, bis sie dann schließlich etwas sagt. «Ist es dir recht, daß ich zurückgekommen bin?»

Nach meinen anfänglichen Zweifeln überlege ich mir, ob es mir nicht doch recht ist? Ich stelle fest, daß ich mich freue, sie wiederzusehen, daß diese Nacht voller Erinnerungen Dinge zurückbrachte, die meine Neugierde weckten. Diese Neugierde kann wohl als erstes Anzeichen gewertet werden, daß mein vergangenes Leben wieder Macht über mich gewinnt. Zumindest sieht sie es so, und ich sollte es vor ihr verbergen, sollte ihr nicht zeigen, daß es mich doch interessiert. Ich bin jedoch nicht mehr gewohnt, mich zu verstellen; hier ist das völlig unnötig, und ich habe es verlernt.

«Nein», sage ich langsam, «ich habe nichts dagegen.» Ich suche nach irgendeinem Halt. Ich erinnere mich. «Hast du Zigaretten? Ich habe zwar das Rauchen aufgegeben, hätte aber ganz gern eine.» Sie reicht mir ihre Packung, und ich nehme eine. Als sie mir Feuer gibt, fallen mir ihre glatten Hände auf, die Nägel sind bis zu den Fingerspitzen abgebissen. «Danke. Ich habe schon ewig nicht mehr geraucht.» Ich lehne mich zurück, in der einen Hand die Tasse, in der andern die Zigarette, die mich schwindlig macht; sie bemerkt, daß es keinen Aschenbecher gibt und steht auf, um eine Untertasse zu holen.

«Ja, ich freue mich, daß du zurückgekommen bist», sage ich, als sie sich wieder hinsetzt. «Ich wollte schon immer wissen, was aus Fletcher geworden ist.»

«Fletcher?» sagt sie, ihre Stimme klingt hoch und erstaunt und verletzt. «Du willst wissen, was mit dem Hund passierte?» Sie fängt sich wieder, erinnert sich wohl an ihren Vorsatz und wird ruhiger.

«Fletcher ist uralt inzwischen und auch etwas verkrüppelt, aber wir haben ihn immer noch. Ab und zu überlegen wir uns, ob wir ihn einschläfern lassen sollen, aber keiner bringt es übers Herz. Ich denke nicht, daß er wirklich leidet, er ist nur etwas steif und kann sich nicht so gut vorwärts bewegen.

«Oh.» Ich denke an all die anderen Dinge, die ich fragen könnte und zögere. Zuerst möchte ich etwas über Katie wissen, wie sie sich entwickelt hat und was sie macht; ich möchte wissen, wieviel Verständnis ich von ihr erwarten kann. Was spielt sich bei ihr ab?

«Ich habe gestern nacht einen Kuchen gebacken», sage ich, «möchtest du welchen? Ich denke, er ist gut geworden.»

«Ja, gern, wie nett», sie nickt höflich.

Ich lege ihr ein Stück auf den Teller, selbst esse ich keinen. Ich habe mir noch nie viel aus Süßigkeiten gemacht. Sie versucht ihn und nickt wieder. «Er ist sehr gut», sagt sie. «Ich mag Hefekuchen.»

Ich beuge mich vor und sehe sie aufmerksam an. «Erzähl, was du noch alles magst. Erzähl mir, was du machst.»

Sie setzt sich bequemer hin, entspannt sich, der Erfolg ihrer Bemühungen muß ihr bewußt sein, meine Fragen können nur bedeuten, daß ich ihr nachgebe.

«Ich will mich im Herbst immatrikulieren, als Hauptfach möchte ich Archäologie studieren, und vielleicht mache ich nächsten Sommer bei einer Ausgrabung in Südamerika mit, aber es ist noch nicht sicher. Ich habe mich angemeldet, es hängt davon ab, wie erfolgreich ich den Kurs absolviere.»

«Warum Archäologie?» Ich frage mich, was für ein Interesse die Leute daran haben können, warum sie mit so viel Mühe ein totes Artefakt wieder zum Leben erwecken wollen. Ich versuche unsere Befangenheit zu lösen, aber ich habe schon so lange keine scherzhafte Bemerkung mehr gemacht und spüre, wie sie zurückweicht, als ich es versuche.

«Du buddelst also gern alte Sachen aus? Wie mich zum Beispiel?» Sie ist verletzt, erholt sich aber schnell wieder und antwortet. In ihrer Stimme klingt ein metallisch harter Ton mit. Sie doziert.

«Diese alten Sachen lassen uns die Gegenwart begreifen. Durch sie erfahren wir, warum wir so sind, wie wir sind. Deshalb interessiere ich mich auch für Archäologie, ohne Vergangenheit gibt es auch keine Gegenwart, das gilt für alle Kulturen und Völker. Alte Sachen haben also durchaus ihre Bedeutung.»

Sie beläßt es dabei, und ich bin dankbar und fühle mich zurechtgewiesen. Natürlich weiß ich, warum es wichtig für sie war, mich zu finden: sie ist bei sich selbst auf ungelöste Rätsel gestoßen und denkt, sie gehen auf mich zurück; ich sehe aber auch die Zwecklosigkeit des Unterfangens. Ich möchte ihr das sagen, aber wie anmaßend, nach einer Nacht flashartiger Erinnerungen, die außerdem noch unzusammenhängend und unverdaut waren.

Ich sitze da und beobachte sie, versuche herauszufinden, warum ich mich mit ihr so verbunden fühle, aber es gibt nichts herauszufinden. Ich sehe nur eine junge Frau, die Tee trinkt und Kuchen ißt, eine sehr schöne und graziöse junge Frau, für mich jedoch eine Fremde.

Die Stille ist unerträglich geworden. Sie wartet auf etwas, und ich kann ihr nichts geben, noch nicht.

«Ich glaube, es ist keine gute Idee», sage ich aus purer Verzweiflung, ich weiß, es ist zwecklos, aber die Stille lastet auf mir. Gestern war sie noch meine Verbündete gewesen, und heute kann ich sie nicht ertragen – was ist los mit mir?

«Was ist keine gute Idee?» fragt sie neugierig und schaut mich mit hochgezogenen Augenbrauen an.

«Du solltest dich in dieser Angelegenheit besser nicht auf mich verlassen. Ich kann dir nicht weiterhelfen, ich habe keine Antworten. Wenn du mir nur glauben könntest, daß ich nicht wegen dir oder deinem Bruder oder deinem Vater hierhergekommen bin. Ich bin einfach nur hier und habe keine Antworten für dich parat. Ich kann nichts für dich tun, glaub mir.» Ich würde am liebsten heulen, so wie sie gestern.

Sie wirft mir einen bedeutungsvollen Blick zu, faßt dann offensichtlich einen Entschluß, seufzt und zuckt die Achseln.

«Wie du willst, mir soll's recht sein. Wenn du nicht willst, brauchen wir uns über nichts zu unterhalten. Ich wollte dir nur begegnen, und das ist mir auch gelungen. Du solltest dich nicht durch mich stören lassen. Wenn es geht, würde ich jedoch gern eine Weile bleiben. Bist du damit einverstanden, wenn ich mich noch etwas hier herumtreibe? Ich möchte dir nicht auf die Nerven gehen, ich möchte nur eine Zeitlang mit dir zusammensein. Wir könnten uns vielleicht etwas kennenlernen.»

Ich bin gerührt, daß sie so bereitwillig Konzessionen macht. Sie läßt mir Zeit, und das bedeutet für sie und ihr Vorhaben ein gewisses Opfer.

«Du bist natürlich immer willkommen hier, nur mußt du dich selbst beschäftigen, weil bestimmte Dinge hier einfach getan werden müssen.» Ich habe inzwischen auch weniger Schwierigkeiten mit den Worten, sowohl mein Gehirn wie auch meine Zunge arbeiten schneller; es ist schon so lange her, aber wie meine Erinnerungen schienen sie all diese Jahre über dicht an der Oberfläche gelegen zu haben und waren überraschend schnell wieder zur Hand.

Ich spüle meine Teetasse aus und gehe zur Tür. «Das Grundstück ist ungefähr siebzig Morgen groß, falls du einen Spaziergang machen willst. Sonst gibt es hier nicht viel für dich zu tun.»

«Das ist in Ordnung. Ich kann mich etwas ausruhen.» Sie lächelt mir zu, und ich stelle fest, daß ich zurücklächle. Ich kann meine Gesichtsmuskeln spüren, sie sind angespannt, aus der Übung, trotzdem ist es ganz natürlich, ihr Lächeln zu erwidern. Vor ihr gab es nie eine Gelegenheit, jemandem zuzulächeln, nichts bot sich an. Eine angenehme Abwechslung.

Auf der Veranda nehme ich einen Korb und eine Hacke. Der Frühsalat steht zu dicht, und ich will zum Mittagessen so viel Salat holen, daß es für zwei reicht. Der Rest des Gartens befindet sich noch in seiner frühesten, grünsten, schnellsten Wachstumsphase. Ich kann beinahe jeden Tag Veränderungen feststellen, und falls das Wetter sich nicht ändert, wird es eine Rekordernte werden, so wie es jetzt aussieht.

Auch ganz abgesehen davon, daß ich sie brauche, habe ich ein inniges Verhältnis zu Pflanzen. Ich berühre sie gern, weiß, daß ich ihr Dasein erst ermöglichte. Heute bin ich aber nicht richtig bei der Sache, meine Gedanken schweifen immer wieder ab, und gelegentlich fahre ich zusammen und ertappe mich dabei, daß ich das Anfassen, Ausdünnen und Ausjäten ganz routinemäßig und unbewußt mache. Das beunruhigt mich, denn mein Garten und die Arbeit, die ich in ihn hineinstecke, ist eines meiner Hauptvergnügen hier. Würde ich das verlieren und alles einfach nur automatisch erledigen, würde mir gar nichts mehr bleiben.

Trotzdem bedeutet es eine Anstrengung, mich zu konzentrieren. Ich denke immer wieder an das junge Mädchen, meine Tochter, die in der Hütte sitzt, was sie von mir will und was ihr Besuch alles mit sich bringt. Meine Hände tun, was in diesem Augenblick von ihnen verlangt wird, meine Gedanken verirren sich jedoch in der Vergangenheit, beschäftigen sich mit der Frage, die dieses Mädchen stellt. Die Erinnerungen sind klarer geworden, das Bild jener Abra ist etwas lebendiger und geordneter. Aber die Details fehlen immer noch.

Um Ordnung und etwas Logik in die Sache zu bringen, versuche ich, meine Kindheit zu sondieren, was jedoch nicht klappt. Die Eindrücke sind völlig verschwommen, außer den Formen und Bildern einer behüteten Zeit kann ich nichts wahrnehmen. Wenn ich mir mehr Mühe gäbe, könnte ich vielleicht diese Formen zu Erinnerungen koagulieren lassen, aber es lohnt sich nicht. Sonnenschein und viel Grün, Lächeln, Geborgenheit, Fragen und Angst, Akzeptiertwerden oder nicht sind die vorherrschenden Eindrücke, das Gefühl, nicht wirklich dabeizusein, nur ein Zuschauer zu sein – aber bei was? Nicht aus meinem Versteck herauszukommen, ein Geheimnis zu hüten, das einzig und allein mir gehört.

Ich weiß, daß ich nicht dumm war, alles entglitt nur. Ich war auch nicht unsensibel, aber ich sah nicht, worauf es ankam. Vielleicht war ich einfach zu jung und kapitulierte deshalb, eine Verirrung. Es fehlte mir an Mut, aber ich war noch nie sehr mutig gewesen. Daß ich hierherkam, ist nicht meinem Mut zu verdanken. Inzwischen bin ich alt und kann sehen, was ich vorher nicht sah.

Die Hochzeit. Alles ist irgendwie verschwommen, traumhaft, Gesichter tauchen auf, lächelnd, Worte kommen wie von weitem, von mir, zu mir, tanzend, lächelnd. Wahrscheinlich war ich glücklich an jenem Tag, aber alles war trüb, verschwommen, unwirklich, und ich erinnere mich im Grunde auch an überhaupt nichts.

Die Nacht zuvor weinten ich und meine Mutter. Plötzlich wollte ich mich nicht mehr verheiraten, ich war noch nicht soweit, ich wollte zu Hause bleiben, behütet und für mich. Panik ergriff mich. Wenn ich daran denke, kann ich noch die Tränen in mir hochsteigen fühlen und den Druck im Magen verspüren.

Ich war neunzehn. Ein Jahr älter als Katie jetzt; seltsam, ob sie wohl bereit ist und mich braucht, um mit ihr zu weinen? Stephen studierte bereits, wir kannten uns schon beinahe drei Jahre und wollten nicht mehr länger warten. Wir waren zu oft getrennt, da er immer an seiner Uni war, und beschlossen deshalb zu heiraten. Er fragte mich im April, es war ein kühler Abend, wir saßen im Wohnzimmer meiner Eltern; sie waren unten und spielten Karten, wir konnten nirgendwo hingehen und hatten das Gefühl, in einer Falle zu sitzen. Stephen meinte: «Das ist idiotisch, wir heiraten besser, und die Sache ist gelaufen.»

Ich sagte ja und hatte Angst. Meine Eltern sagten, wir sollten warten, wir meinten jedoch, wir hätten lange genug gewartet, und sie schienen im Grunde auch nichts dagegen zu haben. Ich hatte eigentlich eher den Eindruck, sie würden sich freuen, und auch Stephens Eltern schienen erfreut zu sein, als wir es ihnen erzählten.

Da wir uns keine Ringe leisten konnten, schenkte uns Stephens Großmutter ihre Ringe. Wir würden in Toronto eine Wohnung mieten und im Juli dann heiraten, ich würde mich nach einem Job umsehen und bis zum Semesterbeginn im September wären wir dann soweit eingerichtet. Alles war ganz klar.

Es entsprach genau dem, was ich mir erhofft hatte, was man mir wohl beigebracht hatte zu erhoffen, obwohl ich nicht genau sagen konnte, wann oder auf welche Art und Weise. Ich weiß nur, daß ich das Ganze nie in Zweifel zog, obwohl ich nicht sicher bin, ob ich mein altes, vertrautes Ich mit dem neuen Leben, dessen Bild ich so deutlich vor Augen hatte, vereinbaren konnte. Aus was bestand sie, diese Vision, die ich ohne zu hinterfragen annahm?

Eigentlich war es gar keine Vision, sondern eine Projektion. Eine vage Vorstellung von mir mit Kindern, Ehemann, Heim, Komfort, Sicherheit. Aber all das hatte, wie ich jetzt erkenne, weder Form noch Gestalt. Ich dachte nicht darüber nach, was es bedeutete, wie es sein würde. Ich war einer der Darsteller in einem Film über meine Zukunft, und es war ein sehr hübscher Film, der im Grunde allerdings nichts mit mir zu tun hatte. Ich hatte mir nie Gedanken gemacht. Jetzt kommt mir das seltsam, aber nicht verwunderlich vor.

Ich ging völlig in dieser Vorstellung auf. Machte eine Gästeliste nach der andern und überlegte mir, welche Farben ins Badezimmer passen würden. Bis es soweit war, träumte ich also diesen Traum vom Verheiratetsein, es war jedoch nichts weiter als ein Kindertraum.

Wir hatten achtzig Gäste auf unserer Liste, und mein Hochzeitskleid war weiß. Die Hochzeit sollte in einer anglikanischen Kirche stattfinden, die schon seit Jahren niemand von uns betreten hatte, und anschließend würde in dem Bankettsaal eines Restaurants der Empfang abgehalten werden. Wir lebten wohl alle in diesem Traum.

Einen Monat vor der Hochzeit fuhren Stephen, meine Eltern und ich nach Toronto und fanden eine Ein-Zimmer-Wohnung über einem Laden. Die Universität war mit dem Bus zu erreichen, die Miete belief sich auf achtzig Dollar im Monat, was uns damals wie ein Vermögen vorkam und auch ein Vermögen für uns war. Wir rechneten damit, daß ich ungefähr fünfundsiebzig Dollar in der Woche verdienen würde. Stephens Eltern sagten, sie wollten für die Universität bezahlen, so lange er seine guten Noten hätte, im Sommer würde er sich dann einen Job suchen. Es fehlten ihm noch drei Jahre. Meine Mutter meinte nur: «Paßt auf, daß keine Kinder kommen, es wäre unmöglich sonst.»

Unsere Eltern legten zusammen und kauften uns ein Schlafzimmer als Hochzeitsgeschenk. Alles übrige fanden wir in Trödelläden, einen Tisch und Stühle, zwei Lampen und ein Sofa, und das war alles, was wir je in dieser kleinen Wohnung an Möbeln besaßen. Die Farbe des Badezimmers entsprach nicht meiner Vorstellung.

Die Einladungen wurden verschickt, und drei Parties wurden für mich veranstaltet. Es war aufregend und romantisch und am tollsten war, daß ich die Liebe des zuverlässigen, soliden Stephen errungen hatte. Ich war die erste, und alle andern beneideten mich glühend. Es gab ein großes Hin und Her mit meinen Freundinnen, und wir vergossen heiße Tränen, weil wir wußten, es würde nicht mehr dasselbe sein; alles war sehr traurig, aber gleichzeitig auch erhebend. Ich packte meinen Kinderkram weg.

Bis zur Nacht vor der Hochzeit, als mir für einen Augenblick die Augen aufgingen. Wir würden unsere Hochzeitsnacht in unserer Wohnung verbringen, da wir uns keine richtigen Flitterwochen leisten konnten. Morgen, in vierundzwanzig Stunden, so früh schon, würde ich sie also bezogen haben, zusammen mit diesem jungen Mann – wie gut kannte ich ihn eigentlich? –, dem schäbigen Mobilar, der Aussicht, auf Jobsuche zu gehen und einen Haushalt führen zu müssen, während er studierte, und das würde für die nächsten drei Jahre mein Leben sein. Es schauderte mich bei dem Gedanken, auf was ich mich da eingelassen hatte. Ich konnte nicht begreifen, daß ich das nicht vorher gesehen hatte.

Als ich am nächsten Tag, meinem Hochzeitstag, aufwachte, dachte ich, wie idiotisch, ich liebe ihn und wir werden glücklich sein, und die Tränen der vergangenen Nacht erschienen mir dumm, und ich schrieb sie meiner Aufregung zu. Das Resultat war ein fleckiges, aufgequollenes Gesicht, und ich war wütend auf mich, weil ich so häßlich aussah. Bis zum Nachmittag war jedoch alles wieder verschwunden, und das Kleid saß tadellos; mein Vater kam in mein Schlafzimmer, faßte mich um die Taille, küßte mich auf die Stirn und wünschte mir alles Gute; auch er hatte Tränen in den Augen; ich war inzwischen wieder in meinem Traum und konnte mir keine Tränen mehr abringen. Wir fuhren zur Kirche, und ich stieg vorsichtig aus dem Wagen, weil ich mein makelloses Kleid nicht in Gefahr bringen wollte; drinnen fing die Musik an, und ich nahm den Arm meines Vaters, und wir gingen den Gang entlang, Stephens weißes Gesicht war weit weg, andere Gesichter wandten sich mir zu, lächelnd, nickend, vertraute Gesichter, die mir plötzlich fremd erschienen und dann die sonore Stimme des anglikanischen Geistlichen und Stephens Stimme, schwach, bewegt und meine eigene, die Eintragung ins Standesamtregister, Fotos und wieder Musik, die uns aus der Kirche geleitete, Umarmungen und Küsse von den vertrauten Gesichtern, die ich immer noch nicht erkannte. Ich war weder glücklich noch traurig, ich steckte mitten im Geschehen und beobachtete es auch gleichzeitig. Ich war – ich war nicht ich selbst.

Und auch später bei dem Empfang, als ich tanzte und immer noch dieses vage Gefühl hatte, mich selbst lachen und reden hörte, keine Ahnung hatte, was ich sagte und mich auch an nichts erinnerte; bemerkten denn die andern, daß ich nicht wirklich da war?

Auf dem Weg nach Toronto schlief ich die meiste Zeit an Stephens Seite. Es war mir zwar bewußt, daß das kein angemessenes Verhalten für eine Braut in ihrer Hochzeitsnacht war, aber ich war zu erschöpft, ich hatte das überwältigende Gefühl, daß etwas zu Ende gegangen war; die Feierlichkeiten waren vorbei, und die Wirklichkeit lag als etwas Unfaßbares vor mir. Ich war nicht traurig und empfand auch nicht mehr den Schrecken der Nacht zuvor; es war vorbei. Keine Tränen flossen mehr.

Stephen weckte mich, als wir hinter dem Laden parkten. Wir holten das Gepäck aus dem Kofferraum und gingen zum erstenmal gemeinsam die Treppe zu unserer Wohnung hoch, Stephen war inzwischen auch müde. Wir machten Licht, und alles sah sehr gemütlich aus, wir fühlten uns plötzlich auch sehr wohl zusammen und gingen einfach schlafen; ohne auszupacken oder zu duschen, ließen wir uns einfach ins Bett fallen, umarmten uns und waren glücklich, daß alles so gekommen war.

Es waren noch vier Wochen bis zum Semesterbeginn. Wir machten einen Ausflug nach *Hanlan's Point* und picknickten dort, dann fuhren wir mit dem Rad durch High Park, hielten Händchen im Museum und schliefen zusammen. Ich suchte auch nach einem Job, und innerhalb von zwei Wochen hatte ich einen gefunden und fing an zu arbeiten. Wir hatten nicht gedacht, daß es so schnell gehen würde.

Das Konfektionsgeschäft war ziemlich klein, nur die Besitzerin und eine Verkäuferin. Stephen und ich gingen die Bathurst Street entlang, als ich im Fenster ein Kleid entdeckte, das mir gefiel, und obwohl ich wußte, daß wir es uns nicht leisten konnten, wollte ich es zumindest einen Augenblick lang tragen. Wir gingen rein. Ich probierte es an, mochte es sofort, und während ich mich wieder umzog, kaufte mir es Stephen als eine Überraschung. Frau Kopalski, der der Laden gehörte, packte es gerade ein, als ich wieder herauskam, und Stephen machte ein zufriedenes Gesicht; wir erzählten ihr schließlich noch, daß wir gerade geheiratet hätten und ich einen Job suchte, im Augenblick würden wir jedoch noch unsere Flitterwochen verbringen, und bis jetzt hätte ich auch noch nichts gefunden. Sie fragte mich noch ein paar Dinge und sagte dann, daß ihre Verkäuferin am Freitag weggehen würde, und wenn ich wollte, könnte ich am Montag anfangen. Ich sollte am Freitag vorbeikommen und etwas zuschauen und die Kasse bedienen lernen.

Einen Augenblick lang rebellierte ich dagegen, daß ich so übergangslos meinen Pflichten nachkommen sollte, aber es war im Grunde natürlich schon entschieden. Drei Tage später sah ich Frau Kopalski und ihrer Verkäuferin zu, hörte, wie sie zu den Kunden sagten «wie angegossen» und schwor mir, daß mir das nie über die Lippen kommen würde. Und am Montag stand ich im Laden und sagte es ebenfalls und tippte die Beträge in die Kasse, und Frau Kopalski sagte mir, daß ich es spielend schaffen würde, «meine Liebe».

Und alles schien bestens zu sein. Wir brauchten uns keine Sorgen mehr wegen des Geldes zu machen und mußten nur auf vierzehn Tage Flitterwochen verzichten. Wenn ich morgens zur Arbeit ging, lag Stephen noch im Bett, und tagsüber, sagte er, würde er lesen und Spaziergänge machen. Er erledigte auch die Einkäufe, und wenn ich abends nach Hause kam, hatte er das Abendessen fertig. Diese Zeit hätte sehr schön sein können, wenn ich nicht immer so müde gewesen wäre; ich war jeden Tag mit neuen Leuten konfrontiert, war höflich, zuvorkommend und tüchtig, und abends war ich dann völlig erschöpft. Ich hätte mich verändert, meinte er, ich war zerstreut und abwesend, was er haßte; ich dachte schon wieder an den nächsten Tag, daran, daß ich wieder in dem Laden sein würde, höflich und zuvorkommend und tüchtig, und er hatte mich nicht mehr ganz für sich, was er mir übelnahm. Und ich ärgerte mich über diese Haltung, über den Druck, den er auf mich ausübte, etwas zu sein, wozu ich im Augenblick nicht fähig war; alldem lag folgendes unausgesprochenes Argument zugrunde: «Ich tue das doch nur für dich, wenn ich dich nicht unterstützen müßte, wäre ich auch nicht so, mit welchem Recht beklagst du dich?»

Wenn ich abends müde nach Hause kam, wollte er noch ins Kino oder spazierengehen oder Freunde besuchen, und ich lehnte immer ab, ich war müde und machte mir schon wieder Gedanken über den nächsten Tag. Wir lebten uns in diesen zwei Wochen auseinander und fragten uns wohl beide – ich fragte mich auf jeden Fall –, ob wir auch das Richtige getan hatten.

Aber als Stephen wieder zur Universität ging, kam alles wieder ins Gleichgewicht. Wir gingen zusammen einkaufen und waschen, das Kochen übernahm jedoch ich wieder und alles war sehr gerecht verteilt. Jeder entwickelte eine gewisse Routine, übernahm gewisse Pflichten; Stephens Energien für Dinge, die nichts mit seiner Arbeit zu tun hatten, ließen auch nach, und wir waren beide wieder zufrieden. Abends lasen wir meistens, er seine Lehrbücher und ich meine Romane; wir waren einander sehr nahe und fühlten uns wohl, ohne reden zu müssen. Ich war immer noch erschöpft nach meiner Arbeit und Stephen beanspruchten seine Seminare, jeder hatte aber den andern, und wir bildeten eine Art Notgemeinschaft gegen die Außenwelt. Wir befolgten auch gewissenhaft den Rat meiner Mutter, keine Kinder zu kriegen.

Ich erinnere mich, daß ich mich manchmal fragte, ob ich jemals Kinder haben wollte, obwohl es im Grunde ganz klar war, da ich mir mein Leben gar nicht anders vorstellen konnte, eine Vorstellung, die fester verwurzelt war als jeder Zweifel. Alles schien bestens geregelt und ich fürchtete jede Veränderung. Durch Kinder würde alles schlagartig anders werden, sie forderten so viel Zuwendung und Liebe, und ich fühlte mich schwach und eingeschüchtert. Ich sprach jedoch nie mit Stephen darüber, da ich auch meine Zweifel in Zweifel ziehen mußte. So wie ich mein Leben sah, konnten sie nur unberechtigt erscheinen. Zweifel zu äußern, wäre das nicht komisch und irgendwie schrecklich gewesen?

Und außerdem wollte ich auch nicht ewig diesen Job haben, und was hätte ich sonst tun können? Stephen meinte manchmal: «Wenn ich erst einmal zu verdienen anfange und du mit deinem Job aufhörst und Babies kommen – drei wäre eine gute Zahl, was meinst du? –, werden wir uns ein Haus kaufen und glücklich und zufrieden bis an unser seliges Ende darin leben.» Er machte sich zwar darüber lustig, aber im Grunde meinte er es ernst.

Wir hatten immer einigermaßen Geld. Zu Weihnachten und zum Geburtstag bekamen wir von unseren Eltern etwas geschenkt, und da Stephen sehr erfolgreich mit seinem Studium war, bezahlten seine Eltern auch weiterhin die Semestergebühren. Wir konnten uns zwar keine Extravaganzen leisten, aber es reichte für das Essen, die Miete und gelegentliche Kinobesuche. Ab und zu kauften wir einen Kasten Bier und verbrachten den Abend mit Stephens Freunden, und das reichte uns auch.

Es waren immer Stephens Freunde, weil ich noch niemanden kennengelernt hatte. Ich traf tagsüber nur Kunden, keine Leute, die mich interessierten. Ich übernahm irgendwie seine Freunde und hörte ihnen zu, wenn sie sich über die Universität, über Vorlesungen und die Leute dort unterhielten. Sie waren nett, fragten mich aber nie nach meiner Arbeit in dem Kleiderladen. Wenn ein Kunde besonders komisch war oder sonst etwas Außergewöhnliches passierte, dachte ich: Nächstes Mal, wenn sie wieder hier sind, erzähle ich ihnen das, es amüsiert sie bestimmt, aber ich tat es nie. Das Kleidergeschäft und meine Tätigkeit schienen zu losgelöst zu sein von dem, was sie machten, um ein Gesprächsthema abzugeben; ihre Unterhaltungen waren jedoch interessant und eine Abwechslung für mich.

Dank meiner Großmutter, die starb, als ich dreizehn war, wurden wir plötzlich mit der Vollendung meines einundzwanzigsten Lebensjahrs reich. Sie war die Mutter meines Vaters, und ihre Familie hielt sie für eine verschrobene, einsiedlerische alte Frau. Sie hatte Geld, wollte es aber nicht ausgeben; sie lebte als Witwe in dem Haus, das sie und ihr Mann gebaut hatten, und als sie dann starb, vermachte sie es meinem Vater, ihrem einzigen Kind, und mir, seinem einzigen Kind, ihr Barvermögen. Bis zu meiner Volljährigkeit wurde es für mich verwaltet; Stephen und ich besprachen die Angelegenheit und kamen zu dem Entschluß, daß es mir eigentlich nicht gehörte. Zinsen und Zinseszinsen inbegriffen waren es 50000 Dollar; ein Vermögen.

Stephen schlug vor, es für die drei Kinder, die wir haben würden, zu investieren, und wenn sie alt genug wären, um ihr Leben selbst zu bestimmen, wäre es eine Starthilfe für sie. Aufgeteilt könnten auf jedes immer noch mehr als 20000 Dollar kommen.

Mir schien das ein Riesengeschenk zu sein, mehr als ich mir je vorgestellt hätte; aber dann sah ich natürlich auch, daß es viel weniger war als das, was ich jetzt besaß, daß ich nämlich über 50000 Dollar verfügte und irgendwie, aus völlig unerfindlichen Gründen, gelangte ich dann auch zu der Überzeugung, daß ich es weitergeben sollte, obwohl ich es schwierig fand, sehr viel schwieriger anscheinend als Stephen, mir diese drei Phantomkinder vorzustellen, die auf die Universität gehen, sich verheiraten und schließlich in den Genuß dieser Phantomerbschaft kommen würden.

Mir war jedoch klar, daß der eigentliche Grund, weshalb Stephen dafür plädierte, das Geld nicht auszugeben, ganz einfach die Tatsache war, daß er es nicht verdient hatte. Sein Stolz ließ es nicht zu. Darüber sprachen wir jedoch nicht.

Trotz allem, ohne mich um seinen Stolz zu kümmern, eröffnete ich für das Geld ein separates Konto und ließ es ihn nicht investieren, obwohl er es als Börsenmakler und umsichtiger Geschäftsmann bestimmt gut angelegt hätte. Sein Besitz vermittelte mir ein beruhigendes Gefühl, und obwohl ich nicht genau sagen konnte warum, so war es doch äußerst wichtig für mich, und ich widersetzte mich hartnäckig seinen Überredungskünsten, bis Stephen verärgert und kopfschüttelnd aufgab. Es war für beide unerklärlich. Und obwohl wir uns über den andern und das, was geschehen war, etwas wunderten, so änderte das doch nichts an der Sache. Allmählich vergaßen wir es und wandten uns wieder andern Dingen zu.

Im Jahr darauf, als wir erfuhren, daß Stephen sein Examen mit Auszeichnung bestehen würde, luden wir für ein Wochenende unsere Eltern ein, reservierten Hotelzimmer und organisierten für sie und ein paar von Stephens Freunden eine Party am Tag der *Graduation*. Ich kaufte ein verbilligtes Kleid bei Frau Kopalski, und wir deckten uns mit Wein und Käse ein und machten uns Gedanken darüber, ob zwischen unseren Freunden und unseren Eltern auch alles glattlaufen würde.

Am Abend vor der *Graduation* kamen sie dann alle gleichzeitig an, und wir nahmen unsere Drinks und unser Abendessen in ihrem Hotel ein und unterhielten uns vor allem darüber, wie stolz wir alle auf Stephen wären und wie tüchtig er gewesen sei. Am nächsten Tag überstürzte sich alles, die Examensfeierlichkeiten und anschließend die Fotos und die ganzen küssenden, lächelnden Leute, dann zurück zur Wohnung, wo ein paar von Stephens Freunden zu der Musik aus dem Radio tanzten, obwohl es kaum Platz gab. Unsere Eltern saßen auf dem Sofa, schauten zu und lächelten und meinten, es wäre hübsch, so viele vergnügte junge Leute um sich zu haben und wundervoll, daß alles so gutgelaufen sei.

Sie sagten, «das sind die besten Jahre unseres Lebens», und die Nostalgie ließ ihre Augen erglänzen, und in mir zog sich etwas zusammen und ich sagte mir, «irgend etwas stimmt da nicht», dann gab ich mir einen Ruck und dachte, daß sie vielleicht doch recht hätten, da ich nichts Unstimmiges entdecken konnte. Außer daß ich mich verloren fühlte.

Stephen würde einfach Arbeit finden, das war zu dieser Zeit der nachwuchshungrigen Unternehmer kein Problem, und ich würde eine Entscheidung treffen müssen. Was würde aus mir werden? Außer daß ich nicht mein ganzes Leben in Frau Kopalskis Kleidergeschäft verbringen wollte, auch wenn sie sehr lieb und nett war und untröstlich über meinen Weggang sein würde, wußte ich eigentlich nichts.

Was würde ich anfangen? Ich hatte nicht das Gefühl, als ob ich wählen könnte, ich war überhaupt nicht imstande zu wählen. So verloren war ich.

Stephen fing beinahe unverzüglich an zu arbeiten. Als Anfangsgehalt bekam er hundertsiebzig Dollar wöchentlich, es wurde ihm jedoch sehr viel mehr in Aussicht gestellt. Wir besprachen unsere finanzielle Situation und beschlossen, daß ich zumindest noch so lange arbeiten sollte, bis wir ein Haus anbezahlen konnten. Die Entscheidung war mir abgenommen, und ich war erleichtert. Stephen stürzte sich auf seine Arbeit, war ganz begeistert davon, brachte Zahlen mit nach Hause und las jeden Morgen den *Globe and Mail*, machte seine Analysen und war ganz aufgeregt, wenn die Zahlen zunahmen, und niedergeschlagen, wenn sie abnahmen. Er war sehr beliebt. Die Freunde, die uns jetzt besuchten, waren von der Firma statt der Universität, und alle meinten, er wäre erstaunlich gut, und prophezeiten ihm eine steile Karriere. Er glühte vor Stolz und Eifer.

(Ich bin gerade dabei, die Tomaten auszujäten, sie sind noch ganz klein und grün und hart, es wird eine gute Ernte sein; als ich damit fertig bin, richte ich mich auf, beuge mich etwas nach hinten, die Hand im Kreuz und lasse mir die Sonne ins Gesicht scheinen. Meine Haut sieht inzwischen wahrscheinlich wie Leder aus, zäh, faltig und braun. Die idealen Voraussetzungen für Hautkrebs. Aber die Sonne ist so warm, und ich fühle mich so lebendig.)

Wir fanden unser Haus: ein nicht besonders großes Gebäude mit fünf Zimmern, Küche und Bad, das damals vierundzwanzigtausend Dollar kostete. Wir hatten es geschafft, beinahe sechstausend Dollar beiseite zu legen, die wir als Anzahlung benutzten. Stephen bekam eine Gehaltserhöhung. Wir stellten lange Kalkulationen an, und Stephen meinte schließlich: «Okay, du kannst endlich aufhören. Wir schaffen's jetzt.»

Und schon war's soweit. An dem Tag, an dem ich meinen Job bei Frau Kopalski aufgab, kaufte er eine Flasche Champagner, und wir verbrachten den Rest der Nacht damit, meine Freiheit zu feiern. Er sagte mir, ich würde wundervoll aussehen, alles in den letzten vier Jahren wäre nur meinetwegen so gekommen und er wäre mir sehr dankbar. Ich war vierundzwanzig.

Wir kauften neue Möbel für das Haus, um das Ende unserer Armut zu signalisieren, und eine Zeitlang fühlte ich mich auch etwas freier. Wenn Stephen zur Arbeit ging, lag ich noch im Bett; ich stellte die Möbel um, ging einkaufen und kochte, und ich konnte mich hinsetzen und Kaffee trinken und ein Buch lesen, gerade wie es mir in den Sinn kam.

Allmählich verstand ich auch, wie Stephen sich gefühlt haben mußte, als ich zu arbeiten anfing. Ich versuchte nichts zu sagen, aber ich war ruhelos, gelangweilt, erschöpft vom Nichtstun, während er erschöpft von seiner Arbeit kam, obwohl sie ihm Spaß machte. Ich sah die Parallelen, aber das änderte nichts an meinem Unbehagen.

Ich wollte – aktiv sein. Das Haus war eingerichtet, und ich suchte ein neues Betätigungsfeld für meine überschüssige Energie, irgend etwas, und Stephen meinte: «Warum unternimmst du nicht etwas tagsüber, nimm das Rad, geh spazieren», aber allein war ich unfähig dazu. Ich konnte nichts allein tun. Alleinsein machte mir Angst. Wenn ich diese Dinge allein unternahm und niemand dabei war, der sich um mich kümmerte, hörte ich auf zu existieren. Stephen sah das alles und bemühte sich, verständnisvoll zu sein und war auch sehr viel geduldiger als ich unter diesen Umständen. «Vielleicht solltest du dich nach einer andern Arbeit umschauen», meinte er ganz ruhig, keineswegs verärgert, «du hättest dann etwas zu tun. Wahrscheinlich hast du dich so sehr ans Arbeiten gewöhnt, daß es dir schwerfällt, dich umzustellen.» Aber ich verlor sofort jedes Interesse und wollte nicht. Ich wußte nicht, was ich eigentlich wollte, ein Job schien mir keine Lösung zu sein.

Wir mußten stillschweigend ein Übereinkommen getroffen haben. Innerhalb weniger Monate war ich schwanger, die Entscheidung war mir wieder einmal abgenommen, und alles war in bester Ordnung. Es war wieder wie vor der Hochzeit, die Vorbereitungen und die Vorfreude. Ich kaufte Kleider für werdende Mütter, Babysachen, ein Kinderbettchen und Flaschen und richtete ein Kinderzimmer ein. Ich stattete meinen Eltern einen zweiwöchigen Besuch ab, sie waren ganz aufgeregt und lasen mir jeden Wunsch von den Augen ab. Meine alten Freundinnen sah ich auch wieder, und obwohl einige inzwischen auch schon Kinder hatten und ich diesmal nicht die erste war, fand ich es doch spannend, ja beinahe dramatisch, schwanger zu sein und als werdende Mutter aufzutreten. Wieder einmal verlor ich die Wirklichkeit aus den Augen, gab mich ganz meinen Träumen hin und ließ mich über alles hinwegtrösten.

(Ich erinnere mich nicht mehr genau an meine Gefühle für Stephen, vielleicht hatte er zu diesem Zeitpunkt schon einen festen Platz in meinem Leben eingenommen, und ich dachte nicht weiter über ihn nach, nahm ihn als selbstverständlich hin, genauso wie ich auch alles, was mich betraf, als selbstverständlich hinnahm. Das Bild, das ich vor Augen habe, hat nur Umrisse, keine individuellen Züge, es wird ergänzt durch einen beinahe die ganzen Jahre hindurch gleichbleibenden Eindruck von Geduld und Liebenswürdigkeit – eine Liebenswürdigkeit, die weder forciert noch selbst auferlegt erschien – und von Verständnis.

Was mich selbst betrifft, so erinnere ich mich noch weniger. Eine Leere, etwas Nicht-Vorhandenes. Der Eindruck eines Vakuums, das von außen bestimmt wurde. Ohne Eigenschaften, ohne Gesicht in allem, was zählte. Ich habe das Gefühl, als ob es nichts mit mir zu tun hätte.)

(Es ist Zeit fürs Mittagessen. Ich bin in der Küche, und Katie hilft mir, einen Salat zuzubereiten, als Nachtisch gibt es Kuchen und voraus noch eine Suppe, es würde also genügend vorhanden sein. Ich bin verwirrt, die Tatsache, daß ich gleichzeitig an zwei Orten weile, hat mich völlig aus der Bahn geworfen, einmal bin ich wieder in diesem ersten Haus, erwarte mein erstes Kind, und dann bin ich hier, in einer ganz andern Welt, grauhaarig und damit beschäftigt, zusammen mit meinem zweiten Baby, einer jungen Frau inzwischen, das Mittagessen zuzubereiten. Katie hält die Unterhaltung im Gange und überbrückt die Pausen, die durch mich entstehen; sie erzählt von ihren *boyfriends* und von der Schule, jedoch kein Wort, was die übrige Familie betrifft; sie wartet meine Fragen ab, läßt ein Vakuum entstehen, dessen Sog ich nicht widerstehen kann. Sie behält recht.)

Stephen und ich gerieten in Panik, als die Wehen einsetzten. Wieder einmal standen wir der Wirklichkeit hilflos gegenüber.

Die Wehen waren anfangs noch nicht sehr heftig und kamen in langen Abständen, und wir lachten und umarmten uns, weil es endlich soweit war, und ich spürte kaum Schmerzen. Aber dann wurden sie immer stechender und häufiger, und das Lachen verging uns. Wir dachten daran, den Arzt zu rufen, wollten ihn aber nicht stören, weil es mitten in der Nacht war. Ich schwitzte, es war mir abwechselnd fürchterlich heiß und fürchterlich kalt, und die Laken waren völlig naß und Stephens Gesicht leichenblaß, er weinte, und ich glaube, ich weinte auch. Die Wehen wurden schließlich so stark, daß wir es nicht mehr für lächerlich hielten anzurufen, Stephen sprach mit dem Arzt, und wir rasten ins Krankenhaus. Wir dachten, es würde jeden Augenblick soweit sein, und der Zeitdruck machte einen Teil der Panik aus – was würde passieren, wenn wir nicht rechtzeitig dort waren?

Es dauerte noch weitere sieben Stunden, bis das Baby geboren wurde. Ich schickte Stephen nach einer Weile weg, weil er alles nur noch schlimmer machte durch seine Gegenwart, erschreckt und aufgelöst wie er war. Außer den Schmerzen existierte nichts mehr für mich, sie hüllten mich völlig ein, ich konnte nichts anderes mehr wahrnehmen, bis sie mir schließlich eine Betäubungsspritze gaben und alles vorbei war. Als ich dann etwas später in mein Zimmer zurückkam, beinahe wieder bei vollem Bewußtsein und außer den Schmerzen auch wieder andere Dinge wahrnehmen konnte, sah ich eine Schwester und schaffte es, sie nach dem Baby zu fragen. «Es ist ein Junge», sagte sie, «und er ist gesund und munter.»

Bald darauf stand auch Stephen an meinem Bett, strahlend und alles Vorangegangene vergessend; ich erinnere mich, wie er meinte: «Es hat sich gelohnt, nicht wahr?» und ich haßte ihn in diesem Augenblick, weil für mich nichts diese Schmerzen aufwiegen konnte.

Ich schlief wieder ein, und als ich dann aufwachte und mein Baby sah, war die Erinnerung an die Wehen schon etwas verblaßt und verschwommen und ich war ebenfalls überzeugt, daß es sich gelohnt hatte. So schlimm es auch gewesen war.

Er hatte dunkle Haare, sehr viele, und blaue Augen; aber ich konnte keine Ähnlichkeit mit irgend jemandem feststellen. Es war mir nicht klargewesen, daß er tatsächlich einmal existieren würde, und ich betrachtete ihn voller Staunen. Ein Wesen, das es nur gab, weil es Stephen und mich gab und wir ihm seine spezifischen Eigenschaften vermittelt hatten; ich darf keine Fehler machen, dachte ich, ich muß ihm helfen und ihn beschützen, denn diese ganze Angelegenheit, dieses neue Leben, das hier begann, war etwas Heiliges. Ich verspürte das unbändige Verlangen, ihn zu verstecken, ganz für mich zu behalten, da er mir gehörte und sich aus mir heraus entwikkeln würde. Stephen beschwerte sich, weil er das Baby nicht anrühren und nicht hochheben durfte und auch nicht hinter die Glasscheiben der Säuglingsstation zugelassen wurde, und ich nahm zufrieden zur Kenntnis, daß das Baby noch ausschließlich mir gehörte; ich fand das ganz in Ordnung so, haßte die Schwestern, die es an mein Bett brachten und wieder wegnahmen, weil ich es mit ihnen teilen mußte. Ich beanspruchte alleiniges Besitzrecht.

Wir tauften ihn Elliott, ich habe vergessen warum.

Die darauffolgende Zeit war sehr seltsam. Zu Hause, wenn ihn Stephen in die Arme nahm, ließ ich sie nicht aus den Augen und stieß einen Schrei des Entsetzens aus, wenn ihn Stephen auf den andern Arm nahm; ich hatte nämlich ständig Angst, er würde ihn fallen lassen oder nicht bemerken, was das Baby wollte. Ich wußte immer alles. Ich kannte Elliott in- und auswendig, wußte, wann seine Windeln gewechselt werden mußten, wann er Hunger hatte oder Blähungen oder auch nur hochgenommen werden wollte. Ich hielt Stephen nicht für genügend aufmerksam, er kannte das Baby einfach nicht so gut, beobachtete es nicht sorgfältig genug. Wir konnten beide das Baby nicht einfach schreien lassen und liefen jedesmal, wenn wir es hörten, ins Schlafzimmer, und jeder wollte es hochnehmen, Stephen ließ mir jedoch den Vortritt, da er an diese mystische Union zwischen Mutter und Kind glaubte, ich blieb also beinahe immer Sieger und beruhigte Elliott; manchmal jedoch, wenn mich Stephens bittender Gesichtsausdruck rührte, legte ich sehr sorgfältig und geschickt das Baby in seine Arme und beobachtete sie besorgt, bis ihn Stephen wieder zurückgab, wahrscheinlich weil er sich allmählich auch unwohl dabei fühlte oder es einfach satt hatte, mein ständiges Mißtrauen zu ertragen.

Weitaus schlimmer waren jedoch die Besucher. Es war eine Tortur für mich, wenn ihn andere hochnehmen und herumwirbeln wollten, um ihm ein Lachen oder sonstige Laute zu entlocken, und sie bemerkten nicht oder kümmerten sich nicht darum, daß ich wie auf Kohlen saß. Als unsere Eltern kamen, durfte ich Elliott kaum mehr anfassen; sie rissen alles an sich, waren davon überzeugt, daß ich keine Ahnung hätte, versuchten mich zu belehren, und dabei war ich doch die einzige Person, die wußte, was zu tun war, da ich dieses Baby so gut wie mich selbst kannte, etwas, wozu sie gar nicht in der Lage waren. Ich war die Mutter, und ich war außer mir vor Wut.

Sie erklärten mir, wann und wie ich ihn füttern sollte, und meinten, es wäre nicht so schlimm, ihn manchmal auch etwas schreien zu lassen; ich haßte sie deswegen, wie konnte ich dieses hilflose Wesen, das mir gehörte, im Stich lassen, wenn es mich brauchte und ich sein einziger Schutz war. Sie mußten meinen irrationalen Ärger doch etwas gespürt haben, denn bevor sie gingen, nahm mich meine Mutter beiseite.

«Laß ihm etwas Luft zum Atmen», sagte sie. «Sie sind nicht so zerbrechlich wie du denkst, sonst wären sie erst gar nicht so weit gediehen. Ich weiß, das ist gar nicht so einfach, vor allem bei dem ersten, aber denk daran, die perfekte Mutter gibt es nicht, genausowenig wie das perfekte Kind.»

Sie lächelte mir verschwörerisch zu, als ob wir ein geheimes Wissen teilten. «Als du geboren wurdest, dachte ich, wir könnten ein Musterbeispiel abgeben, aber natürlich klappte das nicht, und ich glaubte deswegen, ich hätte versagt. Aber wir haben auch das überlebt, nicht wahr? Ich machte Fehler, und du wirst Fehler machen, ob du willst oder nicht. Keiner kann sie vermeiden.»

Sie legte ihren Arm um mich. «Ich sag dir das, weil du mein Kind bist, und ich möchte dich genausowenig verlieren wie du ihn. Wenn wir unsere ganze Energie nur auf die Aufzucht der nächsten Generation verwenden, die dann wiederum dasselbe tut und so weiter und so weiter, würden wir uns tatsächlich kaum von Ameisen oder Bienen unterscheiden. Ich mußte daran ziemlich häufig denken. Leb also auch noch dein eigenes Leben. Bis zum nächstenmal, mein Kind, mach's gut.»

Sie küßte mich auf die Wange und ging, und eine Zeitlang haßte ich auch sie. Niemand verstand mich. Ich heulte. Niemand darf in seine Nähe kommen, dachte ich wild entschlossen, sie würden ihm nur weh tun und könnten nicht sehen, was ich in ihm sah. Nur ich verstand.

Monatelang ging ich nicht aus dem Haus, weil ich Elliott nicht allein lassen und auch niemandem anvertrauen konnte. Ich weigerte mich, Bekannte aufzusuchen, und wenn wir Besuch hatten, was immer seltener der Fall war, machten sie viel Aufhebens um Elliott, und ich wurde immer ungehaltener, und sie blieben meistens nicht lange. Ich nahm kaum an einer Unterhaltung teil, da ich durch das Baby abgelenkt war, auf jede Regung, jeden Laut, jedes Wimmern und wahrscheinlich jeden kleinsten Seufzer achtete.

Außer Elliott gab es nichts für mich, und ich wollte mit ihm allein gelassen werden. Ich wollte nicht einmal über ihn reden, obwohl ich an nichts anderes dachte; ich hatte nämlich das Gefühl, daß er mir dadurch fremder würde, daß sich etwas zwischen uns schieben und etwas von ihm an einen andern abgegeben würde.

Für Stephen muß es immer unerträglicher geworden sein, obwohl ich nichts bemerkte. Außer Elliott bemerkte ich nichts von dem, was sich um mich herum abspielte, seit Monaten hatte ich mich ausschließlich auf ihn konzentriert, für Stephen gab es keinen Platz mehr in meinem Leben.

Endlich sagte er etwas (ich kann mich rückblickend nur wundern über die ungeheure Geduld, die ihn so lange schweigen ließ). «Hör zu, Abra», fing er ungeschickt an, «wir sollten uns über ein paar Dinge unterhalten, darüber, wie wir unser Leben eingerichtet haben.» Ich schaute ihn verständnislos an und wußte nicht, was er meinte. Ich wußte, wie wir unser Leben eingerichtet hatten und fand es richtig so, über was wollte er sich unterhalten? «Ich würde gern essen gehen», sagte er. «Wir werden den Abend mal freinehmen, seit Monaten sind wir nicht mehr ausgegangen, wir können uns dann in aller Ruhe unterhalten und vielleicht einiges wieder in Ordnung bringen. Wir brauchen eine Verschnaufpause, vor allem du. Du kamst schon seit Monaten nicht mehr raus.»

«Nein», sagte ich. Es klang abrupt, überrascht, abweisend. «Du weißt genau, daß ich nicht weg kann. Was passiert mit Elliott?»

«Wir sehen uns nach einem Babysitter um. Er ist beinahe sechs Monate alt, er wird das schon überstehen.» Stephens Stimme klang ärgerlich, ich war jedoch unerbittlich, es stand überhaupt nicht zur Diskussion für mich.

«Wen?» fragte ich sarkastisch. «Irgendein junges Mädchen aus der Nachbarschaft, die nicht einmal die Windeln wechseln kann. Wen kennen wir schon, dem wir Elliott anvertrauen könnten?»

Ich dachte, die Angelegenheit wäre damit erledigt, aber ich hatte nicht mit seiner Entschlossenheit gerechnet, wußte nicht, wie ernst es ihm damit war, jetzt, wo er in Fahrt geraten war.

«Ich habe auf meinem Nachhauseweg bei unseren Nachbarn vorbeigeschaut und Jeannie gefragt.» Jeannie war blond, zu üppig und hatte vier Kinder; ich mochte sie nicht, weil sie ihre Kinder auf dem Vorderhof spielen ließ und sie immer wieder anbrüllen mußte, wenn sie auf die Straße liefen; ich dachte: Und was passiert, wenn sie mal nicht hinschaut und eines in ein Auto läuft, nur weil sie sich gerade umdrehte und nicht brüllte. Ich hielt sie für verantwortungslos ihren Kindern gegenüber.

«Sie wird heute nacht auf Elliott aufpassen. Wir bringen ihn bei ihr vorbei, wenn wir weggehen», sagte Stephen, «und holen ihn wieder ab, wenn wir zurückkommen. Es ist die einfachste Sache der Welt, wenn man so viel Kinder hat wie sie, muß man Bescheid wissen. Du hast kein Monopol auf Mutterschaft.»

Ich kämpfte, kämpfte mit meiner ganzen Kraft, und mittendrin wachte Elliott auf und fing an zu schreien. Ich sprang auf, um ihn hochzunehmen, aber Stephen packte mich am Arm und ließ mich nicht gehen, und einen Augenblick lang standen wir beide regungslos da und lauschten; dann hörte er auf, und Stephen ließ mich wieder los, und ich starrte ihn an, als ob er mich verraten hätte, was ich in diesem Augenblick auch dachte.

«Los, zieh dich schon an», sagte er, und seine Stimme klang hart. Ich hatte ihn noch nie so reden hören. Ich war zu überrascht und auch zu eingeschüchtert, um mich zu widersetzen, aber ich tat es nur widerwillig, ließ geräuschvoll die Badezimmer- und Schlafzimmertür hinter mir zufallen und weigerte mich mitzukommen, als er Elliott bei Jeannie ablieferte. «Es ist ausschließlich deine Verantwortung», sagte ich zu ihm, versteinert und wütend.

Als wir dann endlich loszogen, nur wir beide, versuchte Stephen amüsant und unterhaltsam zu sein, was mich nur noch wütender machte; wie konnte er nur so unbeschwert sein, er wußte doch, daß im selben Augenblick Elliott etwas Schreckliches zustoßen könnte. Ich war schweigsam und unzugänglich, knallte die Speisekarte auf den Tisch und meinte zu Stephen, er könne auch für mich bestellen, da er doch allein Regie führen würde an diesem Abend. Ich hatte jedoch einen erstaunlich guten Appetit, ich erinnere mich, daß er ein Steak für mich bestellte; als es kam, dachte ich, ich könnte es nie aufessen, aber ich nahm es doch in Angriff und hörte erst wieder auf, als nichts mehr auf dem Teller lag.

Er wartete mit seinen Fragen, bis wir fertig waren. «Ist dir klar, was bei dir abläuft?» Ich holte Luft und hatte meine Argumente parat, aber er ließ mich gar nicht erst zum Zuge kommen, sondern startete sofort seine Attacke.

«Du bist völlig besessen, völlig neurotisch, was das Baby betrifft. Es ist mir klar, daß dich das nicht weiter stören wird, vor allem, da du jetzt im Alleinbesitz eines Sohnes bist – du bist jedoch auch dabei, deinen Mann zu verlieren.» Er war so verbittert, monatelang hatte er sich zurückgehalten, und seine Stimme klang zornig, fremd. Ich wußte nicht, was ich ihm antworten sollte und starrte ihn einfach nur an. Ich war völlig ahnungslos gewesen.

«Du bist dir nicht darüber im klaren, oder», meinte er etwas sanfter, aber immer noch anklagend. «Wir leben nicht mehr zusammen, *du* und das Baby, ihr lebt zusammen, während zwischen dir und mir nichts mehr läuft. Du bewachst ihn, als ob er verschwinden würde, wenn du ihn allein läßt. Hör zu, mein Liebling, ich bin derjenige, der hier verschwindet, bei diesem Arrangement kommt nämlich nichts für mich heraus. Laß den Kleinen auch auf eigene Faust aufwachsen. Es wird ihm nicht schaden, du schnappst sonst noch über oder wenn du nicht, dann er.» Mein Elliott sollte überschnappen, ich wollte etwas sagen, protestieren, aber er fiel mir wieder ins Wort.

«Das kann offensichtlich nicht so weitergehen, und offensichtlich muß die Initiative von mir kommen. Zunächst werden wir mindestens einmal die Woche ausgehen, nur wir beide, und ein Mädchen finden, das auf das Baby aufpaßt. Wenn Elliott zu schreien anfängt, warten wir erst einmal ein paar Minuten ab, ob er wieder aufhört, so wie heute nacht. Nicht daß wir ihn deswegen vernachlässigen, wir wollen nur nicht so maßlos übertreiben.»

Ich haßte ihn aus tiefstem Herzen, ich wollte überhaupt nicht mit ihm reden. Mein Ärger war jedoch nicht ganz aufrichtig, da ich einfach nicht glaubte, daß er es ernst meinte. Nein, das ist nicht richtig. Ich wußte, daß er es ernst meinte, aber ich konnte mir nicht vorstellen, daß er hart bleiben würde. Wir lebten schon seit Jahren zusammen, und ich hatte nie erlebt, daß er eigensinnig auf etwas beharrte, darum kämpfte. Wahrscheinlich gab es bis zu diesem Zeitpunkt noch nie etwas, um das es sich zu kämpfen lohnte. Ich kannte seine Stärke nicht und dachte, daß ihn mein Ärger bald in die Knie zwingen würde. So gesehen war mein Ärger nicht aufrichtig, sondern forciert und bewußt manipulativ, obwohl ich auch echte Wut empfand.

Als wir nach Hause kamen, rannte ich zu unsern Nachbarn. Ich wechselte kaum ein Wort mit Jeannie, da ich überzeugt war, daß ihr im Verlauf des Abends irgend etwas Schlimmes mit meinem Liebling passiert sein mußte.

Er war glücklich und zufrieden. Er schlief, als ich ihn hochnahm, und machte kaum die Augen auf. Ich konnte nichts entdecken, das ein «siehst du, ich hab's gewußt, wir hätten nicht weggehen dürfen» rechtfertigte.

Wir gingen ohne ein Wort zu wechseln schlafen, Stephen hart und unnachgiebig, ich starr und verärgert. Am nächsten Morgen hatte sich nichts daran geändert, kaum war Stephen weg, nahm ich Elliott in die Arme und wiegte ihn und gelobte, daß ihm unter meiner Obhut nichts zustoßen würde. Wahrscheinlich hatte ich ihn zu fest an mich gepreßt, denn er fing zu schreien an, und ich ging mit ihm auf und ab, bis er aufhörte.

Ich dachte, mein Ärger würde Stephen mürbe machen, aber zu meiner Überraschung gab er nicht nach, und die nächste Woche gingen wir ins Kino und ließen Elliott wieder bei Jeannie. Ich wollte zumindest anrufen, um zu sehen, ob alles in Ordnung war, aber Stephen ließ mich nicht – ich war erstaunt, wieviel sein Wille über mich vermochte –, und als wir nach Hause kamen, fanden wir wieder alles in bester Ordnung vor. Die Woche darauf saßen wir uns wieder kalt und abweisend beim Essen gegenüber, aber dann sagte Stephen, daß demnächst ein Business-Dinner fällig wäre und ich mitkommen müßte. Die nächste Woche, meinte er, würden wir einen Abend allein ausgehen und einen zweiten für das Dinner freihalten. Er sagte, wir müßten uns nach einem richtigen Babysitter umsehen, da wir nicht immer Jeannie fragen könnten, sie hätte genug mit ihrer eigenen Familie zu tun.

Ich leistete nur noch schwachen Widerstand, machte jedoch keine Anstalten, einen Babysitter zu finden, weigerte mich, darauf einzugehen, aber Stephen sabotierte auch das. Die siebzehnjährige Tochter eines Kollegen würde auf Elliott aufpassen, sagt er fest und bestimmt. Es wäre überhaupt kein Problem, sie sei erfahren, würde sich mit Babies auskennen, ein idealer Babysitter. Die Woche über könnte sie bis elf Uhr bleiben und an Wochenenden die ganze Nacht. Wir könnten niemand besseres finden. Seine Stimme klang kalt und unpersönlich, als ob er einem Angestellten Direktiven geben würde, sie schüchterte mich ein. Sie klang nicht wie Stephens Stimme, und der Unterschied verblüffte mich.

Karin war unbestreitbar ein nettes, liebes Mädchen, wenn auch schrecklich jung, und sie hörte geduldig zu, als ich ihr bis ins letzte Detail Elliotts Wünsche und Gewohnheiten erklärte. Ich ließ sie Elliott hochnehmen und sah ihr mit angehaltenem Atem zu, aber sie stellte sich sehr geschickt an, wenn auch nicht so liebevoll, wie ich es gern gehabt hätte, und ich ging dieses Mal beruhigter mit Stephen weg.

Er erlaubte mir auch, an diesem Abend zu Hause anzurufen. Karin sagte, Elliott wäre okay, er hätte alles gegessen und würde jetzt schlafen. Ich bat sie, noch einmal nach ihm zu schauen, während ich am Telefon war, denn eine meiner Hauptängste war, in sein Zimmer zu kommen und ihn nicht mehr atmend vorzufinden, was ich ihr jedoch nicht erzählte. Manchmal stand ich mitten in der Nacht auf, wenn alles ganz ruhig war, und lauschte, ohne selbst zu atmen, auf seine winzigen Atemzüge, oder ich legte meine Hand flach auf seinen Rücken, um zu fühlen, wie er sich hob und senkte. Karin schien verwundert zu sein, aber sie tat, was ich von ihr wollte. Natürlich war alles in Ordnung.

Drei Nächte später, bei der Dinnerparty, ging diese Phase dann irgendwie ganz unmerklich, aber endgültig auf seltsame Art und Weise zu Ende. Ich bemerkte, wie ich die Leute um mich herum beobachtete und ihrer Unterhaltung zuhörte, und sie erschien mir zu losgelöst von meiner Welt, um daran teilzunehmen. Nichts berührte mich. Ich hörte Stephen, wie er energisch und selbstbewußt über geschäftliche Angelegenheiten sprach. Es dämmerte mir endlich, daß in seinem Leben noch ganz andere Dinge eine Rolle spielten und daß er noch ganz andere Seiten hatte als die, die ich kannte. Es war eine Welt, die mir fremd war; ich war weit weg von all diesen Leuten, ich sprach kaum ein Wort.

Als Stephen mich anschließend fragte, wie ich mich fühlte, sagte ich, daß alles okay wäre. Ich wußte nicht, wie ich es ausdrücken sollte, dieses Gefühl, so weit weg zu sein – ich war verwirrt, erschreckt und fühlte mich sehr allein. Ich konnte ihm nicht erklären, daß ich trotz der Angst und der Einsamkeit einen Hauch von Freiheit verspürt hatte. Als ob mir die Entdeckung, daß er nicht nur die Person war, die ich kannte, und daß ich nicht allein die Verantwortung trug, eine Last von der Seele genommen hätte. Und es war begleitet von einem Gefühl der Leichtigkeit, dem Fehlen von jedem Zwang und einer Art Unsicherheit – ich würde dem noch nachgehen müssen.

Zu Hause schauten wir dann beide nach Elliott. Er lag ruhig in seinem Bettchen, atmete leicht und regelmäßig und ich sah, daß sein kleiner Körper ganz allein in diesem Kinderbettchen lag; er schlief, und ich mußte ihn allein lassen. In diesem Augenblick geschah es dann auch; ich sah alles ganz deutlich und hatte das Gefühl eines Verlustes dabei und hätte am liebsten geheult, konnte aber nicht.

Am nächsten Tag war er immer noch allein. Ich kümmerte mich zwar um ihn, aber ich war nicht er, und ich wußte das auch. *Wußte* es. Ich hatte keine Bedenken mehr, ihn Karin anzuvertrauen, und sah ein, daß es keinen Unterschied machte, wer nebenan fernsah oder las und ab und zu nach ihm schaute, solange er schlief. Was vor ein paar Tagen noch unvorstellbar gewesen wäre, war durch einen unerklärlichen Ablösungsprozeß möglich geworden. Meine Liebe für ihn erschien mir weniger absolut zu sein, weniger verzehrend, weniger aufopfernd – weniger mütterlich? –, was auch immer der Fall war. Ich hatte auch das Gefühl, daß mein eigenes Leben an Intensität verloren hatte, etwas sehr Reales und Klares hatte sich wieder aufgelöst, und ich war wieder etwas verloren. Ich dachte: Ich muß mich wirklich einmal hinsetzen und mir das Ganze durch den Kopf gehen lassen, was passierte und wie es dazu kam und ob es positiv oder negativ ist, aber ich tat es nie.

Stephen und ich redeten nicht darüber. Nur einmal wurde die Verwandlung erwähnt.

«Du wirkst in der letzten Zeit sehr viel entspannter», bemerkte er beiläufig ein paar Wochen später, und ich antwortete, daß ich mich entspannter fühlte, was in gewisser Hinsicht auch stimmte. Es war jedoch mehr als nur das. Eher ein Loch, Verzweiflung. Es fehlte etwas – die Leidenschaft. Aber dieses Gefühl der Freiheit, des Entspanntseins, der Erleichterung war auch vorhanden, die Leidenschaft mußte also doch eine gewisse Bürde gewesen sein.

Stephen und ich kamen uns wieder näher. Wir teilten uns Elliott, und ich glaube, manchmal war ich sogar dankbar, daß das Baby nicht immer nur nach mir verlangte. Ich vergaß beinahe wieder den andern Stephen, den ich erlebt hatte, diese andere Seite seines Wesens.

Er bestand nicht mehr darauf, daß wir jede Woche zusammen ausgingen, und manchmal blieben wir einfach zu Hause, so wie früher, als Elliott noch nicht geboren war, und lasen und unterhielten uns. Vorher spielte er noch mit Elliott, während ich zuschaute und sie lachen hörte. Stephen sagte, Elliott würde mir immer ähnlicher sehen, was inzwischen wohl auch stimmte, er kam aus dem Säuglingsalter heraus, entwickelte individuelle Züge, einen eigenen Charakter, und es ließen sich tatsächlich gewisse Ähnlichkeiten feststellen.

Er war ein glückliches Kind, voller Lebensfreude und Wärme. Er entsprach all meinen Erwartungen, und ich wußte, daß er nicht so geworden wäre, wenn Stephen nicht eingegriffen hätte. Ich war Stephen auch dankbar, da ich allein, ohne seine Hilfe, wahrscheinlich nicht durchgehalten hätte.

(Beim Kaffee, nach einem sehr schweigsamen, erinnerungsträchtigen Mittagessen, frage ich Katie nach Elliott. Er ist inzwischen zwanzig, ein Mann. Ich sehe an ihrem Gesicht, daß sie ihn nicht besonders mag, sie verzieht es zu einer leichten Grimasse, kontrolliert sich aber und versucht, objektiv über ihn zu reden. Sie scheint sehr sorgfältig ihre Worte zu wählen, und ich weiß nicht genau, ob sie ihm gegenüber fair sein will oder mir etwas ersparen möchte, das ihrer Meinung nach Schuldgefühle in mir erzeugen könnte.

Sie sagt, er würde einen – verbitterten Eindruck machen. Zynisch sagt sie, auf eine Art, die ihn keine Niederlage hinnehmen ließe. Sie nimmt einen neuen Anlauf, meint, sie hätte sich ungenau ausgedrückt, sie wollte sagen, daß er den Anschein erwecke, als mache er sich nichts aus Leuten, daß er niemanden wirklich möge, nicht einmal sich selbst, daß er das Leben als einen Wettlauf nach Macht und Sicherheit auffassen würde. Er würde studieren und sich Vorlesungen in Betriebswirtschaft anhören, er würde immer sehr gut abschneiden und mit seinem Vater über die Dinge sprechen, die er lernte, über neue Möglichkeiten des Managements. Sie erzählt, daß sie ihn einmal gefragt hätte, warum er sich denn so für Business interessiere und was er sich davon verspräche, und er hätte ihr geantwortet, Geld, genügend Geld, um ein sorgenfreies Leben führen zu können, sich sicher zu fühlen. Er wolle nie dieses Gefühl der Unsicherheit haben, nichts dürfe für ihn unerreichbar sein. «Es ist seltsam», meint sie nachdenklich, «daß er nach alldem, was er erfahren hat, noch denken kann, alles sei käuflich, und er müßte nur genügend Geld haben. Er hat wirklich eine seltsame Vorstellung von Sicherheit, dabei sollte er es gerade besser wissen.» Sie hält inne, wirft mir einen fragenden Blick zu, ist sich wieder bewußt, daß mich das vielleicht verletzen könnte, aber ich sage ihr, sie solle weitermachen.

«Ich wollte nur sagen, daß er dich von uns allen am meisten zu vermissen schien. Er schrie viel herum, wenn ihm etwas nicht paßte, ich erinnere mich noch genau daran, aber sonst äußerte er sich nie. Einmal, nachdem du weg warst», wieder schaute sie mich fragend an, «ging ich in sein Zimmer, um mir etwas von ihm auszuleihen, Baseballhandschuh oder so etwas Ähnliches, und ich sah, daß er heulte. Er war wütend, daß ich ihn dabei ertappt hatte und verprügelte mich. Ich wußte, daß er deinetwegen oder wegen einer Bemerkung, die jemand über dich gemacht hatte, heulte; er sprach jedoch nie darüber. Daddy versuchte ein paarmal, mit uns darüber zu sprechen, um herauszufinden, wie wir damit fertig wurden; wir waren wohl beide ziemlich verschlossen und versteckten unsere Gefühle. Ich erinnere mich, daß er sagte, es wäre nicht unsere Schuld, daß wir überhaupt nichts damit zu tun hätten – du sagtest das doch auch, oder nicht?» Ihr Blick drückt Erstaunen aus, als ob sie zum erstenmal diese Möglichkeit in Erwägung ziehen würde. «Wir fragten ihn, warum du denn sonst weggegangen wärst, und er sagte, er wüßte es nicht, aber es wäre auf keinen Fall wegen Elliott oder mir gewesen.

Ich habe noch ein paarmal mit Daddy darüber geredet, Elliott jedoch nie. Er hörte nur zu und lief dann aus dem Zimmer, ohne etwas zu sagen. Nur dieser eine Tränenausbruch.

Ich weiß, daß er vor ein paar Jahren, als er ungefähr siebzehn war, Daddy aufsuchte und irgendwie behauptete, er wüßte, daß Daddy wüßte, warum du weggegangen wärst und wo du wärst und von Mann zu Mann, es wäre ihm auch klar, was sich abgespielt hätte. Er war sehr aufgeregt, weiß wie die Wand, verstehst du? Und da ich ihn in Daddys Arbeitszimmer gehen sah, wußte ich, daß etwas Wichtiges vorlag. Ich war erst fünfzehn, und ich lauschte an der Tür; ich weiß, daß man das nicht tut, aber ich wollte einfach wissen, was los war, und von Elliott erfuhr ich nie etwas. Ich wäre beinahe dabei erwischt worden; Daddy antwortete ihm, daß er wirklich nicht wüßte, warum du weggegangen seist, daß er es nie herausgefunden hätte. Elliott schien ihm das wohl nicht abzunehmen, da er wortlos aus dem Zimmer stürmte und die Angelegenheit nie erwähnte. Er faßte nur den Entschluß, auf die Universität zu gehen, Betriebswirtschaft zu studieren, Geld zu machen und keine Risiken einzugehen.»

Einen Augenblick lang schweigen wir beide, und dann lächelt sie mir zu, ein komisches, etwas schiefes Lächeln, das besagt, daß ich all das nicht persönlich auffassen soll, daß sie es nur so beschreibt, wie es ist, und nicht, wie es hätte sein können, wenn ich mich anders verhalten hätte.

«Es ist so seltsam», meint sie dann, «man sollte annehmen, er müßte am ehesten wissen, daß das, wonach er eigentlich strebte, nicht käuflich sei, gleichgültig wieviel Geld er hätte. Eine traurige Geschichte. Ich muß dir gestehen, daß ich ihn nicht besonders mag. Er bewahrt immer Distanz, läßt niemanden an sich ran, läßt einen an nichts teilhaben und weist jede Hilfe zurück. Er ist völlig angepaßt. Er hat diese ganzen Normen übernommen, ich frage mich, von wo, denn sie entsprechen nicht dem, was Daddy uns zu vermitteln versuchte. Er muß sie sich angelesen haben oder was weiß ich, und jeder soll sich danach richten. Er legt großen Wert auf gute Manieren, Höflichkeit, das Besteck muß richtig gehandhabt werden, so etwas findet er wichtig. Er scheint nie wirklich Anteil zu nehmen, wenn du verstehst, was ich damit meine. Er *benimmt* sich nur.»

Sie hat sich echauffiert und hält einen Augenblick inne und versucht, sich wieder zu beruhigen. «Im Grunde tut er mir leid», meint sie schließlich, «es ist alles so idiotisch.»

Katie ist offensichtlich in vieler Hinsicht ganz anders als er. Sie versucht zu verstehen, und aus diesem Grund ist sie auch hier; sie ist aufgeschlossener, möchte mit mir darüber reden, wie sie das Ganze verarbeitet hat und zögert nur, wenn sie denkt, sie könnte mich verletzen; sie ist rücksichtsvoll in dieser Beziehung, aber sie kann auch sehr hartnäckig und lieblos, ja geradezu erbarmungslos sein und ist ihrem Bruder vielleicht ähnlicher als sie denkt, sie hat nur andere Ziele, sie möchte sich selbst verwirklichen, weiß aber nicht, wie dieses Selbst aussieht. Ich bin nur einer ihrer Ansatzpunkte.

Sie würde sich nicht mit ihrer Zukunft beschäftigen, sagt sie, wolle nicht wissen, wie sich ihr Leben gestalten wird, könne sich nicht vorstellen, planmäßig dabei vorzugehen. Offensichtlich ist sie flexibler als Elliott, da sie ihn vor Augen hat und sich ganz bewußt entgegengesetzt verhält, bestimmt viel liebenswerter und zugänglicher. Jedoch genauso entschlossen wie ihr Bruder; da aber ihre Ziele so unterschiedlich sind, sieht sie das nicht. Nach dem Essen waschen wir ab, und ich bin wieder von meinen Erinnerungen absorbiert. Sie läßt mich in Ruhe, sagt, sie hätte ein Buch mitgebracht, das sie zu Ende lesen wolle, und ich gehe wieder in meinen Garten, wo alles unverändert und doch ständig im Wechsel begriffen ist.)

Mit Katie war alles ganz anders.

Als Elliott ungefähr zwei Jahre alt war, beschlossen Stephen und ich, daß es an der Zeit wäre, noch ein Kind zu haben. Nur ein einziges Kind zu haben oder das einzige Kind zu sein, wurde allgemein als verhängnisvoll betrachtet, und die Sachbücher, die wir (oder ich) so eifrig studierten, empfahlen, daß Kinder in einem Abstand von zwei oder drei Jahren aufeinanderfolgen sollten.

Ich verlor mich dieses Mal nicht in romantischen Träumereien, ich würde mein Kind kriegen und danach wieder eines, indessen kümmerte ich mich wie eh und je um Elliott, und Katie wuchs und gedieh so selbstverständlich in meinem Bauch wie das Junge im Beutel eines Känguruhs. Ich denke, daß Stephen und ich damals dieses zweite Kind eigentlich eher für Elliott als für uns haben wollten. Nicht daß wir kein zweites mehr wollten, wir betrachteten es jedoch eher als einen Spielkameraden für Elliott, als eine Art Beigabe.

Irgendwo in meiner Erinnerung war auch noch der Schmerz bei Elliotts Geburt gegenwärtig, ich konnte ihn mir zwar nicht mehr genau vorstellen, aber ich erinnere mich an meine Gedanken und Gefühle, diese blinde Hysterie, und ich wollte erst gar nicht daran denken, daß ich das alles noch einmal durchmachen sollte. Ich seufzte, es schien so unvermeidlich und grausam zu sein. Es kam jedoch ganz anders, Katies Geburt war unkompliziert, schnell, ich hatte zwar Schmerzen, aber sie waren nicht so endlos wie bei Elliott, sie gingen rasch vorbei und waren auch bald vergessen; ich war hochzufrieden.

Sie sah wie Elliott aus, ein Baby eben, keine Ähnlichkeit mit irgendeinem. Ich schloß sie sofort ins Herz, war froh, daß wir uns zu einem zweiten Kind entschlossen hatten; was auch immer unsere Gründe waren. Aber dieses tiefe Staunen, mit dem ich Elliott zum erstenmal betrachtete, empfand ich nicht mehr bei ihr; sie war ein Baby, entzückend, gehörte mir und Stephen, hatte uns ihr Leben zu verdanken, aber das erschien mir jetzt ganz natürlich. Elliott war ein Wunder gewesen, Katie einfach ein Kind.

Wir tauften sie Kathleen nach meiner Großmutter, nannten sie jedoch nie so. Meistens war sie Katie, manchmal auch Kate, ohne daß das etwas zu bedeuten hatte.

Es war einfach, ihr ein Lächeln zu entlocken, sie fing auch früh an zu lachen und hatte keine Angst vor Fremden; ich beobachtete sie und war stolz auf sie. Ich war auch nicht so überängstlich wie bei Elliott, sondern freute mich, daß die Leute sie mochten, sie anfassen und hochnehmen wollten, daß Stephen entzückt war und sich um sie kümmerte. Meine Zeit war knapp geworden, ich mußte mich jetzt um zwei Kinder kümmern und nahm seine Hilfe dankbar an.

Elliott konnte sich lange nicht an sie gewöhnen, vielleicht hat er es immer noch nicht geschafft. Wir hatten ihm erzählt, daß wir noch ein Baby haben würden, aber er konnte sich das natürlich genausowenig wie wir uns vorstellen. Er zog sich zurück und schaute gequält zu, wie fröhlich sie im Umgang mit Leuten war und wie fröhlich sie ihr entgegenkamen, etwas, das ihm nie gelang. Und es war auch für mich qualvoll, sehen zu müssen, wie er immer verschlossener wurde. Ich nahm ihn in meine Arme und versicherte ihm voller Zärtlichkeit, daß ich ihn liebte, und er wußte auch, daß das stimmte, trotzdem änderte es nichts an der Tatsache, daß alle übrigen Katie vorzuziehen schienen.

Ich tat, was ich konnte, aber ich war immer so müde. Stephen, erwachsen und verständnisvoll wie er war, verstand und half mir so viel wie möglich. Aber seine Kräfte waren auch nicht unerschöpflich, er war überarbeitet, und er mußte sich mit allen dreien beschäftigen, seiner Hilfsbereitschaft waren Grenzen gesetzt, und gewisse Dinge verlangte er auch von mir. Er brauchte Dankbarkeit,

Anerkennung und Liebe, und ich hatte manchmal das Gefühl, daß ich mich verdreifachen müßte, um für jeden dazusein.

Mein Leben verflachte. Ich hatte immer etwas zu tun, und obwohl dieser Funke Freiheit, dieses andeutungsweise erfahrene Alleinsein etwas war, das ich nicht vergaß, so war ich doch eine verantwortungsvolle Mutter. Sie waren meine Aufgabe. Wenn Katie schlief, las ich Elliott vor oder spielte mit ihm; ich plauderte auch mit ihm, während ich sie fütterte oder an mich drückte, und abends, während ich mich um das Essen kümmerte und abwusch, überließ ich sie beide eine Zeitlang Stephen. Wenn dann Katie schlief, konnte Elliott über seinen Vater verfügen, während ich etwas las, bis Elliott seinerseits ins Bett ging und Katie wieder hungrig aufwachte. Bevor alles wieder von vorn anfing, hatten Stephen und ich etwas Zeit füreinander. Ich mochte sie alle und tat, was ich konnte, ich rackerte mich ab und war immer am Ende meiner Kräfte.

Die Kinder wuchsen heran und veränderten sich. Katie war schon über ein Jahr alt und Elliott beinahe vier, als Stephen eines Abends mit einer Champagnerflasche nach Hause kam und mich geheimnisvoll anstrahlte. Als die Kinder im Bett waren, erzählte er mir warum; er sah jung aus und glühte vor Stolz. Ich bemerkte auch zum erstenmal, daß er älter geworden war, ohne daß es mir aufgefallen war.

Er verkündete, daß er innerhalb von einem halben Jahr wieder befördert würde, eine wichtige Sache, er hätte damit eine Position erreicht, die er für längere Zeit innehaben würde. Wir wären in finanzieller Hinsicht ausgesprochen gutgestellt. Er meinte, er wolle sich nun endgültig «etablieren», als ob wir nicht schon genug etabliert gewesen wären. Er wolle eine «Traumvilla» kaufen, in der wir uns ungestört bewegen könnten, und wir würden auch eine Putzfrau haben; ich müßte mich dann nicht so abrackern und alles wäre so, wie er es sich schon immer vorgestellt hätte. Es klang toll und gab mir genügend Auftrieb, um weiterzumachen.

Wir fanden die Traumvilla, auch wenn wir ein Jahr lang immer wieder auf die Suche gehen mußten. Es war meine Aufgabe, und wenn ich etwas Vielversprechendes entdeckt hatte, schauten wir es uns dann zusammen an. Es gab immer etwas auszusetzen: uralte Installationen oder die falsche Heizung oder nicht genügend Privatleben, bis wir dann auf diese hier stießen; sie war von einem Morgen Land umgeben und mit Hecken eingezäunt, und trotz meiner Einwände, daß das alles zu groß sei, um sich noch darum kümmern zu können, hielt es Stephen für genau das Richtige. Es wäre auch seinem neuen Job völlig angemessen, und das war ein Punkt, den man nicht außer acht lassen durfte. Unter anderem kauften wir auch ein *setting*, vor dessen Hintergrund sich seine Karriere abspielte.

Es gab keinen Grund, warum sie mir mißfallen sollte, und sie mißfiel mir eigentlich auch nicht. Es war nur kein Zuhause, und wir konnten machen, was wir wollten, es wurde auch keines. Es blieb immer nur «das Haus».

Katie und Elliott waren noch nie umgezogen, und sie waren beide aufgeregt und ängstlich; zum erstenmal in ihrem Leben wurden sie in eine andere Umgebung versetzt und von ihren Freunden getrennt, gleichzeitig war es jedoch etwas Neues, und sie konnten nur dabei gewinnen. Sie rannten ausgelassen durch das neue Haus, als wir es ihnen zeigten, und da es völlig leer war, hallte es von den Schreien ihrer Entdeckungszüge wider. Wir ließen sie ihre Zimmer selbst aussuchen.

Es war eine zu große Umstellung für Elliott, der sich schon darauf gefreut hatte, mit seinen Freunden zur Schule zu gehen und nun plötzlich ganz allein dastand. Monate hindurch hatte er vor und nach dem Umzug beinahe jede Nacht Alpträume. Ich hörte ihn, wie er nach mir schrie. «Mommy», rief er, «ich hatte einen schlechten Traum.» Ich stand also auf und drückte ihn an mich, bis er wieder einschlief, auch wenn Stephen manchmal meinte, es wäre dumm, da er diese Träume wahrscheinlich nur hätte, um mehr beachtet, mehr bemuttert zu werden; ich hielt das jedoch für einen ausreichenden Grund, um zu ihm zu gehen und hörte erst damit auf, als auch seine Alpträume aufhörten; inzwischen hatte er auch in der Schule neue Freunde gefunden und war zu beschäftigt und zu erschöpft, um noch schlechte Träume zu haben.

Elliott ging nur morgens in den Kindergarten, und während dieser Zeit konnte ich mich dann Katie widmen, der ich genausoviel Aufmerksamkeit wie damals Elliott zukommen lassen wollte; sie hatte auf vieles verzichten müssen, das Vorlesen, die Spaziergänge und Unterhaltungen, da immer Elliott um mich herum war. Die unbedeutendsten Kleinigkeiten, die für mich sehr wichtig waren, hielten mich den ganzen Tag über in Atem. Sollte ich die Wäsche erledigen oder mit Katie einen Spaziergang durch den Park machen? Fühlte sich Elliott wohl in der Schule, schenkte ich ihm auch genügend Beachtung, damit er nicht das Gefühl hatte, ausgestoßen zu sein, ersetzt durch seine fröhliche kleine Schwester? Verwöhnte ich

Katie? Oder widmete ich mich ihr weniger als Elliott damals? Reichten die paar Minuten aus, die ich am Abend mit Stephen verbrachte, oder sollte ich es irgendwie anders einrichten, damit ich mehr Zeit für ihn hätte? Dachte er, ich würde mich zu sehr um die Kinder kümmern? Er sagte, nein, meinte, ich würde alles glänzend bewältigen, wunderte sich, wie ich das alles schaffte, woher ich die Energie hätte; manchmal fragte ich mich allerdings, ob er außer dem, was er mir erzählte, nicht noch andere Probleme hatte, ob er sie mir nicht einfach verschwieg, um mir nicht noch mehr aufzubürden. Vielleicht dachte er, ich wäre nicht sehr belastbar. Er schien aber nicht unzufrieden zu sein, sagte, seine neue Position würde ihm Spaß machen, und war auch überzeugt davon, daß er das Zeug dazu hatte; trotzdem fragte ich mich, ob ich ihn nicht irgendwie doch im Stich ließ, er war so perfekt, daß ich es für unmöglich hielt, es ihm jemals gleich zu tun.

Ein Tag verlief wie der andere, zumindest erscheint es rückblikkend so. Katie wachte gegen halb sieben morgens auf, und ich kümmerte mich um sie, während sich Stephen für die Arbeit fertig machte. Elliott und Stephen hatten immer verlorene Eier mit Toast zum Frühstück, Elliott trank Saft, Stephen Kaffee. Ich setzte die Eier auf, und Stephen steckte das Brot in den Toaster, und bis ich Elliott dann so weit hatte, daß er frühstücken konnte, war es fertig. Stephen nahm Elliott mit, wenn er zur Arbeit fuhr, und Katie und ich hatten den Morgen für uns.

Sie frühstückte, wenn ich meine erste Tasse Kaffee trank. Ich selbst frühstückte nie; ich wollte mich nur für ein paar Minuten hinsetzen, da ich die ersten Stunden des Tages kaum bewußt wahrgenommen, sondern eher wie ein Roboter abgeleistet hatte. Dieser Augenblick war meine erste Verschnaufpause, obwohl Katie, auch wenn sie aß, kaum zu plappern aufhörte. (Zu meiner Freude kann ich feststellen, daß sie als Erwachsene die Kunst des Schweigens gelernt hat.)

Während ich abwusch, erzählte sie mir eine Geschichte, die sie sich vor dem Einschlafen ausgedacht hatte. Auch wenn die Geschichten nicht immer so toll waren, oft auch kein richtiges Ende hatten, so waren sie jedoch immer originell und immer wieder anders, und ich war stolz auf ihre Phantasie.

«Stell dir vor, Mommy», fing sie an, während ihre Beine unter dem Küchenstuhl, der zu hoch für sie war, hin- und herbaumelten und die Hände mit irgend etwas herumspielten und ihre Augen meinen Bewegungen folgten, wie ich die Teller abwusch und nachspülte.

«Was?»

«Gestern nacht kam ein Bär in mein Zimmer.» Sie hielt triumphierend inne.

«Ein Bär! Was macht ein Bär in deinem Zimmer? War es ein lieber Bär?»

«Ja, sehr lieb. Ich sollte ihm helfen.»

«Was solltest du machen?»

«Er sagte, er hätte einen Freund, sein Freund sei auch ein Bär, und sein Freund sei in der Hecke hängengeblieben, er hätte versucht, darüber zu klettern und könnte nun nicht mehr runterkommen, und ich müßte ihm helfen, ihn runterzuholen, denn er hätte Angst, daß man ihn am nächsten Tag dort entdecken würde und auf ihn schießen würde, deshalb müßte er solange es noch dunkel sei, runterkommen, und ich müßte ihm dabei helfen.» Eine Pause.

«Hast du ihm geholfen?»

«Klar, der Bär, der in mein Zimmer kam, sagte, es sei ganz wichtig, und er hat mir geholfen, aus dem Fenster zu klettern, er hat mich unten abgesetzt, und ich ging mit ihm zur Garage, und er half mir, die Leiter zur Hecke rüberzubringen, wo sein Freund wartete. Sein Freund heulte die ganze Zeit.

Und dann», sie holte tief Luft, «kletterte ich auf die Leiter, da der Bär zu sehr Angst hatte, und sagte, er solle aufhören zu heulen, und er hörte auch auf, dann nahm ich ihn mit runter, und er war glücklich.»

«Und was passierte dann?»

«Sie halfen mir, die Leiter in die Garage zurückzubringen, und dann trug mich der erste Bär auf mein Zimmer, er setzte mich am Fenstersims ab, und ich ging wieder schlafen.»

Sie verstummte, dachte nach und entschied, daß die Geschichte noch nicht zu Ende war. «Sie sagten noch vielen Dank und meinten, sie würden mal wieder vorbeikommen und etwas für mich tun, ich werde sie also wiedersehen.»

Ihre Phantasie entzückte mich; sie war schon immer phantasievoller als Elliott gewesen, der eine Geschichte, die ihm besonders gefiel, immer und immer wieder erzählte, und er hatte sie sich selten selbst ausgedacht, sondern nur übernommen von den Geschichten, die ich ihm vorgelesen hatte.

Ich machte alle Betten und schleppte häufig die Wäsche nach unten ins Kellergeschoß, wo die Waschmaschine und der Trockner standen. Katie folgte mir überallhin und stellte ständig Fragen – warum ich denn die Nachthemden waschen würde, warum sie überhaupt schmutzig würden, wenn man sie nur im Bett anhätte, wie spät es denn sei, wann Elliott von der Schule kommen würde, wie lange das noch dauern würde (wahrscheinlich hatte sie meine Manie, immer auf die Uhr zu schauen, übernommen, denn sie fragte ständig nach der Zeit) und was wir mit dem Rest des Tages anfangen würden? Ich mußte immer zuhören, ihre ganzen Fragen beantworten, und zwar sorgfältig, nicht einfach nur so, sie wäre sonst beleidigt gewesen.

Wir lasen zusammen oder machten einen Spaziergang, wenn es schönes Wetter war, und gegen Mittag legte ich eine Platte mit Kindergeschichten auf, und sie saß wundervoll ruhig davor und hörte zu, während ich das Mittagessen einkaufen ging. Und dann kam Elliott nach Hause, er steckte voller Geschichten, die er an diesem Morgen erlebt hatte, und ich hörte zu, während Katie ihn immer wieder unterbrach und versuchte, meine Aufmerksamkeit, die sie den ganzen Morgen genossen hatte, wieder zurückzuerobern; sie mußte jedoch lernen, daß nun Elliott an der Reihe war. Wir aßen alle drei zu Mittag, und es ging immer sehr laut dabei zu, etwas passierte garantiert, irgendein Aufstand oder ein Streit, und ich versuchte zu lächeln und geduldig zu sein. Im großen und ganzen schienen sie sich jedoch zu mögen, aber die Mittagszeit war immer schlecht, weil Katie noch an meinem Rockzipfel hing und Elliott mich zurückhaben wollte.

Elliott ging nachmittags häufig zu Freunden, und manchmal begleitete ich ihn, Katie im Schlepptau, und besuchte die Mütter seiner Freunde. Wir steckten die Kinder in die Hobbyräume, während wir dasaßen und Kaffee tranken und obsessiv nur über die Kinder redeten, als ob uns auch während ihrer Abwesenheit ihre Gegenwart überwältigte. Katie spielte gewöhnlich eine Weile mit den andern, kam aber bald wieder zurück, schmiegte sich an mich, berührte mich, zerrte an mir, plapperte – es war einfach unmöglich, ihr begreiflich zu machen, daß ich mich jetzt nicht ihr widmen konnte.

Später fing ich dann an, das Abendessen zuzubereiten, und manchmal, wenn Elliott und Katie friedlich waren, konnte ich schon etwas Wäsche bügeln, was mir mehr freie Zeit für Stephen ließ.

Er kam gewöhnlich Viertel vor sechs und spielte bis Viertel nach sechs, bis zum Abendessen, mit den Kindern, und während ich dann abwusch, saß er mit ihnen vor dem Fernseher, bis Katie ins Bett ging, was nie ohne längeres Hin und Her abging, wenn sie nicht gerade durch einen weiten Spaziergang erschöpft war. Anschließend konnte sich Stephen ausschließlich Elliott widmen, während ich Zeit zum Arbeiten oder Lesen hatte, und Elliott wiederholte seine Erlebnisse, die er mir schon beim Mittagessen erzählt hatte; dann ging auch er schlafen, und Stephen und ich waren zum erstenmal für uns. Er erzählte mir seinen Tagesablauf und fragte mich nach meinem, aber aus Angst, ihn zu langweilen, ließ ich mich nicht weiter über meine Aktivitäten aus. Es gab auch selten etwas Neues. Wir lasen, oder Stephen arbeitete noch etwas, und manchmal gab es spät abends im Fernsehen einen japanischen Horrorfilm, und wir liebten uns auf der Couch und aßen Popcorn. Schließlich gingen wir dann schlafen, jedoch nur sehr ungern, da wir so wenig Zeit füreinander hatten und der Schlaf uns wie eine Zeitvergeudung vorkam.

Aber durch das späte Zubettgehen und das Frühaufstehen war ich völlig erschöpft, und im Verlauf der Woche wurde ich immer müder, war immer weniger imstande zuzuhören, und sogar so einfache Dinge wie Wäsche auszusortieren und wach dabei zu bleiben, fielen mir immer schwerer. Gott sei Dank gab es die Samstage, Stephen übernahm die Kinder, und ich schlief und schlief und schlief; ab und zu wachte ich auf und erinnerte mich, daß es Samstag war und ich mehr oder weniger über meine Zeit verfügen konnte. Überzeugt davon, daß ich spielend mehrere Wochen, wenn nicht mein ganzes Leben, im Bett verbringen könnte, drehte ich mich wieder um.

Irgendwann gegen Mittag kamen Stephen und Elliott und Katie hereinspaziert, brachten Kaffee, ein Frühstückstablett und eine Blume. Es gehörte zu ihrem Samstagmorgenritual: zuerst machten sie nach ihrem Frühstück einen Spaziergang, kauften irgendwo eine Blume für mich und kamen dann wieder nach Hause und bereiteten mein Frühstück zu. Ich erinnere mich daran, daß Katie immer die Blume überreichen mußte.

Sie machten verschiedene Dinge – Pfannkuchen, Eier, einmal sogar Schokoladenkuchen, und obwohl sich mir beim Aufwachen beinahe der Magen umdrehte bei dem Gedanken an Essen, brachte ich es doch nicht über mich, es stehen zu lassen; ich mußte ihnen einfach sagen, daß es mir geschmeckt hätte und daß ich mich riesig darüber gefreut hätte. Und es stimmte auch, ihre stolzen Gesichter rührten mich immer wieder, es war wirklich ein Liebesbeweis. Trotzdem hatte

hatte ich jedesmal, wenn ich am Samstagmorgen aufwachte, ein komisches Gefühl im Magen – ich präparierte mich für meine Vorstellung.

Später, nachdem ich mich angezogen und noch eine Tasse Kaffee getrunken hatte – die ganze Zeit über hatte ich Elliott und Katie zugehört, die sich mit ihrem Vater über den gemeinsam verbrachten Morgen unterhielten, sich über Details stritten und einander immer wieder unterbrachen, gleichzeitig jedoch glücklich waren, daß sie das alles mit Stephen teilten –, unternahmen wir einen gemeinsamen Ausflug, gingen, je nach Jahreszeit, Schlittschuhfahren oder Schwimmen oder fuhren mit dem Auto in der Stadt herum und aßen häufig irgendwo zu Abend und gingen anschließend nach Hause und brachten die Kinder ins Bett. Samstag war ihr Lieblingstag, weil wir alle zusammen waren und alles gemeinsam machten. Stephen meinte gewöhnlich, er wäre schon nach einem Tag erledigt und würde es unbegreiflich finden, daß ich es die ganze Woche aushalten könnte. Es klang, als ob er mich wirklich bewundern würde.

Rückblickend erscheinen diese Jahre so gleichförmig, so flach, als wären die ganzen Tage, Monate und Jahre immer nur nach dieser Routine abgelaufen. War es wirklich so gewesen? Stimmte es, daß sich nie etwas ereignete?

Ich frage mich, wie ich es denn damals gesehen habe. Welche Gefühle und Empfindungen hatte ich? Wo war bei alldem mein «Ich»? Ich war die Liebende, Gebende, Tätige, Frau und Mutter, und darin erschöpfte sich mein Ich. Es klingt nach Märtyrertum, obwohl das natürlich nicht der Fall war. Ich sah es nicht so, und ich kann mich auch nicht erinnern, daß ich jemals etwas dachte oder fühlte, das mit mir selbst zu tun hatte, außer daß ich sie liebte und sie mich brauchten. Ich erinnere mich an keine Bestandsaufnahmen, an diese Augenblicke, in denen man sich fragt: Bin ich denn nun glücklich oder wie sieht es aus? Ich nahm es wohl als selbstverständlich an, da ich alles hatte, was ich jemals haben wollte. Alles war so, wie es sein sollte, obwohl ich manchmal einfach nicht mehr konnte, so erschöpft war ich.

Und doch bin ich hier gelandet; meine Gartenarbeit ist für heute erledigt. Soll ich Katie fragen, ob sie zum Abendessen bleiben will? Besser nicht. Es war ein allzu langer Tag gewesen, ich möchte ihn endlich abschließen. Ich werde sie bitten, mich allein zu lassen und mache mir etwas zu essen, und später, wenn es dunkel wird, setze ich mich vielleicht noch vor die Hütte.

Ich hoffe, ich kann schlafen. Ich möchte nicht noch einmal durchmachen, was ich letzte Nacht durchmachte, mich schlaflos hin- und herwälzen und mich erinnern. Ich habe mich für heute genug erinnert. Es reicht.

6

Aber wenn man einmal damit angefangen hat, gibt es natürlich kein Entrinnen.

Meine Erinnerungen lassen mich die darauffolgenden Jahre explorieren; Elliott war beinahe neun und Katie sechs, und sie steckten den ganzen Tag in der Schule. Ich erinnere mich vor allem an die schlechten Zeiten. Ich muß jedoch zugeben, daß es auch gute Zeiten gab – jene glücklichen Augenblicke, sie dürfen der Wahrheit halber nicht verschwiegen werden. Ich erinnere mich nur nicht mehr so genau an sie.

Zum Teil scheinen meine Erinnerungen an allem, was mir schlimm vorkam, kleben zu bleiben, ein Schutzmechanismus vielleicht. Was jedoch schieflief, stürzte nicht auf einmal und unerbittlich auf mich herein, sondern entwickelte sich ganz unmerklich und in Schüben. Dazwischen lagen die glücklichen Augenblicke. So sah ich zum Beispiel meine Kinder und meinen Mann beim Abendessen, und eine umfassende Liebe schien sie einzuhüllen, niemand konnte wichtiger für mich sein, und ich war so glücklich, daß ich diese Erkenntnis hatte und mußte einen Augenblick lang vom Tisch aufstehen, um meinen Tränen freien Lauf zu lassen.

Oder ich ging morgens in Katies Zimmer und fand sie schon wach vor, sie lag ganz ruhig in ihrem Bett, schaute zu mir hoch, lächelte und sagte «Hallo, Mommy», und ich zerfloß vor Glück, nahm sie in meine Arme und war von Dankbarkeit erfüllt. Diese Augenblicke, die alles erstrahlen ließen, waren gar nicht so selten. Es war, als ob sich ein Fenster öffnete und mich einen Augenblick lang sehen ließ, was in Wirklichkeit alles vorhanden war, was ich alles mein eigen nennen konnte, wenn ich nur hinsehen und nicht immer wieder dieser Trägheit verfallen und nachgeben würde, die damals anfing und gegen die ich ständig ankämpfen mußte.

Und vor der ich schließlich die Waffen streckte. Im Augenblick jedoch noch nicht, für lange Zeit noch nicht.

Die Kinder veränderten sich. Elliott hatte schon erfahren, daß es auch unangenehme Dinge gibt, Leute, die unangenehm waren, Lehrer, andere Kinder, Regeln, eine Ordnung, der er sich fügen mußte und die nicht immer der Ordnung entsprach, die er von zu Hause gewohnt war. Wir versuchten ihm zu helfen, erklärten ihm, daß andere Leute andere Ansichten hätten und er nicht von ihnen erwarten könnte, daß sie unsere teilten. Ich glaube jedoch, wir verwirrten ihn nur noch mehr. Nicht daß es ihm schlechtging, er lief nur nicht immer so, wie er es sich vorgestellt hatte.

Katie war inzwischen mit derselben Außenwelt konfrontiert, aber sie war überlebensfähiger als Elliott. Sie lernte ihre Regungen für sich zu behalten, ein Geheimnis, an das niemand rührte, und nach außen hin tat sie, was man von ihr erwartete. Sie kam zwar nicht unbehelligt davon, blieb aber trotzdem intakt und konnte ihr Gleichgewicht bewahren, sie schien instinktiv die Schizophrenie mit der ein Kind in einer Welt der Erwachsenen konfrontiert ist, zu erkennen und genauso instinktiv schien sie sie auch anzugehen, und wenn sie im weiteren Verlauf lernte, Abstriche von der Wahrheit zu machen, was nicht gleich so kraß sein mußte wie zum Beispiel ein Diebstahl, sondern einfach nur bedeutete, daß sie sich verstellen konnte, wenn sie es für nötig hielt, so blieb sie sich dabei doch selbst immer treu; sie war ein fest verwurzeltes kleines Mädchen, oder zumindest erschien es uns so. Stephen und ich sprachen oft über die Kinder, wir wunderten uns darüber, wie unterschiedlich sie doch waren, es erstaunte uns, weil wir dachten, wir hätten jedem das gleiche mit auf den Weg gegeben, auch was unsere Liebe betraf. Wir malten uns gern aus, was Katie und Elliott wohl einmal werden würden; da sie beide intelligent waren, wollten wir sie auch immer ermuntern, so lange zur Schule zu gehen, wie sie Lust hätten. Eine gute Ausbildung schien die Antwort auf alles zu sein; ich kam allmählich selbst zu der Überzeugung, daß mein Mangel an Bildung die Ursache für die keimende Unzufriedenheit sei, die damals schon in mir steckte. Ich schob alles auf meine Hilflosigkeit.

«Es macht dir wirklich zu schaffen, nicht wahr», sagte Stephen. Und ich fand keine Worte, konnte es nicht erklären.

«Ich fühle mich nur so abhängig deswegen», meinte ich, «ich kann einfach nichts anfangen.»

Ich hatte nämlich mit dem Gedanken gespielt, einen Job zu suchen, um den Leerlauf in meinem Leben zu überbrücken. Ich erzählte Stephen davon und bereute es sofort.

Macht unsre Bücher billiger!...

Er betrachtete es jedoch nicht als Vorwurf, dachte nicht, daß es gegen ihn gerichtet wäre, daß er sich nicht genügend um mich gekümmert hätte oder ich mich nicht genügend um ihn kümmern würde. Wie immer reagierte er vernünftig und besonnen.

«Was würde dich interessieren?» fragte er ganz ernsthaft und respektvoll, obwohl er sich darüber im klaren gewesen sein mußte, wie beschränkt meine Möglichkeiten waren.

«Ich weiß nicht genau», sagte ich ausweichend, «vielleicht etwas, wobei ich Leuten helfen kann, Sozialarbeit oder so etwas Ähnliches. Oder vielleicht einen Job in einer Galerie oder Bücherei, etwas, wofür ich mich engagieren könnte.

«Interessant», sagte er. Er schaute mich an, als ob ich eine neue Seite meiner Persönlichkeit enthüllt hätte, die höchst bewunderungswürdig war. «Interessant. Warum Sozialarbeit?»

«Damit ich etwas für andere tun kann. Und wohl auch, um Anteil an ihrem Leben nehmen zu können.» Ich hatte das Gefühl, nichts mehr herauszukriegen, mich vollkommen lächerlich zu machen bei diesem Versuch, absurde Formeln in Worte zu fassen, Formeln, von denen ich wußte, daß sie nur alles romantisch verklärten; ich sah mich als gutbürgerliche Florence Nightingale, die sich voller Erbarmen auf die Armen stürzt, sie mit ihrer Liebe und ihrem Edelmut beglückt, für sie kämpft und ihre Forderungen durchsetzt, von ihrer Dankbarkeit erfüllt ist, für ihre Kinder eine zweite Mutter darstellt, ihre Liebe und ihr Vertrauen gewinnt, sie zum Nachmittagstee zu sich einlädt, während die Kinder glücklich mit ihren eigenen spielen, alle endlich begreifen, daß es keine Unterschiede zwischen ihnen gibt, daß es nur eine Frage des Geldes und der Gelegenheiten ist, und sie wären dankbar bis an ihr Lebensende.

Unsinn. Ich wußte, daß es Unsinn war, daß diese Ärmsten der Armen höchstwahrscheinlich auf mein Mitleid spucken würden und daß ihre Kinder meine Kinder verprügeln und ihre Spielsachen kaputtmachen würden und später, mitten in der Nacht, würden sie dann zurückkommen und all die Sachen klauen, die wir besaßen und sie nicht. Und niemand könnte es ihnen übelnehmen, warum wollte ich mich auch als gute Fee aufspielen.

«Vielleicht doch keine Sozialarbeit», sagte ich zögernd, «ich habe überhaupt keine Ausbildung. Und ich würde mich auch zu sehr engagieren, es wäre, als ob ich statt einer, Dutzende von Familien zu versorgen hätte. Es ist wirklich keine so gute Idee.» Ich gab mich geschlagen, wollte nicht mehr darüber reden.

Aber Stephen hakte nach. «Ein Job in einer Galerie klingt gar nicht so schlecht. Du hast schon Erfahrung als Verkäuferin. An Stelle von Kleidern würdest du einfach Bilder verkaufen.» Das brachte mich irgendwie innerlich zum Platzen; Worte, die ohne böse Absicht gesagt worden waren, versetzten mich in blinde Wut. Warum? Ich sah mich, wie ich in einer Galerie Bilder aufhängte, Skulpturen abstaubte, und ich sah, wie die Leute hereingewandert kamen, auf die Gemälde zeigten, die Skulpturen berührten, sich in diesem schrecklichen Kunstkritikerjargon darüber unterhielten, Verständnis vortäuschten, so wie ich auch. Andere wieder würden nach etwas suchen, das sie über den Kamin hängen könnten, passend zur Tapete; würde ich die Bilder dieses Künstlers für eine gute Geldanlage halten, falls sie nämlich das Wohnzimmer neu tapezieren müßten, könnten sie sie dann teurer verkaufen? Die Kasse würde klingeln – werden in Galerien richtige Registrierkassen benutzt oder wird alles sehr viel diskreter irgendwo in einem Nebenzimmer abgewickelt, ohne dieses offensichtliche Geräusch, das Geschäfte besiegelt?

Ich wunderte mich, wo diese ganze Bitterkeit, diese Abneigung, diese Verachtung herkamen. Es schien gar nicht zu mir zu passen, ich hatte mich immer für sehr lieb und nett gehalten. Es bestürzte mich, denn dieses Gefühl war wie – wie soll ich es ausdrücken – Haß schien die richtige Bezeichnung dafür zu sein.

Blieb also noch, was?, der Job in der Bücherei? Wo ich Bücher in die Regale zurückstellen konnte und sich mir der Kopf drehte vor lauter Ordnungssytemen; statt mit Büchern hätte ich es nur mit Nummern zu tun. Ich versuchte mich von meiner Bitterkeit, meinem Ärger zu distanzieren. Sie machten mir Angst.

«Eigentlich», sagte ich, den Tränen nahe, «möchte ich gar keinen Job. Es gibt für mich hier genug zu tun, und ich bin nicht im geringsten unzufrieden; ich dachte nur, ein Job wäre mal was Neues.»

Aber er machte sich Gedanken und nahm mir das nicht wirklich ab, wollte mir, hilfsbereit wie er war, mit Rat und Tat zur Seite stehen. «Hast du schon einmal daran gedacht, zur Schule zurückzugehen?» fragte er. «Es wäre durchaus zu machen; wir könnten uns schon arrangieren, und du könntest einen Beruf erlernen, der dich wirklich interessiert.»

Aber das half mir auch nicht weiter. Ich wollte etwas, das mich erfüllte, nicht etwas, worauf ich mich noch lange vorbereiten mußte.

Irgendwo, ganz versteckt, saß in mir ein Wurm, der sich durch all die versteckten Stellen in meinem Leben durchfraß, so heimlich still und leise, daß ich es erst bemerkte, als diese Stellen alle aufgefressen waren und nichts mehr übrig war, das mich mit dem, was ich war oder mit dem, was ich hatte, verband. In irgendeiner Religion wird Verzweiflung für eine der schlimmsten Sünden gehalten. Ich schlitterte immer mehr in diesen Zustand hinein. Die Zeit erstreckte sich vor mir wie etwas Endloses, Unermeßliches, nur Öde und Leere. Wenn Katie und Stephen am Morgen aus dem Haus gingen, erwartungsfreudig oder angstvoll dem Tag entgegenschauten, auf jeden Fall aber irgendwelche Erwartungen hatten, trank ich meinen Kaffee und rauchte meine Zigaretten und fragte mich, ob ich aufstehen sollte, und wenn ich dann aufgestanden war, was ich tun sollte, in welche Richtung ich mich bewegen sollte, in welches Zimmer ich gehen sollte und trank dann noch eine weitere Tasse Kaffee und versuchte zu einem Entschluß zu kommen. Alles schien hell und gleichzeitig auch irgendwie verhangen zu sein. Ich nahm Geräusche und Gerüche überdeutlich wahr, und alles kam mir unwirklich vor, als ob ich nichts damit zu tun hätte oder nur ein Bestandteil meiner Umgebung wäre wie das Sofa oder die Lampe.

Zeit. Mein Gott, wie oft hatte ich in all den Jahren zuvor zu Stephen gesagt: «Ich kann es nicht erwarten, bis sie zur Schule gehen, dann bin ich endlich frei.» Frei zu was? Als es dann soweit war, stand ich allein da, wirklich allein, zum erstenmal in meinem Leben, und ich fand es entsetzlich. Ich dachte, daß ich vielleicht den Verstand verlor, daß ich überhaupt keinen Verstand besaß, etwas, das die Gegenwart dieser Leute bis jetzt nur kaschiert hatte.

Nein, das ist nicht wahr, ich wußte, daß ich nicht dumm war. Vor vielen Jahren, als ich noch zur Schule ging, sicher und behütet, war ich immer eine der Besten gewesen. Ich hatte alles aufgenommen und verarbeitet und wurde gelobt; ich hatte sogar manchmal eine gewisse Neugierde entwickelt.

Aber was für eine Art von Verstand, die ich nicht besaß, brauchte ich jetzt?

Ich hätte aufheulen können vor Verzweiflung und Frustration, immer wenn ich mich der Tür näherte, die zu meiner Freiheit führen könnte, schien sich in mir ein dichter Nebel zusammenzubrauen. Ich wußte, daß es sie gab, ich konnte sie beinahe fühlen, schwer, aus dickem Holz, irgendwo tief in den Tunneln meines Schädels. Doch ich konnte sie einfach nicht erreichen, ich versuchte mich durchzukämpfen, aber immer wenn sie schon zum Greifen nahe war, löste dieser Nebel um mich herum alles auf, und was ich noch an Energie besaß, wurde von trivialen Dingen absorbiert. Alles entzog sich mir.

Okay, dachte ich voller Entschlossenheit, ich muß dieser Sache auf den Grund gehen. So kann es nicht weitergehen. Und ich machte mir eine Tasse Kaffee, zündete eine Zigarette an und versuchte zu denken. Das Problem, sagte ich zu mir selbst, ist mein Mangel an Initiative. Ich bin anscheinend nicht imstande, selbständig zu handeln. Es fragt sich nun, was mir zu dieser Selbständigkeit verhelfen könnte. Davon mußte ich im Augenblick ausgehen, denn tatsächlich verbrachte ich auch einen großen Teil meiner Zeit allein.

Und das ließ mich wieder an die Kinder denken und wie immer, wenn ich an sie dachte, machte ich mir auch gleich Sorgen. Ich schaute auf die Uhr, wartete darauf, daß sie aus der Schule kommen würden und stand wie üblich Ängste um sie aus. Mit meinem Tag, dem Teil des Tages, an dem ich mir selbst überlassen war, war es aus, wenn sie auftauchten; alles war nur auf diesen Augenblick ausgerichtet, ich würde sie die Straße heraufkommen, den Weg zum Haus einschlagen und den kleinen Hang hochklettern sehen, sie würden meine Umarmungen und Hilfeleistungen über sich ergehen lassen, um dann wieder zu ihren Spielkameraden zu gehen, was jetzt immer häufiger geschah – ich wäre wieder allein und würde darauf warten, daß sie zurückkämen, würde mir Sorgen machen und die Minuten zählen, bis Stephen auftauchte.

Ich hörte mich Dinge erzählen, die ich sonst nie erwähnt hätte. Bedrängte Stephen, wollte in allen Einzelheiten wissen, was sich bei seiner Arbeit zugetragen hatte, genau wie bei den Kindern. Dann beschrieb ich in aller Ausführlichkeit meinen eigenen Tagesablauf, endlos, langweilig, ich hörte mich selbst reden und wußte, daß ich ihn damit langweilen würde, bloßes Überbrücken von Leerlauf, seine Gesellschaft sollte mir dabei helfen.

«Und was passierte dann?» pflegte ich zu fragen und hing begierig an seinen Lippen und ließ nicht locker, bis er auch das letzte Detail einer belanglosen Bürogeschichte erzählt hatte. Oder: «Ich mähte heute den Rasen hinter dem Haus, und es dauerte ewig. Vielleicht sollten wir uns einen neuen Rasenmäher anschaffen, die Zündung scheint nicht mehr in Ordnung zu sein; wenn man ihn endlich in Gang gebracht hat, klingt es, als ob sich die Schneideflächen nur ganz langsam drehen würden, er kriecht richtig. Ich brauchte beinahe drei Stunden und hatte dann natürlich keine Zeit mehr, etwas Anständiges zu kochen. Ich wollte Pilze und Sojabohnensprossen besorgen und für heute abend etwas Chinesisches kochen, aber ich kam einfach nicht dazu; es bleibt uns also leider nichts anderes übrig, als gebackenen Schinken zu essen. Hat dir Elliott erzählt, was sein Lehrer heute sagte ...?» Und so weiter und so weiter, er hörte geduldig, leicht verwundert zu, fragte sich, er konnte wohl nicht umhin, was mit mir los sei, und ich konnte nichts dazu sagen, weil ich es selbst nicht verstand.

Neben dieser Neugierde, diesem Bedürfnis, mir alles, was ich über das Leben dieser drei Menschen in Erfahrung bringen konnte, einzuverleiben, entwickelte ich gleichzeitig eine Art seltsamer Gleichgültigkeit, eine Nachlässigkeit, die ich noch nie empfunden hatte, und sie erschreckte mich noch mehr als meine Leere. Ich wollte sie um mich herum haben, und wenn sie dann da waren, wurde ich ungeduldig. Ich gab mir keine Mühe mit dem Essen, aber nicht etwa, weil ich keine Zeit zum Einkaufen hatte. Ich kümmerte mich immer weniger um das Haus. Als Katie sieben Jahre alt war und in die zweite Klasse kam, war mein Geschenk – das einzige, das ich glaubte ihnen machen zu können – mein Bemühen, ihnen ein Heim zu schaffen, schon beinahe völlig dahingeschwunden, und ich machte kaum noch irgendwelche Anstrengungen. Katies Fragen gingen mir auf die Nerven. Ich sagte Katie und Elliott einfach, sie müßten das und das tun und nicht lange fragen und verzichtete auf weitere Erklärungen, die wir ihnen eigentlich immer geben wollten. Ich dachte, ich würde sie lieben. Tagsüber hatte ich Heulanfälle, bis ich auch dazu die Energie verlor. Ich war zweiunddreißig, beinahe dreiunddreißig.

Wenn sie da waren, fühlte ich mich vollkommen leer, als ob ich nicht existieren würde. Ich war hilflos, sah keinen Ausweg. Ganze Monate waren von dieser Leere durchdrungen; ich war wie die Puppe in dem Märchen, die erst dann zu leben anfängt, wenn wirkliche Menschen um sie herum sind. Ich konnte mich jedoch noch über das Bild, das ich abgab, lustig machen. Ich bin ein metaphysisches Problem, sagte ich zu mir selbst und kicherte, existiere ich auch, wenn niemand da ist und meine Existenz bemerkt? Aber es war nicht komisch, und mir blieb das Lachen im Hals stecken, da die Antwort nein zu lauten schien.

Stephen überflog manchmal beim Frühstück den Wirtschaftsteil. Wenn alle weg waren, fing ich damit an, die ganze Zeitung von Anfang bis Ende, von der Titelseite bis zu den Kleinanzeigen, durchzulesen. Ich schaffte es, mich ein paar Stunden damit zu beschäftigen; wenn ich dann die Zeitung aus der Hand legte, war es zwölf Uhr, Mittagspause, und ich konnte schon bald wieder an die Kinder denken und mir Sorgen machen. Und dazwischen gab es kaum noch Zeit, um mich mit meiner Leere zu beschäftigen. Meine Zeitungslektüre rief zwiespältige Gefühle in mir hervor. Sie war gleichzeitig beruhigend und verwirrend. Es war beruhigend zu wissen, daß die meisten Ereignisse mich nicht berührten, daß ich in meinem Haus, in meiner Stadt mehr oder weniger sicher war. Kriege? Sie waren immer anderswo. Hungernde Kinder? Sie waren auch anderswo, und ich hatte nur die eine Sorge, daß nämlich dieser verdammte Wagen, der den Hügel herunterkam, noch um die Kurve bog, bevor meine Kinder zum Abendessen nach Hause kamen, ein Abendessen, das ich ziemlich nachlässig zubereitet hatte. Die Stadt beschloß, eine Schnellstraße zu bauen oder weigerte sie sich? Mir war beides recht: ich würde sie doch nicht befahren.

Diese Beziehungslosigkeit war schrecklich. Abgesehen von diesem kleinen Haushalt gab es nichts für mich; ihnen war er sowieso gleichgültig, er machte keinen Unterschied für sie. Vielleicht war das auch genug oder sollte genug sein, für drei Leute etwas zu bedeuten. Wahrscheinlich gibt es auch Leute, dachte ich, die nicht einmal das von sich behaupten können.

Einmal kam folgendes vor: ich war aufgestanden, hatte für alle Frühstück gemacht, meinen Kaffee getrunken, die Zeitung gelesen und mich dann wieder hingelegt. Als ich aufwachte, war es beinahe zwei Uhr. Ich raffte mich auf, bereitete ein kleines Stew fürs Abendessen vor und ließ es auf dem Feuer stehen, später wollte ich noch einen Salat machen, zusammen mit Brot wäre das ausreichend. Und dann fand ich absolut nichts mehr zu tun, konnte mich zu nichts mehr aufraffen und landete wieder im Bett. Die Kinder weckten mich; ich hatte nicht an der Tür auf sie gewartet, und sie waren ganz bestürzt darüber, daß sie mich im Schlafzimmer vorfanden; sie dachten, ich müßte krank sein und wußten nicht, was sie tun sollten.

Wie kann man Kindern klarmachen, daß man einfach nichts zu tun hatte und deshalb einschlief. Ihnen passiert so etwas nie, sie haben immer Dutzende von Gründen, warum sie nicht schlafen gehen wollen, und es muß ihnen unbegreiflich erscheinen, daß sich jemand dafür entscheidet; es wäre jedoch noch schwieriger, ihnen erklären zu wollen, daß ich im Augenblick überhaupt keine Entscheidung treffen konnte. Ich erzählte ihnen, daß ich Kopfschmerzen gehabt hätte, mich aber wieder besser fühlen würde, und ich gab mir, solange bis Stephen nach Hause kam, besondere Mühe mit ihnen. Ich ertappte mich bei dem Gedanken: Was würde passieren, wenn ich mich umbringen würde und sie kämen nach Hause und fänden mich? Es war mir unerklärlich, wieso ich darauf kam. Warum nur in aller Welt? Drei Menschen liebten mich, und ich liebte sie, wie es in meinen Kräften stand. Wir brauchten einander.

Ich durfte die Kinder nicht noch einmal erschrecken. Ich mußte etwas unternehmen. Etwas dagegen unternehmen. Was sollte ich tun?

Am selben Abend, während Stephen arbeitete, blätterte ich durch ein altes Adreßbuch mit den Telefonnummern meiner Bekannten. Es lag alles schon so lange zurück; seit dem Gymnasium bestanden unsere Bekannten nur aus Stephens Freunden, und ich hatte keine Ahnung, wie ich jemand von meiner eigenen Vergangenheit ausfindig machen sollte. Ich rief meine Mutter an und bat sie, die Mütter meiner Schulfreundinnen anzurufen und nach Adressen und Telefonnummern zu fragen; plötzlich erschien es mir äußerst wichtig herauszufinden, was aus ihnen geworden war.

Meine Mutter machte drei ausfindig. Nur eine lebte in Toronto, ich setzte also meine ganze Hoffnung darauf, mich mit ihr in Verbindung zu setzen. Ich würde sie morgen anrufen, sie würde auch zu Hause hocken, und wir würden uns freuen, voneinander zu hören, würden uns über Mittag treffen, bei ihr zu Hause, da ich dringend hier heraus mußte.

Und es spielte keine Rolle, daß wir nie wirklich eng befreundet gewesen waren. Sheila – sie hieß Sheila Hayward, inzwischen Nelson – und ich hatten während der Schulzeit dieselben Leute gekannt, aber auch innerhalb derselben Kreise gab es welche, die einem näherstanden, und sie war mir immer zu hysterisch erschienen, zu laut. Eine sehr exaltierte Person. Aber das konnte sich geändert haben. Ich hatte mich wahrhaftig auch verändert. In meinen Augen zumindest.

Aber am nächsten Morgen schreckte ich davor zurück. Ich wachte mit dem Gedanken auf: Heute rufe ich Sheila an, und machte zuerst einmal das Frühstück, dann verabschiedete ich alle, trank meinen Kaffee und las die Zeitung und hatte die ganze Zeit Sheila und mich, wie ich den Hörer abnehmen würde, vor Augen. Was sollte ich nur sagen?

Es gab kein Zurück, es war unmöglich, ich hatte mich entschieden. Aber als ich endlich die Nummer wählte, zitterte ich und betrachtete es als mein persönliches Versagen, als niemand antwortete.

Ich versuchte es dreimal an diesem Tag, und jedesmal fiel es mir schwerer, und dann beschloß ich, es aufzugeben, es war eine zu große Willensanstrengung für mich, inzwischen mußten auch bald die Kinder nach Hause kommen.

Ich versuchte es nicht mehr. Meine Mutter hatte sich jedoch wieder mit ihrer Mutter in Verbindung gesetzt und erzählte mir, daß Sheila tagsüber arbeitete; wenn ich abends anrufen würde, meinte sie, würde ich sie wahrscheinlich erreichen. Ich rief nie an.

Sheilas Mutter hielt mich über meine Mutter auf dem laufenden, was meine alten Freunde betraf. Offensichtlich stand Sheila noch mit einigen von ihnen in Verbindung, typisch für sie, dachte ich mißgünstig. Manche waren verheiratet, manche nicht, ein paar lebten noch in ihrer Heimatstadt, während andere nach Westen gezogen waren, einige waren erfolgreich, einige nicht, es gab jedoch kein wirklich schwarzes Schaf unter ihnen. Sheila selbst war glücklich mit einem Zahnarzt verheiratet und arbeitete als Bibliothekarin, sie hatte ein Kind; ihre Mutter sei sehr stolz auf sie, sagte meine Mutter, sie würden gar nicht so weit von uns weg wohnen, jedoch in einem anderen Viertel, das nicht so «fein» sei wie unseres. Meine Mutter fügte noch hinzu, daß ich viel mehr als die meisten erreicht hätte.

Meine Mutter rief mich gewöhnlich sonntags an, und ich rief mittwochs zurück, wir standen also immer in Verbindung. Ich fühlte mich ihr sehr nahe, auch wenn ich nicht wirklich aufrichtig war – meiner Meinung nach ein durchaus gutes Verhältnis. Ich fühlte, daß sie vieles verstehen würde, da sie häufig sehr einsichtig gewesen war, trotzdem konnte ich mich ihr nicht anvertrauen. Ich erklärte es mir damit, daß ich ihr keine Sorgen machen wollte, sie sollte nicht denken, daß ich unglücklich wäre; im Grunde jedoch befürchtete ich, sie könnte vielleicht zuviel verstehen, zuviel sehen. Obwohl ich ihr also gefühlsmäßig sehr nahestand, konnte ich nie die richtigen Worte finden; statt dessen erzählte ich ihr, wie erfolgreich Stephen war und wie glänzend die Kinder die Schule schafften und wie glücklich ich war, daß sie alle so zufrieden seien, daß ich nun auch endlich Zeit hätte, meinen eigenen Interessen nachzugehen.

«Was treibst du denn die ganze Zeit?» fragte sie, und ich gab ausweichend zur Antwort: «Oh, ich besuche Freunde, gehe ins Museum, in Galerien, in die Bibliothek, lese Dinge, die mich schon immer interessierten. Es ist ein solcher Luxus für mich, so viel freie Zeit zu haben.» Ich versuchte unbefangen und munter zu klingen. Ob sie wohl Bescheid wußte?

An einem Sonntagnachmittag, als uns schon der Gesprächsstoff ausgegangen war, erinnerte sie sich an eine Neuigkeit.

«Ich hörte gestern von Mrs. Hayward eine traurige Geschichte. Ein Mädchen aus deiner Klasse, Selma Finnerty, die Unterricht im Eiskunstlauf nahm, hat sich anscheinend letzte Woche umgebracht. Mrs. Hayward sagte, sie hätte in Calgary gelebt und wäre verheiratet gewesen, ihr Mann hätte irgend etwas mit Öl zu tun gehabt, drei Kinder, soviel ich mich erinnere. Sie soll die Kinder zu einem Nachbarn geschickt haben, und als ihr Mann nach Hause kam, fand er sie tot im Keller vor. Sie hatte sich erhängt, die Ärmste.»

«Du lieber Himmel.»

«Erinnerst du dich an sie? Mrs. Hayward meinte, sie wüßte nicht, ob ihr, du und Sheila, sie gut gekannt hättet. Warum sie es wohl getan hat? Schrecklich, ich bin sicher, irgend etwas muß total schiefgelaufen sein, aber es ist trotzdem schrecklich, den andern, den Hinterbliebenen, so etwas anzutun. Wie sich ihr Mann nur gefühlt haben muß! Und dann die Kinder, zumindest hatte sie es so arrangiert, daß sie nicht diese Entdeckung machten. Erinnerst du dich an sie?»

Selma Finnerty. Ja, ich erinnerte mich. Ich stimmte meiner Mutter zu, meinte auch, daß irgend etwas schiefgelaufen sein mußte. Ja, es war schrecklich. «Vielen Dank auch», sagte ich noch, «daß du mir davon erzählt hast.»

Ich erinnerte mich an Selma Finnerty. Erinnerte mich häufig in der darauffolgenden Zeit.

Sie war nie ganz in unsere Clique integriert gewesen, ein hübsches Mädchen, aber so entsetzlich schüchtern, daß man kaum an sie herankam. Es war schwierig, sich mit ihr zu unterhalten, obwohl sie intelligent war; ich erinnere mich daran, daß sie häufig errötete; immer wenn sich jemand an sie wandte, errötete sie; ich erinnere mich, wie sie bei ihren Antworten während des Unterrichts stockte, obwohl sie alles wußte. Die Augen, die auf sie gerichtet waren, die abschätzenden Blicke, waren zuviel für sie.

Trotz dieser Schwierigkeiten meinten wir jedoch alle, daß sie ihr Leben meistern würde. Sie war so hübsch, so sanft, beinahe zu freundlich, da sie einfach niemanden verletzen konnte. Wir waren uns darüber einig, daß sie eines Tages jemanden treffen würde, der sich die Mühe machte, sie kennenzulernen, sie aus sich herauszulokken, wie unsere Mütter damals zu sagen pflegten, und sie liebte. Sie hatte es verdient, geliebt zu werden, dachten wir, und ganz im geheimen, wenn wir unser draufgängerisches Gehabe, auf das wir damals nicht verzichten konnten, für einen Augenblick vergaßen, beneideten wir sie vielleicht sogar etwas. Sie schien uns so – ganz anders zu sein, völlig immun gegenüber den Dingen, die uns beherrschten. Sie stand über uns; sie hatte einfach einen untadeligen Charakter.

Manchmal unterhielt ich mich auch etwas mit ihr, jedoch nie darüber, wie wir uns fühlten, sondern nur über Bücher und Dinge, die uns gerade beschäftigten. Sie las gern Gedichte und haßte Naturwissenschaften, da sie nicht alles auseinandernehmen wollte. Sie sagte, es wäre ihr gleichgültig, wie die Teile einer Blume aussähen, sie wolle sich nur an ihr erfreuen. Ich war noch nie auf den Gedanken gekommen, daß man es auch so sehen konnte; man hatte uns die Aufgabe gestellt, und ich folgte den Instruktionen und lernte die Teile auswendig, ohne weiter darüber nachzudenken.

Sie beschäftigte sich auch nicht ständig mit der Liebe oder hatte zumindest eine andere Vorstellung davon als wir. Es schien ihr gleichgültig zu sein, daß sie nicht so gefragt war, und ich dachte, es wäre bewundernswert, so unabhängig zu sein, sich so in Blumen versenken zu können und einfach nur zu sein. Auch wenn ich gern so wie sie gewesen wäre, es entsprach mir doch nicht.

Ich glaube, daß sich dahinter ein festentschlossenes Wesen verbarg.

Hatte sie sich doch erhängt? Hatte ihre Verzweiflung, gleichgültig was es auch war, sorgsam geheimgehalten, hatte alles geplant, vielleicht war sie sogar mit der Absicht, sich ein Seil zu besorgen, einkaufen gegangen, hatte ihre Kinder weggeschickt und dafür gesorgt, daß ihr genügend Zeit blieb, bis sie gefunden wurde; hatte das Seil aufgelesen, war die Treppe zum Keller hinuntergegangen, hatte einen Stuhl und einen passenden Balken ausgesucht, die Schlinge geknüpft, das Seil über den Balken geworfen, war auf den Stuhl gestiegen, hatte die Schlinge um ihren Hals gelegt und den Stuhl umgestoßen. Selma Finnerty hatte all das getan, und niemand konnte sagen warum, nicht einmal ihr Mann und ihre Kinder wußten warum, wie sollte ich also eine Erklärung haben, wo ich sie seit beinahe fünfzehn Jahren nicht gesehen und nicht einmal an sie gedacht hatte. Vielleicht wußte sie selbst nicht warum, vielleicht war es einfach das, was sie zu diesem Zeitpunkt tun mußte.

Ich versuchte, mit Stephen über sie zu sprechen, aber ich konnte nicht erklären, warum es mich so beschäftigte, warum es so wichtig für mich war. Ja, sagte er, es ist schrecklich; was hätte er auch sonst sagen sollen, was wollte ich von ihm hören? Wie konnte er wissen, was er erklären sollte, wie in aller Welt? Sie ging mir nicht aus dem Sinn, einmal lief ich sogar in die Garage und fand ein Seil und stieg langsam die Kellertreppe damit hinunter. Ja, und dort gab es auch einen alten Stuhl, ihn konnte ich benutzen, auf der andern Seite war ein, allem Anschein nach, solider Balken, ich mußte nur den Stuhl durch den Raum ziehen, auf ihn steigen und es tun.

Natürlich tat ich es nicht. Ich hatte keine Veranlassung, nicht den Wunsch; ich wollte nur nachempfinden, was Selma empfunden haben mußte, aber das war jedoch unmöglich, da ich wußte, daß es mir nicht wirklich ernst damit war, während es für sie etwas Definitives gewesen war. Trotzdem hatte das Ganze etwas Makabres an sich, und ich rannte die Treppe hoch, um das Seil wieder in die Garage zu bringen. Ich versuchte, nicht daran zu denken, aber manchmal in dem halbwachen Zustand vor dem Einschlafen sah ich sie vor mir, nicht tot, sondern auf dem Weg dazu, wie sie auf den Stuhl stieg, sich die Schlinge um den Hals legte und plötzlich mit dem Fuß den Stuhl umstieß, wie er umfiel. In diesen Wachträumen sah ich immer nur den Stuhl umkippen, ihr Gesicht sah ich jedoch nie.

Selmas Tod hatte etwas zu bedeuten, ich fühlte es, aber ich konnte nicht sagen, was es war. Ich versuchte, es zu ergründen, aber es entglitt mir immer wieder. Die Zeit entglitt mir auch; Tage und Monate und Jahreszeiten, ein endloser Kreislauf, während ich verwirrt in der Mitte saß, regungslos, vage das Verlangen verspürte, halt zu rufen, damit ich das Ganze in den Griff kriegen konnte, aber nichts ließ sich anhalten, und ich konnte nicht Schritt halten, und unterdessen erteilte mir mein Leben, und ich war vierunddreißig und es war Winter. Mein Gott, die Zeit, die Zeit verging, und ich war nichts, immer noch nichts.

Ich versuchte zu verstehen, warum ich nicht Schritt halten konnte, warum ich nichts in den Griff bekam. Aber ich sank nur noch tiefer in den Sumpf meiner Gedanken, war endgültig in ihm gefangen und verzweifelt. Das Ende war sehr nahe.

Ganz gewiß war es dieses – Losgelöstsein –, das an allem schuld war. Ich hatte gelesen, daß es so etwas wie einen schicksalhaften Fehler gab, aber das war schon lange her, zu einer Zeit, als ein Fehler, etwas Fehlendes, noch tödlich sein konnte, als die Welt noch so klein war, daß solche Dinge eine Rolle spielten. Mein Fehler war, daß ich nichts in den Griff bekam, nichts hatte, woran ich mich halten konnte. Ich konnte mich nur bis zu einem bestimmten Punkt vortasten, dann wurde alles wieder nebulös, weiter kam ich nie. Zu wissen, daß dieser Fehler tödlich und auch wirklich schicksalhaft war, hätte sogar noch tröstlich für mich sein können. Damit wäre alles besiegelt gewesen, ich hätte mich zufriedengeben können. In meinem Fall würde jedoch nichts jemals schicksalhaft sein, im Gegenteil, mein Schicksal schien es zu sein, unberührt, unversehrt weiterzuleben, falls man das überhaupt leben nennen konnte.

Ich brauchte etwas, woran ich glauben konnte: das war meine Konklusion. Irgend etwas, das ich sicher wußte. Es mußte jedoch real sein, ich konnte mich nicht mit einer weiteren Täuschung abfinden, die so nebulös wie alles übrige war. Ich machte ein paar Vorstöße, examinierte meine Überzeugungen, losgelöst und ohne Ambitionen, wenn ich aber etwas weiter vordrang, verlor sich alles wieder in diesem Nebel, der mich in die Knie zwang.

Und was gab es schon, woran man glauben konnte?

Ich erinnerte mich daran, daß ich früher einmal an Gott geglaubt hatte. Er war für mich, als ich noch ein kleines Kind war, so real wie ein Familienmitglied. Meine Eltern nahmen seine Existenz auch für selbstverständlich hin und bedienten sich seiner ohne Schwierigkeiten.

«Gott sei Dank, das wäre erledigt», pflegte mein Vater zu sagen, wenn er schwitzend vom Rasenmähen zurückkam und sein Bier aus dem Kühlschrank holte.

«Gott sei Dank, es geht ihr besser», meinte meine Mutter, wenn sie von der erfolgreichen Operation einer Bekannten oder Verwandten hörte.

Damit hatte es sich jedoch nicht. Irgendwie, ohne daß ich mich erinnern konnte, wie es dazu kam, wurde Gott identisch mit Rechtschaffenheit. Und Rechtschaffenheit bedeutete, einfach nichts Unrechtes zu tun. Nicht zu stehlen, nicht zu lügen, bedeutete rechtschaffen zu sein. Gott war ein ethisches Gebot, es gab ihn immer nur in der Verneinung. Es hieß nicht «Gott ist Liebe», sondern «Gott tut kein Unrecht», was vielleicht auf das gleiche herauskam. Wenn man jemanden liebte, würde man ihm kaum Unrecht zufügen wollen, da man ihn ja auch nicht verletzen wollte. Ich lernte nur, nicht Unrecht zu tun, aber ich lernte nicht die andere Hälfte der Gleichung, sah sie überhaupt nicht.

Als ich älter wurde, hörte Gott einfach auf, für mich zu existieren. Es konnte ihn nicht geben, denn gäbe es ihn, wo sollte man nach ihm suchen und was dachte er sich? Wenn er sich um unsere Angelegenheiten kümmerte, würden wir seine Intensität spüren (die Aufmerksamkeit eines Gottes wäre bestimmt sehr intensiv), und ich spürte nichts.

Irgendwo geisterte er wohl noch in meinem Kopf herum, aber Er war verkümmert und zurückgeblieben. Er war ein Überbleibsel aus meiner Kindheit, entsprach meiner kindlichen Auffassung und bedeutete für mein jetziges Bewußtsein nichts mehr. Er konnte nicht helfen, und er existierte nicht.

Liebe? Natürlich mußte man an sie glauben. In allen Liedern wurde sie besungen. Die Leute hatten Gott durch Liebe ersetzt, und zu lieben war etwas Unumgängliches.

Mir stiegen die Tränen in die Augen, da ich bemerkte, daß *ich nicht mehr wußte, was Liebe bedeutete*. Ich konnte sie nicht definieren. Zärtlichkeit, Leidenschaft, Fürsorge – all das hatte ich erlebt und empfunden. Aber Liebe? Was war das, und wie konnte ich daran glauben, wenn ich nicht wußte, was es war? Vielleicht war Liebe Zärtlichkeit und Leidenschaft und Fürsorge – ich hatte sie damit assoziiert, aber wie sollte ich das wissen?

Ich versuchte, dieses Losgelöstsein als etwas zu sehen, woran ich glauben konnte. Aber das war ein Glaube an etwas nicht Greifbares, an etwas, das weder positive noch negative Aspekte hatte und an ein Nichts konnte man nicht glauben.

Ich wollte glauben können, und das war etwas, das mir nicht durch einen Job, eine Berufsausbildung oder das Zusammenleben mit einem Mann, durch Kinder in meinen Armen vermittelt wurde. Glauben zu können war – was? Etwas, das mir fehlte.

Ich kam nie auf den Gedanken, daß ich auch an das glauben konnte, was ich tat, an den Augenblick, um dann schließlich auch diesen Glauben aufzugeben und nur noch den Augenblick zu besitzen. Ich dachte nie daran, daß jeder dieser Augenblicke eine Ewigkeit bedeutete, daß ich selbst unendlich war, daß neben meinem Leben alles übrige verblaßte und daß mein Leben neben allem übrigen verblaßte. Ich kam nie auf die Idee, daß es im Grunde ein und dasselbe war.

Und so driftete ich durch dieses Vakuum und suchte nach einem Ausweg. Ich war wie gelähmt, konnte keinen Finger rühren und noch viel weniger den Sprung, den der Glaube erforderte, wagen.

Und über Wochen und Monate wurde der Nebel dichter und dichter, bis ich kaum mehr etwas erkennen konnte und meine Kinder, meinen Mann, die Kassiererin im Supermarkt und die Leute auf der Straße nur noch als Umrisse sah. Ich lächelte und lächelte, formte Worte, aber ich konnte nicht einmal mehr mich selbst durch den Nebel wahrnehmen.

Und so etwas ließ sich nicht verbergen, ich konnte lächeln und reden so viel ich wollte. Eine vorübergehende Depression, ein Gefühl der Leere, ja, das wäre noch erträglich. Aber nicht das; mein Dahinleben wurde nur noch durch Stephen unterbrochen, der mich durch den Nebel hindurch ansprach und nicht lockerließ. «Fehlt dir etwas, Abra?» fragte er mich immer wieder. Und wenn ich nicht antworten konnte, versuchte er mir zu helfen. «Möchtest du dies? Oder das?» ich konnte es ihm nicht sagen. Daß mir ein anderer zu einem Glauben verhelfen sollte, schien mir völlig aussichtslos zu sein. Er mußte irgendwo in meinem Innern schlummern. Ich konnte mich in dieser Angelegenheit nicht auf einen andern verlassen, er konnte noch so nett und hilfsbereit und zärtlich sein. Ich konnte damals noch nicht sehen, daß diese Hartnäckigkeit selbst ein Zeichen meiner Stärke war, das Ende signalisierte. Ich mußte diesen Kampf allein kämpfen. Ich konnte kaum zu Stephen sagen: «Ich möchte glauben.» Was würde dabei herauskommen? Eine weitere gutgemeinte und vernünftige Diskussion über Alternativen.

Über welche Dinge konnte er sich nicht mit mir unterhalten? Besaß er diesen Glauben, oder war es etwas, das ihn nicht beschäftigte, nicht interessierte? Konnte es einem auch gleichgültig sein? Irgendwie hätte ich das schon gern erfahren, vielleicht wären wir uns dadurch nähergekommen, vielleicht wäre ich ansprechbarer geworden. Aber dieser Wunsch war nicht so stark, daß ich meine eigene Verzweiflung zugegeben und mich seiner Logik ausgeliefert hätte, während er diese Verzweiflung überhaupt nicht teilte.

«Es fehlt mir nichts, warum?» sagte ich dann und schaute ihn strahlend und unbefangen an.

«Ich hatte nur den Eindruck, du würdest dich nicht besonders gut fühlen.»

«Wirklich», sagte ich ausweichend, «ich fühle mich nicht schlecht. Es ist nur der Winter. Er deprimiert mich immer.»

«Vielleicht sollten wir uns Vitamine besorgen. Das würde uns allen nicht schaden.»

«Eine gute Idee.» Es war mir gleichzeitig auch klar, daß ich mir nicht die Mühe machen würde.

Diese Unterhaltung wiederholte sich immer wieder mit geringfügigen Abweichungen, ein zaghafter, zu zaghafter Versuch, um herauszufinden, was mit mir los war.

«Und was hat sich heute ereignet?» rief er mir schon von der Tür aus voller Enthusiasmus und guter Absicht zu.

«Nicht viel. Die Wäsche, das Abendessen, du kannst es dir ja vorstellen.»

«Hättest du Lust, heute abend ins Kino zu gehen?»

«Nicht besonders. Ich bin ziemlich müde, und dann bei diesem Wetter.»

Er ließ nicht locker, piesackte mich, bis es wegen einer Dinnerparty zu einer Explosion kam; die Vorstellung allein fand ich schon unerträglich; verzweifelt wie ich war, dachte ich, ich könnte unmöglich ein solches gesellschaftliches Ereignis bewältigen. Ich hatte Angst, daß es das auslösende Moment sein würde, daß mir diese Belastung den Rest geben würde. Ich weiß nicht, warum mir gerade diese völlig alltägliche Sache eine solche Katastrophe anzukündigen schien.

«Hör zu, Abra», sagte Stephen beinahe bittend, sich um Verständnis bemühend, «wir sollten das wirklich tun. Wir sind an der Reihe. Ich begreife nicht, warum dieser eine Abend ein solches Problem für dich ist. Die Putzfrau kann an diesem Tag auch kommen und diese Frau mit ihrer Tochter, die bei solchen Gelegenheiten immer kocht. Du mußt dir nur die Haare richten lassen und ein hübsches Kleid anziehen. Es ist nur ein einziger Abend. Außerdem bleibt uns auch gar nichts anderes übrig. Wir sind an der Reihe.»

Aber ich war völlig außer mir vor Angst. Ich hätte alles getan, um es zu vermeiden, und in meiner Panik scheute ich nicht davor zurück, Stephen diese schreckliche, verletzende Szene zu machen. «Es ist mir scheißegal», sagte ich vor Wut zitternd, «wer an der Reihe ist. Es sind deine Freunde, nicht meine, du brauchst sie, nicht ich, ich möchte sie nicht mehr in meinem Haus sehen. Es sind einfach nur Angeber, ich finde sie zum Kotzen, ihre Gesellschaft ist zum Kotzen, du bist zum Kotzen, du gehörst dazu.» Ich hörte diese Ungeheuerlichkeiten aus meinem Mund kommen und war fassungslos.

Stephens Gesicht war weiß, kreideweiß, jetzt sah er verstört und fassungslos aus und fragte sich, wie es soweit hatte kommen können, ohne daß er etwas bemerkte. Mich überraschte es auch, und der

Anblick dieses unglücklichen, liebenswerten Mannes, der alles getan hatte, was er konnte, machte mich plötzlich unsäglich traurig. Und dabei hatte er so wenig von mir verlangt, mein Beitrag, das war alles, und ich hatte ihn gleich angegriffen.

«Verzeih mir», flüsterte ich. «Ich meinte das alles gar nicht so. Es ist idiotisch, ich weiß nicht, was in mich gefahren ist, verzeih mir.» Ich stand nun neben ihm, legte meine Arme um ihn, zog ihn an mich, und er ließ es geschehen, feindlich, aber nicht abwehrend. Ich schluchzte kurz, den Kopf an seine Schulter gelegt und tatsächlich auch so ahnungslos, wie ich behauptet hatte.

«Wir müssen uns darüber noch unterhalten», sagte er endlich sehr ruhig. «Offensichtlich ist etwas nicht in Ordnung und nicht erst seit heute, aber ich weiß nicht, was es ist. Was ist los? Was ist es, Abra? Ich könnte dir helfen, ich möchte dir helfen, aber du sagst nie etwas. Kannst du mir nicht vertrauen, versuch's doch.»

Ich schüttelte den Kopf, alles war wieder nebulös geworden, ohne daß ich Worte, Erklärungen, Gründe finden konnte, nicht einmal die oberflächlichsten, sie waren doch nur Fiktion. Ich könnte sagen, daß ich mich langweilte, aber auch das war es nicht; ich hatte zwar sehr viel Zeit, aber das war nicht mein eigentliches Problem. Was könnte Stephen damit anfangen, wenn ich ihm sagte, daß sich irgendwo an einer Stelle, an die ich nicht rankam, die ich nicht lokalisieren konnte, etwas Schlimmes zusammenbraute? Es war einfach die Manifestation von etwas, das aus den Fugen geraten war und das ich nicht erklären konnte. Ich schüttelte immer noch den Kopf: «Ich kann nicht sagen, was es ist, Stephen, es ist, als ob ich einen Zusammenbruch hätte, ich bin ständig kaputt. Ich weiß nicht, was ich machen soll.» Ich schaute ihn an und versuchte optimistisch und stark zu erscheinen. «Aber es wird schon wieder in Ordnung kommen, warte es ab, alles wird okay sein.» Ich wollte ihn überzeugen, seine Besorgnis war unerträglich, eine zu schwere Bürde.

Ich war dankbar, als er nur nickte und mich in die Arme nahm, und etwas später machten wir Popcorn und sahen fern und liebten uns auf der Couch; etwas in mir stand jedoch abseits, beobachtete, urteilte, versuchte zu kaschieren, zu vertuschen und etwas vorzutäuschen, das ich nicht war. Und doch «liebte» ich Stephen. Ich wollte ihn beschützen, wollte dem Bild, das er von mir hatte, entsprechen.

Er hätte fragen können «möchtest du wieder arbeiten» oder «warum versuchst du es nicht noch einmal mit der Schule», aber er fragte es Gott sei Dank nicht, vielleicht weil er wußte, daß es zwecklos war.

Am nächsten Tag und auch die Tage darauf strengte ich mich ganz besonders an. Ich brachte das Haus in Ordnung, und das Essen war besonders sorgfältig zubereitet. Ich wirbelte nur so herum, wusch, staubte ab und polierte sogar das Silber, das wir kaum jemals benutzten und das schon ganz angelaufen war. Ich sagte Stephen, daß wir die Dinnerparty am besten in zwei Wochen geben sollten, damit auch alle genügend Zeit hätten, sich darauf einzurichten, und meine Tage waren plötzlich wieder ausgefüllt. Das Problem war nur, daß ich all das für Stephen tat, ich empfand es als eine Art Wiedergutmachung, selbst hatte ich jedoch nichts davon.

Ich sah es folgendermaßen: ich schulde ihnen das, aber für mich springt nichts dabei heraus; sicherlich keine sehr außergewöhnliche Betrachtungsweise, für mich war sie jedoch neu. Ich hatte mich noch nie auf diese Weise von ihnen distanziert, und es traf mich jedesmal wie ein Schlag, der innerhalb meines Schädels niedersauste und mich immer wieder überraschte.

Die Dinnerparty war ein Erfolg. Ich sah gut aus, ich hatte auch den ganzen Tag darauf verwandt, gut auszusehen, und ich war angenehm, es gab keine Pannen, und Stephen war angenehm überrascht. «Es war doch nicht so schlimm, oder?» fragte er anschließend, den Arm um meine Schulter gelegt; die Gäste waren gegangen, und wir standen im Eßzimmer, im Begriff aufzuräumen.

«Nein», sagte ich strahlend, «es war okay, alles klappte bestens, es lief wirklich reibungslos ab.»

Und es stimmte auch. Ich fühlte mich wie immer, beobachtete, lächelte, war aufmerksam und höflich und alles war wie sonst auch. Warum war ich dann aber am nächsten Tag so erschöpft, daß ich im Bett blieb und Stephen für sich und die Kinder das Frühstück machen mußte, während ich bis um zwölf Uhr mittags vor mich hindöste und dann immer noch müde aufstand, meinen Kaffee trank, mich gerade, bevor die Kinder nach Hause kamen, anzog, die ganze Zeit über erschöpft und kraftlos war und das Gefühl hatte, daß es, so lange ich zurückdenken konnte, schon immer so gewesen war, obwohl ich wußte, daß es auch andere Zeiten gegeben hatte. Niemand durfte es jedoch merken, vor allem nicht die Kinder und Stephen, sie waren zu abhängig von mir – ich mußte mich also wieder aufraffen, um am späten Nachmittag, wenn sie nach Hause kamen, fit zu sein, fit zu bleiben, bis der Abend zu Ende war und Stephen schließlich auch müde wurde. Mein Tagesablauf kam immer mehr durcheinander.

7

Ich erinnere mich nicht mehr, wie lange danach ich dann diese Anzeige sah – ich nehme an, einige Wochen später, da der Winter gerade zu Ende gegangen war. Hätte ich nicht so gründlich die Zeitung studiert, wäre sie mir nie aufgefallen. (Oder wäre es trotzdem irgendwie dazu gekommen? Es mußte wohl einfach geschehen, ich kann es mir nicht anders vorstellen.)

«Winterfeste Hütte mit siebzig Morgen Land, Bach und Unterholz, ideal als Ferienhaus oder Jagdhütte», hieß es in einer Anzeige unter der Rubrik «Immobilien, Toronto und Umgebung», Name und Telefon waren angegeben.

Ich las sie und empfand ein unbestimmtes Gefühl der Sehnsucht, ein Gedanke, den ich nicht einmal ausformulierte, nur eben dieses Gefühl von einem dünnen Faden irgendwohin gezogen zu werden – wohin?

Ich schüttelte den Kopf und vergaß es wieder. Ich las die übrigen Anzeigen, die Comics und spülte meine Kaffeetasse aus und legte mich wieder hin. Meine Augen taten mir weh, es war ein Tag wie jeder andere. Ich hatte es aufgegeben, mir den Kopf zu zerbrechen, warum es so war, und ich hatte auch aufgegeben, mich noch damit zu beschäftigen, was ich dagegen unternehmen könnte.

Am nächsten Morgen erinnerte ich mich jedoch an die Anzeige, und ich las die restlichen Seiten mit dem Gefühl, daß gegen Ende noch etwas Erfreuliches auf mich wartete, eine Überraschung. Die Anzeige war noch da. «Winterfeste Hütte mit siebzig Morgen Land, Bach und Unterholz, ideal als Ferienhaus oder Jagdhütte. Tel. Chapman 771-4893 Toronto.»

Was ist schon dabei? dachte ich. Es klingt interessant. Ich bin nur neugierig, weiter nichts. Ich wußte nicht genau, was ich eigentlich herausfinden wollte, aber der Wunsch war so stark, daß er meine Apathie besiegte, und das allein war schon etwas Außergewöhnliches, eine Erleichterung. Mit einer Selbstverständlichkeit, die mich selbst überraschte, griff ich zum Hörer und rief den Mann an.

«Ich las Ihre Anzeige in der Zeitung», sagte ich ungeschickt, «und würde gern mehr erfahren.»

Er hatte offensichtlich nicht viel Zeit. Er leierte die ganzen Details herunter, als ob er sich eine Liste gemacht und sie auswendig gelernt hätte, so schnell, daß ich kaum mitkam.

Das Grundstück wäre zweihundert Kilometer nordwestlich von Toronto. Er wolle vierundvierzigtausend Dollar dafür haben, was ein guter Preis wäre. Außer Bäumen und Unkraut würde nichts darauf wachsen. Der eine Acker wäre seit Jahren nicht bebaut worden. Es würde jedoch genügend Wild geben, um auf die Jagd gehen zu können, und damit hätte es sich auch. Ganz in der Nähe wäre eine kleine Stadt, die Hütte selbst würde etwas entfernt von einer ungeteerten Landstraße liegen.

Ob ich auf die Jagd gehen wollte, fragte er belustigt. Nein, antwortete ich, ich hätte mir nur gedacht, es könnte interessant sein – als zweiter Wohnsitz. Plötzlich dachte ich auch: Ja, das ist überhaupt eine Idee, falls wir es uns leisten können, im Sommer wäre es ideal für die Kinder und mich, und auch Stephen könnte seinen Urlaub dort verbringen, er geht zwar nicht auf die Jagd, aber trotzdem...

Das schwebte mir also vor, als ich mit Mr. Chapman ausmachte, es in zwei Tagen zu besichtigen. Irv, meinte er, nennen Sie mich doch einfach Irv.

Nur zu wissen, daß es die Hütte gab, verlieh mir schon so viel Energie, daß die beiden Tage wie im Flug vergingen. Ein Abenteuer erwartete mich. Ich ging einkaufen und kochte und putzte und hörte Elliott und Katie und Stephen aufmerksam zu und war zärtlich und liebevoll. «Du siehst glänzend aus», sagte Stephen hoffnungsvoll.

Ich versuchte mir vor Augen zu halten, daß das Grundstück doch nichts wäre, daß wir es uns nicht leisten könnten oder daß Stephen das Ganze lächerlich finden würde. Aber diese Zweifel zählten eigentlich nicht, es zählten nur die Anzeige und die Anziehungskraft, die sie auf mich ausübte. Etwas erwartete mich da draußen, und es war nichts Verschwommenes; ich zögerte überhaupt nicht und war in Gedanken schon mit Mr. Chapman-nennen-Sie-mich-doch-einfach-Irv unterwegs zu diesem Ort. Ich hatte nicht einmal ein bestimmtes Bild davon; es war nur diese Idee. Sie war jedoch sehr konkret für mich.

(Im nachhinein, wenn ich daran denke, wie ich damals war, finde ich es erstaunlich, daß ich sie überhaupt nicht in Frage stellte.)

Das Grundstück, wie mir Mr. Chapman im Auto erzählte, war ihm von seinem Vater hinterlassen worden, der im Herbst dort gern jagen ging oder sich vielleicht auch nur zurückziehen wollte. Sein Vater war erst vor ein paar Monaten gestorben; Mr. Chapman selbst ging nicht auf die Jagd und machte sich nichts aus Natur, er wollte das Geld in seine Reinigung investieren. Da er keine Gebühren bezahlen wollte, beauftragte er keinen Makler damit; er stellte sich vor, daß sich die Leute «drängeln» würden, wie er es nannte, da viele ab und zu rauswollten, ein Markt wäre bestimmt dafür vorhanden. Er selbst hätte jedoch nicht das geringste Interesse.

«Ich würde mich nur tödlich langweilen», meinte er, «mein Vater nahm mich manchmal mit, aber ich hielt es einfach nicht aus. Es machte mich wahnsinnig, nichts als Bäume und Vögel. Ich konnte nicht schlafen. Es gab auch absolut nichts zu tun. Mein Vater schoß auf alles, was sich bewegte, das war seine Unterhaltung, mir macht das jedoch keinen Spaß. Warum zum Teufel hinterließ er es ausgerechnet mir, wo ich mir gar nichts daraus machte und ihm das auch nicht verheimlichte, ich begreife das nicht. Er muß gewußt haben, daß ich es verkaufen würde, wahrscheinlich lag ihm auch nicht mehr allzuviel daran.»

Er war ziemlich dünn, dieser Mr. Chapman und ziemlich grau, ich schätzte ihn auf Anfang Fünfzig, er hatte ausgeprägte Züge und eine sanfte Stimme. Ich konnte ihn mir auch nicht als Jäger vorstellen, seine Haut hatte den gleichen grauen Ton wie meine, die Haut eines Stadtmenschen. Er hatte eine angenehme, warme, aber etwas matte Stimme; er machte sich wenig Hoffnung, daß bei diesem Trip etwas herauskommen würde, betrachtete es als einen vergeudeten Tag, wo er doch keinen Tag seines Lebens vergeuden konnte. Denn, wie er meinte, selbst wenn mir das Grundstück gefallen würde, so müßte ich es doch noch mit meinem Mann besprechen und wir müßten diesen Trip noch einmal machen.

Er warnte mich: «Sie sollten sich wirklich nicht zuviel davon versprechen. Außer meinem Vater interessierte sich niemand dafür, und er hielt es auch nicht so gut instand. Für ihn war es eine Ausweichmöglichkeit, und es war ihm gleichgültig, wie es aussah. Ich habe es selbst schon lange nicht mehr gesehen, das letzte Mal, als ich da war, war das Innere der Hütte ziemlich runtergekommen. Das Äußere – na ja, das Ganze ist wirklich ziemlich uninteressant. Es ist auch kein gutes Ackerland; die Gegend dort ist ziemlich felsig; es gibt also einmal den Wald und dann noch eine kleine Weide und einen Bach und den Platz um die Hütte herum, auf dem nur Sträucher und Gras wachsen. Außer einer großen Trauerweide, die direkt neben der Hütte steht. Wie ich in der Anzeige schrieb, ist die Hütte jedoch winterfest, in dieser Hinsicht gibt es keine Probleme, auf gewissen Komfort legte Dad schon Wert. Kühlschrank und Ofen sind vorhanden, sie waren auch immer in Ordnung gewesen, außerdem gibt es eine große Küche. Die andern Räume sind auch ziemlich groß, und die sanitären Anlagen sind ganz neu. Trotzdem sollten Sie sich nicht zuviel versprechen, es ist ein altes Ding. Es ist auch ein ganzes Ende von der Straße weg, und die Straße selbst ist ein ganzes Ende von der eigentlichen Straße weg, die in die Stadt führt.»

Er lachte über sich, ein Lachen, bei dem sich nur sein Brustkorb hob und senkte und das dann in seinem Hals steckenblieb und zu Husten wurde. «Sie haben wohl den Eindruck, daß ich es eigentlich gar nicht verkaufen will, so wie ich rede. Ich hätte es doch besser einem Makler überlassen sollen – ich klinge alles andere als professionell. Im Grunde ist es auch nicht so übel, es ist nur eine Frage des Geschmacks.»

«Machen Sie sich keine Sorgen», sagte ich. Ich schaute aus dem Fenster und beobachtete, wie sich die Landschaft veränderte, während wir auf der Schnellstraße an kleineren Orten vorbeifuhren, die wohl aufs Haar meiner Heimatstadt glichen, Städte, mit denen ich nur unangenehme Dinge verbinde.

Ich lächelte ihm zu: «Wenn Sie ein richtiger Geschäftsmann wären, hätte ich Ihnen wahrscheinlich nichts geglaubt. Warten wir ab. Wir sind vielleicht auch daran interessiert, selbst wenn es nicht in tadellosem Zustand ist. Es wäre eine Möglichkeit, aus der Stadt herauszukommen. Obwohl der Preis ...» Ich ließ es in der Schwebe, Zweifel in der Stimme, da ich tatsächlich nicht wußte, ob wir es uns leisten konnten. Und ich fragte mich inzwischen auch, ob Stephen damit einverstanden wäre, ein so abgelegenes und nutzloses Stück Land mit einer reparaturbedürftigen Hütte darauf zu erwerben, hatte er doch dieses riesige Haus in der Stadt gekauft, damit wir genügend Platz und Bewegungsfreiheit hätten.

«Über den Preis können wir uns ja noch unterhalten, wenn Sie es gesehen haben», sagte Mr. Chapman. «Und wenn Sie die Meinung Ihres Mannes gehört haben. Um ganz ehrlich zu sein, der Preis ist mehr oder weniger diskutabel, er steht nicht unbedingt fest. Es läßt sich darüber reden.»

Wir schwenkten von der Schnellstraße auf eine Landstraße ab. Die Ortschaften waren kleiner, aber meiner Meinung nach nicht ansprechender als diese mittelgroßen Städte, an denen wir vorbeigekommen waren. Ich kannte sie noch von meiner frühesten Kindheit her.

Wir bogen noch ein paarmal ab. Ich wußte inzwischen nicht mehr, wo wir waren und müßte Mr. Chapman fragen, falls ich mit Stephen zurückkommen wollte; schließlich kamen wir auf eine nicht sehr breite, geschotterte Straße mit tiefen Gräben links und rechts, in denen das Schmelzwasser des Frühjahrs vorbeischoß.

Man hatte sofort den Eindruck großer Stille, als ob die Bäume und Büsche und das Wasser das Geräusch des Autos übertönten. Es war eine Art Tunnel, diese von Bäumen überdachte Straße, und ich fuhr zusammen, als uns kurz darauf ein anderes Auto entgegenkam und Mr. Chapman weit nach rechts ausweichen mußte, um es vorbei zu lassen.

«Hier gibt es nur ein paar Bauern», sagte er, «das Vieh gedeiht nicht schlecht, das ist aber auch das einzige, was sich mit dem Land anfangen läßt. Es ist eine arme Gegend, die Leute verdienen gerade so viel, wie sie zum Leben brauchen. Es sind alles kleine Bauern; eines Tages wird das auch aufhören, nicht weil die Gegend erschlossen wird, das ist noch nicht abzusehen, sondern weil Leute wie Sie, die aus der Stadt herauswollen, das Land allmählich aufkaufen. Für die meisten alten Bauern lohnt es sich auch nicht weiterzumachen, niemand will die Höfe übernehmen, niemand gibt sich mehr mit einem solchen Leben zufrieden.

Ich kann Ihnen sagen, im Grunde sind die Bauern hier größere Spieler als alles, was sich in Las Vegas herumtreibt. Zum Beispiel kam einer, den mein Vater kannte, ab und zu bei uns vorbei, er kaufte im Frühjahr Vieh und ließ es den Sommer über auf der Weide in der Hoffnung, daß im Herbst, wenn er es wieder verkaufen wollte, die Preise höher sein würden; er mußte im Herbst verkaufen, den Winter über konnte er es nicht behalten, weil er nicht genügend Futter anbauen konnte, und manchmal waren die Preise auf einem Tiefstand, und er verlor Tausende von Dollars, es blieb ihm nichts anderes übrig, jedes Frühjahr mußte er dieses Risiko wieder eingehen; es war immer ein Glücksspiel, was mit den Preisen in sechs oder acht Monaten passieren würde.»

Er schüttelte den Kopf. «Diese Typen, sie schaffen es nie, sie haben überhaupt keine Chance. Sie spielen und verlieren, spielen und gewinnen, und wenn sie gewinnen, können sie gerade ihre Verluste damit ausgleichen. Schuldenfrei zu sein ist hier ein unbekanntes Gefühl, ihre Schulden gehen wohl meistens in die Tausende, und es muß ihnen auch klarsein, daß sie sie nie loswerden. Es ist schon toll, wie sie das Ganze jonglieren.»

Er hatte den Wagen angehalten und schaute zu mir herüber. «Aber das sind nicht Ihre Sorgen», meinte er, «wir sind da. Ich würde vorschlagen, den Weg zu Fuß hochzugehen, falls Ihnen das nichts ausmacht, mit dem Auto ist es etwas kompliziert, vor allem im Frühjahr, wenn die Gräben Hochwasser haben. Es ist nicht sehr weit.»

«Natürlich», sage ich, «das ist okay.»

Ich hatte es nicht mehr eilig, sondern war im Gegenteil dankbar für die Gelegenheit, mich langsam zu Fuß diesem – was es auch immer war, das mich so unwiderstehlich angezogen hatte, nähern zu können. Ich hatte plötzlich auch Befürchtungen, ja beinahe Angst und wünschte, ich hätte nie versucht, den Traum zu realisieren.

Als ich den Weg hochging, hatte ich das Gefühl, ich würde von ihm verschluckt, die Bäume links und rechts schlossen sich über mir und übten einen richtigen Sog aus, und hätte ich mich wie Lots Frau umgedreht, so hätte ich vielleicht gesehen, wie sie hinter mir einen Halbkreis formten, mir den Rückweg versperrten, mich gefangenhielten. Es gab viele Vögel und Eichhörnchen, ich konnte sie alle hören, aber es war trotzdem der stillste Platz, an den ich mich erinnern konnte.

Je weiter wir gingen, desto aufgeregter wurde ich; ohne sagen zu können, was es eigentlich war, bis wir dann am Ende des Wegs angelangten und einen kleinen Platz vor uns sahen, auf dem nur Sträucher und Gras wuchsen, anschließend daran erhob sich eine riesige Trauerweide, die schwer über ein graues Steinhäuschen fiel; von mir aus gesehen machte es den Eindruck, als ob der Baum das Haus beschützte, das Haus selbst war klein, schien jedoch sehr solide zu sein. Zwei Fensterscheiben waren kaputt, und ich dachte, es müßte jemand anderes sein, der das sah, ich hatte plötzlich das Gefühl – wie könnte ich es nur beschreiben? Ich suchte nach Worten – willkommen zu sein? Ein neues Leben anzufangen? Das Gefühl, daß das mein Zuhause war.

Es war das Ende. Als ob ich geradewegs auf eine Mauer zuraste und mir dabei bewußt war, daß alles vorbei war, übriggeblieben war nur noch der Kern meiner Person, der weder denken noch wahrnehmen konnte, für Bedauern, Klagen oder sonstige Überlegungen war keine Zeit mehr in diesem letzten, überwältigenden Augenblick. Die Landschaft drehte sich und zog mich in ihren Bann, und ich drehte mich ebenfalls, übermütig und völlig außer mir, und die alte Abra starb, obwohl es ihr nicht bewußt war.

Mr. Chapman hatte seine Hand auf meinen Ellbogen gelegt und führte mich in, durch die Hütte, wies mich gewissenhaft auf alle reparaturbedürftigen Stellen hin, auf alles, was noch in Ordnung gebracht werden mußte. Ich hörte kaum zu. Als er vorschlug, das Grundstück zu besichtigen, wollte ich schon ablehnen. Ich wollte einfach nur hierbleiben, mich in meinem künftigen Wohnzimmer vor einen Kamin, der noch nicht brannte, niederlassen, einfach auf dem Boden und nie wieder weggehen. Noch nie zuvor hatte ich dieses Gefühl gehabt, daß mich etwas lenkte. Es war mein Zuhause.

Aber Mr. Chapmans Stimme wurde lauter, insistierender, drang in mein Bewußtsein, und als ich ihn anschaute, sah ich, daß er nervös war und sich fragte, was los war. Ich muß ihm wohl ziemlich komisch vorkommen, dachte ich, und die alte Abra, die keine Schwierigkeiten machen wollte, meldete sich wieder. Ich gab nach und folgte ihm nach draußen; wir gingen zu der Stelle, wo die Weide und der Wald zusammentrafen; ich sollte die Lage des Grundstücks sehen, seine Grenzen und was sie einschlossen, kennenlernen. Das Land gab mir zwar auch dieses Gefühl der Sicherheit, aber mein eigentliches Zuhause war die Hütte. Als wir zurückkamen, sagte ich zu Mr. Chapman, daß ich noch einmal reingehen wollte, um mir das Ganze noch einmal durch den Kopf gehen zu lassen, ich würde gleich nachkommen, wenn er inzwischen schon zum Auto zurückgehen wollte. Meine Stimme, die diese Erklärungen abgab, schien von weit herzukommen, aber es mußte ihm doch ganz normal vorgekommen sein, denn er gab mir den Schlüssel und meinte, ich solle abschließen, wenn ich ginge.

Ich war wieder drinnen. Die Ablagen waren ganz aus Holz, ich strich mit der Hand darüber, sie waren nicht poliert, aber ganz glatt und ohne Splitter, solide; die Küche war geräumig und warm. Ein kurzer, niedriger Flur führte zum Wohnzimmer; der Kamin und kahle Wände, von denen sich die Tapete löste, eine Menge Arbeit, zweifellos; durch die zerbrochenen Scheiben blies der Wind; im Schlafzimmer lösten sich auch die Tapeten, es war ebenfalls schmucklos, und durch das Fenster schaute man in die Weide; wie schön, dachte ich, aufzuwachen und zu wissen, daß die Weide mich bewacht. Und obwohl alles heruntergekommen war, wollte ich einfach nur hierbleiben, mich zusammenrollen, bis ich ihn oder er mich absorbiert hätte; dieser seltsame Friede, der nicht eigentlich friedlich war – keine Erinnerungen, kein Käfig, nur ein Halt. Das Haus gehörte mir, es war genau das, was ich brauchte, außer ihm zählte einfach nichts mehr. Und die Gerüche des Frühjahrs, des vorbeischießenden Wassers und des sprießenden Grüns, alles Dinge, mit denen ich nie zuvor in Berührung gekommen war, doch jetzt war plötzlich alles vorhanden, ein Teil von mir und ließ überhaupt keine Verwirrung aufkommen; ich wollte mich vor dem Kamin ausstrekken und einfach dortgelassen werden.

Ich blieb ziemlich lange, bis sich mein altes Ich wieder meldete, dieses praktisch denkende Ich, das mich daran erinnerte, daß jemand wartete, daß ich mich entschließen mußte, nach Hause gehen mußte. Nur daß dieses Zuhause kein Zuhause war, warum sollte ich also zurückgehen? Da die Kinder von der Schule zurückkommen würden und Stephen kurz darauf auftauchen würde; aber es schien einem andern Leben, dem Leben eines andern anzugehören, das auch all diese Leute einschloß, und warum sollte ich nicht hierbleiben, hier, wo sich mein Leben abspielte. Aber das war natürlich unmöglich, ich mußte zurück; ich stand also auf und ging noch einmal durch die Küche zur Tür, öffnete sie und hielt das Vorlegeschloß in der Hand. Ich schaute mich um, und alles war still. «Ich komme zurück», flüsterte ich, ein Geheimnis, und dann ließ ich das Schloß zuschnappen, drehte mich um und ging ohne zu zögern den Weg zurück.

Die Verwirrung setzte auf dem Nachhauseweg ein. Mit wachsender Entfernung wurden die Hütte und das, was vorgefallen war, immer unwirklicher – immer fragwürdiger? Ich war unglücklich, hin- und hergerissen, und außerdem erschreckte mich die Wirkung, die dieser Ort auf mich gehabt hatte, und ich dachte, ich darf nie wieder zurück. Die Faszination, die von ihm ausging, war beunruhigend.

Aber in die Stadt zurückzugehen war schrecklich für mich. Die Vorstellung, Elliott und Katie zu sehen, Stephen zu begrüßen, mich so zu verhalten, wie sie es erwarteten, sie in die Arme zu nehmen, zu trösten und ihnen zuzuhören, widerstrebte mir plötzlich, machte mich ganz krank, und dann fühlte ich mich wieder völlig schwach und willenlos und konnte mir nichts mehr zusammenreimen, etwas war geschehen, und ich stand dem Geschehenen hilflos gegenüber.

Es war jedoch etwas Grundlegendes, und ich konnte nicht mehr so wie früher weitermachen. Ich war wie erstarrt, zitterte, als ich damit konfrontiert wurde. Ich konnte nicht mehr so wie früher weitermachen – was bedeutete das? Es bedeutete, daß es vorbei war; ich brauchte nicht einmal einen Entschluß fassen. Wir hielten vor dem Haus, ich schaute es an und fand es unerträglich.

«Nun», sagte Mr. Chapman, «was halten Sie davon?»

«Bitte», sagte ich und blickte ihn verständnissuchend an, «lassen Sie mir Zeit bis morgen. Bitte, zeigen Sie es sonst niemanden. Ich möchte mir nur noch einmal alles durch den Kopf gehen lassen, falls das möglich ist und ich Sie morgen anrufen kann?»

«Sicher», sagte er, «ich bin in meinem Geschäft. Sie haben die Nummer.» Er lächelte. «Niemand wird es vor morgen sehen, das kann ich Ihnen versprechen. Es ist eine lange Fahrt, und ich habe keine Lust, gleich wieder loszufahren. Sie besprechen es mit Ihrem Mann und finden heraus, was er davon hält und rufen mich wieder an. Wenn er es sich anschauen will, lasse ich Ihnen einen Schlüssel zukommen, damit Sie allein hochfahren können. Ich hoffe nur, Sie nehmen es, ich möchte mich nicht mehr darum kümmern müssen.»

Ich zog gerade meinen Pullover aus, als die Kinder nach Hause kamen. Ich versuchte, mich auf vertraute Dinge zu konzentrieren, aber es klappte nicht. Ich nahm sie in die Arme, fragte sie, wie es in der Schule gewesen sei, aber ich hörte nicht zu. Ich schaute sie an.

Wo kamen sie her? Was hatte ich mit ihnen, was hatten sie mit mir zu tun? Einen Augenblick lang fühlte ich, wie ich gegen sie rebellierte, sie, die einfach bei mir auftauchten und soviel forderten, die Dinge für sich beanspruchten, von denen ich nicht einmal wußte, daß ich sie besaß. Dann ließ die Rebellion nach und sie verblaßten auch wieder. Ich konnte ihnen nicht die Schuld zuschieben; es lag nicht an ihnen. Sie erschienen mir wie die Dinnerparties, bei denen ich zugeschaut, genickt und gelächelt, aber alles nur wie durch einen Schleier wahrgenommen hatte, unbeteiligt und immer etwas distanziert. So sah ich auch Elliott und Katie, die aufgeregt, mit rosigen Gesichtern, durcheinanderredeten und mir ihren Tag erzählten, ihn mit mir teilen wollten. Ich war jedoch nicht wirklich da, ich beobachtete sie, war aber nicht da. Ich hörte die Laute, sah ihre Gesichter, aber sie waren weit weg, ich hatte nichts mit ihnen zu tun. Es gab nichts, was uns verband. Ich wußte, daß das nicht richtig war, daß ich etwas erlebt hatte, das mein Bild von ihnen verzerrte, und ich nahm sie beide noch einmal in die Arme, wollte sie durch die Berührung realer werden lassen, aber es klappte nicht.

Und auch später, als Stephen nach Hause kam, klappte es nicht; ich hatte dasselbe Gefühl, ganz woanders zu sein, und daran änderte sich auch nichts, als ich ihnen zuschaute, mit ihnen spielte und redete, bis sie dann, erst der eine, dann der andere, schlafen gingen. Ich sagte zu Stephen, daß ich nicht müde wäre und saß bis spät in die Nacht vor dem Kamin, der viel ornamentaler und weniger funktional war als der, vor dem ich früher am Tag gesessen hatte, und ich versuchte alles zu verstehen.

War es eine Flucht für mich? Ich verneinte das. Oder wenn es doch der Fall war, so war es keine Flucht aus diesem Leben, obwohl ich es gar nicht mehr lebte, sondern eine Flucht in etwas anderes. Voller Leben und diesem Gefühl der Frische und endlich auch des Glaubens, konnte ich mir die Leere, die ich gestern noch verspürt hatte, schon kaum mehr vorstellen. Ich war eine völlig andere Person. Trotzdem gab es noch Dinge, die mich mit meinem alten Leben verbanden, ich erinnerte mich an meine Pflicht, dieses Versprechen, daß ich die Verantwortung für diese Menschen, die mir ihre Existenz verdankten, tragen würde, was auch immer meine Wünsche und Sehnsüchte wären und daß die Pflicht immer vor meinen Neigungen rangieren würde.

Neigung war jedoch nicht das richtige Wort. Kann Pflicht auch noch vor der Liebe kommen? Wenn man überhaupt von Liebe sprechen konnte, so war das hier Liebe. Konnte sie nicht Zwänge und Obsessionen überwinden? Die Pflicht würde das nie vermögen.

Als ich noch das Bild der Hütte, so wie ich sie zum erstenmal gesehen hatte, am Ende des Wegs, mit der überhängenden Weide vor Augen hatte, waren meine Unsicherheit und Verwirrung verschwunden, und ich hatte keine Zweifel mehr. Und dann kam ich wieder hierher zurück, sah dieses Wohnzimmer, in dem ich mich gerade befand und konnte mir vorstellen, wie die Kinder eine Treppe höher in ihren Betten schliefen und Stephen, der auch oben war, im Bett saß, die Brille auf der Nasenspitze, lesend und darauf wartend, daß ich endlich müde und schlafen gehen würde, und ich wußte nicht mehr, woran ich war. Dieses Hin und Her wiederholte sich während einer endlosen Nacht. Stephen mußte längst aufgegeben haben, auf mich zu warten und schon tief schlafen; immer wenn die Hütte auftauchte, war ich mir sicher, während das Bild dieses Hauses und seiner Bewohner sofort wieder Chaos, Schuldbewußtsein,

Bedürfnisse, Abhängigkeiten und Erinnerungen an Liebe im Gefolge hatte. So ging es hin und her, bis ich das Ganze nicht mehr ertragen konnte; die Hütte bedeutete Ruhe und Geborgenheit, und da gehörte ich auch hin.

Ich hatte meine Wahl getroffen, es gab keine Zweifel mehr, ich hatte überhaupt keine andere Wahl gehabt. Verschiedene Dinge mußten erledigt und in die Wege geleitet werden, praktische Überlegungen; ich hatte das Bild der Hütte vor Augen und war fest entschlossen, alles durchzuführen.

Ich fühlte wieder Zuneigung, beinahe als ob ich wüßte, daß ich sterben würde, und ich ging nach oben, schaute in die Zimmer, wo die Kinder schliefen, vergewisserte mich, daß sie zugedeckt waren und ging zu Stephen, der aufwachte, als er mein Gewicht spürte, und wir liebten uns, und ich war nicht abwesend, sondern wirklich mit ihm zusammen, aber es war, als ob ich mich verabschieden würde, ein melancholischer Liebesakt. Es war das letzte Mal, danach ging alles sehr schnell.

8

Inzwischen war es auch gar nicht mehr die Frage, Stephen davon zu erzählen. Die Entschuldigung für meinen Ausflug, daß wir nämlich die Hütte als Refugium benutzen könnten, war hinfällig geworden. Sie ließ sich nicht teilen. Es war etwas ganz Persönliches, meine eigene Vision und allein die Laute, die bloße Gegenwart der andern, wer es auch immer sein mochte, konnte sie zerstören; sie konnte dadurch in Frage gestellt werden und sich entziehen, und ich wäre nicht imstande, sie mit ihnen zusammen wieder zu entdecken.

Auch in meinem eigenen Interesse konnte ich nichts von meinen Plänen erzählen. Schon dadurch, daß ich darüber redete, würden sie sich wieder auflösen. Ich würde nicht die richtigen Worte finden, und Stephen würde mich nicht weggehen lassen. Er würde mich in die Enge treiben, mir «helfen» wollen und versuchen, meine Flucht zu verhindern. Als guter Ehemann mußte er das tun, er konnte es nicht mit meinen Augen sehen.

Und um ganz ehrlich zu sein, ich sah nicht ein, warum ich ihm Erklärungen abgeben sollte. Wahrscheinlich weil ich ihn schon gar nicht mehr wahrnahm; nach diesen ganzen Jahren hatte sich alles, was ich als real in meinem Leben angesehen hatte, als Maskierung, als Scharade erwiesen, ein Spiel, in dem ich eine bestimmte Rolle spielte; aber auch wenn sie mir manchmal sehr gut von der Hand ging, entsprach es doch nicht der Wahrheit. Er hatte keine Schuld, niemand hatte Schuld, nicht einmal ich selbst, soweit ich das beurteilen konnte. Ich war ziellos, verwirrt, zu anpassungsfähig gewesen, während ich mich jetzt sehr stark fühlte. Nein, Stephen konnte keine Schuld gegeben werden, es hatte nichts mit ihm zu tun. Nichts hatte etwas mit ihm zu tun, und das würde er wohl nie verstehen, deshalb war es auch am besten, es gar nicht erst erklären zu wollen.

Ich war ungeduldig, ich wünschte mich weit weg, raus aus diesem verwirrenden Ort, wo die Kinder und Stephen nur noch Schatten waren, die von mir verlangten, daß ich mich als einer der Ihren betrachtete, was unmöglich für mich geworden war. Die Hütte und das Grundstück hatten von mir Besitz ergriffen, meine Zweifel waren verschwunden. Meine Vision war pastellfarben, aber sehr intensiv, ein Eindruck, der nicht wich, eindringlich und gleichzeitig auch beruhigend. Ein Ort, der Stärke auszustrahlen schien, eine Stärke, von der ich profitierte, die mich ebenfalls stark, tüchtig und geschickt werden ließ.

Am nächsten Morgen, als alle aus dem Haus gegangen waren, rief ich sofort Mr. Chapman an. Ich hatte sie alle geküßt und ihnen wie immer viel Spaß gewünscht, und niemand schien etwas bemerkt zu haben. Die Zeitung lag noch auf dem Tisch, wo sie Stephen nach dem Frühstück hingelegt hatte, aber ich brauchte sie nicht mehr, ich warf sie in den Papierkorb, räumte den Frühstückstisch ab und ging zum Telefon. Es ist gar nicht so schwer, damit umzugehen, dachte ich. Oder seine Skrupel zu vergessen, wenn man etwas durchsetzen will. Ich war hart und entschlossen, da nichts schiefgehen durfte.

«Abra Phillips, Mr. Chapman», sagte ich. Im Hintergrund konnte ich das gedämpfte Klappern von Maschinen hören, und ich stellte mir vor, wie er, grau und dünn an seinem Schreibtisch saß und seine Reinigung in Schwung zu bringen versuchte. «Wir besichtigten gestern das Grundstück, und ich bin immer noch sehr interessiert daran, aber ich denke, wir sollten uns etwas über den Preis unterhalten.» Meine Stimme klang bestimmt und energisch. Ich wußte, was ich wollte.

«Hat Ihr Mann es denn schon gesehen?» Er war überrascht.

«Nein, das nicht, aber er sagte, er würde sich auf mein Urteil verlassen. Er meinte, ich solle das Ganze unter meinem Namen abwickeln.» Das war eine schwache Stelle, und ich mußte lügen, weil ich mir leicht eine Blöße geben konnte. Eine Frau, die in geschäftlichen Angelegenheiten eigene Entscheidungen traf, war verdächtig und die Sache würde überprüft werden. Ich wollte damit andeuten, daß Stephen Bescheid wußte und ging schnell zum nächsten Punkt über.

«Wir sind jedoch nicht ganz glücklich, was den Preis betrifft; falls wir es kaufen, möchte ich auch so rasch wie möglich alles klären. Es sind bald Ferien, und wir würden gern noch davon profitieren.»

«Darüber läßt sich reden. An was dachten Sie denn?» Er klang entgegenkommend, als ob er keine Schwierigkeiten machen würde. Weil ich wußte, was ich wollte.

«Meiner Meinung nach ist es kaum mehr als achtunddreißigtausend wert, vor allem, wenn man die Reparaturen in Betracht zieht. Das wäre also mein Angebot, aber ich glaube, ich könnte Ihnen auch noch etwas Günstigeres vorschlagen. Wenn Sie auf sechsunddreißigtausend runtergehen, würden wir alles bar bezahlen. Die ganze Summe auf die Hand.»

Ich war geschickt, beinahe schon raffiniert. Ich wußte nicht, woher dieser plötzliche Geschäftssinn kam, ich war nur überzeugt, daß ich meine Sache gut machte. Bargeld würde in seiner Lage sehr verführerisch sein, und ich hielt es für unwahrscheinlich, daß er ablehnen würde.

«Geben Sie mir etwas Zeit», meinte er, «ich rufe Sie heute noch an.»

Ich rief die Bank an und verlangte den Geschäftsführer. Großmutters Geld, das Geld, das ich geerbt hatte, das wir für die Kinder beiseitegelegt hatten, war auf einem getrennten Konto unter meinem Namen, seit Jahren unangetastet und hatte wohl eine Menge Zinsen und Staub angesammelt. Es muß sehr viel mehr sein als vor dreizehn Jahren, als ich es erbte, dachte ich.

«Einen Augenblick», sagte der Geschäftsführer, «das werden wir gleich haben.» Er ging weg, während ich am Apparat blieb. «Es ist nur ungefähr die Summe», meinte er, als er zurückkam, «wir können es jedoch auf den Cent genau ausrechnen, falls Sie das wünschen. Sie haben im Augenblick schätzungsweise siebenundsechzigtausend auf Ihrem Konto. Dachten Sie daran, es zu investieren?» Seine Stimme klang hoffnungsvoll, er hatte uns schon mehrmals vorgeschlagen, es anzulegen; es sei reine Verschwendung, es einfach auf dem Konto rumliegen zu lassen, wo es nur normale Zinsen einbrachte, wiederholte er immer wieder. «Nein, das nicht. Ich will es abheben, wahrscheinlich schon morgen, und hätte gern den ganzen Betrag.»

Er klang bestürzt. «Haben wir irgend etwas falsch gemacht? Wollen Sie bei einer anderen Bank ein Konto eröffnen?»

«Nein, nein», sagte ich sehr bestimmt und entschlossen, «alles ist in Ordnung. Wir wollten nur etwas kaufen und bar bezahlen. Ich hoffe, es ist nicht zu kompliziert, wir möchten alles so schnell wie möglich erledigen.»

Ich sagte wieder in voller Absicht «wir», da ich wußte, daß ich auf weniger Schwierigkeiten stoßen würde, wenn er annahm, daß dieser Entschluß von mir und Stephen gemeinsam gefaßt worden war; würde er jedoch denken, daß ich auf eigene Faust vorging, so könnte er vielleicht Stephen anrufen, und dann wäre es aus mit meinen Plänen. Bankdirektoren waren damals, wie wahrscheinlich auch heute noch, überzeugt davon, daß man Frauen keine größeren Summen anvertrauen konnte, auch wenn es sich um ihr eigenes Geld handelte. Ich wollte nichts aufs Spiel setzen.

«Ich werde morgen vorbeikommen», sagte ich, «Stephen hat keine Zeit, deshalb muß ich mich darum kümmern. Denken Sie, Sie können es bis dahin schaffen?»

«Sicher», meinte er etwas perplex, «das Konto aufzulösen ist kein Problem.» Er zögerte, «kann ich sonst noch etwas für Sie tun? Irgendwelche Tips oder Hinweise?»

«Nein, danke», sagte ich höflich, «ich glaube, wir haben alles bestens geregelt. Ich komme wahrscheinlich um, sagen wir, halb elf morgen früh vorbei. Oder ist das zu früh?»

«Das geht in Ordnung. Wir werden heute nachmittag alles soweit vorbereiten, Sie müssen dann nur noch Ihre Unterschrift unter ein paar Dinge setzen. Wie wollen Sie das Geld denn haben?»

«Bar. In Hundertern am besten.» Ich wollte alles so einfach und direkt wie möglich abwickeln, wollte keine Spuren hinterlassen, keine Schecks, keine Überweisungen auf ein anderes Konto.

«Bar.» Er war schockiert. «Sie können doch nicht einfach siebenundsechzigtausend Dollar mit sich herumtragen. Das ist viel zu gefährlich.» Es gab eine Pause. «Warum lassen Sie das Konto nicht einfach bestehen und bezahlen mit einem bestätigten Scheck?»

«Nein, das ist schon okay so. Ich werde es nicht lange haben. Machen Sie sich keine Sorgen, wir haben alles besprochen, ich kann keinen Scheck gebrauchen. Bis morgen früh und vielen Dank für Ihre Bemühungen.» Ich legte ohne Hast auf und hoffte nur, daß er Stephen nicht anrufen würde, um irgendwelche Einwände zu machen. Vielleicht, ich kicherte bei dem Gedanken, dachte er, ich würde erpreßt werden und würde deshalb diskret sein. Er konnte sich aber genausogut vor den Kopf gestoßen fühlen und das Ganze nachprüfen wollen. Es war das größte Risiko bei der ganzen Sache; ich starrte wie gebannt auf das Telefon, aber nichts geschah, kein Anruf von Stephen, der Geschäftsführer mußte sich also, aus welchen Gründen auch immer, entschieden haben, einfach meinen Anweisungen zu folgen.

Ich setzte mich an meinen Schreibtisch, um ein Budget auszuarbeiten. Wenn ich das Grundstück für sechsunddreißigtausend oder achtunddreißigtausend bekommen würde, hätte ich etwa dreißigtausend übrig. Bei einem sehr einfachen Lebensstil müßte das eigentlich lange reichen. Aber ich wußte auch, daß ich sonst nichts mehr erwarten konnte.

Es gab keine anderen Geldquellen. Ich hatte keine Versicherungen, die ich ohne Stephens Wissen kassieren konnte. Ich würde mich also mit dem, was ich hatte, begnügen müssen, so viel mitnehmen, wie ich konnte, und einfach hoffen, daß ich damit auskam. Ich stellte eine Liste von Dingen auf, die ich benötigte: Töpfe, Pfannen, Lebensmittel, Sicherungen, Farben zum Streichen, Möbel, Vorhänge, Handtücher, Zahnpasta – alles, was mir einfiel. Das meiste könnte ich in dem Städtchen, nicht weit von der Hütte, einkaufen; was ich für den Anfang brauchte, würde ich von hier mitnehmen.

Ich verbrannte meine Listen im Kamin.

Meine Erinnerungen sind jetzt ganz klar und deutlich. Alles, was an diesem Tag passierte, sehe ich noch gestochen scharf vor mir, ich war äußerst ruhig und gefaßt. Ich wußte, was ich tat; ich wußte, daß ich diesen Ort, den ich entdeckt hatte, nicht mehr aufgeben konnte, wußte, daß es wichtig und unumgänglich war und erledigte alles, was zu erledigen war.

Die Kinder kamen von der Schule zurück; Mr. Chapman hatte noch nicht zurückgerufen, aber ich machte mir keine Sorgen. Ich wußte, daß nichts schiefgehen würde, nicht mehr. Es mußte einfach klappen, ich hatte überhaupt keine Zweifel.

Katie und Elliott waren nicht mehr so verschwommen wie früher. Aber ich war immer noch weit weg, ich konnte sie sehen, und sie waren ganz klar und deutlich, aber in weiter Ferne. Ich betrachtete sie, machte mir nichts vor. Ich war ihre Mutter, und ich verließ sie. Ich nahm das Geld, das für sie bestimmt war. Es gab keine Entschuldigung, keine Erklärung und keine Schuld, ihr Anblick konnte mich nicht umstimmen.

Ich verhielt mich völlig normal. Sie durften mir beim Abendessen helfen. Ich versprach ihnen auch, daß wir später Plätzchen backen würden. Als das Telefon klingelte, waren wir alle in der Küche, und ich ermahnte sie, nicht an den Ofen zu gehen, während ich weg war. Ich machte mir keine Gedanken darüber, wer sie warnen würde, wenn ich nicht mehr da war.

«Mrs. Phillips?» Es war Mr. Chapmans Stimme, und sie klang erleichtert, als ob er sich ebenfalls zu einem Entschluß durchgerungen hätte. «Ich denke, ich will Ihr Bargeldangebot annehmen. Nur möchte ich nicht so weit runtergehen. Siebenunddreißigtausend auf die Hand, weniger allerdings nicht.»

Unser Handel war damit beschlossen, und wir waren beide zufrieden.

«Gut», sagte ich rasch, «wie lange brauchen Sie, um den Kaufvertrag aufzusetzen?»

«Nun ja», meinte er etwas konsterniert, «ich bin davon ausgegangen, daß Sie damit einverstanden sind und habe heute mit meinem Rechtsanwalt gesprochen. Sie finden das hoffentlich in Ordnung. Ich kann ihn heute abend noch bei sich zu Hause anrufen, und er kann alles soweit fertigstellen. Ich wollte mich nur noch vergewissern, ob Sie und Ihr Mann auch noch die Absicht haben, es unter Ihrem Namen laufen zu lassen, das heißt, nicht gemeinsam als Käufer auftreten wollen.»

«Richtig. Es geht nur auf meinen Namen. Wegen der Steuer. Können wir uns morgen treffen, um die Papiere zu unterzeichnen und um die Sache mit dem Geld zu regeln?»

«Du lieber Himmel, bei Ihnen geht es aber ruckzuck. So schnell habe ich noch nie jemanden etwas kaufen sehen. Sicher, warum nicht. Ich rufe meinen Rechtsanwalt heute abend an und benachrichtige Sie dann.»

Stephen würde bald nach Hause kommen, und ich wollte nicht, daß Mr. Chapman zurückrief. «Wir sind wahrscheinlich heute abend weg. Sie könnten jedoch einstweilen die Sache mit ihrem Rechtsanwalt regeln und für morgen nachmittag eine Zeit ausmachen. Ich rufe Sie morgen früh an, und Sie sagen mir dann, was Sie beschlossen haben. Ich bin nach zwölf Uhr jederzeit abkömmlich.

Ich habe ein Auto, wir können uns also überall treffen. Sie müssen mir nur sagen wo. Ich habe dann auch das Geld für Sie, den gesamten Betrag. Ich rufe Sie morgen gegen neun Uhr an.»

Damit hatte es sich. Stephen kam ein paar Minuten später an und fand Katie, Elliott und mich in der Küche vor. Sie stritten sich darüber, was alles in den Salat, den ich ihnen überlassen hatte, kommen sollte. Katie wollte Käse, Elliott meinte jedoch, Käse würde nicht in einen Salat passen. Sie erwählten Stephen zum Schiedsrichter, und er gab Katie recht. Ich betrachtete ihn.

Ich sah einen hochgewachsenen Mann mit ausgeprägten Zügen und leicht ergrautem Haar, der die Salatfrage mit gespielter Ernsthaftigkeit diskutierte, den Zeigefinger auf dem Kinn. Die Kinder mochten ihn, weil er sie immer ernst nahm. Was für eine hübsche Familie sie doch abgeben, dachte ich. Ich betrachtete mich selbst jedoch nicht als dazugehörig, nicht mehr und fragte mich, ob ich überhaupt jemals dazugehört hatte. Vielleicht war ich immer abseits gestanden, voller Bewunderung für diese intakte Familie, die mich nicht einschloß.

Nein, das stimmte nicht, ich hatte auch dazugehört, auf meine Art, und das hatte sich geändert.

Katie und Elliott gingen nach draußen; Fletcher brauchte etwas Bewegung, und ich konnte hören, wie sie sich stritten, wer ihn heute ausführen sollte. Stephen lehnte sich aus der Tür und schlug ihnen vor, zu zweit zu gehen, ihn ausnahmsweise nicht an die Leine zu nehmen, sondern frei laufen zu lassen, sie müßten nur in seiner Nähe bleiben, meinte er, zu zweit ginge das schon. Seine Fähigkeit, alles wieder in Ordnung zu bringen, erstaunte mich immer wieder. Wir blieben allein in der Küche zurück. Er setzte sich an den Tisch und schaute mir zu, wie ich die Kartoffeln schälte; es machte mich nervös, beobachtet zu werden.

«Was gab es heute?» fragte ich, um ihn abzulenken. «Etwas Interessantes?»

«Nicht wirklich, alles war okay, es gab nichts Besonderes.» Ich schaute ihn an, fragte mich, ob er jemals am Ende seiner Kräfte war oder das Gefühl hatte, am falschen Platz zu sein. Es kann gar nicht anders sein, dachte ich. Oder vielleicht doch nicht, vielleicht war er so, wie ich früher gewesen war. Vielleicht konnte er sich gar nichts anderes vorstellen. Es war ungerecht, er gab sich soviel Mühe, aber trotzdem stellte sich bei mir kein Bedauern ein.

«Es ist wieder ein Dinner geplant», sagte er zögernd, «in zwei

Wochen bei Ray Johnston. Kann ich zusagen?» Er schaute mich an, immer noch auf der Hut, besorgt, ich könnte wieder eine Szene machen. Er konnte nicht wissen, daß es keine Rolle mehr spielte; aber auch wenn ich nicht wegginge, hätte es keine Rolle gespielt. Ich hätte nichts dagegen gehabt.

«Sicher», sagte ich ganz munter, «kein Problem.» Er sah erleichtert aus.

Ich wollte den Abend nicht allein mit Stephen verbringen, nicht heute abend, mit all den Geheimnissen, die auf mir lasteten. Ich wollte ihm vorschlagen, ins Kino zu gehen, nur um vertraute Gespräche zu vermeiden, aber das wäre feige gewesen. Ich mußte mich mit dem, was ich tat, konfrontieren können. Ich würde mir selbst gegenüber hart sein, meiner Sache sicher sein. Außerdem glaube ich, daß ich beinahe so etwas wie Bedauern oder Schuldgefühle oder einfach irgendwelche Empfindungen haben wollte – egal welche, jede Gelegenheit war mir recht. Es war so seltsam, nichts zu fühlen.

Die Kinder machten viel Lärm beim Abendessen, und ich war froh darüber. Sie erzählten Stephen von der Schule, und er hörte zu. Nach dem Abendessen gingen alle drei in sein Arbeitszimmer, um die Nachrichten zu sehen; das war auch etwas, was sie verband; sie hatten schon ziemlich früh damit angefangen. Stephen wollte ihr Interesse für das, was auf der Welt vorging, wecken, und sie waren stolz darauf, daß er sie für so erwachsen hielt. Früher hatte ich manchmal befürchtet, sie würden zuviel mitkriegen und allmählich abstumpfen bei all diesen Bildern von Tod und Elend. Aber Stephen sprach mit ihnen über die Dinge, die sie sahen; wie traurig und schmerzhaft es doch war und wie sehr er wünschte, helfen zu können, und ich glaube, sie hörten ihm auch zu. Er sagte ihnen noch, daß das, was sie sähen, nicht alles wäre, daß es auch erfreuliche und gute Neuigkeiten gäbe, die nicht gezeigt würden. Sie schienen zu verstehen, was er meinte, und versuchten, wie er gut und anständig zu sein.

Ich hörte, wie sie ihm erzählten, daß wir Plätzchen backen würden, wenn ich mit dem Abwaschen fertig wäre. Ich war allein in der Küche und betrachtete die Teller, als ich sie abwusch, ein blaues Muster, Leute, Bäume; ich versuchte etwas zu empfinden, weil ich dieses Muster nicht mehr oft sehen würde, immer noch meine Reaktionen prüfend; ich war jedoch nicht traurig. Ich empfand überhaupt nichts. Nur ein Vakuum an Stelle von Vergangenem und Dingen, an denen ich hing.

Kurz darauf, viel zu schnell, kamen Katie und Elliott wieder in die Küche und fragten nach den Plätzchen. Sie hatten beschlossen, daß Stephen auch mithelfen würde. Wir mußten uns alle vier an diesem Abend gut amüsiert haben, denn wir lachten viel, sogar ich ließ mich anstecken. Ich war froh, daß es so enden sollte, heiter und vergnügt. Ich fragte mich, ob sie mich wohl vermissen würden; natürlich würden sie das, eine idiotische Frage. Stephen würde jedoch immer noch für sie dasein, Stephen, der zu beständig war, um jemals wegzugehen, selbst wenn er wüßte wohin, und das war wichtig zu wissen. Ich war zwar immer für sie dagewesen, hatte immer zu ihrer Verfügung gestanden, aber ich denke, er hatte ein innigeres Verhältnis zu ihnen. Sie kamen zu mir, wenn sie Probleme hatten und hofften, ich könnte ihnen dabei helfen; mit Stephen jedoch konnten sie darüber reden, was es für sie bedeutete, und das war sehr viel tiefgehender. Es spielte keine Rolle mehr.

Würde mich Stephen vermissen? Wahrscheinlich mehr als die Kinder. Würde er einen irreparablen Schaden davontragen? Er würde ratlos sein, sich fragen, was er falsch gemacht hätte; ich hätte ihm gern gesagt, daß es sich darum überhaupt nicht drehte. Er mußte jedoch selbst versuchen zu verstehen, ich konnte nichts erklären.

Ich lachte mit ihnen; wir würden nur noch einen Abend zusammen verbringen. Die Kinder gingen früh schlafen, Stephen und ich folgten kurz darauf. Es wäre ein schöner Tag gewesen, meinte er. Es wäre schön, nach Hause zu kommen, seine Familie zu begrüßen und zu sehen, daß alles auch der Mühe wert sei (ich fragte mich, ob er wohl dachte, er würde «alles» für uns tun). Mit «Familie» meinte er wahrscheinlich die Kinder, mit mir hatte er all diese Schwierigkeiten; die letzten Jahre waren auch für ihn ziemlich hart gewesen; er behandelte mich jetzt so vorsichtig, weil er sah, daß unser Verhältnis irgendwie gestört, zumindest jedoch gefährdet war. Er konnte kaum wissen, daß das alles keine Rolle mehr spielte, daß wir einfach zwei Personen in einem Raum waren und daß ich ihn beinahe als Fremden betrachtete oder als jemanden, der zwar in meinem Leben eine Rolle spielte, dessen Gegenwart ich aber nicht recht erklären konnte; ihn als meinesgleichen zu sehen, hätte eine Beziehung zwischen uns vorausgesetzt. Ich wußte, daß wir auch einmal Wärme und Verbundenheit empfunden haben mußten, daß wir uns als Paar gefühlt hatten, jetzt zählte jedoch nur noch eine Person und das war ich. Wir waren zu müde, um uns zu lieben oder wie ich es damals auch immer bezeichnet hatte. Was sich in mir abspielte, war mit einer Betonmasse zu vergleichen, die langsam härter wurde, bis zum Frühstück schien nicht mehr das geringste Gefühl für diese drei Individuen übriggeblieben zu sein, mit denen ich lachte und redete. Sie waren alt, gehörten der Vergangenheit an, längst Verstorbene, die ich wiederauferstehen ließ, um mich an meine Verhaltensweisen ihnen gegenüber zu erinnern; sie waren nicht wirklich gegenwärtig, vermittelten mir nicht das Gefühl von Realität. Sobald sie aus dem Haus waren, rief ich Mr. Chapman an, der mir sagte, daß wir uns um halb drei bei seinem Rechtsanwalt treffen könnten.

Ich wusch das Frühstücksgeschirr ab, und aus dem obskuren Bedürfnis heraus, sowohl für mich als auch für sie alles in Ordnung zu bringen, staubsaugte ich auch noch die Räume, in denen wir uns hauptsächlich aufhielten. Ich rief die Putzfrau an, da ich dachte, sie sollte besser zweimal in der Woche kommen, wenn ich nicht mehr da wäre; zumindest so lange, bis Stephen es anders geregelt hätte. Sie schien über die Aussicht, etwas dazuzuverdienen, erfreut zu sein.

Ich duschte, zog ein Kleid und Nylonstrümpfe an und entschied mich für meinen beigefarbenen, hellblau changierenden Frühjahrsmantel. Ich schloß die Tür hinter mir ab, Fletcher ließ ich angebunden im Hinterhof. Ich war voller Ungeduld, wollte alles schon längst hinter mir haben. Und morgen, morgen dann als erstes ...

Auf der Bank wollte der Geschäftsführer noch mit mir reden; er ließ mich einfach nicht machen und bearbeitete mich immer noch, mein Geld nicht in bar abzuheben. Ich blieb hart und zeigte mich verärgert; so viele Hindernisse, wo doch alles schon entschieden war; ich platzte vor Ungeduld.

Ich zählte siebenunddreißigtausend Dollar ab, stopfte das Geld in zwei große braune Umschläge, die mir der Geschäftsführer gegeben hatte. Das übrige Geld legte ich in einen andern Umschlag, abgesehen von zweihundert Dollar, für die ich mir kleine Scheine geben ließ; sie wanderten in meinen Geldbeutel. Der Geschäftsführer schickte einen Laufjungen über die Straße, um mir eine kleine Mappe besorgen zu lassen. Als ich mich verabschiedete, war er immer noch beunruhigt.

Ich ging zum Auto zurück, legte die Mappe unter eine Matte im Kofferraum und schloß ihn ab. Es war zwölf Uhr, Zeit fürs Mittagessen; ich hatte jedoch keinen Hunger. Statt dessen fuhr ich zu einem Supermarkt, nicht dem gewohnten, und kaufte Vorräte ein. Vor allem Lebensmittel, Büchsen, Fleisch und Brot. Es war kühl genug, dachte ich, es würde nicht über Nacht im Kofferraum verderben. Außerdem kaufte ich noch einen Eimer, einen Mop, einen Besen und eine Kehrichtschaufel, Bodenreiniger und Wachs, Seife, Zahnpasta und eine neue Zahnbürste für den neuen Start. Im Ganzen gab ich mehr als achtzig Dollar aus, für die nächsten Wochen hatte ich mich mit Essen eingedeckt. Ich würde morgen oder übermorgen in diesem Städtchen bei der Hütte noch mehr ausgeben, und zwar für Farben und Leitern und alte Möbel, die ich hoffentlich auch dort auftreiben konnte. Ich wollte endlich losziehen, war schon ganz verzweifelt, weil ich alles schon so weit haben wollte; ich mußte mir immer wieder vorsagen, daß sich nichts erzwingen ließ, daß ich lernen müßte, nicht so ungeduldig zu sein, keine Fehler zu machen und nichts halbfertig zurückzulassen. Alles in Ordnung zu bringen.

Inzwischen war es auch Zeit, das Büro des Rechtsanwalts aufzusuchen. Danach würde ich endlich dieses Grundstück, das sich mir so unauslöschlich eingeprägt hatte, besitzen, und meine Freiheit wäre zum Greifen nahe. Ich versuchte ganz ruhig zu sein, aber ich spürte, wie mein Körper versuchte, die Zeit voranzutreiben, mein Puls ging schneller und meine Muskeln waren angespannt, reaktionsbereit. Ich zwang mich, langsamer zu atmen, mich zu entspannen, aber meine Erregung gewann immer wieder die Oberhand, und alles fing von vorn an.

(Ich glaube kaum, daß ich mich jetzt noch so verhalten würde. Ich habe etwas dazugelernt, hoffe ich, damals wußte ich jedoch so wenig.)

Ich parkte das Auto und ging nach hinten zum Kofferraum. Unter meinen ganzen Einkäufen und unter der Matte lag die Mappe. Ich holte die beiden Umschläge mit den siebenunddreißigtausend Dollar heraus, schloß den Kofferraum wieder zu und ging in ein niedriges Gebäude, das etwas heruntergekommen aussah, etwas verkorkst. Das Büro des Anwalts war im zweiten Stock, und ich war überrascht, als ich ankam: ich hätte nicht gedacht, daß es immer noch solche Büros gab; ich hatte sie mir hell und modern vorgestellt, mit strategisch verteilten Pflanzen und Wandteppichen. Dieses hier war jedoch sehr alt, dunkel, verstaubt, mit schmalen Fenstern und Jalousien; uralte, chaotisch aussehende Ordner lagen auf dem Schreibtisch herum, statt einem Empfangstisch hatte es ein hölzernes Geländer mit einer Drehtür, durch die ich eingelassen wurde.

Der Anwalt sah Mr. Chapman sehr ähnlich. Ich fragte mich, ob sie vielleicht Brüder wären, sie hatten jedoch verschiedene Namen, und die Ähnlichkeit wurde wahrscheinlich nur durch den grauen Eindruck, den beide machten, bewirkt. «Mrs. Phillips?» fragte er.

«Ja, ich hatte mich mit Mr. Chapman bei Ihnen verabredet.»

«Hier entlang, bitte, Sie sind sehr pünktlich. Irv ist noch nicht da, aber er müßte auch bald eintreffen. Sie können sich ja einstweilen die Papiere, die ich fertiggestellt habe, durchsehen. Ich habe gehört, Sie bezahlen alles in bar?»

«Ja, das stimmt.»

«Wörtlich in bar?» fragte er und blickte auf die Umschläge.

«Ja, auf die Hand.»

Eine Pause.

«Ich nehme an, Sie wollen Ihrem Anwalt die Unterlagen zeigen, bevor wir alles abschließen?»

Daran hatte ich nicht gedacht; ich suchte nach einem Ausweg, der ihn nicht mißtrauisch machen und keine Verzögerungen bedeuten würde.

«Unser Anwalt ist im Augenblick nicht hier, und wir wollen diese Sache so schnell wie möglich erledigen. Wir konnten ihn jedoch telefonisch erreichen, und er erklärte mir, auf was ich achten müsse. Vielleicht schaue ich mir am besten die Papiere mal an.»

«Gewiß, folgen Sie mir bitte.» Er führte mich in ein kleines, noch dunkleres Büro mit einem massigen Schreibtisch, einem Drehstuhl für ihn und einem Stuhl mit steiler Lehne für mich und langen Reihen verstaubter Rechtstexte auf verstaubten Regalen hinter ihm. Er gab mir einen Ordner, und ich vertiefte mich in ihn.

Es hätte gar nicht einfacher sein können. Es war nichts weiter als eine Grundstücksübertragung, die Urkunde lag bei, keine Hypothek, keine Zinsen, die Grenzen des Grundstücks waren bezeichnet und durch eine Urkunde des Liegenschaftsamts beglaubigt; dazu kam eine kurze Liste von Dingen, die ich mitübernahm, einschließlich des Kühlschranks und Ofens.

«Alles scheint ziemlich klar zu sein», meinte ich, als Mr. Chapman an der Drehtür des Vorzimmers auftauchte. «Da ist er», sagte ich zu dem Anwalt.

Er war eine Viertelstunde zu spät. Ich schaute immer wieder auf meine Uhr, da ich zurücksein wollte, bevor die Kinder aus der Schule kamen. Wenn ich ihnen schon meine Liebe entzogen hatte, so sollte ich zumindest pünktlich sein, dachte ich.

«Ich habe mir die Papiere angeschaut», sagte ich, «soweit scheint alles okay zu sein. Ich habe auch das Geld bei mir», und ich zeigte auf die braunen Umschläge, «setzen wir also unsere Unterschriften darunter und bringen alles in Ordnung.»

Beide machten große Augen, als ich ihnen das Geld überreichte. Sie machten kleine Stöße von zehn Hundert-Dollar-Scheinen, und ich glaube, keiner von ihnen hatte jemals so viel Bargeld auf einmal gesehen. Sie starrten darauf. Für mich war es auch ein ungewohnter Anblick, aber es berührte mich nicht, es war nur ein Mittel zum Zweck.

Ich kam erst kurz vor vier weg und war wütend wegen dieser Verzögerung, eine blinde, irrationale Wut. Die Kinder waren folglich auch zu Hause, als ich eintraf. Ich nahm sie in die Arme und hörte mir ihre Geschichten an, konzentrierte mich ganz auf sie und war völlig erschöpft, als dann Stephen zurückkam. Ich mußte äußerst vorsichtig sein, durfte durch nichts verraten, daß morgen alles ganz anders sein würde.

Ich sagte ihnen, daß ich morgen nachmittag einkaufen gehen wollte, ich würde unsere Nachbarin anrufen und sie fragen, ob die Kinder bei ihr bleiben könnten, bis ich nach Hause käme. «Es freut mich, daß du mal rausgehst», sagte Stephen ruhig, und nichts berührte mich mehr an diesem Abend als diese Traurigkeit und neue Hoffnung in seiner Stimme.

Ich schlief schlecht. Ich versuchte nicht an die Hütte und an die Zukunft zu denken. Es war die letzte Nacht, und sie war irgendwie symbolbeladen, ein Relikt von früher. Ich dachte, ich müßte versuchen, alles festzuhalten und zu spüren, damit es bedeutsamer und spannungsgeladener sein würde. Es war, als ob ich mich an der Matratze festhalten müßte, um nach all den Jahren, die ich darauf geschlafen hatte, nach all unseren Umarmungen noch etwas Besonderes daraus zu machen; und für die übrigen Dinge im Haus galt dasselbe, nicht jedoch für die Menschen. Von ihnen hatte ich mich bereits verabschiedet.

(Inzwischen glaube ich eher, daß in dieser Nacht die falschen Gefühle überhand nahmen, falsch, weil ich mich zwang, etwas zu empfinden, von dem ich dachte, daß ich es empfinden müßte, daß es normal wäre, statt einfach zu akzeptieren, daß ich nichts nachtrauerte.)

Der nächste Morgen war dann das letzte Mal. Ich küßte sie alle, als sie aus dem Haus gingen, wünschte ihnen einen guten Tag. Als sie weg waren, wusch ich das Frühstücksgeschirr ab und machte die Betten. Es war mir immer noch sehr wichtig, alles so zu hinterlassen, wie es sein sollte; ich wollte, daß sie einen neuen Anfang machen konnten und hatte selbst auch das Bedürfnis, nichts unfertig zurückzulassen.

Ich bereitete ein Abendessen vor und stellte es in den Kühlschrank, damit sie es nur aufzuwärmen brauchten.

Ich ging meine Kleider durch und behielt nur das, was brauchbar und praktisch war; den Rest, meine langen Abendkleider und eleganten Schuhe, stopfte ich in Mülltüten, die ich im Auto verstaute und in einem Container der Heilsarmee bei uns um die Ecke ablud. Als ich sie durch die Öffnung schob, stellte ich fest, daß ich doch langsam Fortschritte machte, mich endlich etwas unbeschwerter fühlte.

Ich nahm genau die Hälfte der Töpfe und Pfannen, jeweils drei Teile eines alten Services und Silberbestecks, das wir nie benutzten, und drei Becher. Alles wurde in vier Laken und sechs Handtücher eingewickelt, und in der Garage fand ich noch ein paar passende Kartons. Ich fuhr den Wagen in die Garage und belud ihn dort.

Ich dachte daran, eine Uhr, den kleinen Reisewecker Stephens, mitzunehmen, fand es dann aber doch keine sehr gute Idee. Wie satt ich doch alles habe, was mit Zeit und Zeiteinteilung zu tun hat, dachte ich. Wie befreiend es doch sein mußte, das hinter sich zu lassen. Und dann der Spiegel, ich hätte den Spiegel im Flur vor dem Badezimmer abhängen können, aber wie die Kleider und die Schuhe wäre er nur eine Last gewesen, etwas Aufgezwungenes, nicht mehr Benötigtes. Ich entschied mich also schnell und instinktiv dagegen, ohne mir im klaren zu sein, was es bedeutete.

Ich ging ins Haus zurück und schaute mich zum letztenmal um, alles schien in Ordnung zu sein, nichts, das sich nicht an seinem Platz befand. Es war strahlend sauber, ordentlich aufgeräumt und – leer. Ich mußte nur noch meinen Abschiedsbrief schreiben; der letzte Akt.

«Lieber Stephen», schrieb ich, «Du wirst schockiert sein, es tut mir leid, aber ich kann nicht anders. Ich hoffe, es tut Dir nicht zu sehr weh, vor allem aber hoffe ich, daß Du nicht die Schuld bei Dir suchst. Ich gehe weg und komme nicht mehr zurück. Nicht wegen einem andern Mann oder ähnlichen Geschichten, ich möchte nur allein leben. Ich habe mir mit Großmutters Geld ein Haus gekauft. Versuch bitte nicht, mich ausfindig zu machen; ich möchte in Ruhe gelassen werden. Die Kinder sind nebenan und warten darauf, daß sie einer von uns abholt. Und diesmal kommst nur Du in Frage. Das

Abendessen ist im Kühlschrank. Versuch ihnen bitte zu erklären, daß es nicht wegen ihnen ist, daß es weder mit ihnen noch mit Dir etwas zu tun hat; niemand hätte verständnisvoller und liebevoller sein können als Du. Ich wünschte, ich könnte es erklären, es geht jedoch nicht, Abra.»

Wie ungeschickt, dachte ich. Jeder Satz war eine Anstrengung gewesen, und ich konnte nicht noch einmal damit anfangen; alles was zu sagen war, war gesagt, und es war erbärmlich wenig. Ich faltete das Papier einmal zusammen, schrieb Stephens Namen darauf und lehnte es gegen die Salz- und Pfefferstreuer auf dem Küchentisch, so daß es vom Flur aus zu sehen war. Er würde es sofort beim Hereinkommen entdecken.

Ich dachte einen Augenblick daran, Fletcher mitzunehmen, aber ich ließ es dann doch bleiben; ich durfte mir keinen Begleiter mitnehmen. Ich fragte mich, ob ich wohl einsam sein würde, ob ich nicht Angst haben sollte, aber ich konnte einfach keine Angst verspüren, genausowenig wie Traurigkeit. Ich band Fletcher im Hinterhof fest.

Es war soweit. Alles war erledigt. Ich mußte nur noch gehen.

Ich blickte mich noch einmal um, machte dann eine Kehrtwendung und ging aus der Seitentür. Ich schloß sie hinter mir ab, nahm meinen Hausschlüssel und schob ihn unter die Tür. Ich hatte jetzt nur noch meine Wagenschlüssel und den Schlüssel für das Vorlegeschloß der Hütte. Ich öffnete die Garagentür, ließ den Motor an und fuhr rückwärts die Einfahrt entlang auf die Straße. Ich mußte noch einmal aussteigen, um die Garage zu schließen, danach ging ich wieder zum Auto zurück und schaute mich noch einmal um. Das Haus machte bereits einen leeren Eindruck. Aber es war immer noch ein vertrauter, sicherer Ort, und zum zweitenmal hätte ich am liebsten zu heulen angefangen. Einen Augenblick lang wollte ich zurücklaufen; die Hütte war irgendwie nicht real, während dieses Haus real war, es war so nahe; ich öffnete die Wagentür, war aber wie immobilisiert. Dann war es vorbei. Es bedeutete nur Sicherheit, keine Zugehörigkeit.

Ich fuhr also ab. Ich schaute nicht zurück, nicht einmal ein kurzer Blick in den Rückspiegel. Ich fuhr noch eine Straße weiter, um nicht an der Schule vorbeizukommen, wo die Kinder darauf warteten, nach Hause gehen zu können; nur daß sie heute nicht nach Hause, sondern nach nebenan gehen würden; sie würden damit rechnen, daß ich sie abholen würde, statt dessen würde Stephen später nach ihnen schauen, bleich und außer sich. Er würde sie nach Hause bringen, und sie würden fragen, wo ich wäre, und er müßte es ihnen irgendwie erklären, müßte etwas erklären, daß er selbst nicht verstand. Ich fühlte wohl – Bedauern für ihn.

Ich nahm die Schnellstraße und fuhr meinem Ziel entgegen.

Stephen würde eine andere Frau finden, die richtige, hoffte ich. Der Gedanke daran schmerzte mich nicht. Katie und Elliott würden erwachsen werden, zur Hälfte hatten sie es ja schon geschafft. Ich hatte getan, was ich konnte, aber selbst das mußte ihnen geschadet haben. Ich suchte nicht nach Entschuldigungen, ich brauchte mich nicht zu rechtfertigen.

Der Tachometer tickte, und je größer die Distanz wurde, desto ferner rückte die Vergangenheit und desto mehr verblaßten die Menschen. Es war noch früh am Nachmittag. Ich überlegte, ob ich direkt zur Hütte fahren sollte oder ob ich das, was ich brauchte, in der Stadt einkaufen sollte. Das beste wäre wohl, dachte ich, zu halten. Ich hätte dann am nächsten Tag nichts mehr zu erledigen und es wäre ein wirklicher Anfang.

Es war vier Uhr, als ich in der Stadt ankam. Ich sah auf der Rathausuhr, wie spät es war, und fragte mich, ob ich es jemals schaffen würde, ohne die Zeit auszukommen.

Die Kinder würden jetzt aus der Schule kommen, aber ich dachte nicht weiter darüber nach, ich war schon zu weit weg. Ich fand eine Eisenwarenhandlung und kaufte eine Trittleiter und Sicherungen. Anschließend ging ich zu einem Möbelgeschäft und kaufte eine Matratze, die ich mir auf dem Dach meines Wagens festbinden ließ. Bis ich mich endgültig eingerichtet hätte, würde sie mir als Bett genügen. Ich kaufte auch eine kleine Gefriertruhe, die ich mir auf die Hütte liefern ließ; ich wußte, daß ich nicht abgepackte Lebensmittel aufbewahren mußte und hatte nicht die Absicht, mich mit dem Einkellern abzugeben. Ich bezahlte bar, und sie versprachen, sie am nächsten Tag vorbeizubringen. Ich sagte ihnen, daß sie auf dem Weg sehr vorsichtig sein müßten.

Es war spät, beinahe schon sechs Uhr, als ich endlich genug eingekauft hatte, um mein neues Leben zu beginnen. Ich machte mich auf den Weg zur Hütte, erschöpft von dem Tag und seinen Mühen. Die Hütte zog mich an, ich wollte in ihr sein, aber etwas anderes hatte mich zurückgehalten, das Bedürfnis, alles vorbereitet zu haben. Die Landstraßen absorbierten mich.

Ich fuhr vorsichtig den Weg hoch. Das Auto war überladen,

und ich wußte nicht, was passieren würde, wenn ich in einem der Gräben landete, die randvoll waren mit Schmelzwasser. Und dann tauchte plötzlich die Hütte vor mir auf; die untergehende Sonne ließ die Fenster golden erstrahlen, als ob sie mir zu Ehren erleuchtet worden wäre, und ich war endlich angelangt.

Ich war einen Augenblick lang verblüfft, als ich daran dachte, wie überzeugt ich doch während dieser letzten schwierigen Tage gewesen war, daß dies auf jeden Fall mein Zuhause sein würde.

Ich fuhr so weit ich konnte mit dem Wagen vor, stieg aus und schloß die Tür auf. Die Hütte zog mich nach innen, und ich ging langsam durch die Räume, fühlte mich willkommen und fing plötzlich an zu heulen, Tränen des Glücks, nicht des Bedauerns. Die Vergangenheit existierte hier nicht mehr. Die Hütte nahm mich auf.

Wie vor ein paar Tagen – oder eher wie vor einem ganzen Leben – setzte ich mich wieder vor den leeren Kamin. Es wurde mir plötzlich bewußt, daß er nun mir gehörte, daß ich ihn anzünden konnte, daß ich machen konnte, was ich wollte; ich ging also nach draußen und fand etwas Holz zum Anzünden; dann dachte ich daran, daß ich auch Papier brauchte und holte die Lebensmittel aus dem Wagen, räumte sie weg und knüllte ein paar Tüten für den Kamin zusammen, das Anzündholz legte ich darauf. Ich würde nur noch ein paar größere Scheite brauchen. Ich ging wieder auf den Hof und fand ein paar dicke Klötze, die völlig unsystematisch hinter der Hütte aufgeschichtet waren, wahrscheinlich ein Vermächtnis von Mr. Chapmans Vater; ich nahm sie mit ins Wohnzimmer.

Während das Feuer zu brennen anfing, schleppte ich die Matratze durch die Hütte ins Schlafzimmer. Es war klein, aber man konnte noch sein Echo hören, so leer war es, und im Wohnzimmer prasselte das Feuer; sein Flackern und Knistern und der Widerschein auf den Wänden ließen den Kamin zum Mittelpunkt des Raums werden. Ich starrte lange Zeit in die Flammen und schlief vielleicht auch eine Zeitlang auf dem Fußboden, ich bin mir jedoch nicht sicher; als ich aus meiner Versunkenheit wieder aufwachte, war es dunkel draußen, und die einzige Lichtquelle war der Mond.

Ich ging ins Freie und nahm all die neuen Geräusche wahr, den Wind, der durch die Zweige der Trauerweide fuhr, das leichte Kratzen der Zweige auf dem Dach der Hütte, die Frösche am Bach, die unüberhörbar waren, ein lautes Quaken, das sich mit dem Zirpen der Grillen vermischte. Es war nicht still, aber trotzdem sehr friedlich. Ich hatte so etwas noch nie zuvor erfahren.

Ich hatte meine Taschenlampe vergessen, und als ich möglichst lautlos zu gehen versuchte, damit keine menschlichen Laute dazukamen, stolperte ich über etwas und fiel. Plötzlich war alles still, alles lauschte. Die Frösche und die Grillen, die die ganze Zeit über ungestört gewesen waren, wußten, daß es etwas sein mußte, das nicht hierhergehörte, und sie waren auf der Hut, mißtrauisch. Ich lag der Länge nach auf dem Boden, etwas benommen durch den Sturz und die plötzliche Stille, und dann fing ich lauthals an zu lachen; am nächsten Tag und all den folgenden Tagen würden die Tiere und Insekten und Pflanzen und ich Bekanntschaft schließen und uns aneinander gewöhnen; sie würden nicht mehr verstummen, wenn sie mich hörten, und ich lachte, weil alles in bester Ordnung war.

Ich hievte mich vom Boden hoch. Ich wollte den Fröschen zurufen, daß alles okay wäre, daß sie mit ihrem Konzert weitermachen könnten, aber es wäre sinnlos gewesen; sie würden erst wieder anfangen, wenn sie sich sicher fühlten. Ich tastete mich zur Hütte zurück und knipste das Licht an. Die Küche war sehr hell. Es fiel mir ein, daß ich noch nichts gegessen hatte, und ich sagte mir, daß ich Hunger haben müßte. Etwas Warmes, dachte ich. Eine Suppe.

Während sie kochte, räumte ich die Töpfe und Pfannen ein, stellte das Spülmittel neben das Becken, holte die Geschirrtücher heraus, und als ich damit fertig war, sah die Küche schon beinahe eingerichtet aus. Ich beschloß, die Töpfe an Haken aufzuhängen. Sie waren aus Kupfer und würden hübsch aussehen.

Ich aß vor dem Kamin, anschließend ging ich in die Küche zurück, um die Teller abzuwaschen. Ich wurde immer wieder von neuen Glücksgefühlen überwältigt, Augenblicke, in denen mir alles bewußt wurde; es passierte zum Beispiel als ich meinen Abwasch sah, alles stammte nur von meinem Essen, und ab jetzt würde das immer so sein.

Ich ging durch die andern Räume, überlegte mir, was ich mit ihnen anfangen würde, und ich konnte sie vor mir sehen, so wie ich sie haben wollte, wenn alles eingerichtet wäre. Ich wußte, daß es immer etwas schäbig, nie ganz perfekt sein würde, daß manche Dinge einfach krumm und schief sein würden und andere nicht genau passen würden, aber es war meine Wohnung, und ich konnte es mir erlauben.

Ich war todmüde, ich spürte plötzlich die Anstrengung, die mich das alles gekostet hatte; jetzt, wo ich es hinter mir hatte und endlich hier war, konnte ich mich gehenlassen. Ich packte meine Kleider aus und hing sie in die Schränke. Ich breitete Decken und Laken auf der Matratze aus und zog ein Nachthemd an.

Die Matratze war direkt unter dem Fenster. Ich lag noch eine Weile wach, schaute nach dem Mond, nach dem, was ich durch die Zweige der Weide hindurch sehen konnte. Die Welt war in Ordnung, denn die Welt war dieses Fenster und die Weide und der Mond.

Als ich aufwachte, schien die Sonne auf meinen Körper, und es war warm.

9

Ich wunderte mich auch, daß ich keine Entmutigung, keine Zweifel und keine Panik verspürte, obwohl ich das eigentlich erwartet hatte. Es konnte jedoch noch kommen. Vielleicht später?

Es war Vormittag, die Sonne schien auf meinen Körper, und die Vergangenheit zählte nicht. Der abrupte Wechsel verursachte kein Gefühl der Leere oder der Verlorenheit. Ich wachte an diesem ersten Morgen nicht auf und dachte: Ich bin frei, keiner will ein Frühstück oder einen Abschiedskuß haben. Ich dachte einfach nur: Ich bin frei.

Ich lag noch lange im Bett und schaute aus dem Fenster. Es war keineswegs seltsam, hier zu sein. Vögel, Stare wahrscheinlich, saßen in der Trauerweide und sangen sich das Herz aus dem Leib, und es klang, als ob ihre Körper zu klein wären für all diese Energien. In der Ferne hörte man, wie sich die Krähen zuschrien, und ich stellte mir vor, daß sie in den Bäumen am Waldrand saßen, dort wo die Wiese anfing, ein Treffen, um so etwas wie einen Plan für den Tag zu machen, und die Laute waren mir so vertraut, als ob ich sie schon immer gehört hätte.

Ich konnte auch ganz schwach den Bach über die Steine rauschen und gegen die Ufer klatschen hören, beinahe zu kräftig, um noch gebändigt zu werden, ähnlich wie die überschäumende Energie der Stare. Es ging kaum ein Wind, nur die kleinsten Zweige der Weide bewegten sich.

Ich war auch auf das Grundstück gespannt und verspürte den

Drang, endlich etwas in Angriff zu nehmen; inzwischen war es auch Zeit aufzustehen.

Bei Tageslicht sah die Hütte nicht sehr einladend aus. Die zerbrochenen Fensterscheiben und abblätternden Tapeten machten einen trostlosen Eindruck.

Ich kochte Kaffee und wanderte mit meinem Becher in der Hand wieder durch die Räume. Nach einer Weile holte ich meine Tasche, suchte nach Papier und einem Bleistift und setzte mich auf den Fußboden des Wohnzimmers, um eine Liste zu machen; ich schrieb mir auf, was ich an Möbeln und Vorräten brauchte, damit ich es eine Zeitlang allein hier aushalten konnte. Vorhangstoffe, gebrauchte Möbel, die Gefriertruhe, die heute geliefert werden sollte, einen Küchentisch, ein richtiges Bett, einen Schreibtisch. Es machte mir Spaß, meine Traumhütte zu planen.

Ich wusch meine Tasse ab und ging nach draußen, überlegte mir, was man mit dem Land wohl anfangen könnte. Daß ich erst jetzt daran dachte, einen Garten anzulegen, bewies, wie wenig Gedanken ich mir über mein Leben hier gemacht hatte; ohne diesen Garten wäre mein kostbares, schwindendes Kapital bald dahin. Nicht weit von der Hütte, wenn man die kleine Böschung im Hof hinunterging, gab es eine Stelle, die so aussah, als ob sie irgendwann einmal, wahrscheinlich vor vielen Jahren, ein Garten gewesen wäre. Sie stach von ihrer Umgebung ab, vielleicht wegen der Gräser, die dort anders wuchsen; sie war jedenfalls markiert, ein Rechteck. Es wäre wohl nicht so schwierig, dachte ich, den Boden umzugraben, das Unkraut herauszureißen und etwas für dieses Jahr anzubauen. Das Ganze verlockte mich damals nicht besonders, aber ich sah ein, daß ich viele Dinge tun mußte, um zu überleben, auch wenn ich keine Lust darauf hatte. Das Rechteck war etwa fünfzehn mal siebeneinhalb Meter, ich hatte jedoch keine Ahnung, wieviel Gemüse man auf einem solchen Stück Land anbauen konnte. Es schien mir, als ob ein Garten größer sein müßte, aber noch mehr in Angriff nehmen zu müssen, war nicht sehr verlockend. Ich konnte mir im Notfall auch noch etwas dazukaufen. Mittlerweile würde ich eine Menge lernen.

Ich machte einen Grundriß von dem Garten: Tomaten, Salat, Paprika, Squash, Bohnen, Zwiebeln, Broccoli, eine halbe Reihe Kohlköpfe; jede Reihe wurde auf Papier aufgezeichnet, und ich hatte das Gefühl, schon einen entscheidenden Schritt getan zu haben. Ich fragte mich, wie spät es wohl sei und war zum erstenmal frustriert, keine Ahnung zu haben, dachte, daß ich vielleicht doch etwas unbesonnen gewesen wäre, mich etwas übernommen hätte.

(Trotz allem wundere ich mich jetzt, wie schnell sich meine Verwandlung vollzog. Es erscheint mir seltsam, unwahrscheinlich, daß ich nicht den ganzen Tag dachte: Aha, die Kinder müssen jetzt in der Schule und Stephen muß in seinem Büro sein. Wer wohl das Frühstück besorgte, und was sie wohl hatten? Ob sie mich vermissen? Nichts dergleichen. Wie war das möglich?)

Die Männer mit der Gefriertruhe tauchten auf, steuerten vorsichtig ihren Lastwagen den Weg hoch. Ich sah sie und fand ihr Eindringen hier unerhört, erinnerte mich dann, wer sie waren, nahm es ihnen aber trotzdem noch übel.

«Wollen Sie denn den ganzen Sommer hierbleiben?» fragte einer, der dunkelhaarig und sehr breit war, als sie die Gefriertruhe in der Küche abstellten.

«Ich will ständig hier wohnen», meinte ich bestimmt. Ich war gereizt und hatte nur den Wunsch, in Ruhe gelassen zu werden – und mit dem Wunsch auch die Gewißheit, daß ich in Ruhe gelassen würde. Es war wahrscheinlich ganz normal, daß sie neugierig waren; vielleicht fragten sie auch nur aus reiner Höflichkeit, und ich hätte mich verständnisvoller zeigen können.

«Haben Sie denn eine Familie?» fragte der Mann.

Meine Antwort war keine Lüge in meinen Augen. «Nein, ich lebe allein hier.»

«Sie wollen also alles auf eigene Faust unternehmen?» Er konnte es kaum glauben. «Was wollen Sie denn hier machen? Haben Sie eine Vorstellung, wie es hier im Winter ist?»

«Noch nicht, aber ich werde es ja erfahren.» Seine Zweifel ließen mich hartnäckig und gleichzeitig sicherer werden.

«Ich will nichts machen, außer einen Garten anlegen, um etwas zu essen zu haben. Ich will einfach nur hier leben, das ist alles.»

Er schaute mich unverwandt an. «Sie kommen aus der Stadt, nicht wahr?» Es klang beinahe wie eine Anklage. «Sie haben keine Ahnung, auf was Sie sich da einlassen. Was für eine verrückte Idee ist das überhaupt, eine Frau, die allein hierherkommt und in dieser gottverlassenen Gegend leben will? Es ist verdammt einsam hier, sogar für Leute mit Familie.» Er schüttelte den Kopf: «Sie werden es nicht lange aushalten.»

Ich war wütend, er war zu weit gegangen. «Ich werde es schon schaffen. Ich habe es mir vorgenommen, Sie brauchen sich keine

Gedanken zu machen. Ist die Gefriertruhe denn schon angeschlossen?» Diese neue Sicherheit und dieses neue Selbstvertrauen überraschten mich selbst immer noch. Ich brauchte die Sympathie dieses Mannes nicht, und vielleicht war auch Berechnung dabei, das Image einer Verrückten, mit der nicht gut Kirschen essen ist, und die wie ein Einsiedler lebt, war gar nicht so schlecht, wenn es nur seinen Zweck erfüllte und ich in Ruhe gelassen wurde. Ich konnte mir vorstellen, wie sich die Geschichte verbreiten würde.

«Es ist fertig», antwortete er kurz. Sie gingen, und keiner sagte auf Wiedersehen. Ich schaute ihnen nach, wie sie den Weg zurückfuhren; ich wollte sicher sein, daß sie auch weg waren.

Es war eigentlich außergewöhnlich für mich, jede Gesellschaft zu meiden. Oder vielleicht doch nicht? Wie lange hatte ich diesen Wunsch schon heimlich gehegt? Vielleicht hatte ich jetzt nur die Möglichkeit, sie war mit diesem Platz hier erst gegeben. Es war angenehm, sich so stark zu fühlen.

Ich bekam wieder Hunger. Seit ich hier war, hatte ich außer einem Teller Suppe und einer Tasse Kaffee noch nichts zu mir genommen. Ich holte ein Ei heraus, verrührte es in einer Pfanne und legte es zwischen zwei Brotscheiben. Ich wärmte auch die Suppe auf, die von gestern abend noch übrig war. Es war ein angenehmes Gefühl – mehr noch, es war der reinste Luxus – essen zu können, was ich wollte und wann ich wollte.

Es fehlte noch Holz, und ich ging hinaus, um das nächste abendliche Kaminfeuer vorzubereiten. Überall lagen Äste herum, tote Äste, die der Wind in vielen Stürmen von den Bäumen und Büschen gerissen hatte und die in all diesen Jahren nie aufgelesen worden waren. Es würde voraussichtlich nicht lange dauern, bis der kleine Holzhaufen hinter der Hütte, der noch aus Mr. Chapmans Zeiten stammte, zu Ende wäre und ich einen neuen anlegen müßte. Für heute nacht nahm ich einfach das, was da war; aber ich machte mir schon Gedanken darüber, daß ich mehr Holz heranschaffen mußte und daß ich es allein machen mußte, ich, die ich noch nie mit Überlebensfragen konfrontiert worden war.

Ich war erstaunt, wie wenig ich wußte. Ich fragte mich, wie ich es bisher geschafft hatte – ich war vierunddreißig Jahre alt und konnte mich nicht selbst versorgen. Ich konnte andere versorgen, dachte ich grimmig, aber nicht mich selbst.

Meine Listen und alle übrigen Vorbereitungen waren erledigt, und das Feuer brannte; der erste Tag meines neuen Lebens war vorbei, hatte sich in kleine Episoden aufgelöst, und ich war zufrieden und müde. Die Gefriertruhe und der Kühlschrank summten, und ab und zu, wenn das Feuer eine empfindliche Stelle im Holz traf, knisterte und sprühte es, und manchmal flog vielleicht auch ein Funke auf den Boden, und ich mußte aufspringen und ihn in den Kamin zurückbefördern. Ich holte die Matratze aus dem Schlafzimmer und legte mich vor das Feuer und beobachtete die Flammen von der Seite. Es gab so viel zu tun, so viel zu lernen, daß ich eigentlich Angst haben müßte, ich hatte jedoch keine.

Ich fragte mich damals nicht, ob ich einsam war. Es gab sie hier nicht, diese Bezeichnungen; ich hatte schon etwas dazugelernt, daß nämlich Bezeichnungen etwas rein Äußerliches waren; jemand tritt einen Schritt zurück und meint: «Ja, das sieht ganz so aus wie das, was die Leute als Einsamkeit bezeichnen.» Aber hier gab es keine Leute, und es bestand auch kein Anlaß, einen Schritt zurückzutreten, um etwas zu betrachten.

Ich war eins mit mir selbst. Ich konnte mein Inneres fühlen, und es war sehr empfindlich. Verletzlich. Nackt. Die Hitze des Feuers streichelte die eine Seite meines Körpers, und es war das heißeste und strahlendste Feuer meines Lebens. Die Matratze war hart, ihre Festigkeit bildete eine solide Unterlage. Mein Körper war entspannt, müde und ausgeruht, keine Muskeln, die schmerzten. In meinem Kopf drehte sich alles, eine Verwirrung, die mit meiner neuen Freiheit zu tun hatte; es gab auf einmal so viele Dinge, die ich erledigen wollte; ich war erfüllt von einer friedvollen Energie. Ich lächelte und dachte, daß man sich so fühlen mußte, wenn man glücklich war.

Am nächsten Tag ging ich in die Stadt zurück. Ich kaufte Möbel bei der Heilsarmee und bat sie, sie hier abzuliefern. Bald würde ich auch wieder Lebensmittel brauchen, und ich kaufte Dinge für die Gefriertruhe. Ich hielt mich lange in der Eisenwarenhandlung auf, schaute mich nach Gartengeräten um und suchte Samen aus. Ich kaufte Bleistifte und Hefte, ohne mich auf ein Gespräch einzulassen. Ich eröffnete ein Bankkonto. Als ich einen Stoff mit Grün- und Blautönen fand, war ich glücklich; ich kaufte Nadel und Faden, da ich alles ganz langsam von Hand nähen würde, Sandpapier und Öl für die Möbel. Als ich nach Hause fuhr, versuchte ich etwas näher an die Hütte heranzukommen, ich wußte, daß es das letzte Mal für längere Zeit sein würde, anschließend würde ich das Auto wieder zurückfahren und in der provisorischen Garage abstellen, und ich wäre soweit eingerichtet.

Ich stellte auch gleich die Möbel auf, als sie ankamen und überlegte mir, was ich mit ihnen anfangen sollte. Im Küchentürrahmen stand ein neues, scharfes, glänzendes Beil; ich würde lernen müssen, Holz zu hacken und zu spalten, und der Garten mußte auch sofort in Angriff genommen werden. Es gab so viel zu tun, so viele Dinge auf einmal, aber die Aussicht belebte mich eher; ich wollte auf der Stelle damit anfangen, war ganz begierig, zwang mich aber zu einem langsameren Tempo und versuchte mich zu entspannen. Ich kämpfte immer noch mit der Zeit – aber zumindest kämpfte ich.

Zum Abendessen hatte ich Fleisch, Kartoffeln und Salat, das erste richtige Essen, und später, als das Feuer im Kamin brannte und der Holzhaufen gefährlich geschrumpft war, maß ich die Vorhänge für das Schlafzimmer ab und begann sie zu nähen. Ich machte rasche Fortschritte, auch wenn es nicht immer ganz gleichmäßig war; als ich mich an diesem Abend schlafen legte, hingen sie schon links und rechts vom Fenster, das Fenster selbst ließen sie jedoch frei, damit im Rahmen noch die Weide zu sehen war; die Hütte fing schon an, sich zu verändern, wurde mehr und mehr zu meiner Hütte.

Da mich am nächsten Morgen harte Arbeit erwartete, machte ich auch ein kräftiges Frühstück, Speck und Eier und Toast, bevor ich zur Hacke griff – eine Hacke, die ganz neu war, während ich den Spaten hier vorgefunden hatte – und mich daranmachte, meinen ersten Garten umzugraben. Es war sehr viel anstrengender, als ich gedacht hatte, eine beschissene Plackerei, schwitzend grub ich die langen Wurzeln des Unkrauts aus, zog sie heraus, schüttelte die Erde ab und warf sie weg. Die scharfen Stacheln gingen durch meine Handschuhe, meine Beine schmerzten von dem ständigen Kauern, und mein Rücken tat mir vom Hinunterbeugen weh. Die Sonne brannte, und ich war schon ganz rot, bekam einen Sonnenbrand; trotzdem brachte ich etwas zustande; wenn ich etwas zur Seite ging, sah ich immer neue gejätete Stellen und einen immer größer werdenden Haufen mit Unkraut, und in der Erde sah ich die Würmer, die an die Oberfläche befördert worden waren, zusammen mit dem feuchten, fruchtbaren Boden von weiter unten – kein Wunder, daß das Unkraut so gedieh. Als die Sonne hoch am Himmel stand, mußte ich eine Pause machen, ich war erschöpft und ging langsam zur Hütte zurück, die Hacke zog ich hinter mir nach, den Spaten ließ ich liegen; ich machte Kaffee und versuchte, mir mit einem Handtuch den Schweiß abzutrocknen.

Unter anderem störten mich auch meine Haare, sie lagen auf meinem Rücken, klebten, waren feucht und ringelten sich, weil ich so schwitzte; ich wußte nicht, was ich damit anfangen sollte; wenn ich sie hochsteckte, fielen sie gleich wieder runter und klebten, juckten auf meiner Haut. Bei dieser Gelegenheit griff ich dann zur Schere und schnitt sie ab, zum erstenmal in meinem Leben, und bedauerte es genausowenig wie den Verlust meiner langen Kleider. Ich schnitt, beinahe zornig, einfach darauflos und hatte dicke Büschel in der Hand. Ich konnte spüren, daß es unregelmäßig war und versuchte zumindest, die Enden auf gleiche Länge zu trimmen, damit die einen nicht über die andern hingen – aber weiß der Himmel, wie es aussah. Es spielte keine Rolle.

Am Nachmittag war es dann sehr angenehm, draußen zu sitzen, meine Muskeln funktionierten auch allmählich wieder, und ich hatte meinen neuen alten Küchentisch vor mir, bearbeitete ihn mit Sandpapier, kratzte die Farbe ab, und darunter konnte man das Holz riechen, sauber, atmend, als ob man ihm die Luftzufuhr abgesperrt und es erst jetzt wieder befreit hätte. Später am Nachmittag würde ich das Beil ausprobieren und die Holzblöcke in Angriff nehmen; im Augenblick saß ich jedoch noch unter der Weide, wo die Sonne nicht so auf mich herunterbrannte wie im Garten, ich paßte meinen Arbeitsrhythmus meinen Energien an, ließ meine Blicke über die Gräser und Büsche schweifen, den leeren Weg entlang, den keiner hochkommen würde; ich lauschte und konnte von meinem Platz aus ein Stück des gejäteten Gartens sehen. Später würde ich etwas in ihm arbeiten, ich war schon ein gutes Stück vorangekommen.

Das Beil war eine komplizierte Angelegenheit, es war schwer und unhandlich und zu lang für mich; wenn ich es schwang, verlor ich die Kontrolle und wußte nicht, wo es auftreffen würde. Ich faßte es weiter vorn an und die Bein- und Rückenmuskeln, die schon durch die Gartenarbeit strapaziert worden waren, protestierten, aber ich wollte es nicht aufschieben, die Vorbereitungen mußten jetzt beginnen, auch wenn mit der Sommerhitze die Abende am Kamin zu Ende gingen, der nächste Winter würde trotzdem kommen, und bis dahin mußte alles unter Dach und Fach sein, alle schienen davor zu warnen.

Und am Abend saß ich dann völlig erschöpft und ohne etwas zu denken vor dem Feuer, in dem mein eigenes Holz brannte (ich hatte keines mehr von dem geschrumpften Haufen hinter dem Haus genommen, er mußte eher vergrößert als verkleinert werden), mein Kopf war leer, ebenfalls erschöpft und zufrieden. Ich ging früh schlafen; im Schlafzimmer konnte ich den Regen draußen hören, der erste Regen hier, der auf die jungen Blätter der Weide und auch auf das Dach prasselte; es war kein sehr starker Regen, er übertönte jedoch alle übrigen Geräusche; weder der Bach noch die Grillen, noch die Frösche waren zu hören – verstummten sie denn, wenn es regnete? Am nächsten Morgen war es wieder sonnig, und das Unkraut im Garten erwartete mich schon; es mußte als erstes drankommen, denn später würde es zu heiß werden; meine Muskeln wurden auch gegen ihren Widerstand gezwungen, sie schienen wie gelähmt zu sein, konnten schließlich aber doch aktiviert werden, und ich machte weitere Fortschritte.

Im Wohnzimmer standen die Rollen der neuen Tapete. Sie waren selbstklebend; ich mußte sie nur abmessen, befeuchten und ankleben, hieß es in der Gebrauchsanweisung. Sie hatten ein zartes, federartiges, altmodisches Muster, ich versuchte verzweifelt, Fehler und Falten auszugleichen, das überlappende Papier an Türen und Fenstern schnitt ich mit der Schere ab; an manchen Stellen trafen die Streifen nicht genau aufeinander, sondern waren nach einer Seite hin verrutscht, und darunter kam die nackte Wand, ein Fleck von stumpfer grüner Farbe, zum Vorschein; die Tapete war jedoch inzwischen schon angetrocknet, anscheinend klebte sie sofort, und es war nichts mehr zu machen. Es war eine Enttäuschung, als ich fertig war; aber am Abend, in der Dunkelheit, wenn das Licht nicht mehr brannte, sondern nur das Feuer im Kamin loderte, sah es sehr hübsch aus. Ich duschte mich – Gott sei dank gab es heißes Wasser hier und nichts war wirklich primitiv – und als das Feuer am Verglühen war, ging ich ins Bett und schlief traumlos, tief und fest.

Und am nächsten Morgen schien wieder die Sonne.

Wann geht im späten Frühjahr eigentlich die Sonne auf? Für mich war es dann auf jeden Fall an der Zeit aufzustehen und meinen Tag zu beginnen. Wann hatte ich früher schon die Sonne aufgehen sehen? Ich konnte mich kaum daran erinnern, und jetzt erlebte ich das jeden Tag.

Alles war neu für mich. Die Stunden waren lange und anstrengend, wenn ich schlief, so schlief ich auch wirklich, und wenn ich wach war, so war ich auch wirklich wach. Es wurde immer wärmer, und ich zog mich leichter an. Ich bemerkte, wie meine Hände und Arme brauner wurden, und je geschickter ich mit der Axt umging und je müheloser ich das Unkraut aus dem Boden riß – ich brauchte inzwischen auch nicht mehr die Wurzeln auszugraben –, desto kräftiger wurden auch meine Arm- und Beinmuskeln, ich konnte sehen, wie sie sich dehnten und streckten, und ich war stolz darauf.

Es war eine Arbeit von vielen Tagen, kein Nachdenken, nur harte, körperliche Arbeit, bloßes Ingangbringen; vielleicht war das auch der Grund, weshalb sich keine Erinnerungen, kein Bedauern, kein Schmerz und keine Gewissensbisse einstellten. Als ich schließlich auch die kleinsten und verstecktesten Gräser aus dem Garten entfernt hatte, hackte ich die Erde um, sehr tief, und die Würmer ringelten sich in der Sonne und vergruben sich sofort wieder; anschließend zog ich mit der Hacke schmale Furchen und holte die Samenpäckchen und die winzigen Tomaten- und Paprikasetzlinge hervor, keine Blumen, nur Eßbares, und wartete ab, was sich ergab.

Nachmittags schmirgelte ich im Freien immer noch die Möbel ab, langsam und behutsam, und als ich mit dem Küchentisch fertig war, nahm ich einen weichen Lappen, schüttelte etwas Öl darauf und rieb das Holz damit ein; das Holz saugte es so begierig auf, als ob es am Verdursten wäre, so wie es vorher am Ersticken gewesen war, bis es schließlich nichts mehr aufnehmen konnte und glatt und glänzend in der Sonne stand. Die erste tadellose Arbeit, die ich geleistet hatte.

Am späten Nachmittag ging ich Holz sammeln; inzwischen drang ich auch etwas weiter in den Wald vor – ein langer Weg mit dem Beil, und es war auch nicht einfach, die dürren Zweige, die ich abhacken konnte, nach Hause zu befördern. Es gab immer alte abgestorbene Bäume und auch immer wieder neue, die aufgingen und nachwuchsen, und der Wald blieb so von selbst mehr oder weniger wie er war. Ich entdeckte, daß ich es schaffen konnte, wenn ich schrittweise vorging; zuerst fällte ich einen Baum, holzte die Zweige ab, die ich zum Anzünden benutzte und hackte dann den Stamm in kleinere Teile, die die dicken Scheite lieferten; schließlich trat ich den langen, mühseligen Rückweg zur Hütte an, über und über mit Holz beladen. Endlich kam ich auf die Idee, daß es auch eine einfachere Methode geben mußte und dachte mir eine Art Schlitten aus, den ich auch konstruierte; er hatte vorn ein Seil wie ein Rodelschlitten, und ich konnte Holz darauf packen und das Ganze hinter mir herziehen. Ich war sehr stolz auf meine Erfindung. Es war zwar auch harte Arbeit und häufig fiel das Holz herunter, und ich mußte anhalten und es wieder aufschichten; außerdem war der Boden sehr uneben, und es war kompliziert, eine so schwere Ladung über ihn zu schleifen, aber es war immer noch einfacher, als sie zu tragen. Ich hatte inzwischen zwei Holzstöße hinter der Hütte, einen mit Holz zum Anzünden und einen mit dicken Scheiten, und beide wurden ständig größer.

In der Hütte selbst gab es auch noch viel zu tun; ich strich und kratzte alte Farbe ab, ersetzte die Scheiben, schlug für die Pfannen und Töpfe Haken in die Wand, und schließlich war alles so, wie ich es mir vorgestellt hatte.

Der Garten vor der Hütte war bestellt, und winzige Pflänzchen sprossen aus dem Boden. Ich konnte das Gemüse nicht von dem Unkraut unterscheiden und ließ deshalb alles so, wie es war, da ich nichts von dem, was ich gesät hatte, zerstören wollte. Ich fand es erstaunlich, daß aus der Erde Nahrung wuchs, einfach nur, weil ich den Samen ausgestreut hatte. Ich verfolgte alles voller Aufmerksamkeit und fragte mich, wie sich aus den Samen die Pflanzen entwikkeln konnten; ich hielt es für das reinste Wunder.

Der Sommer war schon ziemlich weit fortgeschritten, als die elementarsten Dinge, die zu meinem Leben in der Hütte gehörten, soweit in Ordnung waren; die Einrichtung war fertig, der Garten bebaut, meine primitive Holzbeschaffung klappte. Ich war dabei, einen Rhythmus zu finden.

Es war nun auch möglich, manchmal mit dem Arbeiten auszusetzen. Ich hatte so lange dazu gebraucht, weil mir zu viele Dinge nicht geläufig waren, wahrscheinlich konnte man auf sehr viel einfachere Weise Vorhänge nähen, Möbel restaurieren, Holz hacken; ich hatte nur überhaupt keine Erfahrung und mußte alles allein lernen durch Ausprobieren. Manchmal störte mich meine Ignoranz und machte mich ungeduldig, aber andererseits machte es auch Spaß, die Dinge langsam zu tun, auch wenn ich ungeschickt war, und zu wissen, daß sie mir gehören würden, wenn sie fertig wären; sie konnten aussehen, wie sie wollten; eine sehr befriedigende Sache.

Auch bei andern Gelegenheiten empfand ich meine Ignoranz eher als angenehm. Ich konnte die Vögel und Tiere und Insekten, die es hier gab, beobachten, ohne etwas über ihre Gewohnheiten oder die Art und Weise, wie sie aufwuchsen und lebten, zu wissen. Ich nahm alles so hin, wie es war, besaß keine inquisitorische Neugierde, ähnlich wie meine tote Schulfreundin, die die Blumen nicht auseinandernehmen wollte, da sie sich dadurch auch keine weiteren Einsichten versprach. Es überraschte mich auch, daß ich so unerschrocken war, es mußte bestimmt auch größere Tiere hier geben; ab und zu hätten auch Hirsche auftauchen können, obwohl ich nie welche sah, oder andere Tiere wie Schlangen, die mir bestimmt einen Riesenschrecken eingejagt hätten, aber trotzdem empfand ich nie Angst. Ich hatte das Gefühl, von einem Schutzwall umgeben zu sein, ich gehörte dazu, und nichts konnte mir etwas anhaben, solange das der Fall war.

Ich ging auf Entdeckungsreisen, durchforschte kreuz und quer mein Land, entdeckte, was es hier alles gab, obwohl ich nur sehr wenig von dem, was ich sah, benennen konnte. Überall gab es Blumen, Unkraut wahrscheinlich, ich habe jedoch nie verstanden, warum manche Blumen gezüchtet und andere als Unkraut betrachtet und vernichtet werden. Ich versuchte nie, Blumen anzupflanzen; was da war, war da, und ich kannte die ganz gewöhnlichen, die Gänseblümchen und diese wie geklöppelt aussehenden Blüten, die ganz einfach wilde Möhren sind. Warum sollten die grauen, zarten und gleichzeitig robusten Dolden Unkraut sein? Es war nicht einzusehen.

Einmal nahm ich von den übriggebliebenen Samen etwas mit in den Wald und verstreute sie um mich herum, setzte mich dann hin, um zu beobachten, was passieren würde. Ich blieb lange Zeit ganz ruhig sitzen, bis endlich langsam und vorsichtig zwei Eichhörnchen näher kamen, erschreckt wieder verschwanden und sich gegenseitig verjagten, trotzdem aber unmerklich immer weiter vorstießen; ich rührte mich nicht, bis sie endlich anfingen, an den Samen zu knabbern, ich wollte schon die Hand ausstrecken und sie streicheln, sie hatten unglaublich buschige Schwänze, ganz breit und grau und majestätisch und auch dicke kleine Bäuche, die sie sich vollstopften, die gierigen Biester; man sollte jedoch besser nicht versuchen, Eichhörnchen zu berühren, sie sind sehr nervös und empfindlich und würden einen angreifen; außerdem wollte ich mich auch nicht in das Leben hier einmischen, nichts daran ändern, sondern nur geduldet, integriert werden. Dieses menschliche Bestreben, sich der Dinge zu bemächtigen oder sie kontrollieren zu wollen oder auch nur sich zu unterscheiden, bemerkt zu werden, muß man hier aufgeben; man muß sich selbst als Tier betrachten. Ich begriff das nicht gleich und machte viele Fehler, aber im Laufe der Zeit, der Jahre, wurde ich wohl auch zu einem Teil der freien Natur, war nicht mehr von ihr zu trennen und wußte sehr wohl, daß mir ein ganz unbedeutender Platz zukam. Und ich fand es eher beruhigend, daß ich nicht so wichtig war. (Ich wurde auch ein Tier, wogegen nichts einzuwenden ist, und jetzt nach so vielen Jahren werde ich durch Katie, durch Worte, durch die Zeit und meine Erinnerungen wieder gezwungen, mich in eine denkende, vernünftige, sich erinnernde Person zu verwandeln, und es ist eher unangenehm. Ich gehöre zu keiner der beiden Welten mehr, weder zu der alten, die sie kannte und für die ich früher vielleicht, jetzt aber nicht mehr taugte, noch zu dieser neueren, in die ich mich integriert hatte).

Ich hatte in diesem Sommer genügend Zeit, Neues aufzunehmen, langsam, meinem Rhythmus entsprechend, nicht analytisch, sondern als Ganzes, alles ging drunter und drüber und durch mich hindurch, bis es ein Teil von mir geworden war.

Ich erlebte manchmal auch ein Ich, das losgelöst war von dem, was ich erfuhr, und ich ertappte mich dann ganz überrascht dabei, wie ich mich selbst beobachtete und wußte, daß das etwas ganz Ungewöhnliches war. Es war wie ein Besuch der alten Abra in diesen Augenblicken (und so empfinde ich auch jetzt. Allmählich hörten diese Besuche auf, aber am Anfang war es so wie jetzt, ein Beobachten, ein Einschätzen meiner eigenen Person).

Ich konnte am Bach sitzen und eine Zeitlang meine Füße in das Wasser halten, auch wenn es sehr kalt war, oder ich konnte auf einem Felsen daneben sitzen oder direkt am Ufer und meine Füße bildeten eine Art Damm, der jedoch nicht sehr effektiv, nicht sehr eindämmend war, und ich spürte und beobachtete, wie das Wasser gegen sie klatschte und wie verwirrt wieder zurückwich und um sie herumfloß, neue Wege, neue Ausweichmöglichkeiten fand, nur einen Augenblick lang durch dieses Hindernis aufgehalten. Und es ging pausenlos so, immer mit der ganzen Kraft des strömenden Wassers; gleichzeitig hatte ich aber auch den Eindruck, ich könnte jeden einzelnen Wassertropfen verfolgen, wie er gegen dieses Hindernis prallte, zurückwich, um sich die Lage anzuschauen und sich sofort, als er einsah, daß er nicht einfach seinem üblichen Weg folgen konnte, fügte und einen andern Weg fand und wie er sich dann auf der andern Seite mit den andern vereinigte und weiterfloß, als wäre überhaupt nichts geschehen – eventuell erinnerte er sich noch ganz vage und undeutlich an etwas auf seinem Weg, das eine kleine, vorübergehende Veränderung bewirkt hatte.

Und ganz plötzlich, ohne daß ich sagen konnte warum, sah ich mich selbst, als ob ich aus ein paar Meter Entfernung diese Person, die ich ebenfalls war, beobachten würde – völlig zerschnittenes Haar, obwohl ich es nie gesehen hatte, hochgekrempelte Jeans, die nackten Füße im Wasser, den Blick gebannt darauf gerichtet, weiß der Himmel, wie lange schon –, dann war dieser Augenblick vorbei. Ich war wieder ich und bemerkte, daß meine Füße eiskalt waren, daß es Zeit war weiterzugehen. Ich dachte, daß dieser Teil meines Ichs, der sich dazwischenschob und urteilte, wohl allmählich eines natürlichen Todes sterben würde, inzwischen weiß ich jedoch, daß er nur schlummerte.

Wasserinsekten faszinierten mich immer, vor allem die Wasserläufer, die in den stehenden Gewässern irgendwelcher Seitenarme lebten, ab und zu herausgeschossen kamen, sich von der Strömung tragen ließen und im übrigen ihrer seltsamen, ruckhaften Tätigkeit nachgingen. Ich nehme an, sie waren auf Nahrungssuche, eine Nahrung, die sie auf der Wasseroberfläche fanden, es machte einen ziellosen und gleichzeitig auch mühelosen Eindruck, unglaublich schnelle Bewegungen, Pfeile, die über die Oberfläche schossen. Sie schienen völlig ruhig zu sein, wurden dann aber plötzlich ganz hektisch und trieben sofort wieder ruhig auf dem Wasser.

Gelegentlich, aber es war immer nur eine Ausnahme, sah ich einen Frosch. Sicher, es gab Frösche, und nach dem Lärm zu urteilen, den sie nachts machten, mußte es eine ganze Menge sein, bei Tageslicht waren sie jedoch schwer zu entdecken, grüne und braune Brocken, die genauso regungslos wie die Blätter und Zweige dalagen; manchmal, wenn einer in den Bach sprang, hörte ich vielleicht ein Plumpsen, aber ich sah sie kaum jemals.

Im Frühsommer vor allem und dann wieder im Herbst tauchte im Wald auch manchmal Wild auf; ich versuchte zwar nie, es zu berühren, hielt ihnen jedoch Futter hin und beobachtete, wie sie näher kamen, langsam, vorsichtig witternd, bis sie so dicht dran waren, daß sie nur noch ihre Hälse etwas recken und danach greifen mußten, samtige, zuckende Nasen, immer noch auf der Hut und dann, schnell und sehr vorsichtig, schnappten sie sich das Futter und zogen sich wieder zurück, nicht sehr weit, jedoch außer Reichweite. Ich ließ häufig Futter für die Tiere liegen, aber sie wurden nicht abhängig von mir, sie schienen Bescheid zu wissen und fraßen das, was ich gerade hatte, ohne mehr zu erwarten.

Auf der Weide fing plötzlich ganz unverhofft Klatschmohn an zu blühen, rotorange und langstielig; vielleicht war er früher einmal gesetzt worden, wahrscheinlich ging er einfach so auf – ich weiß nicht, wie so etwas zustande kommt –, er war jedoch wunderschön, überragte alles übrige, obwohl das Gras schon sehr hoch war. Nach einer Weile verwelkte und verschwand er wieder; als er jedoch noch in voller Blüte stand, ging ich jeden Tag auf die Wiese, um ihn anzuschauen.

Und als das Unkraut überall blühte, pflückte ich es manchmal und machte Sträuße: lustige Sträuße in Kaffeekannen, Löwenzahn und Veilchen und wilde Möhren, die ich in die Küche und auf den Kamin stellte. Ich überklebte die Kannen mit Tapetenresten und verwandelte sie in Blumenvasen. Auf den Feldern gab es duftige Blumen, die so aussahen, als ob sie getrocknet ein hübscher Schmuck für den Winter wären, falls es mir gelänge, sie zu trocknen. Ich wußte natürlich nicht, wie man das machte, ich hatte keine Ahnung von solchen Dingen, aber ich pflückte sie trotzdem, band sie zusammen und hing sie mit den Köpfen nach unten am Küchentürbalken auf; einige verwelkten und fielen herunter, andere überlebten, und ich hatte etwas dazugelernt. Ich ließ sie ein paar Wochen hängen, bis ich wußte, welche verwendbar waren, dann schnitt ich sie ab und verteilte sie in zwei Krüge, die ich in der Nähe des Kamins aufstellte, so daß keine Funken überspringen konnten, und sie ließen den ganzen Raum einladender erscheinen.

Ich holte mir etwas von dem Papier, das ich gekauft hatte, und einen Bleistift, ging nach draußen und versuchte die Dinge, die ich sah, zu zeichnen. Einen Vogel, eine Blume, ein Eichhörnchen; ich versuchte es auch mit den Wasserläufern, aber sie hielten nie still, und die Resultate entsprachen selten meinen Vorstellungen. Zeichnen war noch nie meine Stärke gewesen, ich kann mir zwar alles mögliche vorstellen, aber meine Hand kann es nicht aufs Papier bringen. Das war aber auch gar nicht so wichtig. Ich schaute genau hin und nahm auch wirklich etwas wahr; ich fragte mich, ob alles anders gekommen wäre, wenn ich früher schon so die Dinge gesehen hätte. Es spielte, aber keine Rolle, war irrelevant; vieles hätte anders sein können, war es aber nicht, und ich war hier gelandet, und dagegen war nichts einzuwenden.

Ich bedauerte nichts und hing selten meinen Erinnerungen nach. Meine Trägheit, Lethargie und mein Unbehagen hatte ich zwar noch nicht vergessen, aber ich konnte sie nicht wirklich nachempfinden. Sie gehörten zu einer andern Person, hierher gehörten Energien, Gefühle und vielleicht auch schon die Anfänge eines Verstehens. Oder waren es vielleicht die Anfänge eines Glaubens?

Ich sah, wie ich mich durchschlug, überlebte, und es tat gut. Ich dachte manchmal an die andern und fragte mich, wie es ihnen wohl erging, war aber immer nur erleichtert, nicht bei ihnen zu sein. Ich wußte, daß sie überleben würden. Nicht auf meine Art und Weise, sie müßten schon großes Glück haben, nicht mit diesem Gefühl, jeden Tag neue Entdeckungen zu machen, und auch nicht mit diesem Glücksgefühl, das ich bei meiner Arbeit hatte, falls Glücklichsein überhaupt noch ein Wort war, das eine Bedeutung für mich hatte, sondern auf ihre eigene, viel schwierigere Art, die sie zwang, mit ihrem alten Leben weiterzumachen. Es erschien mir, als ob ich damals, in meinem früheren Leben, mit ihnen zusammen, gegen mich gelebt hätte – wie sie vielleicht auch. Jetzt lebte ich für mich. Ich hatte sie verletzt, aber ich konnte keine Schuld empfinden. Irgendwann einmal dachte ich auch, es wäre schon sehr schmerzlich zu erfahren, daß sie ohne mich auskommen würden.

10

Es war im Herbst dieses ersten Jahres. Seit – wie vielen? – sieben Monaten war ich mehr oder weniger allein gewesen. Ich hatte kaum jemanden gesehen – die Männer, die die Möbel brachten, und den Bauern, der mein nächster Nachbar war; er kam letzten Sommer eines Tages auf seinem Traktor den Weg heraufgerollt; das war alles.

Der Bauer stellte sich mit Brocker oder so ähnlich vor – seinen Vornamen habe ich nie erfahren, obwohl er immer noch mein nächster Nachbar ist – und meinte, er hätte erfahren, daß jemand das ganze Jahr über in McAllisters altem Haus leben würde, und er hätte sich gewundert, daß er mir nie begegnet sei. Er fragte mich, ob ich irgend etwas brauchte, ob er mir irgendwie behilflich sein könnte, und schien sehr freundlich gesinnt zu sein, weshalb ich auch sehr freundlich ablehnte. Er erzählte, seine Frau würde Hühner halten, und er würde manchmal die Nachbarn mit Eiern beliefern und fragte, ob er mich auf seine Liste setzen solle. Eier waren damals etwas sehr Kostbares für mich, etwas, das es hier nicht gab, und ich konnte mir auch keinen Vorrat anlegen, weil sie sich nicht lange hielten; ich sagte also ja. Es wäre jedoch unsinnig, meinte ich, sich jedesmal den Weg heraufzuquälen, er könnte sie einfach an der Abzweigung abstellen, in diesem Verschlag, der mir als Garage diente; zwei Dutzend, alle zwei Wochen, ich würde sie dann abholen. Ich würde auch das Geld dort deponieren. Er war damit einverstanden, obwohl es ihn zu wundern schien, daß ich ihn nicht auf die Hütte kommen lassen wollte.

«Wenn Sie sonst noch etwas brauchen», meinte er, «sagen Sie mir Bescheid. Es wird nicht so einfach für Sie allein hier sein. Vor allem nicht im Winter.» Er fuhr wieder den Weg hinunter, und obwohl ich noch mehrere Male seine Hilfe in Anspruch nahm, haben wir uns kaum je unterhalten, und ich glaube nicht, daß er inzwischen mehr über mich weiß, als nach diesem ersten Besuch vor neun Jahren. Eine seiner angenehmsten Eigenschaften ist, daß er keine Fragen stellt.

Der Garten gedieh, aber es war nicht mein Verdienst, denn ich wußte in diesem ersten Jahr überhaupt nicht, was ich tat. Ich fror viel Gemüse für den Winter ein. Die Warnungen, die jeder, mit dem ich sprach, parat hatte, waren ungefähr alles, was ich über das Überwintern wußte. Ich verspürte auch einen gewissen Drang, mich abzusichern, und der Herbst war eine Jahreszeit, in der alles eilte. Das letzte Holz wurde gehackt und auf die riesigen, sehr beruhigenden Haufen hinter der Hütte gelegt, Gemüse wurde gedünstet und eingefroren; ich schuftete den ganzen Tag, schwitzte auch abends noch, wenn ich das Wasser zum Blanchieren erhitzte, zwischendurch sah ich mich, wie ich mitten im Winter hier festsaß, die Gefriertruhe voller verdorbener Lebensmittel, frierend, völlig eingeschneit, mutterseelenallein, und dieses Bild ließ mich meine Anstrengungen verdoppeln.

Als der erste Schnee fiel, war alles getan, was getan werden konnte. Alles war gedünstet und eingefroren, und die Gefriertruhe war auch bis oben hin voll. Das Holz war bis auf einen kleinen Rest gehackt, im Garten lagen noch ein paar Kürbisse, sonst war so ziemlich alles erledigt. Ich war erschöpft und auch durch die drohende Nähe des Feindes beunruhigt, in diesem Jahr betrachtete ich nämlich den Winter noch als Feind; ich ruhte mich aus und brachte die Hütte in Ordnung und stellte schon ein paar Tage lang, bevor ich die unerläßliche Fahrt in die Stadt unternahm, meine Einkaufszettel zusammen.

Ich ging nur ungern, hatte Angst davor, weil ich mein Gleichgewicht durch nichts gefährden wollte, keine Leute sehen wollte; ich hatte zwar ein Gefühl allgemeinen Wohlbefindens erreicht, aber es hatte sich noch nicht sehr verfestigt, und ich hatte nicht die Absicht, es auf die Probe zu stellen.

Die Fahrt war natürlich unumgänglich. Es gab eine ganze Reihe von Dingen, die ich für den Winter brauchte und mit denen ich mich nicht selbst versorgen konnte: Sicherungen, einen elektrischen Ofen für mein Schlafzimmer, Lebensmittelvorräte wie zum Beispiel Milchpulver; ich war ohne Fleisch ausgekommen, nachdem das Fleisch, das ich mitgebracht hatte, zu Ende gegangen war, und ich hatte nicht das Gefühl, etwas zu vermissen. Nach einem Luxus sehnte ich mich jedoch, eine Sache wollte ich mir genehmigen; ich sah den Winter vor mir und malte mir aus, wie schön es wäre, ein paar Petroleumlampen zu haben, drei vielleicht, sie würden alles sanfter und behaglicher erscheinen lassen. Ich wollte den Winter in dämmrigen Räumen verbringen, in dem flackernden Schein der Lampen lesen, nähen, zeichnen oder schreiben. Ein romantisches Bild.

Ich wappnete mich also für den Ausflug in die Stadt. Ich legte einen Tag fest, ließ keinen Spielraum für weitere Aufschübe, und als es dann eines Morgens soweit war, kämmte ich mir sogar die Haare, bevor ich den Weg zum Auto hinunterging, obwohl ich das Resultat nicht sehen konnte. Ich trug Jeans und meinen Pullover, weite und praktische Sachen. Ich war zwar sauber, aber wohl nicht sehr attraktiv.

Das Auto war irgendwie komisch. Nach ein paar Versuchen sprang es an, und ich saß einen Augenblick lang mit laufendem Motor da, schaute mir alles an, fuhr über das Steuer, berührte die Gangschaltung, desorientiert, aber ich konnte mich nicht lange damit aufhalten, da noch viel erledigt werden mußte. Ich bog rückwärts in die Straße ein, was zwar ungeschickt, aber nicht unmöglich war, und fühlte mich auch bald wieder ausreichend mit dem Auto vertraut.

Die geschotterte Landstraße, auf der ich vor so vielen Monaten angekommen war und die damals von schweren, dunklen Bäumen eingesäumt war, war jetzt ganz bunt, das reinste Feuerwerk, das links und rechts von mir aufflammte; es war, als ob ich durch einen Waldbrand fahren würde, so prächtig, daß die Farben zu knistern und zu sprühen schienen. Die Straße, die in die Stadt führte, war weniger spektakulär; es gab Felder und Stacheldrahtzäune, aber kaum Bäume, alles war bebaut, benutzt – Zivilisation fing wieder an. Ich hatte das Gefühl, unendlich weit weg von der Hütte zu sein. Es gab auch noch andere Autos, in denen Leute saßen, die ich kurz wahrnahm. Und dann kam ich in die Stadt, und die Hütte existierte nicht mehr.

Auf den Bürgersteigen waren Leute, eine Unmenge von Leuten,

zumindest kam es mir so vor, obwohl es nur eine kleine Stadt war und unmöglich so viele unterwegs sein konnten, und während ich langsam an ihnen vorbeifuhr, sah ich durch die Wagenfenster ihre Münder, die sich unterhielten, und ihre Körper, die sich vorwärts bewegten; ich fühlte jedoch nicht ihre Nähe, hatte nichts mit ihnen zu tun. Sie bedeuteten mir nichts. Wie sah mein Körper aus? Glich er diesen Körpern? Wenn sich ihre Münder bewegten, was passierte dann? Was kam daraus hervor? Konnte ich mich ihnen verständlich machen? Konnte ich mit ihnen sprechen?

Ich versuchte, im geschlossenen Auto die Laute zu formen, übte, und meine Stimme klang seltsam heiser, als ob sie von irgendwo anders herkäme. Aber ich erinnerte mich, die Worte waren mir bekannt. Ich las meinen Einkaufszettel laut vor und hatte keine Schwierigkeiten damit, mehr brauchte ich auch nicht zu können. Aber ich schaffte es nicht, sofort aus dem Wagen zu steigen.

Ich beobachtete. Es war, als ob ich eine neue Tierart sehen würde und mich nicht bewegen wollte, um sie nicht zu erschrecken, nur daß ihnen etwas Sinnloses und auch etwas Sinistres anhaftete. Ich glaube, ich hatte Angst, weil sie mir so ähnlich sahen, aber doch nicht mehr meine Artgenossen waren. Sie erschienen harmlos genug, so wie sie auf dem Bürgersteig entlanggingen und stehenblieben, um die Auslagen anzusehen, ich fühlte mich nicht bedroht, nur gehörte ich nicht mehr zu ihnen, konnte mich nicht an sie erinnern.

Eine Frau kam auf mein Auto zu. Sie hielt ein kleines Mädchen mit derselben blonden Haarfarbe wie sie am linken Handgelenk fest. Sie ging sehr schnell, und das kleine Mädchen heulte, manchmal verlor sie den Boden unter den Füßen und stolperte, da sie ständig gezwungen war, mit der Frau Schritt zu halten. Das Gesicht des kleinen Mädchens sah rot und verheult aus, und ihre Augen waren verquollen, beinahe zu, der Mund war durch ihr Protestgeheul weit offen; das Gesicht der Frau war blaß, verbissen, gequält. Sie waren nun neben dem Auto, und ich konnte das kleine Mädchen schreien hören, außer sich vor Schmerz und Wut, daß es sich nicht bemerkbar machen konnte. Die Frau weigerte sich, darauf einzugehen, obwohl sie ganz offensichtlich auch litt.

Bevor ich sie erkannte, waren sie auch schon verschwunden: es waren Katie und ich; einmal nur war es passiert, ein zweites Mal ließ ich es nicht soweit kommen. Es lag schon ein paar Jahre zurück, Katie ging noch nicht zur Schule, wir waren in die Stadt gefahren, um einzukaufen, was ziemlich selten vorkam, und waren beide erschöpft durch das viele Gehen und die Läden mit all den Dingen und Leuten, und da wir schon zu lange unter diesem Druck waren, gingen wir uns auch gegenseitig auf die Nerven. Katie hatte aus purer Erschöpfung zu weinen angefangen, ganz leise, eher ein Wimmern, und das hatte mich in Rage gebracht, irgend etwas ausgelöst; ich packte sie am Arm und schleifte sie einfach mit, zwang uns beide, noch mehr Läden abzuklappern, Katie heulte immer lauter, und ich konnte deutlich spüren, wie sich mein Gesicht verkrampfte, und ich wollte sie wirklich quälen, einfach quälen, blindwütend, und konnte überhaupt keinen Gedanken fassen. Meine Wut verflog, als wir nach Hause kamen, und ich hätte in den Boden versinken können vor Scham. Ich versuchte es wiedergutzumachen, aber sie riß sich los, rannte nach oben, so erschöpft, daß sie nicht einmal mehr heulen konnte, und es dauerte ein paar Tage, bis zwischen uns alles wieder so wie früher war. Ein Rest von Angst blieb jedoch, Angst vor ihr und Angst um sie. Vor ihr, weil sie Zeuge dieses Vorfalls geworden war und um sie, weil ich es auch miterlebt hatte.

Diese Frau und das kleine Mädchen waren Katie und ich, und ich sprang plötzlich aus dem Auto und ging ohne zu zögern in die Läden – ich hatte mich in den andern erkannt und konnte mich deshalb auch unter ihnen bewegen. Ich war ein Mensch wie sie – ich erinnerte mich wieder.

In der Eisenwarenhandlung, einem alten, dunklen, holzverkleideten Laden, der vollgestopft war mit glänzenden Gegenständen wie Toastern und Pfannen und hellen Metallplatten, bediente mich ein alter Mann; er war gebeugt, eingefallen und sehr mager und irgendwie ratlos und abwesend, als ob er nicht wirklich hierhergehörte. Ein dicklicher, dunkelhaariger jüngerer Mann beobachtete ihn mit hochgezogenen Augenbrauen.

Ich fragte den Jüngeren nach den Petroleumlampen, und er schien nicht sehr erfreut zu sein. Es war beinahe, als ob ich mich mit seinen Augen sähe, eine unordentliche, sonnenverbrannte Frau mit einer Haut wie Leder und fürchterlichem Haar; er zuckte die Achseln und sagte, ich solle warten, dann ging er zu dem Alten, der sich etwas aufrichtete, weniger abwesend dreinschaute und herüberkam. Der Jüngere verzog sich wieder hinter dem Ladentisch; er ließ uns nicht aus den Augen.

«Sie wollen Petroleumlampen?» fragte der Alte.

«Ja, haben Sie welche da?»

«Ich glaube, wir führen keine mehr, aber im Keller liegt noch eine Menge alter Kram rum, ich kann mal nachsehen, wenn Sie solange warten wollen.»

Er verschwand in den Keller, und ich wanderte unter den Blicken des Jüngeren im Laden herum, ich hakte auf meiner Liste alles ab: Glühbirnen, Sicherungen, ein Heizofen. Ich liebäugelte mit einer elektrischen Säge, aber das wäre doch etwas lächerlich gewesen. Dann erwog ich, eine Sichel zu kaufen, damit ich nächsten Sommer Platz zum Sitzen vor der Hütte schaffen konnte, aber das hatte noch Zeit. Ich legte meine Einkäufe auf den Ladentisch und wartete auf den alten Mann.

Er kam auch schließlich mit drei alten, an den Ecken eingedrückten Schachteln zurück. Sie waren dreckig und verstaubt, aber der alte Mann stellte sie auf den Ladentisch und fing an, sie auszupakken. Staub wirbelte, fiel auf den Tisch und einen Stoß Quittungen, und der Junge wollte schon etwas sagen, hielt sich aber dann doch zurück. Der Alte war ganz in seine Arbeit vertieft und schien nichts zu bemerken.

Die Lampe, die zum Vorschein kam, war nicht verstaubt, sie hatte jahrelang sicher in der Schachtel gelegen. Sie beschlossen, mir alle drei für sechs Dollar zu geben, da es unwahrscheinlich war, daß sie außer mir jemand kaufen würde.

«Wär's das?» fragte der Jüngere. Es klang abrupt, als ob er mich gern aus seinem Laden hätte.

«Ja, vielen Dank.» Ich wandte mich absichtlich an den alten Mann. «Vielen Dank für Ihre Mühe. Es tut mir leid, daß ich diese ganze Sucherei verursachte.»

«Geht in Ordnung», meinte er leicht grinsend. «Niemand fragt mehr danach. Ich habe – wir haben – eine Menge Kram im Keller, für den sich keiner mehr interessiert. Es sollte wohl alles mal ausgeräumt werden, aber das ist gar nicht so einfach. Soviel von dem alten Plunder ...» der Rest verlor sich.

«Ich brauche auch Petroleum», erinnerte ich mich, und der Jüngere hörte mit dem Zusammenrechnen auf und seufzte.

«Ist schon gut, Frank», sagte der alte Mann und hielt die Hand hoch, um den Ärger des Jüngeren zu beschwichtigen. «Ich weiß, wo es ist. Einen Augenblick.» Und er verschwand wieder in den Keller und ließ uns feindlich schweigend am Ladentisch zurück, darauf wartend, daß er zurückkommen und wieder zwischen uns treten würde. Ich fragte mich, was uns zu Feinden werden ließ – wir hatten kein einziges Wort gewechselt, und es war auch nichts zwischen uns vorgefallen – und warum ich mir überhaupt Gedanken darüber machte.

Als er zurückkam, schien dem alten Mann etwas eingefallen zu sein, er hatte eine Frage. «Hören Sie», sagte er, als er dem Jungen zerstreut die Petroleumkanister zuschob, «Sie sind doch nicht etwa die Frau, die in McAllisters Haus wohnt?»

«Ich habe schon gehört, daß die Leute es so nennen», antwortete ich und erinnerte mich an meinen Nachbarn. «Aber ich kaufte es von keinem McAllister, sondern von einem Mann, dessen Vater es als Wochenendhaus oder Jagdhütte benutzte.»

«Natürlich nicht», meinte er, «es hätte auch keiner von den McAllisters sein können. Sie sind schon seit Jahren nicht mehr dort, es waren nur die letzten, die das ganze Jahr über dort lebten, deshalb wird es auch noch so genannt. Sie kennen wahrscheinlich die Geschichte?»

«Ich habe nichts darüber erfahren; der Mann, von dem ich es kaufte, erzählte mir nur, daß sein Vater öfters dort war.» Das klang nicht sehr auffordernd, auch wenn es mir ein perverses Vergnügen bereitete, mich in dem Laden herumzutreiben, mit ihm zu reden und Frank zu irritieren.

«Also», meinte der alte Mann, «es ist eine ziemlich lange Geschichte. Schon über zwanzig Jahre her, und vielleicht wollen Sie sie auch gar nicht hören, da Sie ja nun dort leben. Sie sind allein, habe ich gehört?»

«Ja, das stimmt. Aber erzählen Sie ruhig. Wenn alles schon zwanzig Jahre zurückliegt, dann macht es mir auch nichts mehr aus.»

«Dad», begann der Junge warnend.

«Es ist okay», meinte ich, und ohne mich dabei von dem Alten abzuwenden, machte ich eine Handbewegung in Franks Richtung. «Es interessiert mich.» Und komischerweise war das auch der Fall. «Also dann, wenn Sie sich sicher sind», meinte er zweifelnd. Er holte tief Luft und starrte sich erinnernd ins Leere.

«Es ist gute fünfundzwanzig Jahre her, als die McAllisters zum erstenmal hier auftauchten. Sie waren frisch verheiratet und kamen, soviel ich weiß, aus einer Stadt weiter im Osten, nicht von hier auf jeden Fall, und sie hatten sich etwas Geld zusammengespart. Er hatte einen Job in der Stadt, und sie suchten hier in der Gegend einen Bauernhof, um etwas Landwirtschaft zu betreiben. Und mehr», meinte er grinsend, «kann man hier auch nicht machen.

Die siebzig Morgen Land, wo Sie jetzt wohnen, waren damals zu verkaufen, und sie dachten wohl, das wäre eine Menge, obwohl wir hier alle wußten, daß das nichts war, nichts wert war und nichts einbringen würde. Wir sagten ihnen, sie sollten die Finger davon lassen, aber sie waren jung – er konnte nicht älter als sechsundzwanzig oder siebenundzwanzig gewesen sein, und sie war vielleicht fünfundzwanzig, ich kann es nicht so genau sagen – und hörten nicht auf uns. Sie hatten hart gearbeitet und wollten nun ihren eigenen Grund und Boden besitzen, und die Preise hier waren gerade richtig. Der Bursche meinte, er wolle mit siebzig Morgen anfangen und allmählich noch mehr dazukaufen; er wolle nur einmal einen Anfang machen, weiter nichts.

Nachdem sie es gekauft hatten, war ihr Geld auch alle und sie brauchten als erstes ein Darlehen von der Bank. Das war nicht besonders schwierig, hier leiht sich jeder Geld von der Bank, es ist nichts Ungewöhnliches, man rechnet schon damit. Ich glaube nicht, daß der alte John Forrest, der damals die Bank führte, jemals dachte, sie würden es schaffen, aber er gab ihnen trotzdem das Geld. Sie waren wirklich ein nettes junges Pärchen, und alle hofften, es würde klappen, aber niemand glaubte so recht daran.

Der junge McAllister kaufte auf jeden Fall vierzig Rinder, und das war auch das Äußerste für ein Weideland dieser Größe. Er wollte jedoch so schnell wie möglich seine Schulden abbezahlen; inzwischen hatten ihm wohl auch schon so viele gesagt, daß er es nicht schaffen würde, daß er sich schon deswegen darauf versteifte und das Gegenteil beweisen wollte. Damals glaubten die Leute noch, man könne alles erreichen, wenn man nur hart genug arbeitete. Ich nehme an, daß inzwischen niemand mehr so naiv ist; es hat sich jedenfalls einiges geändert in dieser Beziehung.

Aber wollen Sie sich das wirklich alles anhören? Es ist keine sehr hübsche Geschichte.» Ich nickte.

«Dann sollten wir es uns gemütlicher machen. Da drüben stehen ein paar Gartenstühle, sie sind auf jeden Fall besser als der Ladentisch.» Ich nickte wieder, und wir verzogen uns in eine Ecke und ließen uns auf zwei Plastikstühlen nieder, während Frank ein finsteres Gesicht machte.

«Also gut. Der junge McAllister baute eine Reihe Hühnerställe, die er seiner Frau übergab. Sie sollte sich um die Hühner kümmern und die Eier verkaufen. Alles zählte, sagte er, vor allem die kleinen Beträge. Ich hatte damals den Eindruck, daß sie nicht ganz so glücklich dabei war wie er, aber es war auch schwierig, mit seinem Optimismus mitzuhalten.

Sie legten einen riesigen Garten an, er mußte ein paar Morgen groß gewesen sein, und dachten, sie könnten das, was sie nicht essen würden, verkaufen. Die Ärmsten hatten keine Ahnung, auf was sie sich da einließen, sie wußten nicht, wieviel Arbeit ein Garten von dieser Größe erforderte. Ich konnte mir nicht vorstellen, wem sie das Zeug verkaufen wollten, niemand würde wegen diesem Gemüse, das wir selbst in unsern Hausgärten anbauten, zu ihnen rausfahren. Sie hatten nicht einmal die richtigen Werkzeuge, nur die üblichen Gartengeräte, die für ein Hausgärtchen, aber nicht für ein Stück Land von dieser Größe ausreichten.

Sie hatten Glück dieses Jahr. Das Wetter war gut, es regnete immer zur rechten Zeit, nicht zuviel und nicht zuwenig, die Weide reichte also für den Appetit der Kühe aus, und Gemüse gab es im Überfluß. Sie verloren durch eine Krankheit ein paar Hennen, aber trotzdem lief alles viel besser, als wir je gedacht hätten.

Die Erfahrung, daß man hier kein Geschäft mit Gemüse machen kann, blieb ihnen natürlich nicht erspart, obwohl manche, nur um ihnen zu helfen, rausfuhren und etwas kauften. Sie kamen jedoch schnell auf den Trichter, mieteten sich einen Lastwagen und fuhren das ganze Gemüse in die Stadt und verkauften es dort an ein paar kleine Lebensmittelläden. Wahrscheinlich nicht zu dem Preis, den sie sich vorgestellt hatten, aber es war immerhin etwas, und er plante für das nächste Jahr, etwas Land an der Straße zu pachten und einen Stand aufzustellen. Er dachte, er könnte eine Menge Sonntagsausflügler, Touristen anlocken, und wir hielten es auch für eine clevere Idee.

Am meisten Glück hatten sie jedoch in diesem Jahr mit den Viehpreisen. Man kann sich nie darauf verlassen, es war einfach nur ein glücklicher Zufall gewesen, sie waren nicht die einzigen. Im Herbst konnten sie also einen sehr viel günstigeren Handel als im Frühjahr machen, außerdem hatte er das Vieh auch ziemlich gemästet; sie verdienten genügend daran, um das Darlehen zurückzuzahlen und konnten mit dem Rest ihren Lebensunterhalt bestreiten und im Frühjahr Samen kaufen. Er war stolz wie ein Gockel diesen Herbst, er hatte es geschafft, obwohl ihm jeder das Gegenteil prophezeit hatte; es war zwar nicht umwerfend viel, aber er bildete sich eine Menge darauf ein. Sie hatten sich die Finger wund gearbeitet in diesem Jahr, beide, und waren nur noch Haut und Knochen, braun und sehnig wie die Indianer, und sie sah ziemlich erschöpft aus, aber ich glaube, sie war auch stolz auf diese Leistung.

Den Winter über sahen wir nicht viel von ihnen, sie kamen nur ein paarmal in die Stadt, es ist auch nicht einfach, wenn man auf diese Landstraßen angewiesen ist, manchmal dauert es Tage, bis die Stadt sie nach einem Schneesturm wieder freipflügt. Aber kaum war es Frühjahr, tauchten sie auch wieder auf. Es war kaum zu übersehen, daß sie sich verändert hatten. Wir dachten, der Winter wäre daran schuld, die beiden ganz allein in ihrer Hütte, keine Menschenseele und nichts zu tun, außer die Hütte zu reparieren, und viel war da auch nicht zu machen mit dem Geld, das sie hatten. Er war stiller und bei weitem nicht mehr so energiegeladen wie bei seiner Ankunft oder auch noch im Herbst, als er ganz begeistert davon war, wie günstig er das Vieh verkauft hatte.

Damals, in den ersten Frühjahrsmonaten, konnte man doch nichts sehen, aber später stellte es sich heraus, daß sie schwanger war und im September ihr Kind kriegen würde. Sie war so mager, so schrecklich mager, beide waren sie abgemagert, sogar noch mehr als im Herbst, eigentlich hätte man annehmen können, sie hätten sich etwas Winterspeck zugelegt. Ihr Haar sah auch ganz anders aus, ich glaube, sie machte sich kaum noch die Mühe, es zu waschen, es war ganz grob und strähnig; im Vorjahr, als wir sie zum erstenmal sahen, war sie noch rund und rosig gewesen und ihre Haare und Augen glänzten nur so; wenn sie jetzt die Frauen sahen, schüttelten sie nur den Kopf. Sie hatten das alles selbst erfahren, und sie wußten, daß es für sie noch viel schwerer sein müßte; sie sagten, sie würde es nicht durchhalten können und gaben ihm die Schuld. Sie meinten, er würde sie noch ins Grab bringen, wenn er sie auf diesem gottverlassenen Bauernhof festhielte, wo sie nichts hatte, außer ihn und ihre Arbeit. Sie fanden es unbegreiflich, daß er das nicht sah und nichts dagegen unternahm, obwohl sie es eigentlich hätten wissen müssen, ihre eigenen Männer schienen genausowenig zu bemerken, was mit ihnen im Laufe der Jahre passierte.»

Der alte Mann seufzte und schaute angewidert drein. «Ich wuchs selbst auf einem Bauernhof auf und sah, wie meine Eltern von früh bis spät schufteten, sah, wie die Falten im Gesicht meiner Mutter jedes Jahr tiefer wurden; sie war erst sechsundfünfzig, als sie starb; ich denke, sie war verbraucht, einfach nur verbraucht. Mein Vater hielt sich immer draußen auf, seine Augen blinzelten nur noch, und seine Haut war das ganze Jahr über gerötet, aber er muß trotzdem ein gesünderes Leben als sie geführt haben, denn er wurde zweiundsiebzig Jahre alt. Es fiel ihm nie auf, was mit ihr los war, bis sie dann starb. Ich blieb keinen Tag länger als notwendig. Ging in die Stadt, lieh mir etwas Geld und machte diesen Laden auf. Der Bauernhof wurde nach dem Tod meines Vaters verkauft, und ich habe ihm nie nachgetrauert. Es ist ein höllisch hartes Leben.» Er seufzte wieder.

«Auf jeden Fall, die Frauen dachten, er würde die junge Belle McAllister ins Grab bringen, und als sie hörten, daß sie ein Kind kriegte, wurden sie erst recht wütend auf ihn; sie sah so zerbrechlich aus. Natürlich gaben sie ihm die Schuld; da sie nichts gegen ihre eigenen Ehemänner sagen konnten, beschuldigten sie McAllister. Zumindest stellte ich mir das so vor.

Er ging in diesem Frühjahr sofort wieder auf die Bank und nahm ein neues Darlehen auf, er war inzwischen schon kreditwürdig geworden, da er das erste Jahr geschafft hatte. Er wollte dieses Mal noch mehr Vieh kaufen, ungefähr fünfzig Stück, aber er hörte dann doch auf uns; vielleicht hatte er es satt, alles allein entscheiden zu müssen, und wir versuchten ihm beizubringen, daß vierzig schon zuviel für seine Weide sei, da ein großer Teil Büsche und der Rest einfach nur Gestrüpp wäre, fünfzig könnte er sich ganz aus dem Kopf schlagen – er kaufte also wieder vierzig. Das Darlehen war trotzdem höher als im Vorjahr, schuld daran waren die hohen Viehpreise in diesem Frühjahr.

Sie fingen also wieder von vorn damit an, aber dieses Jahr sah alles ganz anders aus. Es war ein fürchterlich heißer Sommer, soviel ich mich erinnere, brach er alle Rekorde, keiner, der nicht darunter litt. Kein Tropfen Regen, August war eine einzige Trockenperiode; alles verdorrte, und man konnte nichts tun, als tatenlos zuzusehen. Belle hatte immer noch ihre Hühnerfarm und kam in die Stadt, um ihre Eier zu verkaufen. Sie sah schrecklich aus in diesem Sommer; das Kind, das sie erwartete, schien sie bei lebendigen Leib aufzuzehren, für sie selbst blieb überhaupt nichts mehr übrig und dabei arbeitete sie wie ein Teufel. Sie war völlig teilnahmslos, brachte nur ihre Eier, verkaufte sie und ging wieder zurück. Er begleitete sie manchmal; die Sorgen wuchsen ihm über den Kopf, er blinzelte schon genauso wie mein Vater. Meistens blieb er jedoch auf dem Hof, da sie nicht viel im Garten arbeiten konnte und er sich um beinahe alles kümmern mußte.

Er legte von dem Bach bis zum Garten einen Schlauch und installierte eine Pumpe, so konnte er zumindest noch so lange wie Wasser im Bach war, den Garten am Leben erhalten. Er meinte, er hätte die

Idee mit dem Stand an der Straße aufgegeben, er hätte nicht die Zeit, an der Straße zu sitzen und Gemüse zu verkaufen und Belle wäre nicht in der Lage dazu. Er sagte, das Baby würde auch im ungünstigsten Augenblick kommen.

Niemand wollte ihn nach dem Vieh fragen; wir konnten es uns schon denken. Alle Felder in der Gegend waren trocken und nichts wuchs richtig, und es war unmöglich, daß seine Wiesen vierzig Rinder ernähren konnten. Bei seinen seltenen Abstechern, in die Stadt erwähnte er sie auch nie.

Anfang September sah er dann wohl ein, daß er sie nicht mehr länger halten konnte und ließ sie zum Schlachten abtransportieren. Der Preis pro Pfund war zwar gleich geblieben, aber sie hatten ziemlich viel an Gewicht verloren. In diesem Jahr blieb ihnen nichts erspart, nichts klappte, und gegen Ende des Jahres waren sie ziemlich verschuldet.

Das einzig Erfreuliche war das Baby. Es war wirklich ein süßes kleines Ding. Sie konnten sich natürlich gar kein Kind leisten, selbst wenn es ein einigermaßen gutes Jahr gewesen wäre, aber als Belle und die Kleine aus dem Krankenhaus zurück waren, brachten sie sie jedesmal mit in die Stadt, und es war ihnen offensichtlich gleichgültig, daß sie nicht das Geld dazu hatten. Sie waren so verdammt stolz; damit alle sehen konnten, wie hübsch sie war, und Belle sah auch wieder besser aus, hatte wieder etwas Farbe bekommen. Er sagte immer wieder, ‹nächstes Jahr wird es schon besser gehen›.

Belle kam den ganzen nächsten Winter hindurch kein einziges Mal in die Stadt, und das Baby auch nicht. Nur er, und auch er kam selten, nur wenn er seine Lebensmittelvorräte auffüllen mußte. Damals, ich weiß nicht, was Sie jetzt haben, damals gab es auf jeden Fall nur einen Heizofen im Wohnzimmer und einen Holzofen in der Küche, im Schlafzimmer war nichts, und die ganze Installation mußte wohl auch ziemlich alt gewesen sein. Einmal, als McAllister in der Stadt war, sagte er, das Baby hätte eine Erkältung.

Sie müssen sich vorstellen, wie schwer sie es hatten, vor allem Belle. Jedesmal wenn sie sich waschen oder ein Bad nehmen wollte, mußte sie auf dem Ofen Wasser heißmachen, und das bedeutete, daß sie Holz ranschleppen mußte. Der Winter war so kalt und stürmisch wie der Sommer heiß und trocken gewesen war, und sie müssen die ganze Zeit herumgesessen sein, eingeschlossen in ihrer Hütte, wochenlang, vermummt und in Decken gehüllt, ausschließlich damit beschäftigt, sich warm zu halten. Im Frühjahr, als Belle und das kleine Mädchen in der Stadt auftauchten, konnte man sehen, daß sie sich angestrengt hatte, beide sahen sehr sauber und adrett aus. Aber irgend etwas stimmte nicht mit der Kleinen, sie sah nicht gesund aus, dieselbe Sache, die mit Belle nach einem Jahr passiert war, der Glanz war weg, alles Hübsche verbraucht.

Belle versetzte uns jedoch einen richtigen Schrecken. Ihre Augen hatten etwas Verrücktes an sich, sie bewegten sich ständig, wanderten von einem zum andern, und sie konnte auch nicht richtig reden, als ob sie die Sätze nicht rauskriegen würde. Ihr Anblick machte die Leute nervös, und sie mieden sie vielleicht auch etwas.

Dieser erste Besuch in der Stadt war gleichzeitig auch das letzte Mal, daß sie sich noch etwas Mühe gab. Ein paar Monate später waren sie und das Baby völlig abgemagert und heruntergekommen. Wir waren ratlos. Es war wirklich schlimm.

Ein paar Frauen versuchten zu helfen, sie taten sich zusammen und besuchten sie abwechselnd, versorgten sie mit dem Nötigsten, brachten Essen und abgelegte Kleider mit. Es war auch nicht einfach für sie, da sie selbst viel zu tun hatten, aber sie bemühten sich den ganzen Sommer über. Sie sagten, Belle hätte sie immer reingelassen und wäre auch immer dankbar gewesen für das, was sie brachten; sie schien jedoch apathisch und völlig abgeschlafft zu sein, die Hütte war genauso verdreckt wie sie, und das Baby und der junge McAllister zeigten auch schon die ersten Anzeichen, da sich Belle anscheinend um keinen von ihnen kümmern konnte. Sie würde überhaupt nichts mehr tun, sagten die Frauen, und er sah jedesmal hoffnungsloser aus. Dieses Jahr brachte er die Eier in die Stadt und saß auch meistens bei dem Stand, den sie sich an der Straße aufgebaut hatten; manchmal setzte er jedoch auch Belle und das Baby dort ab, aber sogar die Leute, die sie kannten und die Mitleid mit ihnen hatten, kauften nicht gern von ihnen. Es war der Dreck und der komische Ausdruck, den ihre Augen hatten.

Sie schafften es dieses Jahr gerade so und machten alles in allem sogar noch etwas mehr und konnten einen Teil des Darlehens zurückbezahlen. Er sagte, er hätte angefangen zu jagen und wollte genügend Kaninchen und ähnliches Tierzeug fangen, um diesen Winter kein Fleisch kaufen zu müssen. Er sah erschöpft aus, da er alles allein, ohne die Hilfe Belles versuchte. Er redete die ganze Zeit über von der Farm, daß er alles in Schuß bringen wollte, daß es zu Anfang zwar nicht leicht sein würde, aber das würde sich schon geben, er ließe sich nicht so schnell unterkriegen. Er machte einen wildentschlossenen Eindruck. Belle erwähnte er mit keinem Wort.

Im Spätherbst kamen dann alle drei für ihre Wintereinkäufe in die Stadt. Wir nahmen an, sie hätten genügend Wildvorräte, Wild, das er erlegt hatte, denn sie kauften nicht sehr viel Lebensmittel, kein Fleisch und kein Gemüse, nur Dinge wie Mehl, um Brot backen zu können. Belles Gesicht war völlig ausdruckslos. Wir waren überzeugt, daß sie nicht durchhalten könnten, egal, was er sagte. Sie hatten an diesem Tag etwas an sich, das keinen Zweifel ließ, das nur das eine bedeuten konnte ‹es ist aus und vorbei›. Wir nahmen an, daß sie im Frühjahr verkaufen und in die Stadt zurückgehen würden, sie würden sich dann dort niederlassen, das Darlehen zurückzahlen und einen neuen Anlauf nehmen.

Es fiel uns erst nach einer Weile auf, daß sie sich überhaupt nicht mehr blicken ließen. Erst im Januar oder so sagte jemand: ‹Die McAllisters sind dieses Jahr wohl überhaupt noch nicht in die Stadt gekommen? Der Winter ist doch nicht so schlimm gewesen, eigentlich hätten sie schon längst einmal auftauchen müssen. Hat sie denn jemand gesehen?› Tatsächlich hatte sie auch niemand gesehen, und die Sache beschäftigte uns ein paar Tage, bis wir auf den Gedanken kamen, daß vielleicht etwas nicht stimmte; wir hatten nie an diese Möglichkeit gedacht, aber als es einmal ausgesprochen war, ließ es uns keine Ruhe mehr. Jemand rief den Burschen an, der die Farm neben ihnen hatte, und sagte ihm, er solle mal nachsehen, ob alles in Ordnung wäre. Er meinte, er würde es gleich nach seiner Arbeit tun.

Es war ungefähr acht Uhr, als wir von ihm hörten, er war völlig außer Atem, und die Polizei konnte sich zuerst überhaupt nichts zusammenreimen. Als sie dann schließlich die Geschichte aus ihm rauskriegten, rasten sie zur McAllister-Farm. Weiß der Himmel, warum sie sich so beeilten, es war längst zu spät für jede Hilfe.

Folgendes war passiert, sie entdeckten McAllister in der Küche auf einem Stuhl direkt in der Tür; er war etwas vornüber gesunken, das Gewehr zu seinen Füßen. Es hätte so fürchterlich gestunken, daß einer von ihnen sofort wieder rausmußte und kotzte. Wirklich unerträglich, meinten sie. Im Wohnzimmer fanden sie dann Belle oder was von ihr übrig war. Ihr Kopf wäre beinahe völlig zerschmettert gewesen – einfach weggeschossen. Inzwischen war ihnen natürlich klar, was passiert war, es war ihnen klar, daß das kleine Mädchen auch nicht mehr am Leben sein würde, und sie gingen wieder nach draußen. An die frische Luft. Offensichtlich hatte er zuerst Belle und das Kind erschossen und dann sich selbst. So etwas passiert schon ab und zu, aber es war noch nie in unserer Gegend vorgekommen, es erschien einfach unvorstellbar. Sie setzten sich mit der Polizei in der Stadt in Verbindung und saßen dann noch eine Weile um das Polizeiauto herum. Sie hätten sich beide hundeübel gefühlt, sagten sie.

Als sie dann wieder reingingen, ließen sie sich durch nichts aufhalten und fanden das kleine Mädchen in dem andern Schlafzimmer, ganz zusammengerollt, als ob es schliefe; sie wäre sogar in ein paar Decken eingewickelt gewesen, sagten sie. Einen Augenblick lang dachten sie, sie hätten sich doch getäuscht und sie wäre noch am Leben, bis sie dann die Decken wegzogen, die völlig blutverkrustet an ihrem Körper klebten. Wahrscheinlich wollte er sie nicht wie Belle durch einen Kopfschuß verstümmeln und schoß sie deshalb in den Bauch, ein Loch, das glatt durchging.

Er hatte nichts hinterlassen, keinen Abschiedsbrief; er hatte es einfach nur getan. Der Leichenbeschauer sagte, sie wären schon seit einem Monat tot gewesen, und die Beerdigung wurde schnell in die Wege geleitet. Wir gingen alle hin, der Sarg war natürlich verschlossen und keiner konnte anschließend etwas dazu sagen. Wir hatten wohl alle das Gefühl, daß wir nicht genügend getan hätten. Aber wer hätte schon an so etwas gedacht?»

Er hielt inne, und wir schwiegen beide. Die Dinge, die sich vor mehr als zwanzig Jahren abgespielt hatten, waren noch zu gegenwärtig, lebendiger noch als die Gegenwart, und der alte Mann empfand das wohl genauso. Er faßte sich als erster, schaute sich entschuldigend um, zuerst nach mir und dann nach Frank, und seine Bewegung ließ mich auch wieder zu mir kommen, und ich bemerkte, daß Frank außer sich war und wütend die Lippen zusammenpreßte. Der alte Mann bekam es mit der Angst zu tun. «Es tut mir leid», sagte er, «ich hätte Ihnen das nicht alles erzählen sollen. Ich habe alles um mich herum vergessen. Hoffentlich sind Sie mir nicht böse?»

«Überhaupt nicht. Es ist eine sehr traurige Geschichte. Aber ich bin wirklich froh, daß Sie mir es erzählt haben.»

«Sie müssen entschuldigen, es dauerte zu lange, ich habe Sie bestimmt von ihrer Arbeit abgehalten.»

«Sie haben mich von nichts abgehalten.» Wir schauten einander an, und wir verstanden wohl auch – etwas. «Ich danke Ihnen.»

Dann ging ich. Auf dem Nachhauseweg, dem Weg zur Hütte, meinem Zuhause, in dem es all diese Toten gegeben hatte, fühlte ich mich doch etwas unbehaglich. Obwohl ich Angst davor hatte, wollte ich herausfinden, ob ich die Hütte nun mit andern Augen sehen würde, ob sie durch diese Geschichte eine Vergangenheit bekommen hätte, die ich nicht teilte, die alles ändern würde.

Sie änderte nichts. Der Himmel war noch etwas hell, so daß ich die Umrisse der Hütte sehen konnte, als ich am Ende des Wegs angelangt war. Ich wünschte, ich hätte ein Licht brennen lassen, das mich willkommen heißen würde.

Es war jedoch mein Zuhause. Es gehörte immer noch mir, nichts hatte sich geändert. Ich wollte mich vergewissern, ging in die Küche und versuchte McAllister zu beschwören, versuchte ihn vor mir zu sehen, wie er abgemagert und halb verwest auf dem Stuhl in der Tür saß, vornüber gesunken mit dem Gewehr zu seinen Füßen; waren seine Augen auf oder zu? Und es gelang mir auch; er gehörte jedoch nicht mehr dorthin, nicht in meine Küche.

Ich ging ins Wohnzimmer, sah die viel zu früh gealterte junge Frau, ihr Kopf war zertrümmert, sie war zwar da, aber nur wie ein Foto, nicht wirklich. In dem Zimmer, das ursprünglich ein Schlafzimmer gewesen war und jetzt ein Ort, an den ich mich zurückzog, hätte ein Kinderbett gestanden mit einem Baby drin. Zart und blond, und ich konnte die Decken wegziehen und fühlen, wie sie an seiner Wunde kleben blieben; auch es war schon lange tot.

Was hatte die Hütte für ihn bedeutet? Hat er es getan, um in einem einzigen Augenblick alles festzuhalten?

Es spielte keine Rolle mehr. Ihre Zeit war um. Nun gehörte sie mir, und eines Tages würde sie wieder einem andern gehören. Ein Ort voller Dramen. Ich ging nach draußen, nahm alles aus dem Auto, verstaute meine Vorräte und zündete zum erstenmal die Petroleumlampen an. Ihr Licht flackerte auf den Wänden und machte dem Feuer Konkurrenz.

Ich ging früh zu Bett und schlief sofort ein. Ich träumte von dem alten Mann in der Eisenwarenhandlung und wachte zufrieden auf.

11

Ich hätte keine Angst vor dem Winter haben sollen, ich hätte wissen sollen, daß selbst seine Härte mir hier nichts anhaben konnte. Aber ich hatte einfach zu lange Zeit vor zu vielen Dingen Angst gehabt.

Nahrung. Ich hatte den Eindruck, daß ausreichend vorhanden war – die Gefriertruhe war voll, außerdem hatte ich Regale mit Obstkonserven und Marmelade und Backzutaten, und ein paarmal im Monat würde mein Nachbar Eier für mich deponieren; aber war es wirklich genug?

Ich hatte auch Angst, da zwischen einem Zuhause und einem Gefängnis doch ein großer Unterschied bestand. Die übrige Zeit hatte ich zumindest noch die Wahl gehabt, wenn ich gewollt hätte, wäre Gesellschaft oder auch Hilfe erreichbar gewesen, aber diese Wahl würde ich den Winter über kaum haben. Ich würde unter dem Schnee begraben sein, eine Isolation, gegen die ich mich jedoch nicht wehren wollte – erzwungen oder freiwillig, es war kein so großer Unterschied.

Das Holz war ein anderes Problem. Die Stöße erschienen mir riesig, aber ich hatte keine Ahnung, wieviel man in einem kalten Winter brauchte. Aber selbst wenn es zu Ende gehen würde, ich wäre keineswegs davon abhängig, das Feuer war eher ein Extra als eine Lebensnotwendigkeit.

Ich versuchte mir den Winter vorzustellen, und sah – ein Bild, in dem Angst keinen Platz hatte, einen Ort, der Angst ausschloß: Schnee, der langsam fiel oder in Böen kam, sich um meine Fenster herum auftürmte, gegen sie drückte, während ich drinnen, in einen Quilt gehüllt, vor dem Feuer saß, las oder aus dem Fenster blickte, und alles war sehr – heiter und glücklich.

Als ich das sah, war ich erleichtert. Ich erkannte, daß die Angst einen andern Ursprung hatte, von den andern kam und weder mit der Hütte noch mit mir etwas zu tun hatte. Daraufhin konnte ich mich auch von ihr befreien. Ich fragte mich: Wie viele Ängste gab es wohl, die ich einfach übernommen hatte? Wovor habe ich, nur ich allein Angst, und wovor haben mir die andern beigebracht, Angst zu haben? In meinem früheren Leben gab es vielleicht noch ein paar Anlässe, hier jedoch konnte ich mir einfach nichts vorstellen.

Es stand noch alles offen; der Winter war für mich immer noch eine Art Feuerprobe, die entscheiden würde, ob ich hier überleben könnte oder nicht. Ich hatte das Gefühl, als ob mir noch viele Prüfungen bevorstünden, Hindernisse kurz vor dem Ziel, aber ich hatte keine Angst mehr. Ich dachte: Vielleicht entdecke ich meinen Mut dabei, vielleicht könnte man es so nennen.

Als es dann im Spätherbst zunehmend kälter wurde, verzog ich mich immer mehr in die Hütte. Es gab auch nichts mehr draußen zu tun, und eine Zeitlang machte es mir Spaß, nur am Fenster zu stehen und zuzuschauen, wie die Jahreszeit immer ruhiger wurde, mich einhüllte, besonders an den Tagen, an denen der Himmel bedeckt war, sie erschienen mir noch sanfter als die andern; wenn die Sonne schien, war es eher eine Herausforderung, so klar und eindeutig wie der Tag zu sein; die grauen Tage hingegen legten sich einfach nur um mich und forderten nichts, und ich fühlte mich sicher und zufrieden. Und allein, sehr allein.

Tagelang beobachtete ich, wie sich die Landschaft veränderte, wie sie angesichts des Winters rauh und kahl wurde, wie die Blätter fielen, das Gras unter dem Frost zusammenschrumpfte, keine Blumen mehr übrigblieben. Es ging so schnell, daß ich beinahe zusehen konnte, wie alles abstarb. Ein paar Tage lang ließ die Kälte wieder nach, und man konnte sich etwas von dem abrupten Wechsel erholen.

Dann gab es diesen bitterkalten Tag mit dem messerscharfen Wind, der so heftig durch die dürren Zweige der Weide fuhr, daß sie gegen die Hütte schlugen und kratzten. Ich schaute hinaus und horchte und wandte mich wieder dem warmen und behaglichen Zimmer zu, dachte, daß diese beiden Gegensätze, die Kälte draußen und die Wärme drinnen, sich aufs Beste ergänzten. Als ich mich dann aber wieder umgewandt hatte und die einhüllende Atmosphäre der Hütte aufnehmen wollte, hatte sie sich aufgelöst, und auch hier war alles kalt und abweisend, und ich wich zurück.

Ich weiß nicht, woher sie plötzlich kam, die alte Abra, sie stand jedoch am Küchentisch und stützte sich mit der einen Hand darauf, die andere lag auf ihrer Hüfte, vorwurfsvoll, anklagend und auch etwas mitleidig – ja, das auch – schaute sie mich an, und ich sah sie so deutlich, daß ich zu einem Spiegel rennen wollte, um festzustellen, wer ich denn war. Ich wußte zwar, daß wir nicht mehr ein und dieselbe Person waren, aber so hatte ich mir es auch nicht vorgestellt, ein völlig autonomer Doppelgänger.

Als ich dann wieder hinschaute, war sie verschwunden, und ich dachte- ‹Ist sie wirklich weg, oder hat sie sich nur versteckt, um bei der nächsten Gelegenheit wieder aufzutauchen?› und ich dachte: ‹Ich bin wohl durchgedreht. Ich bin hier durchgedreht und muß es immer noch sein, dieses Unternehmen hier ist der beste Beweis.›

Inzwischen weiß ich auch, daß es die Jahreszeit war, die diese plötzlich gewaltsame Selbstbesinnung bewirkt hatte. Ich hatte natürlich auch schon vorher meine Zweifel gehabt und mich sogar um

Objektivität bemüht, diese unselige Angewohnheit, etwas Abstand zu halten, um meine Taten mit Worten zu belegen. Aber es war noch nie so über mich hereingebrochen. In diesem ersten Winter, als es sich nicht mehr um bloßes Überleben handelte, ich mit diesem und dem andern Leben konfrontiert war und dabei über diese ganze Zeit verfügte, gab es natürlich auch genügend Gelegenheit, alles noch einmal zu überdenken, etwas Unvermeidliches, wie mir inzwischen klarwurde. Jetzt ist es einfach, gelassen an die Sache ranzugehen und zu sehen, daß irgendwann einmal Bilanz gezogen werden mußte. Damals war es jedoch fürchterlich, nur Verlust und Verwirrung, das Gefühl, sich im luftleeren Raum zu befinden, nicht zu existieren. Die alte Abra hatte völlig von mir Besitz ergriffen, eine Zeitlang war ich wieder ganz sie, kalt und logisch (obwohl sie das gar nicht gewesen war, oder doch?). Ich verurteilte, was ich sah: eine junge Frau mit zwei Kindern und einem liebenden Ehemann, die plötzlich grundlos verschwindet, ihre Familie im Stich läßt, schutzlos, leidend, die aus völlig egoistischen Gründen etwas anderes anfängt – etwas, das zweifellos viel einfacher ist –, so die alte Abra. Mit welchem Recht geht diese Frau einfach ihrem Vergnügen nach? Es gibt keine Entschuldigung dafür, sie hatte sich für dieses Leben entschieden und muß auch die Konsequenzen tragen; sie schuf diese Leute um sich herum und machte sie abhängig von sich und muß nun auch ihren Verpflichtungen nachkommen. Und das war nur normal.

Das hier ist nicht normal, es ist instinktwidrig, es ist – einfach verrückt, alles aufzugeben. Ein Zusammenbruch, etwas, das Hilfe erfordert; eine neue Sichtweise natürlich, meint Abra dazu; es läuft nicht immer alles so, wie es sollte, aber gehört das nicht zum Erwachsenwerden, bedeutet es nicht, erwachsen zu werden, das zu lernen und damit zu leben und umzugehen, das Beste daraus zu machen? Mach dir nichts vor, sagt Abra, so ist nun mal das Leben, die rauhe Wirklichkeit. Das Tragische oder auch nur das, was einen unglücklich und unzufrieden macht, ist ein Maßstab: schaffen wir es, damit fertig zu werden, dann gehören wir zu den Überlebenden; versuchen wir davonzurennen, so sind wir unter der Last schon zusammengebrochen, hatten einen Zusammenbruch. Sind verrückt.

Ich bewegte mich mehrere Tage innerhalb dieses Monologs, bis er dann aufbrach, sich spaltete und etwas Licht hereinließ; ich fand auch eine Stelle, an der ich dazwischenschlüpfen konnte. Diese Stelle vermittelte mir ein beruhigendes Gefühl, und ich versuchte zu erkennen, inwieweit sich diese Wahrheit von meiner Wahrheit unterschied und wie es dazu kam, daß ich Abras Worten nach verrückt war. Ich entdeckte, daß an ihren Argumenten was dran war; sie war unzufrieden mit ihrem Leben gewesen, es schien zwar nach außen hin in Ordnung zu sein, war es aber im Grunde nicht, und sie hatte sich nie mit diesem Tatbestand auseinandergesetzt, hatte keine Ahnung gehabt, was an dem Mechanismus nicht stimmte und was verhinderte, daß Abra richtig funktionierte, und in dieser Beziehung war sie nie erwachsen geworden. Ein Leben, das zwei Personen enthielt, einmal den Träumer, der ein vages, quälendes Verlangen nach etwas anderm hatte, und daneben noch sehr lange Zeit die praktische, vernünftige Frau, die sich arrangierte und auch für andere alles in Ordnung brachte. Sie existierten nebeneinander, und anscheinend war das weniger traumatisch gewesen als das Resultat daraus vermuten ließ. Vielleicht sind bei manchen diese beiden koexistierenden Linien, die in einer Person verlaufen und wie Eisenbahnschienen ohne Schwellen voneinander getrennt sind, nicht parallel, sondern treffen an einem bestimmten Punkt aufeinander, und tritt das ein, kommt es zu einer Katastrophe, dem sogenannten Zusammenbruch.

Ich denke jedoch nicht, daß das bei mir der Fall war.

Der Spalt vergrößerte sich, ich hatte mehr Bewegungsfreiheit in dieser Diskussion, und meine Position wurde stärker. Die beiden Linien waren nie zusammengetroffen, sie waren immer parallel geblieben, aber statt sich bis ins Unendliche fortzusetzen oder mit einer Explosion aufeinanderzustoßen, lösten sie sich einfach auf, verloren sich an einem nicht näher bestimmbaren Punkt. Sie waren zusammengebrochen.

Ich war auch nach einiger Zeit imstande, so etwas wie einen Zusammenbruch zu erkennen. Die Theorie, die Logik waren annehmbar.

Der Kampf konnte damit nicht zu Ende sein, es war unmöglich aufzuhören, obwohl mit der neugewonnenen Einsicht die alte Abra verschwunden und außer mir niemand mehr verantwortlich war. Während dieser ganzen gequälten Gewissenserforschung hatte ich nie daran gedacht zurückzugehen, hatte nie das Bedürfnis verspürt, mich wieder mit ihren Maßstäben zu konfrontieren, «erwachsen» zu werden. Die Möglichkeit war auch in meinem tiefsten Innern nicht vorhanden. Ich machte also weiter, steuerte dem «Zusammenbruch» entgegen.

Nachdem ich mich einmal mit dem Wort angefreundet hatte, wurde alles einfacher. Falls «Zusammenbruch» schreckliche Seelenqualen bedeutete, so hatte ich diesen Aspekt erst erfahren, als ich mich damit beschäftigte. Ich hatte zwar Stress, Kummer und sogar Angst kennengelernt, aber nichts, das man als Seelenqualen bezeichnen könnte. Ich nahm die nächste Phase in Angriff: woher kam dieser Zusammenbruch? Und ich stellte fest, daß tatsächlich alles, was mein altes Leben ausgemacht hatte, zusammengebrochen war: Haushalt, Kinder, Ehe und das ganze Drum und Dran. Einfach alles um mich herum war zusammengebrochen. Ich konstatierte jedoch, daß ich nicht zusammengebrochen war. Ich wurde erst konstituiert.

Als ich das begriff, als dieser mühselig erkämpfte Schluß etwas in meinem Innern ansprach, das darauf antwortete: «Das ist die Wahrheit», als das passierte, war auch die Zeit des Zweifels vorbei. Ich konnte mich wieder als etwas Ganzes sehen, jedoch mit größerem Selbstvertrauen; es war erstaunlich, wie frei mich dieses Wissen machte, und ich hatte mich schon für frei gehalten. Es war der Ausgangspunkt, die Basis für all die Dinge, die ich später hier lernte. Auf diese Weise konnte ich auf meinen Namen, meine Erinnerungen, meine Klassifizierungen und damit auf die Bedeutung, die ich den Worten gegeben hatte, verzichten. Es war etwas, das sich über lange Zeit, meine ganze Zeit hier, hinzog, jedoch damals anfing. Als ich daraus hervorkam, bemerkte ich voller Erstaunen, daß es unversehens Winter geworden war, und ich fing wieder an zu beobachten. Ich beobachtete und verstand – das, was ich sah, war auch das, was existierte; die Dinge, die ich jeden Augenblick sah, hörte, berührte, roch, waren die Dinge, die zählten.

An manchen Tagen sah ich Spuren, kleine Pfotenabdrücke im Schnee, und ein paarmal sogar auch die Kaninchen, wie sie über den Hof hüpften; meistens hielten sich jedoch die Tiere versteckt – genauso wie ich mich und beobachteten nur. Ich hatte mir immer vorgestellt, sie würden das Ende des Winters herbeisehnen, weil sie sich dann wieder frei bewegen könnten; inzwischen glaube ich jedoch, daß sie, ähnlich wie ich, den Winter einfach hinnehmen, ohne sich zu wünschen, daß er vorbei wäre; er gehört dazu wie alles übrige auch.

Ich konnte stundenlang am Fenster stehen und zuschauen, wie der Schnee fiel, Flocken, die aus fernen Gefilden kamen und sich auf dem Boden niederließen, später dann auf dem schon vorhandenen Schnee, der sich immer höher auftürmte und mich einmauerte, ein

Schoß für mich und meine Welt. Ich wurde zum Neugeborenen, zum Kind, ungeboren und geboren, lief in den Schnee hinaus und streckte ausgelassen die Zunge heraus, um die Flocken aufzufangen oder warf mich in ihn und machte Adler. Die Kälte und die Feuchtigkeit drangen bis unter die Haut. Man konnte sich hier nicht lächerlich machen, da niemand zuschaute, nicht einmal dieser urteilende und beobachtende Teil von mir. Gelächter brach los, es war mein eigenes Lachen, ich lachte jedoch nicht über mich, sondern aus purem Vergnügen. Als ich es zum erstenmal hörte, schreckte ich zusammen, da es keinem der Laute, die ich sonst hervorbrachte, glich. Es sprudelte hervor, ungehindert, einfach nur Gelächter. Wo hatte es nur gesteckt?

Manchmal konnte ich spüren, wie mir die Freude die Kehle zuschnürte, es war, als ob mein ganzes Inneres nach außen drängte, ein Glücksgefühl, das mir die Tränen in die Augen steigen ließ. Häufiger jedoch empfand ich einfach Ruhe und Sicherheit, verbrachte einen Tag im Bett, unter den Decken zusammengerollt, las oder zeichnete oder starrte einfach nur aus dem Fenster. Zeit war für mich nicht mehr das, was sie früher gewesen war. Ich versuchte weder vor ihr zu fliehen noch gegen sie anzukämpfen. Sie war einfach ein Rhythmus. Sie konnte alles sein.

Es war mir noch nie aufgefallen, wie schalldämpfend Schnee ist. Er schien jedes Geräusch zu ersticken, und obwohl es hier schon immer sehr still gewesen war, eine Stille, die auch nicht von Menschen gestört wurde, war inzwischen jeder Laut unvorstellbar geworden, das Weiß würde ihn sofort verschlucken und gefangenhalten und im Frühjahr, bei der Schneeschmelze, würde dann alles wieder hervorbrechen, ein ohrenbetäubender Lärm, eine gespeicherte Kakophonie. Die Blätter raschelten nicht mehr, und der Bach hatte auch aufgehört zu plätschern, da eine dicke Eisschicht auf ihm lastete; obwohl das Wasser noch darunter floß, ließ es das Eis doch unsichtbar und unhörbar werden – all die Dinge, die ich sonst gehört hatte, waren verschwunden, einfach weg, als hätte es sie nie gegeben.

Anscheinend wurde dadurch auch mein Gehör feiner, Geräusche, die ich sonst nie wahrgenommen hatte, wurden plötzlich ganz deutlich. Das Rufen des Kardinals klang glockenhell und durchdringend und war genau herauszuhören. Und ich glaubte auch, das Eichhörnchen zu hören, das neben der Hütte ein Muster im Schnee entstehen ließ, obwohl die trippelnden Schritte vom Schnee völlig aufgeschluckt wurden – trotzdem war etwas zu hören, vielleicht nur sein Atem.

Ich fütterte die Vögel und die Eichhörnchen und alles, was sonst noch Hunger hatte und konnte vom Fenster aus beobachten, wie sie es unter sich aufteilten. Zum Beispiel saßen zwei Eichhörnchen ungeduldig und gierig auf dem Boden und beäugten zwei farbenprächtige Kardinale, die einträchtig, aber trotzdem argwöhnisch und wachsam das Futter von dem Brettchen pickten und plötzlich, auf ein Zeichen hin, das ich nicht wahrnehmen konnte, flogen die Vögel weg, und die Eichhörnchen schienen im selben Augenblick schon heranzuhuschen, um ihre Portion von dem Samen abzuholen. Die Eichhörnchen waren dick und fett und hatten ein dichtes, glänzendes Fell, strotzten vor Gesundheit, waren aber trotzdem äußerst gierig, fraßen mehr, als ihre Bäuche halten konnten und schienen dem Platzen nahe, richtige kleine Schwerenöter, die verärgert klangen und wild aufeinander einschwatzten, gleichzeitig aber eifrig an ihrem Futter knabberten und sich im Auge behielten; ab und zu ruhte sich eines aus, wahrscheinlich brauchte es eine kleine Verdauungspause, trotzdem schien es immer noch verärgert zu sein und fauchte seinen Nachbarn an, als ob es nicht fair wäre weiterzufressen, während es sich ausruhen mußte. Sie waren unglaublich flink, diese Dinger, das ganze Jahr über, sie hüpften und schwangen sich auf immer dünnere Zweige, stoppten aber immer noch im rechten Augenblick vor solchen, die sie nicht mehr tragen würden; irgendwie konnten sie sofort abschätzen, welche unter ihnen zusammenbrechen würden und welche nicht.

Die allgemeine Stille ließ auch die Geräusche in der Hütte deutlicher werden, und sie hatten etwas Beruhigendes an sich. Irgendwo schien immer etwas zu summen, der Kühlschrank, die Gefriertruhe, die sich an- und abschalteten, die Heizöfen. Ich freundete mich mit diesem Klicken und Summen richtig an, es war mir vertraut, suggerierte Leben und Wärme und machte alles wirklicher für mich. Ich war mir überdeutlich meines Gehörsinns bewußt.

Da es nichts zu erledigen gab, aß, schlief und las ich, dachte nach, kochte, buk, wusch, wie es mir gerade in den Sinn kam. Ein totaler, grenzenloser Egoismus, noch nie war etwas so perfekt gewesen.

Nicht daß ich alles schon vergessen hätte. Manchmal rief ich mir ganz bewußt mein früheres Leben ins Gedächtnis zurück, denn, um meinen Egoismus wirklich auskosten zu können, brauchte ich einen Vergleich, etwas, gegen das er sich abheben konnte, das seine Vorzüge noch deutlicher werden ließ. Ich stand immer noch am Anfang meiner Erfahrungen.

Wenn ich mich erinnerte, war ich auch ziemlich losgelöst und ruhig. Es gab keine Verbindung mehr, die Angst oder Schmerzen hätte auslösen können.

Ich dachte an Stephen, der kein solches Leben führen konnte, der verantwortlich war für das, was ich zurückgelassen hatte, der pünktlich sein und bestimmte Dinge erledigen mußte, und dem, auch wenn er es vielleicht so haben wollte, doch nichts anderes übrigblieb.

Ich erinnerte mich an Fotos in Zeitungen und Szenen im Fernsehen, die mit dem Tod zu tun hatten: ein Mann, der erschossen wurde, die Pistole am Kopf, verspritzendes Gehirn, ein Ausdruck, der eher Überraschung als Schmerz erkennen ließ; Mütter, deren Anblick damals Abra zu Tränen rührte, trugen tote Kinder in den Armen, und ihre Qualen erschienen so schrecklich, daß einem das Herz brechen mußte. Sie war auch eine Zeitlang der Überzeugung gewesen, daß etwas getan werden müßte, daß jemand dem Ganzen Einhalt gebieten müßte und daß auch sie verantwortlich war, es genügte schon hinzusehen, um das zu spüren. Aber was konnte sie tun? Einer politischen Partei beitreten, Geld und Kleider spenden, ein Waisenkind der Dritten Welt adoptieren, wieder die Schulbank drücken und Sozialarbeiterin werden – all das hätte sie tun und damit das etwas beitragen können, das Für und Wider hatte sie sich reiflich überlegt. Es war jedoch schon ziemlich lange her.

Statt dessen war ich hier gelandet, außer Seh- und Hörweite, weit weg von allem, für niemanden ein Beispiel. Auch hier gab es Not und Elend, schon aus dem einfachen Grund, weil es Menschen gab, die es verursachten, so wie damals Abra die heulende Katie durch die Straßen geschleift und aus nichts Leiden fabriziert hatte. Durfte ich mich aus alldem heraushalten? Durfte ich mich einfach der Strafe entziehen, nachdem ich anderen weh getan hatte?

Diese Argumente konnten mir nichts anhaben. Ich erinnerte mich zwar, aber die Erinnerungen waren nur Bilder mit Ton, mehr oder weniger Kino, das sich auf nichts Reales bezog.

Ich mußte in diesem Winter zweimal in die Stadt zurück, jedesmal waren meine Vorräte an Milchpulver, Mehl, Zucker und Petroleum ausgegangen. Zuerst mußte ich zur Brocker-Farm, da ich mich nicht um das Auto gekümmert hatte und es nicht anspringen wollte; ich hielt mich jedoch nicht länger auf, weder bei Mr. Brocker noch in der Stadt; ich fuhr nur kurz rein und gleich wieder zurück und niemand versuchte mich in ein Gespräch zu verwickeln. Es mußte sich inzwischen herumgesprochen haben, wer ich war, aber sie kümmerten sich nicht darum, wollten sich vielleicht nicht darum kümmern oder mochten die ausgefallenen Ideen, die ich anscheinend hatte, nicht. Es war nicht wie bei dem jungen McAllister, den sie warnen mußten, bevor er zuviel riskierte – er war jemand, den sie zu verstehen glaubten. Mein Fall war ganz anders, ich kam aus einer anderen Welt, versuchte etwas, das ihnen völlig unverständlich erscheinen mußte, und sie ließen mich deshalb auch in Ruhe und hielten vielleicht nur Ausschau nach irgendwelchen Anzeichen dafür, daß ich anders war – als ob mich meine Verrücktheit schon verraten würde. Ich weiß es nicht.

Ich kaufte bei dieser Gelegenheit auch gleich noch mehr Zeichenpapier und Hefte und auch etwas Sackleinwand und Stickgarn, da ich auf die Idee gekommen war, daß ich manche Zeichnungen auf Stoff übertragen und an die Wand hängen könnte. Die Wintertage und Nächte waren lang und endlos und zu sticken erschien mir ein angenehmer Zeitvertreib, obwohl ich es noch nie versucht hatte.

Ich kaufte nicht sehr viel, da ich unmöglich mit dem Auto den Weg hochfahren konnte und meine ganzen Einkäufe einen halben Kilometer durch den tiefen Schnee schleppen mußte. Mr. Brocker hatte sich angeboten, den Weg freizupflügen, aber ich hielt es für sinnlos. Ich fühlte mich auch sicherer so.

Für meine erste Stickarbeit wählte ich die Zeichnung einer Krähe. Ich wollte gleich damit anfangen, räumte nur noch schnell die wenigen Lebensmittel weg und holte dann die Zeichnung hervor, übertrug mit einem Stück Holzkohle aus dem Kamin die Umrisse auf den Stoff. Das Sackleinen war hellblau, die Krähe würde natürlich schwarz sein, und ich würde sie völlig aussticken. Ich fühlte, wie sich durch die Konzentration meine Gesichtszüge anspannten. Und es war wie an diesem Tag, als die Krähe in die Weide vor meinem Schlafzimmerfenster geflogen war und ich die Zeichnung angefertigt hatte. Ich lag da und beobachtete sie, während sie ihre Federn in Ordnung brachte und sich gelegentlich mit den andern verständigte. Ich war ganz vorsichtig aus dem Bett gekrochen, um sie durch keine Bewegung von mir zu verscheuchen, und hatte meinen Zeichenblock geholt. Als wüßte sie, daß ich sie zu meinem Modell erwählt hatte, verharrte sie ganz regungslos auf ihrem Zweig und ließ, würdevoll wie ein General, ihren Blick über die Felder streifen, und ich versuchte mühsam eine Zeichnung von ihr zu machen, ihre Umrisse aufs Papier zu bringen, wobei etwas Außergewöhnliches passierte.

Ich war völlig in meine Arbeit vertieft und vergaß beinahe meine Zeichnung und meine Zeichentätigkeit dabei. Ich sah den Vogel und meine Striche, meine Striche und den Vogel. Versank in ihn, verwandelte mich in ihm, fühlte seine Existenz und brachte diese Existenz aufs Papier, und es war, als ob der Bleistift, die Krähe, das Papier und ich eine Einheit bildeten. Die Krähe saß völlig still, und ich zeichnete und zeichnete, bis es nichts mehr abzuzeichnen gab. Und dann ließ ich mich zurückfallen und bemerkte, wie erschöpft ich war.

Jetzt nahm ich mit Nadel und Faden das blaue Sackleinen in Angriff, zuerst stickte ich ganz langsam die Umrisse und hatte dabei die Form des großen schwarzen Vogels genau vor Augen; ich folgte ihr sehr sorgfältig, hatte die Rundungen und wichtigen Punkte genau im Kopf, und der Faden, der Stoff, ich selbst und die Nadel bildeten wieder eine Einheit. Und als ich mit den Umrissen fertig war, ging ich nach innen zu dem Körper über, Details wie Augen und Federn und Schattierungen vernachlässigte ich, ich füllte alles tiefschwarz aus, mit lauter kleinen, langsamen, mühseligen Stichen und sah nur das Schwarz, verwandelte mich in es, ging ganz in ihm auf und war dieses Schwarz; und das Schwarz war überall und alles, außer ihm gab es nichts. Als es dann schließlich den äußeren Rand erreicht hatte und ich sah, daß es gut war, nahm es wieder ab, schrumpfte, bis es nur noch die Umrisse der Krähe auf dem blauen Sackleinen füllte, und ich spürte den Druck auf meinen Augen und die Schmerzen in meinen verkrampften Fingern. Ich mußte mich schlafen legen, und es war so spät, daß es schon wieder hell wurde, als ich schließlich ins Bett ging; das Schwarz war immer noch gegenwärtig, als ich einschlief, ein traumloser, tiefer, schwerer schwarzer Schlaf.

Am nächsten Tag nähte ich den Stoff um, machte einen Rahmen aus Holzscheiten und verband die Ecken mit Bindfaden und heftete den Stoff an den Rahmen. Ich hing es im Schlafzimmer neben dem Fenster auf, und die gestickte Krähe saß nun neben derselben Weide, in der das Original gesessen hatte. Inzwischen hängen viele solcher Werke an meinen Wänden. Manche sind gezeichnet, manche gestickt und jedes läßt mich, wenn ich genau hinschaue, dieselbe mysteriöse Intensität und Konzentration empfinden, dasselbe Gefühl, mit dem, was ich sah, eins zu sein. Es gibt Blumen, Insekten, Vögel; manche sind im Gegensatz zu der pechschwarzen Krähe sorgfältig abgetönt, da ich mich inzwischen auch mit den Farbnuancen eins fühlen kann. Ich sehe jedes einzelne und bin jedes einzelne. An diesen Wänden hängen all die Erfahrungen, die ich hier gemacht habe. Ich weiß, daß nicht jeder, der hier hereinkommt, das sehen würde, aber sie sind auch nicht für die Außenwelt gedacht.

Bevor es soweit war, hatte ich geglaubt, daß ich während der Wintermonate Speck ansetzen würde und so wohlgeschützt wäre durch meinen Körper wie durch meine Hütte. Es war jedoch nicht der Fall.

Wenn ich mich in meine Zeichnungen vertiefte, verflogen manchmal ganze Tage, und ich vergaß wohl auch häufig zu essen. Außerdem bedeutet eine solche Konzentration, eine solche Selbstaufgabe auch einen riesigen Energieverlust; die dafür verantwortliche Psyche verschleißt Energien, ohne sich darum zu kümmern, ohne Anzeichen von Erschöpfung zu registrieren, bis dann schließlich alles fertig ist und sie zusammenbricht. Ich magerte also immer mehr ab, und die durch meine Energie produzierte Wärme verhinderte, daß ich fror.

Gelegentlich sagte ich mir, daß ich etwas essen müßte und ging dann zu der Gefriertruhe, holte irgend etwas heraus und zwang mich zu einer ordentlichen Mahlzeit. Anschließend hatte ich das Gefühl, meinen Magen überbelastet zu haben, er tat mir weh, und ich wurde lethargisch und zog mich auf mein Bett zurück und schlief, bis sich mein Körper wieder regeneriert hatte, wieder zu meiner Verfügung stand.

Ich erinnere mich nicht, daß ich jemals über das, was sich abspielte, nachdachte. Die Zeit hatte damals etwas so – nein, nicht Unwirkliches an sich, ein Wort, das mir auf der Zunge lag. Wenn ich jetzt zurückblicke, sehe ich, daß es eine totale Realität gewesen war; wo ich auch war und was ich auch tat, ich fühlte mich eins damit, nichts, das sich zwischen mich und meine Erfahrung schob, keine vermittelnde Instanz, die sagte «Jetzt muß ich das tun» und «das scheint in Ordnung zu sein, ich kann also weitermachen» oder auch «das ist sehr angenehm». Nichts von alldem, und mir wurde erst durch das Fehlen dieser Instanz bewußt, daß es sie überhaupt gegeben hatte. Und auch diese Erkenntnis kam mir erst viel später, als der Winter schon vorbei war.

Diese Unmittelbarkeit, die ich damals in diesem Winter besaß, schärfte auch meine Instinkte und ließ mich klarer erkennen, was ich zu tun hatte. Ich überlegte nicht. Ich verließ mich auf mein Gespür und handelte entsprechend. Wenn sich mein Körper bemerkbar machte, sich nach einer längeren Phase körperlicher Untätigkeit verkrampfte und ruhelos wurde, überließ ich es ihm, mir etwas zu suggerieren.

Ich entwickelte kein bestimmtes Übungsprogramm, zumindest erinnere ich mich an nichts dergleichen; ich ließ meinen Körper sich bewegen, wie er wollte, gab ihm völlige Freiheit, da ich überzeugt war, daß er schon das Richtige tun würde. Wenn ich einfach so dastand, ließ er mich meine Zehen berühren, hoch- und dann wieder langsam runtergehen, oder er ließ mich schnellere Bewegungen ausführen, zwang mich, immer wieder um die Hütte zu rennen, bis ich völlig schweißgebadet war. Ich konnte ihm alles überlassen, er konnte bestimmen, wann und wie er sich bewegen wollte, und seine Forderungen erschienen nie übertrieben zu sein.

Die Wintertage hatten ihren eigenen Rhythmus, der sich von dem der anderen Jahreszeiten unterschied. Er war völlig instinktiv und gänzlich unabhängig von äußeren Dingen, die nichts mit meinem Körper oder Kopf zu tun hatten; jede Handlung war eine Antwort auf einen Impuls. Manchmal verspürte ich den Drang, mich körperlich zu betätigen, manchmal wollte ich nur schlafen oder nähen oder essen. Mein Instinkt betrog mich nie, auch wenn er mir nur eingab, im Bett zu bleiben oder eine Tasse Tee zu trinken. Ich mußte nur empfänglich sein und entsprechend reagieren.

Ein weiterer entscheidender Schritt, zu dem ich vielleicht Jahre brauchte: ich gab die Vorstellung einer gespaltenen Persönlichkeit auf und fühlte mich eins mit meinem Körper, meinem Geist und diesem andern Teil, den man «Seele» nennen konnte – genauso wie die Krähe, mein Zeichenstift und das Papier und ich eine Einheit gebildet hatten. Ich kann nicht genau sagen, wann oder wie ich zu dieser Einsicht gelangte, ich weiß nur, daß es nicht plötzlich, sondern allmählich geschah.

Während dieses Winters begann ich auch ein Tagebuch zu führen. Es erschien mir zu Anfang sehr wichtig, dieses schriftliche Festhalten, vielleicht ließ sich dadurch die Realität der Ereignisse in den Griff kriegen. Ich dachte wohl, ein Tagebuch würde eine Art Zusammenhang schaffen, den es vorher nicht gegeben hätte und später, wenn ich es wieder durchlesen würde, ließe sich vielleicht ein gewisses Muster erkennen und nachempfinden. Ich schrieb über meine Zeichnungen und meinen Körper und über das, was ich sah. Ich schrieb über meine Zusammenbrüche und meine Genesung und die mysteriösen, überwältigenden Augenblicke des Erkennens, und ich schrieb über Eichhörnchen und Kardinale und den makellosen

Schnee am Morgen. Ich schrieb, daß einer richtigen Entscheidung auch immer das Gefühl, das Richtige zu tun, vorausging. Der Instinkt, schrieb ich, ist untrüglich.

Ich machte die Erfahrung, daß Worte nicht genügten, um das, was ich diesen Winter erkannt hatte, auszudrücken und daß es sinnlos war, im nachhinein ein Muster entdecken zu wollen. Ich glaubte, mich klar ausgedrückt zu haben, als ich aber meine Aufzeichnungen wieder durchlas, kamen mir die Worte ausdruckslos vor, da sie nie mit den Veränderungen Schritt halten konnten. Trotzdem schrieb ich weiter, auch noch, nachdem ich das endlich begriffen hatte – aus purem Vergnügen an der Sache, einfach aufs Geratewohl, ohne alles erfassen zu wollen, gefesselt von Worten, die nicht ausdrückten, was ich ausdrücken wollte und die ich nie wieder lesen würde. Es ereignete sich so viel Neues während dieser Zeit, die ich für nicht sehr aufregend, sondern eher für friedlich oder vielleicht auch für gefährlich gehalten hatte. Ich versuchte etwas davon in meinem Tagebuch festzuhalten, versuchte meine Hochstimmung zu erklären. Es nahm mich völlig in Anspruch und ließ mich die Dinge um mich herum ganz deutlich sehen und gleichzeitig auch vergessen.

Bis ich dann eines Tages bemerkte, daß der Tag länger als die andern war, daß ich länger ohne die Petroleumlampen anzuzünden schreiben konnte, und zum erstenmal – seit wie lange? – blickte ich aus dem Fenster. Dann ging ich hinaus. Die Luft schien irgendwie anders zu sein – vielleicht lag es auch an dem Wissen, daß der Winter bald vorbei sein würde; es war schon beinahe Frühling.

12

Durch die neue Jahreszeit wurde ich immer mehr verlockt, den Platz, an dem ich überwinterte, zu verlassen und nach draußen zu gehen, um zu sehen, was dort geschah. Aber die in diesem Winter gemachten Erfahrungen blieben hängen, veränderten meine Art und Weise, die Dinge zu sehen, veränderten das, was ich sah.

Ein Krokus. Ich versenkte mich in sein schwellendes, geschütztes Weiß, konnte fühlen, wie er sich entfaltete, war dieser wachsende Krokus. Das Wasser des Bachs strömte vorbei, und ich strömte mit dem Wasser, saß an dem Ufer, beobachtete, wie es durch das

Schneewasser anschwoll; es bewegte sich und rührte sich doch nicht von der Stelle. Das Gras, das nackt zurückblieb, nachdem die Schneedecke geschmolzen war, sah ziemlich zerzaust aus, grün, jedoch glanzlos, nicht frisch und spitz, wie es später aussehen würde, und ich konnte spüren, wie es sich nach der Last des Winters aufrichtete, wieder Kraft und Farbe gewann. Das Frühjahr erfüllte mich allmählich.

Ich arbeitete auch wieder, aber irgendwie bedächtiger, bewußter, ohne die Panik oder den Druck noch zu treffender Vorbereitungen. Der Garten wartete auf mich. Er mußte wieder ausgegrast werden, aber diese Aufgabe war etwas, das für sich stand, keine Arbeit, die schnell erledigt werden mußte, um mit dem Einpflanzen beginnen zu können. Ich bückte mich, zog an den Wurzeln, grub die Erde um und warf die Pflanzen vom letzten Jahr auf die Seite, ein Haufen alten Unkrauts, der Kompost für das nächste Frühjahr werden sollte, und ich spürte die Erde, während ich nach den Wurzeln suchte, spürte sie feucht und kühl an meinen Fingern, spürte, was die Wurzeln der Pflanzen spürten, wie beschützend, nährend und wohltuend sie war.

Ich fing wieder mit dem Holzhacken an, jeden Tag etwas, und berücksichtigte dabei nicht nur den nächsten Winter, sondern auch das, was ich jetzt brauchte. Meine Arm- und Brustmuskeln wurden jedesmal, wenn ich mit der Axt ausholte, beansprucht, und mein Rücken, meine Arme und Beine machten diesen Schwung nach vorn mit, und ein Rhythmus bildete sich heraus, nicht nur aus der Bewegung, sondern aus allem, das sie erfaßte, den verschiedenen Teilen meines Körpers, und ich konnte spüren, wie sie sich verlagerten, sich anspannten und entspannten, immer wieder von neuem beansprucht wurden, und ich gab mich ganz diesen körperlichen Empfindungen hin.

Ich aß auch wieder, regelmäßig und ganze Mahlzeiten, und schlief sehr tief. Ich arbeitete wie unter einer Glasglocke, war ausschließlich auf das, was ich tat, konzentriert, und alles, was sich außerhalb befand, war unscharf, nicht wirklich vorhanden. Jedes kleinste Fleckchen kam jedoch dran, und ich hatte den Eindruck, daß mir nichts verborgen blieb.

Ein Vogel flog in mein Gesichtsfeld, und ich beobachtete ihn, sah, wie er sich bewegte, sich putzte, ruhelos oder unbeweglich auf einem Zweig saß, bis er dann weiterflog, und ich verfolgte ihn, bis er nicht mehr zu sehen war, beobachtete, wie er in unsichtbare Luftströmungen tauchte und in ihnen herumkurvte, seinen eigenen geheimen Wegen folgend, und ich erhob mich, mit ihm, verwandelte mich in ihn, spürte die Luftströmungen, flog selbst in diesen Augenblicken.

Ein Regenwurm, den ich beim Jäten an die Oberfläche befördert hatte, ringelte sich und glänzte in der Sonne, kroch langsam und planlos herum, nahm Licht und Luft auf und schraubte gelegentlich wie eine Schlange den Kopf hoch, nahm seine Umgebung auf, und sein Instinkt sagte ihm irgendwie, daß das nicht richtig, nicht sein Zuhause sei, und er schickte sich wieder an, in die Erde zurückzukriechen; ganz langsam, ohne Panik, kehrte er in die kühle Feuchte, sein eigentliches Element, zurück, und ich schaute die ganze Zeit zu, konnte den Boden und seine Glitschigkeit fühlen, kannte alle Segmente seines Körpers und all seine Bewegungen, fühlte das Fremde in der Luft, sehnte mich nach der klammen Feuchtigkeit der Erde und wollte in sie zurück, auch die Gefahr dieser plötzlichen Konfrontation mit dem Licht war mir bewußt, ich nahm sie jedoch als selbstverständlich hin, war nicht dankbar, daß ich heil davongekommen war – selbst wenn ich verletzt worden wäre, hätte ich mir nichts daraus gemacht.

Es waren schwebende, traumhafte und sehr intensive Augenblikke. Als ich den Mann sah, war es wie mit dem Vogel; seine Bewegung erregte meine Aufmerksamkeit, fesselte sie, während ich mich in ihn versenkte.

Ich sah ihn, als er oben am Weg auftauchte. Ich war im Garten, zog gerade langsam irgendwelche Pflanzen aus der Erde, als ich diese Bewegung wahrnahm und verfolgte. Er sah mich beinahe im selben Augenblick und blieb stehen, dann ging er in meine Richtung weiter, gewichtig und bestimmt, und ich beobachtete ihn und spürte die Schwere seiner Schritte, das, was auf ihnen lastete. Er verhielt sich nicht wie der ans Licht beförderte Regenwurm; die Umgebung war zwar auch fremd für ihn, aber er ließ sich durch sie einschüchtern. Ich beobachtete ihn.

Er war nun ziemlich nahe, und ich erkannte sein Gesicht; es war seltsam, daß ich nicht den Körper, die Bewegungen und diese Ängstlichkeit erkannt hatte, sondern nur das Gesicht; wie er spürte ich nun auch etwas Fremdes und wollte zurückweichen. Ich fühlte mich bedroht, und als ich mir dessen bewußt wurde, hielt ich inne und fragte mich, von wo die Bedrohung ausginge. Ich mußte sie natürlich bei mir selbst suchen, dieser Mann hatte nichts Bedrohliches an sich. Es war die Angst, jemand könnte meine Kreise stören, vielleicht sogar zerstören, denn ich stand erst ganz am Anfang, noch nichts hatte sich verfestigt, es brauchte Zeit, mußte noch wachsen, und ich befürchtete, daß jemand alles wieder zertrampeln würde, so wie ich den Regenwurm hätte zertrampeln können.

Ich muß stark sein, dachte ich.

Der Mann stand nun vor mir, über mir, da ich auf dem Boden hockte; meine Hände steckten noch in der Erde, und ich konnte mich mit seinen Augen sehen, ein erschrecktes Tier, das zu ihm hochblickte. Ich sah uns beide gleichzeitig, ihn, wie er über mir aufragte, aus der Fassung gebracht, unglücklich und tapfer, und mich, wie ich anscheinend zusammengekauert und wachsam auf dem Boden hockte. Ich konnte nichts empfinden. Ich hätte mir das nie vorstellen können – jemanden, der mir so vertraut war und der gleichzeitig so weit weg war, wiederzusehen, und nichts dabei zu empfinden.

Die Stimme des Mannes klang sehr ruhig. «Abra», sagte er.

Ich erhob mich langsam, ohne ihn aus den Augen zu lassen. «Ja, Stephen.»

Mehr, dachte ich, brauchte gar nicht gesagt zu werden, aber er konnte das natürlich nicht wissen, wie hätte er auch? Ich erinnerte mich wieder an diese andere Welt und die Dinge, die man dort nicht lernt – daß Worte manchmal nicht weiterhelfen, daß es schon genügt, genau hinzuschauen.

«Kann ich mit dir reden?» fragte er.

«Wenn du willst.» Meine Stimme war nicht abweisend, nicht ohne Herzlichkeit. Ich fühlte mich wieder stärker und konnte deshalb auch freundlich sein.

Ich ging auf die Hütte zu, und er folgte, einen Schritt hinter mir; wir waren nicht mehr gleichgestellt, waren kein Paar mehr, und nebeneinander zu gehen erschien uns irgendwie unpassend. In der Hütte setzte ich mich an den Tisch in der Küche, und er setzte sich nach kurzem Zögern auf den Stuhl mir gegenüber, er schaute sich um, konnte sich aber nicht mit mir konfrontieren, während ich ruhig abwartete, die Hände gefaltet auf dem Tisch liegen hatte. Schließlich mußte er einen Anlauf nehmen, er warf mir einen kurzen Blick zu, starrte auf seine Hände und schaute, solange er sprach, nicht mehr hoch. Seine Rede klang einstudiert, forciert; er hatte sich alles genau zurechtgelegt, aber ich nehme an, daß er sich dabei etwas ganz anderes vorgestellt hatte, als sich hier abspielte. Einen Augenblick lang hatte ich mütterliche Gefühle, wollte meinen Arm um ihn legen und sagen, daß es schon gut wäre; aber ich wußte, daß er es falsch auffassen würde. Ich würde nicht Stephen, den Ehemann, den Mann, in die Arme nehmen, sondern einfach nur jemanden, der litt, und er würde das nicht verstehen. Ich rührte mich also nicht.

«Ich kam hierher», fing er langsam an, «damit du mir erklären kannst, was passierte. Falls dich das interessiert, es war purer Zufall, daß ich dich entdeckt habe. Ich habe monatelang versucht, dich ausfindig zu machen, aber niemand konnte mir weiterhelfen. Eines Abends, es ist noch nicht so lange her, rief dann der Mann an, dem dieses Grundstück gehörte, von dem du es wohl auch gekauft hast, und wollte wissen, ob wir mit unserem Kauf zufrieden wären. Er sagte mir auch, wo du bist.»

Die einstudierte Rede und der einstudierte Tonfall ließen sich nicht mehr aufrechterhalten, er gab auf und schaute mich hilfesuchend, verärgert und fordernd an.

«Was passierte? Warum gingst du einfach so weg? War dir klar, was du uns damit antatest? Waren dir denn alle gleichgültig, die Kinder, deine Eltern? Ich?» Das letztere klang so schrill, wie nur jemand klingen konnte, der verletzt worden war oder auf den Kern der Sache zu sprechen kam. Er wollte noch etwas sagen, fand aber nicht die richtigen Worte. Ich verstand; es gab keine Worte für das, was er fühlte. Er wußte nicht, daß ich genauso litt, genauso frustriert und gedemütigt war, da ich ihn beobachtete, mich mit ihm identifizierte. Trotzdem ließen mich seine Qualen, seine Frustration und Demütigung die Dinge nicht anders sehen; ich konnte noch so mitfühlend sein, im Grunde machte es keinen Unterschied.

Ich konnte das Ganze schon voraussehen, wußte, wie es ablaufen würde, zuerst würde er noch hoffen und dann nicht mehr, er würde abwechselnd Liebe, Haß, Wut und Selbstmitleid empfinden. Ich sah alles haargenau vor mir und verstand auch alles; dahinter oder etwas abseits davon befand sich ein Ich, das beobachtete, begriff, überlebte. Und wenn es vorbei war, würde sich für ihn etwas grundlegend geändert haben, nicht jedoch für mich.

Es war wie ein Theaterstück, Stephen und ich an einem Tisch, seine Augen, die unruhig hin- und herwanderten, als ob ihm sein Text entfallen wäre, während ich beide Rollen, seine und meine, auswendig wußte und einfach nur das Ende abwartete, um im Anschluß daran mein wirkliches Leben wiederaufzunehmen. Ich akzeptierte jedoch diesen Bruch in der Wirklichkeit, diese Augenblikke, die einfach durchgestanden werden mußten, fühlte mich wie eine Schauspielerin, die weiß, daß sie erst ihren Auftritt hinter sich bringen muß, bevor sie ihr Make-up entfernen und ihren Liebhaber treffen oder nach Hause schlafen gehen kann.

«Willst du mir nicht antworten?» fragte er. «Denkst du nicht, daß du mir zumindest eine Antwort schuldest?» Er erwartete, daß mich das berührte, es ließ mich jedoch kalt. Nicht daß ich meine Gefühle unterdrückte, es hatte einfach nichts mit mir zu tun.

«Ich kann versuchen, es dir zu erklären», sagte ich sehr sanft, «aber wahrscheinlich verstehst du es doch nicht.» Das provozierte seinen Ärger, sein Gesicht verzerrte sich, und er fing zu schreien an, die Augen dunkel vor Zorn – etwas schien gegen seine Stirn zu hämmern und zu pochen.

«Was kann ich deiner Meinung nach nicht verstehen? Kannst du dich daran erinnern, daß ich auch nur einen einzigen Augenblick lang in all den Jahren unseres Zusammenlebens nicht versucht hätte, dich zu verstehen. Du solltest das eigentlich wissen. Du konntest die blödsinnigsten Sachen sagen, du weißt genau, daß ich mich immer bemühte zu verstehen.» Als er sich das sagen hörte, hielt er inne, verwirrt, aus der Fassung gebracht. Das Folgende klang etwas versöhnlicher. «Versteh mich recht, ich wußte, daß du nicht glücklich warst. Ich weiß, daß du mehr unternehmen wolltest, wir haben darüber geredet, es ist nicht meine Schuld. Du kannst nicht behaupten, daß es meine Schuld war, ich habe dir immer zugeredet, etwas zu tun, das deinen Fähigkeiten entspricht, wieder mit der Schule anzufangen oder was auch sonst noch alles zur Debatte stand, aber du hast nie etwas unternommen. Du kannst also nicht behaupten, ich hätte kein Interesse gezeigt, es lag nur bei dir, im Grunde hattest du nämlich kein Interesse.»

Er hatte natürlich recht. Ich erinnerte mich genau daran und fing an zu lachen, jedoch nur einen Augenblick lang, bis sich sein Gesicht wieder verfinsterte, er dachte nämlich, ich würde über ihn lachen; ich legte beschwichtigend meine Hand auf seinen Arm und versuchte zu erklären. «Es tut mir leid, ich lache nicht über dich. Es lag an mir, du hast natürlich recht, was ich mir vorstellte, war völlig blödsinnig. Ich war idiotisch. Alles kommt mir nur so lange her vor.»

«Es ist lange her. Du bist wie ausgewechselt.» Er war irgendwie aus der Fassung geraten, ich hatte wieder meine Hände gefaltet und auf den Tisch gelegt und war sehr ruhig. «Weißt du, daß du schrecklich aussiehst? Total verändert?»

«Ich weiß nicht, wie ich aussehe. Es gibt keine Spiegel hier. Aber ich muß wohl anders aussehen, weil ich mich auch anders fühle. Begreifst du denn nicht? Ich bin nicht mehr dieselbe, es ist nicht nur das Aussehen.»

«Aber die Haare, was hast du nur mit ihnen gemacht, du hattest so wunderschöne Haare.» Sehnsüchtig die alte Abra beschwörend. «Was ist passiert?»

Ich versuchte mich an etwas zu erinnern, das ich ihm erzählen konnte, um das Ganze begreiflicher zu machen, etwas, das nicht zu weit ging, das uns beiden in unserer augenblicklichen Lage half. Ich seufzte, es kostete mich viel Mühe.

«Ich liebte euch alle. Ich machte mir ständig Sorgen. Ich wollte euch vor allem schützen. Ich war immer kaputt. Ich hatte mir angewöhnt, jeden Tag von vorn bis hinten die Zeitung durchzulesen und wartete immer nur, bis ihr alle wieder nach Hause kamt. Eines Tages entdeckte ich eine Anzeige in der Zeitung. Am nächsten Tag stieß ich wieder darauf. Irgendwie erschien sie mir wichtig, ich wußte nur noch nicht warum. Eine plötzliche Anwandlung. Ich rief die Nummer an, die darunterstand, und dann brachte mich dieser Mann hierher und zeigte mir dieses Grundstück. Ich kann nicht erklären, was passierte, außer daß ich sofort das Gefühl hatte, daß das *der* Platz für mich sei. Ich ging zurück in die Stadt und hob das Geld ab, das mir Großmutter hinterlassen hatte, und kaufte es. Ich wollte damals nicht darüber reden. Ich kam einfach hierher, und alles änderte sich grundlegend. Ich weiß, du willst wissen, was nun eigentlich passierte – ich kann nichts darauf antworten. Ich habe keine Ahnung. Ich erinnere mich an unser Zusammenleben, aber es kommt mir vor, als ob ich jemand anderes gewesen wäre. Ich will dir nicht weh tun. Auch die alte Abra wollte dir damals nicht weh tun, irgend etwas ist jedoch passiert.» Ich zuckte die Achseln.

«Ich weiß nicht, was es war. Die Abra, die du kanntest, ist gestorben. Ich kann es nicht erklären, es gibt sie einfach nicht mehr, du könntest sie eigenhändig begraben haben.»

Was er sich auch immer vorgestellt hatte, es ließ sich nicht mehr aufrechterhalten. In seinem Gesicht spiegelten sich Angst und Entsetzen, und einen Augenblick lang konnte man sehen, wie er mit sich kämpfte. Dann wurde er wieder ruhig, sanft und beherrscht.

«Ach, Abra, Abra.» Er schüttelte den Kopf, traurig und niedergeschlagen. «Ich hatte keine Ahnung. Du hast recht, ich begriff einfach nicht; wenn du mir nur vertraut hättest. Wir hätten etwas unternehmen können und hätten auch Hilfe gefunden.» Er beobachtete mich aufmerksam und wählte sehr vorsichtig seine Worte. «Warum kommst du nicht einfach wieder mit mir zurück? Pack zusammen, was du brauchst, und wir fahren gemeinsam zurück, begrüßen die Kinder. Sie würden sich riesig freuen. Bleib ein paar Tage und warte ab, wie du dich fühlst. Ohne die ganzen Verpflichtungen. Wir haben inzwischen eine Haushälterin, du brauchst keinen Finger zu rühren. Und wenn du dich soweit erholt hast, würden wir gemeinsam alles wieder in Ordnung bringen, du hättest so viel Zeit wie du nur wolltest und wärst in den besten Händen, und du würdest es auch schaffen, ich bin ganz sicher, und wir würden dir diesmal auch helfen, du wärst nicht allein.»

Er war so liebevoll, er war immer so liebevoll gewesen. Aber er wollte mir oder dieser Person, für die er mich hielt, doch nur gut zureden, er begriff überhaupt nicht, um was es sich drehte, wie sollte er auch, es war nicht zu erwarten gewesen; ich wußte es und konnte deshalb auch nicht verärgert sein. «Nein, Stephen», sagte ich sanft und bestimmt, «schlag dir das aus dem Kopf. Ich weiß, du hältst mich für verrückt und denkst, ein guter Psychiater und die Sache hätte sich. Du täuschst dich leider.»

Ich dachte einen Augenblick darüber nach, wie ich es leichter für ihn machen könnte. «Ich weiß», fing ich wieder an, «daß du immer an mich dachtest und das Beste für mich wolltest. Du warst immer sehr liebevoll, nie kleinlich und nie unfair. Ich weiß auch, daß du das, was passierte, nicht akzeptieren kannst. Ich war diejenige, die kleinlich, unfair und lieblos war, und ich gebe das auch zu.

Du mußt aber einfach verstehen, daß ich hierhergehöre. Für dich ist es eine Verirrung, aber für mich wäre inzwischen mein früheres Leben der totale Wahnsinn. Ich könnte es nie wiederaufnehmen, nicht nach dem, was ich hier erfahren habe, kein Psychiater der Welt würde das zustande bringen. Warum können wir es nicht dabei belassen?» Ich beugte mich vor und zwang ihn, mich anzusehen.

«Stephen, wir waren verheiratet gewesen. Ich möchte, daß du dich so einrichtest, wie es dir am besten erscheint. Du mußt dein Leben leben nicht nur hoffen, daß ich wieder zurückkomme. Du darfst dein Leben nicht auf etwas aufbauen, das nicht real ist. Das ist das einzige, was zählt.»

Er schaute mich an, ohne zu verstehen, aber auch ohne sich noch Hoffnungen zu machen. Und in diesem Augenblick gab es auch keinen Zweifel mehr, er hatte begriffen, daß er allein zurückgehen würde.

«Erzähl mir», sagte ich schnell und glaubte durch einen neuen Tonfall das Kapitel abschließen zu können, «wie ist es dir und den Kindern ergangen?»

«Interessiert es dich denn?» er zeigte sich abweisend.

«Ich würde es schon gern wissen, wenn du Lust hast, darüber zu reden.» Ich fühlte mich beinahe wieder in meine Mutterrolle zurückversetzt, eine Mutter, die ihrem Kind gut zuredet. Es war mir natürlich auch klar, daß er zuerst einmal verärgert, dann traurig und schließlich kindlich verstockt reagieren würde; was mich jedoch verblüffte, war meine eigene Stärke, ich konnte ruhig und beherrscht dasitzen, diese normale Person betrachten und mir sagen: Ach ja, jetzt ist er noch verärgert, bald wird er zu einem kindlichen Verhalten übergehen, und dann kommt wieder das Selbstmitleid dran. Nicht daß ich ihn einfach kalt analysierte, eine Art Laborversuch – ich konnte nur den Ablauf ganz deutlich vor mir sehen.

«Okay. Ich fange von vorn an. Mit deinem Weggang natürlich. Dadurch hat sich das meiste auch erst ergeben.

Ich habe eine Haushälterin genommen, ganztägig, die auch im Haus wohnt. Genauer gesagt, ich hatte schon mehrere, die ich aber immer wieder feuerte, und die, die wir jetzt haben, würde ich auch am liebsten feuern. Es ist ein harter Job, und es scheint irgendwie unmöglich zu sein, jemanden zu finden; die Kinder brauchen besonderes Verständnis, das anscheinend niemand aufbringen kann, zumindest nicht für die Kinder anderer Leute. Ich kam noch zu keinem Schluß, soll ich sie immer wieder wegschicken, bis ich eine finde, die was taugt, oder soll ich bei einer bleiben, auch wenn sie nicht genau das ist, was die Kinder brauchen; denn jedesmal, wenn eine geht, verunsichert sie das noch mehr.

Sie sind wie Kletten. Sie hängen immer zu Hause rum und folgen mir auf Schritt und Tritt, wenn ich zurückkomme. Es macht mich verrückt, eines ist immer um mich herum, hinter mir, vor mir, oder sie drücken sich die Nasen an den Fenstern platt und lassen mich nicht aus den Augen.» Er machte eine Pause und wartete darauf, daß ich etwas sagen würde. Es war voraussehbar gewesen, ich sollte für meine Taten büßen.

«Ja, das ist wohl so, weil ich wegging. Es mußte sie verunsichern.» Ich war irgendwie losgelöst von dem Ganzen, nickte, es war ziemlich klar, die ganze Situation, und trotzdem betraf sie mich nicht. Er konnte das sehen, und der Groll, das Gefühl, daß ich Schuld daran war und mich nicht um die Folgen kümmerte, waren auch eindeutig vorhanden, und Selbstmitleid, da alles an ihm hängenblieb, er konnte die Scherben wieder kitten.

«Ja, das ist wohl so, weil ich wegging», wiederholte er in einem Tonfall, den ich noch nie zuvor bei ihm gehört hatte. Dann kam sein Ärger wieder hoch: «Und dich interessiert das alles nicht. Du denkst nur ‹ja, natürlich muß sie das verunsichern, das ist zu erwarten; ja, es ist meine Schuld› und damit hat es sich auch, es interessiert dich nicht, was es für die Kinder bedeutet. Es ist unglaublich», meinte er kopfschüttelnd. «Wie kannst du nur einfach so dasitzen und alles an dir abgleiten lassen, was für ein Mensch bist du nur. Jemand, mit dem ich all diese Jahre zusammen gelebt habe, den ich zu kennen glaubte – es ist grotesk, es macht mich krank.» Er war ganz weiß im Gesicht und wütend.

«Es tut mir leid», sagte ich, «aber es ist nun einmal geschehen und kann nicht mehr rückgängig gemacht werden. Was soll ich sagen? Es ist meine Schuld, und es tut mir leid, daß sie unglücklich sind.» Ich drehte meine Handflächen nach außen und zog die Schultern hoch und sah ihn fragend an: «Was läßt sich sonst noch dazu sagen?»

«Nichts», meinte er bitter, «natürlich, du hast recht, was solltest du auch noch dazu sagen. Was hättest du auch anderes tun sollen, du hättest unmöglich zuerst einmal an die Kinder denken können und dann an dich. Unmöglich, dir darüber noch Gedanken zu machen, bevor du alles im Stich ließt. Du konntest einfach nicht anders.»

Er fing sich wieder, trat einen Schritt zurück, starrte mich an. Er projizierte Haß, aber es berührte mich nicht, es hatte nicht mit mir zu tun.

«Okay», sagte er kalt, «ich nehme nicht an, daß es dich zu sehr aus der Fassung bringt, wenn ich dir den Rest erzähle. Ich dachte, ich müßte dich schonen, aber du kannst dir ruhig alles anhören.

Elliott ist so durcheinander, daß er zu schreien anfängt, wenn ich aus dem Haus gehe; er schreit, wenn die Haushälterin weggeht und schreit, wenn Katie nicht zu Hause ist und er sie um sich haben will. Er schreit einfach, sagt aber nie, was los ist. Er ist überhaupt nicht ansprechbar.

Ich glaube, er hat überhaupt keine Freunde mehr. Ein Grund ist wohl, daß er sich geniert und nicht will, daß die andern zu ihm nach Hause kommen; er müßte dann erklären, wo seine Mutter ist; er kann auch nicht einmal, wie manche von ihnen, sagen, daß sie tot ist; vor allem aber, denke ich, will er mich und Katie und die Haushälterin nicht aus den Augen lassen, obwohl er die Haushälterin nicht ausstehen kann. Katie geht es genauso. Sie ist ungefähr fünfzig, angenehm, aber ziemlich strikt und natürlich auch zu alt, um mit Kindern in diesem Alter fertig zu werden, und sie sind auch anspruchsvoller als die meisten; für sie ist es im Grunde auch nur ein Job. Ich weiß nicht, was ich eigentlich von ihr erwarte, ich mute ihr wohl zuviel zu. Auf jeden Fall können die Kinder sie nicht ausstehen, aber ich befürchte das Schlimmste, wenn ich sie wegschicke; sie mochten auch die andern nicht, aber trotzdem war immer die Hölle los, wenn sie gingen.

Es sieht so aus, als wäre Katie besser dran als Elliott, aber ich bin mir nicht wirklich sicher. Sie ist ruhiger geworden. Sie tanzt nicht mehr, und wir haben sie auch nie wieder singen hören. Sie schleicht einfach nur im Haus herum und beobachtet uns. Kurz nachdem du weg warst, hörte ich sie und ein paar Freundinnen miteinander reden. Sie saßen in der Küche am Tisch, und ich ging gerade den Flur entlang an der Tür vorbei. Ich sah Katie, wie sie die Schultern hochzog, genauso wie du eben, und sie sagte nur: ‹Oh, sie ist weg.› Das war alles. Ihrer Stimme war nichts anzumerken, aber ich sah ihr Gesicht, als sie das sagte, und es war schrecklich; sie lächelte zwar, hatte aber etwas so Trostloses, so Verlorenes an sich, daß ich reingehen und sie in die Arme nehmen und ihr sagen wollte: ‹Heul dich ruhig aus.› Aber natürlich hätte sie das nicht gewollt, mit allen ihren Freundinnen um sich herum.»

Ja, dieses Bild berührte mich, und einen Augenblick lang hatte ich das Gefühl zu ersticken, so stark war das Bedürfnis nach den Kindern.

Dann stellte ich mir vor, wie es bei ihnen zu Hause aussah und was sie wohl machten, und das Ganze nahm eine zukünftige Dimension an, und ich konnte sehen, wie sie aufwuchsen, älter wurden. Zuerst würden sie noch ratlos und verunsichert sein, aber sie würden dagegen ankämpfen und sich so lange damit herumschlagen, bis sie herausfänden, daß diese Unsicherheit eine Täuschung war, und ich sagte mir, daß sie auf ihre Weise sehr stark dadurch werden könnten. «Sie werden es schon schaffen», meinte ich, und er sah aus, als ob er mich schlagen wollte, eine solche Spannung steckte in ihm; aber er sagte nichts.

«Und du, Stephen, wie erging es dir?»

«Oh», meinte er ironisch. «Offensichtlich habe ich überlebt, nichts Großartiges. Kein neuer Start, immer nur mein altes Leben, mit dem ich mich herumschlage und aus dem ich das Beste zu machen versuche, du kennst das ja.»

«Ja», sagte ich.

Ein langes Schweigen. Er war voller Hoffnung gekommen und bereit zu verzeihen – und würde verbittert weggehen. Und ich? Ich würde so weiterleben wie bisher, ich war bei dem Ganzen nur noch ein Zuschauer und beobachtete ihn.

Schließlich räusperte er sich und sagte dann ganz ruhig und behutsam: «Abra, da ist noch etwas. Ich wußte nicht, ob ich es dir sagen sollte oder nicht, aber ich denke, es ist meine Pflicht.» Er holte tief Atem. «Deine Eltern kamen vor sechs Monaten bei einem Autounfall ums Leben. Sie hatten keine Schuld, es war das andere Auto, ein Junge, der noch nicht einmal seinen Führerschein hatte, er hatte seinem Vater das Auto geklaut. Ich konnte dich nicht benachrichtigen, weil du unauffindbar warst. Es tut mir leid.» Er legte seine Hand auf meine. Ich bemerkte bestürzt, daß ich zu zittern angefangen hatte, daß er sich immer noch mit mir verbunden fühlte, mir helfen wollte. Kein Haß. Ich bekam kein Wort heraus.

Ich war immer noch ein Kind. Ich fühlte mich im Stich gelassen, innerlich leer, eine gähnende Leere und sonst nichts. Ich hatte hier mit keinem einzigen Gedanken an sie gedacht, aber daß sie nun einfach weg und nicht mehr für mich da waren ... mit ihnen löste sich auch mein ganz frühes Leben auf, und ich hatte überhaupt keine Vergangenheit mehr. Außer diesem hier blieb kein anderes Leben mehr übrig, und das erschien mir plötzlich nicht genug.

Ich war so sehr allein. Ich konnte nichts zu Stephen sagen. Ich war zu leer für Worte. Es gab so viele Pausen.

Nach einer Weile sagte er: «Also dann» und stand abrupt auf, schob den Stuhl so heftig zurück, daß er umkippte. Er schaute sich bestürzt um, bückte sich, um ihn aufzuheben, und einen Augenblick standen wir uns schweigend gegenüber. «Also dann, ich nehme an, das war's. Kann ich dir etwas aus der Stadt schicken?» Er verabschiedete sich höflich, eher wie ein Gast als ein Ehemann. Er dachte, es wäre mir sowieso gleichgültig, und ich hatte nicht die Kraft, noch etwas zu sagen.

«Nein, danke, das ist sehr nett, aber ich habe alles, was ich brauche.»

«Es sieht so aus.»

Wir gingen langsam, beinahe widerstrebend, zur Tür und in die reine Frühjahrsluft hinaus. Aus irgendeinem Grund blieben wir beide stehen und holten tief Atem, als ob die Luft drinnen dumpf und stickig gewesen wäre.

«Also, Abra», sagte er, wandte sich um und lächelte, wahrscheinlich dasselbe Lächeln, das Katie aufgesetzt hatte, als sie ihren Freundinnen erzählte, daß ihre Mutter «weg» sei. Und er tat mir leid, und ich wollte wieder tröstend meine Arme um ihn legen, ließ es aber doch bleiben. «Das wär's dann wohl.» Wir gingen weiter. Ich dachte, ich würde ihn bis zum Weg begleiten, damit ich ihn auch abfahren sehen könnte und mit Sicherheit wüßte, daß er weg war. Er blieb plötzlich noch einmal stehen und drehte sich nach mir um, wagte verzweifelt einen letzten Versuch.

«Abra, bitte, kannst du denn nicht mit mir darüber reden? Irgend etwas muß doch passiert sein, es kann gar nicht anders sein, sonst wärst du nicht einfach so weggegangen. Habe ich irgend etwas getan? Ich zerbrach mir den Kopf, es muß etwas gewesen sein, das ich nicht einmal bemerkt habe, das dich aber deine Koffer packen ließ.» Er fuhr sich mit einer Hand durchs Haar, eine alte Gewohnheit. «Ich weiß, daß du nicht mit mir zurückkommst. Ich möchte nur wissen, was es war, es würde mir sehr viel weiterhelfen, wenn du es mir erzählen könntest.» Er wollte unbedingt, daß es etwas Bestimmtes sei, auf das er mit dem Finger zeigen konnte und sagen «hier, das war es», und wenn es einmal erkannt und benannt war, konnte es beruhigt wieder beiseite gelegt werden. Ich hätte ihm gerne damit gedient, aber es war unmöglich.

Ich sagte müde: «Stephen, hätte es irgendeinen bestimmten Anlaß gegeben, so würde ich es dir auch sagen, ich schwör's. Es hatte nichts mit dir oder mit Elliott oder Katie zu tun. Es betraf nur mich und glaub mir, ich weiß auch, daß ich alles, was ihnen oder dir passiert ist, zu verantworten habe. Aber ich kann nichts daran ändern, und ich kann es dir auch nicht erklären.»

Wir waren am Weg angelangt, und ich blieb stehen. Stephen blickte auf das Stück, das er zurückgehen würde. Und dann auf mich und wollte immer noch nicht aufgeben. Ich streckte meine Hand aus, um seine zu schütteln.

«Auf Wiedersehen, Stephen. Ich wünsche dir alles Gute.»

Er war wieder böse auf mich – ich fühlte mich so leer, und was ich sagte, klang wohl sehr steif und gezwungen, und er zog seine Hand zurück, drehte sich um und setzte sich in Bewegung, marschierte förmlich, trotzig und entschlossen. Ich schaute ihm nach, er blickte jedoch nicht zurück; erst als er schon sehr weit weg war, sah ich, daß er sich umdrehte, er bemerkte, daß ich ihm immer noch nachschaute, und wandte sich deshalb abrupt wieder ab und ging ohne noch einmal zurückzublicken weiter und war verschwunden.

Und ich stand immer noch da. Irgend etwas schien in mir geplatzt und in der ganzen Gegend versprengt zu sein; Ausläufer von mir, die wie leere Spinnweben überall hinflogen, und ich rührte mich nicht, bis all diese Ausläufer wieder zurückkamen, wieder eingerollt wurden, bis ich schließlich nicht mehr versprengt war, sondern mich wieder an einem Ort gesammelt hatte, und erst als alles wieder in mir zusammenlief, setzte ich mich in Bewegung und ging langsam in den Garten zurück. Ich kniete wieder auf dem Boden, erinnerte mich, wo ich aufgehört hatte, als der Mann hier auftauchte, und meine Hände gruben sich wieder in die Erde ein, ich spürte noch mehr Wurzeln und riß sie heraus.

Später saß ich, in eine Decke gehüllt, auf dem Sofa vor dem Feuer – obwohl es nicht kalt war, brauchte ich all das, um mich aufzuwärmen – und starrte in die Flammen. Ich vereinigte mich mit ihnen, wurde selbst zu einer Flamme und gleichzeitig auch Nahrung für sie, wurde verzehrt und verzehrte mich, glühte, glänzte und sprühte.

Später, in meinem Schlafzimmer, betrachtete ich den Mond durch die Zweige der Weide. Nach der Hitze des Feuers die Kühle des Monds. Ich weinte ganz leise und ruhig vor mich hin, nahm Abschied von meiner Mutter und meinem Vater.

Nach einer Weile schlief ich ein und schlief traumlos und tief. Am nächsten Morgen schien die Sonne, ein strahlender, wolkenloser Tag. Ich blieb ruhig liegen, spürte die Sonne und hörte den Vögeln zu; jeden Tag schienen mehr aus dem Süden zurückzukommen, und man konnte jeden Tag neue Melodien hören.

Ich stand auf, kochte Tee, ging hinaus und nahm die Axt, denn es war wieder viel Holz angefallen, und meine Muskeln dehnten und streckten sich in der Sonne und nahmen ihren alten Rhythmus wieder auf.

Eines Tages brachte der Postbote einen eingeschriebenen Brief. Ich unterschrieb die Formulare für eine gesetzliche Trennung. Später ließ sich Stephen dann scheiden.

13

Ich erinnere mich daran, als ich das erste Mal krank wurde, es war warm draußen, der Garten war gerade erst angepflanzt. Es muß im späten Frühjahr gewesen sein, noch nicht im Sommer.

Als ich mit dem Garten so weit fertig war – er hatte sich dieses Jahr auch noch vergrößert, da ich zum erstenmal Mais angebaut hatte –, nahm ich mir einen Tag frei, um einen Spaziergang durch mein Grundstück zu machen. Alles war sehr grün und üppig, Blumen und Gräser schossen nur so in die Höhe und waren schon beinahe am Blühen, die ersten Frühjahrsblumen, die Krokusse, waren verschwunden, größere, robustere machten sich für den Sommer breit. Ich ging langsam durch den Wald, sah die frischen neuen Triebe und die alten, abgestorbenen Bäume, die ich in den nächsten Monaten zusammenhacken würde. Auf der Wiese sah ich ein Kaninchen mit grauem Fell; es stand wie ich ganz still, hielt die Ohren gespitzt und rührte sich erst, als ich mich auch wieder in Bewegung setzte; in diesem Augenblick schoß es sofort los und verschwand mit großen Sätzen in den Wald. Ich konnte auch viele Löcher entdecken, die von Murmeltieren stammten und stellte mir die unterirdischen Höhlen vor, ihre großen, an die Dunkelheit angepaßten Augen, die gelegentlich, wenn sie sich herauswagten, in die Sonne blinzelten, so lange, bis sich ihre Pupillen verengten, um weniger von dem grellen Licht einzulassen. Ich entdeckte die Ein- und Ausgänge und versuchte, von oben ihr unterirdisches System zu erraten, die Tiere selbst sah ich jedoch nie, sie hielten sich wohl in ihren Verstecken auf oder waren auf Futtersuche.

Der Bach war immer noch voller Wasser, obwohl er nicht mehr so reißend war wie während der ersten Frühjahrsflut und der Schneeschmelze. Ich ließ mich am Ufer nieder, sah zu, wie es gegen die Steine klatschte und wegsprudelte, ungestüm, nicht so ruhig strömend wie später, und ich entdeckte schon ein paar Wasserläufer, nicht sehr viele; sie hielten sich an den ruhigen Stellen auf, getrauten sich noch nicht bis in die Mitte, da die Strömung noch zu stark war und sie gegen ihren fahrigen Widerstand mit sich reißen würde. Das Wasser war sehr kalt; ich schlüpfte aus meinen Turnschuhen, zog meine Socken aus, krempelte meine Jeans bis zu den Knien hoch und watete in den Bach. Einen Augenblick lang empfand ich das Wasser, das um meine Knöchel strudelte, als kalt und wohltuend, dann aber fühlte ich gar nichts mehr und war beunruhigt. Meine

Füße waren völlig erstarrt; ich konnte sie überhaupt nicht mehr als Teil von mir wahrnehmen. Ich stieg aus dem Wasser, zog wieder meine Socken und Turnschuhe an und ging schnell zur Hütte zurück, wo ich Tee kochte und am Küchentisch saß; ich fühlte, wie die Empfindung wieder zurückkam, ein Prickeln, das wie winzige Elektroschocks war. Ich rieb meine Füße mit einem groben Handtuch ab, und später machte ich ein Feuer und placierte sie so, daß sie zu heiß wurden, und sie schienen wieder in Ordnung zu sein.

Ich war sehr müde, schob es jedoch auf das viele Gehen und legte mich früh schlafen, gleich nachdem es dunkel geworden war. Als ich am nächsten Tag aufwachte, war es schon spät, die Sonne stand ziemlich hoch; es war wieder ein wunderschöner, strahlender, wolkenloser Tag, ich fühlte mich jedoch heiß und schwach und immer noch sehr schlaff. Ich blieb noch lange liegen, bis ich mich dann schließlich aufraffte, etwas Tee zu kochen, den ich im schützenden Dunkel des Wohnzimmers trank, da ich mich nicht aufrecht an den Küchentisch setzen wollte, aber auch keine Lust hatte, mich wieder ins Bett zurückzuziehen.

Ich machte eine zweite Tasse stärkeren Tee, aber als ich aufstand, um sie abzuwaschen, bemerkte ich, daß ich meine Beine nicht so bewegen konnte, wie ich wollte; sie zitterten und drohten unter mir zusammenzubrechen.

Ich mußte mich mit einer Hand am Küchenschrank festhalten, während ich mit der andern die Tasse ausspülte. Ich wußte, daß ich zurück ins Bett mußte, aber es war ein langer Weg durch das Wohnzimmer, und ich mußte mich plötzlich setzen und ausruhen; dann gab ich mir einen Ruck und schleppte mich bis ins Schlafzimmer, ließ mich aufs Bett fallen und suchte zähneklappernd nach einer Decke, zog sie über mich und schlief schließlich betäubt ein; ich wälzte mich hin und her, hatte Alpträume, die ich sofort wieder vergaß; ein ganz leichter Schlaf, bei dem ich abwechselnd schwitzte und fror.

Ich wachte am späten Nachmittag wieder auf, erschreckt, schwitzend, fiebrig und mit den Zähnen klappernd. Es war mir entweder zu heiß oder zu kalt; meine Temperatur sank und stieg viel zu schnell, und ich versuchte mich aufzusetzen, meine Beine über den Bettrand zu bringen und aufzustehen, vielleicht bis in die Küche zurückzugehen, da ich immer noch dachte, eine Tasse Tee und etwas Kräftiges zu essen würden alles wieder in Ordnung bringen. Aber als ich versuchte, mein Gewicht auf meine Beine zu verlagern, gaben sie nach, und ich war wieder auf dem Bett; es wurde mir heiß und kalt, und ich gab auf. Ich kroch wieder unter die inzwischen völlig verschwitzten Laken, zog die Decke und die Steppdecke langsam mit zitternden Fingern hoch und dachte noch vage daran, daß ich alles ausschwitzen müßte, daß ich auf jeden Fall, auch wenn es noch so heiß würde, unter der Decke bleiben müßte, bis die Hitze die Krankheit besiegt hätte; aber dann fing das Fieber wieder an, ich hatte das Gefühl zu ersticken, vergaß meine Vorsätze und stieß die Decken beiseite, zog sie jedoch gleich darauf wieder hoch, als der Schweiß auf meinem Körper zu gefrieren schien und feuchtkalte Schauer durch mich jagte, die mich am ganzen Leib erzittern ließen und ich das Gefühl hatte, nie wieder warm zu werden.

Eine Zeitlang schlief ich, aber es wurde nur schlimmer. Alpträume verfolgten mich; wie die Hitze und die Kälte waren sie auch noch im Halbschlaf gegenwärtig, ich sah alles ganz klar und deutlich vor mir und konnte nicht sagen, ob es wirklich war oder nicht; manchmal dachte ich, ich wäre von diesen Traumgestalten umzingelt, dann wieder, wenn es mir wieder besser ging, wußte ich, daß ich nur träumte und daß sie von meinen Träumen herrührten.

Es war stockdunkel, mitten in der Nacht, als ich wieder aufwachte; dieses Mal glühte ich, und die Hitze schien auch anzuhalten; ich wünschte mir nichts sehnlicher als einen Kälteschauer, der mich wieder abkühlte. Ich war durstig, völlig ausgetrocknet und mußte einfach die Kraft aufbringen, etwas Wasser zu holen. Ich probierte es noch einmal mit meinen Beinen und entdeckte, daß ich es schaffen konnte, wenn ich mein Gewicht etwas auf meine Arme verlagerte und mich gegen die Möbel lehnte. Ich versuchte es auf diese Weise, wobei ich nicht wußte, was ich ohne Möbel zum Abstützen machen würde. Im Flur, ganz gegen die Holzverkleidung gedrückt, konnte ich mich nicht mehr länger aufrecht halten, nichts stützte mehr mein Gewicht ab, und ich sackte zusammen. Und blieb wahrscheinlich ziemlich lange einfach auf dem Boden liegen.

Ich mußte platt auf dem Bauch über den Boden des Wohnzimmers rutschen; ich hatte vergessen, was ich eigentlich wollte, dachte überhaupt nicht mehr daran, daß ich durstig war, sondern konzentrierte mich ausschließlich darauf vorwärts zu kommen, ein paar weitere Zentimeter zu schaffen, die Küche hatte ich nicht einmal mehr als Ziel vor Augen, ich tastete mich einfach mit den Händen vor und zog meinen Körper nach, manchmal schaffte ich es auch auf den Knien, aber höher kam ich nicht, und es war, als ob es längere Pausen dazwischen gegeben hätte, in denen ich wohl ohnmächtig geworden oder eingeschlafen war, denn zwischen einer Bewegung und der nächsten schienen oft Stunden vergangen zu sein.

Ich wußte nicht, wo ich war, und ich kümmerte mich auch nicht darum, sondern schleppte mich nur mehr oder weniger in der eingeschlagenen Richtung weiter; einmal stieß ich auf eine Erhöhung und anschließend wieder auf eine Vertiefung im Fußboden, eine Schwelle wahrscheinlich, und dann war ich in der Küche; alle Gegenstände befanden sich so hoch über meinem Kopf, daß ich es für völlig aussichtslos hielt, jemals an sie heranzukommen. Ich lag keuchend, schwitzend, völlig zerschlagen da und dachte, ich würde gleich sterben, hielt mein Ende für gekommen und war erleichtert.

Und dann schaute ich hoch und über mir standen die McAllisters – alle drei. Belle, ihr Mann und ihr Kind; sie beobachteten mich, und er hatte sein Gewehr; Belle und das Kind lächelten, er stand schweigend da, das Gewehr hielt er locker, in einem bestimmten Winkel zum Fußboden hin in der Hand, er schaute mich an, nahm mich ins Visier, und seine Augen verengten sich leicht. Ich wollte etwas sagen, brachte aber keinen Ton heraus, und ich wußte nicht, ob ich «ja, bitte» sagen oder sie um Aufschub bitten sollte, ich würde bestimmt durchkommen. Wir waren wie vier Statuen, keiner konnte seine Haltung verändern; wie bei einer Momentaufnahme im selben Augenblick vereint, starrten wir ins Leere, und es schien einfach endlos zu sein.

Aber dann fiel allmählich Licht in das Zimmer, und die drei Umrisse lösten sich in ihm auf; die Sonne stieg höher und absorbierte sie ganz langsam, bis nichts mehr von ihnen übrig war, und ich lag auf dem Boden, hatte immer noch meine Kleider an, fror inzwischen aber entsetzlich und schwitzte gleichzeitig, ich schaute hoch und sah den Küchenschrank, dort, wo auch der Ausguß war. Ich rollte mich in diese Richtung, hörte ganz in der Ferne einen Laut, der wie der Laut eines Tiers klang, aber von mir stammen mußte, und zog mich langsam an den Griffen und am Rand des Ausgusses hoch, richtete mich auf, streckte die Hand nach dem Wasserhahn aus und drehte ihn auf, beugte mich noch etwas vor und hielt meinen Kopf unters Wasser, wobei mein ganzes Gewicht auf meinen Magen drückte, den ich gegen den Rand des Ausgusses preßte; meine Füße berührten kaum mehr den Boden. Ich ließ das Wasser in meinen

Mund und über mein Gesicht laufen, paßte auf, daß ich nicht erstickte, bis mir dann von dem vielen kalten Wasser der Magen weh tat und ich mir schon nicht mehr vorstellen konnte, daß ich jemals durstig gewesen war, jemals wieder durstig sein würde. Ich fing an zu rutschen, fing mich aber wieder, irgendeine praktische Instanz sagte mir auch, daß ich das Wasser abdrehen müßte; ich streckte also den Arm aus und drehte den Hahn zu und ließ mich fallen. Ich konnte mich nicht mehr rühren und schlief ein.

Es war hellichter Tag, als ich aufwachte, und ich fror und hatte einen klaren Kopf; ich wußte, daß ich gewisse Dinge tun mußte, um die Krankheit nicht noch zu verschlimmern. Ich zog mich wieder zum Ausguß hoch und füllte ein großes Glas mit Wasser, stellte das volle Glas auf die Ablage neben dem Ausguß und ließ mich wieder auf den Boden gleiten, um mich auszuruhen.

Als ich dazu imstande war, streckte ich den Arm nach dem Glas aus und konnte es sicher herunterholen und neben mich stellen; ich dachte, daß ich auch etwas zum Essen mitnehmen sollte, aber es war unmöglich, mehr als das Glas Wasser schaffte ich nicht.

Ich trat den Rückweg an und schob das Glas vorsichtig vor mir her. An der Erhöhung zwischen Küche und Flur zum Wohnzimmer, die inzwischen unüberwindbare Dimensionen angenommen hatte, mußte ich das Glas hochnehmen und verschüttete dabei etwas Wasser, jedoch nur ein paar Tropfen. Langsam und mühselig schleppte ich mich, immer wieder pausierend, weiter, bis ich schließlich in einem Flur angekommen war. Ich konnte mein Bett sehen, weiß, riesig und so weit weg, als ob ich es durch das falsche Ende eines Teleskops betrachten würde. Ich gab mir einen Ruck, meine Augen auf das Bett, das Ziel meiner Bemühungen gerichtet, und dann war ich neben ihm. Ich ließ das Glas Wasser auf dem Boden und hievte mich hoch, was mir am schwersten von allem ankam; als mein Kopf und mein Oberkörper schließlich auf dem Bett lagen, zog ich ein Bein nach und wälzte mich herum, ein gewaltiges Unternehmen, das meinen ganzen Körper beanspruchte und auch das letzte war, an das ich mich noch erinnerte.

Ich konnte ganze Tage oder auch nur ein paar Augenblicke bewußtlos im Bett gelegen haben. Beim Aufwachen war ich auf jeden Fall fürchterlich durstig, fürchterlich schwach, und es dauerte eine Weile, bevor ich mich an das Glas Wasser neben dem Bett erinnerte, und ich war froh, daß ich daran gedacht hatte, es mitzubringen. Ich trank nur ein paar Schlückchen, da mir die anstrengende Reise noch in den Knochen steckte und ich möglichst viel davon zurückbehalten wollte, um sie nicht noch einmal machen zu müssen.

Ich fühlte mich nicht mehr so schwach. Ich war imstande, die Decken hochzuschieben und unter sie zu schlüpfen; ich lag lange Zeit wach und starrte zur Decke hoch. Dann verlor sich alles wieder.

Die Risse in der Decke formten Muster, und die Muster nahmen die Umrisse von Menschen und Tieren an, und nach einer Weile begannen die Menschen und Tiere sich zu bewegen; sie hatten jedoch nichts mit mir zu tun, ich war nur ein Zuschauer; sie vermischten sich untereinander, strömten zusammen und auseinander, wortlos ihre Geschäfte tätigend, die nur sie etwas angingen. Ich hatte den Eindruck, als ob es nur so von diesen Tieren wimmelte, obwohl ich nicht genau sehen konnte, ob sich die Menschen nicht genauso drängten. Ich erinnere mich an ein Murmeltier und an etwas Kleineres, das wie ein Skunk mit hochgestelltem Schwanz aussah, an eine mißglückte Giraffe mit schiefem Hals und eine Art Nilpferd oder monströsen Bullen; und unter ihnen befanden sich die ganzen Leute, die sich mit ihnen vermischten und mitdrifteten, nicht als Antreiber, sondern als Teil der Ansammlung.

Ich schaute ihnen lange zu und schlief dann ein; Schlaf- und Wachzustand schienen sich nicht zu unterscheiden, da dieselben Gestalten auch wieder in meinen Träumen auftauchten, dieselben gleitenden, fließenden Bewegungen hatten, dieselben traumähnlichen Unternehmungen ohne Ziel und Zweck starteten. Es ging endlos so weiter, immer dieselben Gestalten, ob ich schlief oder wachte, und nach einer Weile war ich auch nicht mehr nur Zuschauer, sondern einer von ihnen, ging zwischen ihnen ein und aus; alle waren sie flach und eindimensional, nur Umrisse, und ich war auch so, völlig substanzlos; ihrem Geist fehlte es genauso an Tiefe wie ihrem Körper, deshalb bewegten sie sich auch ohne ein Gefühl für Raum oder Zeit, Traurigkeit oder Freude oder sonstige Seelenregungen. Ich gehörte dazu, jedoch nicht mit meinem «Ich», sondern nur als Form, ohne persönliche Züge oder Gefühle, eine sich bewegende Silhouette, und es war weder angenehm noch unangenehm, denn solche Begriffe gab es überhaupt nicht; Bewegung war alles, Driften, Zusammenstoßen, Auseinandergehen, Weiterdriften, Zusammenstoßen und Auseinandergehen, so wie vorsichtig gesteuerte Autoscooter, und ich befand mich auch dort oben an der Decke, nur war es keine Decke mehr, sondern ein Universum für sich; manchmal schlief ich, manchmal war ich wach, ohne daß ich einen Unterschied bemerkte.

Und dann fiel und fiel und fiel ich, driftete zurück, weg, und konnte nicht mehr die anderen Gestalten fühlen, und sie konnten mich nicht mehr erreichen, und während ich fiel, änderten sich auch meine Umrisse und meine Form; sie füllten sich, bis ich wieder ein Körper war, massiv, solide, und ich hatte auch wieder Gefühle, war traurig über diesen Fall, mit dem auch all die andern Gefühle wieder zurückkamen, und sich wie mein Körper verfestigten; schließlich war ich auch wieder in meinem Bett und schaute zu den Gestalten hoch, beobachtete sie aus der Ferne und hatte den Eindruck, sie würden langsamer werden, würden nicht mehr ineinander übergehen, und ich blickte so lange darauf, bis ich nur noch ein Muster in der Decke sah, und dann war auch das Muster verschwunden, es gab nur noch Risse, und mir fielen die Augen zu, und ich war eingeschlafen.

Als ich aufwachte, war die Krankheit schon beinahe vorbei. Ich hatte wieder Durst und leerte das Glas neben meinem Bett. Ich lag lange ganz ruhig da. Mein Kopf war beinahe wieder klar, meinen Körper wollte ich jedoch noch nicht auf die Probe stellen, da ich unter der Decke meine schwachen Glieder spüren konnte. Ich wunderte mich, warum ich so krank geworden war, mein Körper hatte mich noch nie im Stich gelassen; ich war zwar schon mehrmals krank gewesen, aber nie so wie dieses Mal, und ich hatte Angst, es könne wieder passieren und mich völlig hilflos vorfinden. Ich dachte ans Sterben, erinnerte mich daran, wie ich in der Küche lag und die McAllisters auf mich herunterschauten.

Ich dachte, daß das Sterben eine einfache Sache gewesen wäre, weder schmerzhaft noch mühselig; da ich unfähig war, mich an etwas zu klammern, hätte ich mich auch nicht an mein Leben geklammert; meine Angst verwandelte sich allmählich in Gelassenheit. Ich dachte, «ja, ich hätte ohne weiteres sterben können» und «ja, ich könnte hier sterben, ganz allein, ohne jemanden, der mir helfen oder bei mir sein könnte, Tage oder Wochen oder Monate würden vergehen, bis es jemand erfährt», und mit klarem Kopf sah ich mich noch einmal den endlosen Fußboden überqueren und erkannte, daß es nicht so schlimm gewesen wäre, wenn ich einfach meinen Kopf hätte fallen lassen und keinen Widerstand mehr geleistet hätte. Irgendwann einmal, wenn ich älter und mein Körper schwächer sein würde, hätte ich nicht mehr die Kraft weiterzumachen; ich würde jedoch bestimmt merken, wenn es soweit wäre und mich fügen.

Es war beruhigend. Ich hatte das Gefühl, dem Tod ins Auge schauen zu können und zu sagen: «Ich habe keine Angst, es ist nicht schwierig zu entschlüpfen, nichts tut mehr weh, wenn es soweit ist, es ist völlig schmerzlos.» Ich hatte jedoch nicht den Wunsch zu sterben, es umgab mich zuviel Leben. Aber ich hatte keine Angst davor, würde auch keine Angst mehr haben, und es war ein erhebendes Gefühl der Freiheit. Es gab nichts mehr, das ich nicht wagte. Ich schlief wieder ein und als ich dann aufwachte, war es schließlich auch an der Zeit, mich in Bewegung zu setzen; mein Körper war sehr schwach, aber er brauchte Nahrung und mußte sie sich besorgen, und ich wollte leben nach dieser Berührung mit dem Tod.

Ich bewegte mich vorsichtig aus dem Bett und hielt mich, wenn auch noch etwas wacklig, auf den Beinen. Ich setzte langsam einen Fuß vor den andern, versicherte mich wie ein Bergsteiger, daß ich auch einen festen Halt unter den Füßen hatte, bevor ich den nächsten Schritt wagte und stand dann plötzlich im Wohnzimmer; ich durchquerte es bis zu Schwelle der Küche, in der sich auch der Wasserkessel befand. Ich kochte Wasser für meinen Tee und setzte mich an den Tisch, leerte die Tasse und spürte die heiße Flüssigkeit in meinem Hals, in meinem Körper; spürte jeden Tropfen und erwärmte mich innerlich. Kurz danach stand ich wieder auf, immer noch sehr vorsichtig, und machte mir einen Toast. Das war auch schon genug für meinen durch die Krankheit geschrumpften Magen. Ich saß einfach ruhig da, bis ich wieder hungrig wurde, und dann kochte ich mir ein Ei, eines der letzten dieser Lieferung; ich hatte keine Ahnung, welcher Wochentag es war, vielleicht verfaulten die unten am Weg deponierten Eier. Ich machte noch eine Scheibe Toast, klopfte ein Ei darauf, trank noch eine Tasse Tee und wusch alles wieder ab. Ich war erschöpft und ging zu Couch im Wohnzimmer, um mich etwas hinzulegen. Ich hatte keine Lust, ins Schlafzimmer zurückzugehen, es roch zu sehr nach Krankheit. Kurz darauf schlief ich wieder ein.

Nach ein paar Tagen war ich beinahe wieder gesund; es fiel mir auf, daß ich viel dünner geworden war, meine Hüftknochen standen ganz spitz hervor, aber ich war beinahe wieder so kräftig wie früher. Ich zwang mich zu essen und tat nur sehr wenig. Ich saß in der Sonne vor der Hütte und beobachtete die Vögel und die Pflanzen; von meinem Stuhl aus konnte ich sehen, wie im Garten das Unkraut wieder zu wuchern anfing; es war zwar noch nicht sehr groß, wuchs aber kräftig, und es juckte mich in den Fingern, es auszureißen.

Ich holte mein Heft mit den Skizzen hervor und fing wieder an zu zeichnen. Die Linien schienen schwächer zu sein, wahrscheinlich hatte ich noch keine Kraft in meinen Fingern.

Die Zeichnungen sahen anders aus, schrecklich irgendwie, aber ich ließ mir nicht mehr wie früher gleich Angst einjagen. In ihnen wurden unter meinen Augen lebendige Dinge zu leblosen Gegenständen, jedes einzelne erstarrte und hauchte sein Leben aus, aber trotzdem war es nicht beunruhigend, erschien nicht grausam. Eine Blume, die ich abgezeichnet hatte, verwelkte plötzlich, verdorrte, wurde so wie sie vor mir lag und auch auf der Zeichnung braun; ich konnte es jedoch dabei belassen und mir sagen: Na ja, damit ist es nun auch aus und vorbei, ich bin neugierig, was an ihrer Stelle heranwächst. Oder ein Vogel, der hoch in der Luft schwebte, fiel in der Skizze wie ein Stück Blei vom Himmel, schlug auf dem Boden auf, und ich starrte darauf und blickte dann wieder hoch und sah einen andern Vogel kreisen, der seinerseits herunterfiel und auf die Erde aufprallte, oben schwebte jedoch schon wieder ein anderer, immer wenn ein Vogel abhandenkam, wurde er sofort ersetzt, und das war auch in Ordnung und keineswegs traurig.

Als ich mich wieder ganz gesund fühlte, nahm ich unverzüglich den Garten in Angriff, riß das im Vormarsch begriffene Unkraut heraus und warf es auf den Komposthaufen. Ich fühlte und zeigte auch eine gewisse Ehrfurcht, da damit sein Leben zu Ende sein würde. Aber es war nicht traurig; anderes würde an seiner Stelle wachsen, das ich auch wieder herausreißen würde; es würde endlos so weitergehen, die ganzen von Leben und Sterben erfüllten Jahreszeiten hindurch; Unkraut, das sich zersetzte und gleichzeitig Nahrung für neues Wachstum abgab.

Ich fing auch langsam wieder mit dem Holzfällen an und schleppte das Holz auf meinem selbstgebastelten Schlitten nach Hause, um hinter der Hütte einen Stoß zu errichten. Meine Muskeln hatten sich zurückgebildet und fühlten sich nicht mehr so hart an, waren untrainiert, und ich ließ ihnen Zeit, sich zu regenerieren. Die Holzstöße wuchsen wieder; alles ließ sich sehr günstig an, die Pflanzen waren gesund, die Sonne brannte, und ab und zu regnete es auch, gerade ausreichend.

Alles, was ich in diesem Jahr tat, geschah mit dem Wissen um die Vergänglichkeit der Dinge; ich schaute mich prüfend um und sagte mir: Das hier wird eingehen, wie fühlt es sich an, was fühle ich dabei? Und es war jedesmal auch in Ordnung; ich wußte, daß alles zu seiner Zeit geschah.

Ich war dankbarer für meinen Körper. Ich paßte auf ihn auf, kräftigte ihn, beobachtete ihn und dachte: Wie einfach das ist, wie froh ich doch sein kann, es könnte auch ganz anders sein.

Seltsamerweise wurde ich in all den folgenden Jahren immer im Frühjahr krank. Vielleicht ist es die plötzliche Befreiung, die die neue Jahreszeit mit sich bringt, eine Befreiung von der zehrenden, absorbierenden Konzentration des Winters. Vielleicht wird dadurch diese erschreckende Schärfe, diese Klarheit beim Fieber verursacht, die alle Farben zu grell werden läßt, meinen Augen so weh tut, daß ich aus Angst, geblendet zu werden, die Hand vorhalten muß. Und auch alle Geräusche sind zu laut, nachts sind es die Frösche, Grillen und tagsüber die kreischenden Vögel, mißtönende Chöre in einer Sprache, die ich nicht verstehe; mich zu bewegen ist auch schmerzhaft, die Laken sind so rauh wie Sandpapier, und die Haut ist überempfindlich; sogar das Atmen tut weh, wenn ich ein- und ausatme scheuert die Luft meine Schleimhäute wund, jeder Atemzug ist eine Folter. Bis dann schließlich die Schmerzen nachlassen, das Licht weniger grell und die Geräusche weniger laut erscheinen und ich wieder gesund bin. Ich kann aufstehen, schaffe es bis in die Küche, um mir etwas zu trinken und zu essen zu holen und kann nach draußen gehen, wo es hell und laut ist, aber nicht zu hell und nicht zu laut, wo die Sonne mich vollends heilt.

Jedes Jahr habe ich diese Krankheit, vielleicht provoziere ich sie sogar. Vielleicht ist es trotz der Schmerzen und Unannehmlichkeiten manchmal wichtig, die Dinge überdeutlich wahrzunehmen, überdeutlich zu hören und auch überdeutlich zu empfinden. Wahrscheinlich ist das der Grund.

Es passiert aber immer erst, wenn der Garten schon bestellt ist und ich etwas Spielraum in meinem Leben habe. Anschließend im Sommer und besonders im Herbst bin ich zu beschäftigt und kann es mir nicht leisten, krank zu werden. Im Winter passiert es auch nie; nichts passiert im Winter, außer diesem totalen Absorbiertwerden von Begebenheiten, Tätigkeiten, Gegenständen, von der Ruhe, der Kälte und dem Feuer.

Ich bin allein gewesen. Die Tage, die Jahreszeiten und die Jahre folgten nahtlos aufeinander; wichtig war nur der Rhythmus, nicht die Zeit. Ich bin dem Augenblick, einer bestimmten Abfolge von

Augenblicken verhaftet. Ich bin allein gewesen, und das Alleinsein ist gut für mich.

Einmal fand ich ein todkrankes Eichhörnchen im Wald. Ein Bein war gebrochen, und es lag hilflos unter einem Baum, konnte sich nicht bewegen und war am verhungern. Ich trug es behutsam in die Hütte zurück, schiente ungeschickt das Bein, gab ihm zu fressen und war ständig mit ihm beschäftigt, bemühte mich so intensiv, seine Lebensgeister wieder zu erwecken, daß der Funke überzuspringen schien, zwischen seinem und meinem Körper, so etwas wie ein Stromaustausch zustande kommen zu schien. Mein Wille war für seinen Körper wie ein Stromstoß für ein versagendes Herz.

Langsam erholte es sich. Einmal biß es mich in die Hand, in das Fleisch zwischen Daumen und Zeigefinger. Allmählich folgte es mir auch, wenn ich in der Hütte herumging und kam sogar bis nach draußen in den Garten mit und ließ sich streicheln und fraß mir aus der Hand. Ich wollte es jedoch nicht zähmen, sondern nur sichergehen, nicht noch einmal gebissen zu werden. Aber langsam und unmerklich wurde es zu einer Verpflichtung. Nicht daß es mir lästig oder beschwerlich wurde, es war einfach seine bloße Gegenwart. Es forderte auch meine Aufmerksamkeit. Mit seinen glänzenden Augen verfolgte es genau, was ich tat, und ich war mir auch dessen bewußt. Seine Gesellschaft hatte etwas Einlullendes, etwas Beruhigendes an sich, und es war ziemlich verführerisch, es zu verhätscheln; ich erkannte, daß ich Gefahr lief, falschen Trost zu suchen.

Ich setzte es wieder aus. Ich entfernte die Schienen, beobachtete es beim Gehen und vergewisserte mich, daß alles in Ordnung war und brachte es zu dem Vogelhäuschen, wo ich ihm Nüsse und Sonnenblumenkerne zeigte, die ich unterhalb davon für die Eichhörnchen ausgestreut hatte. Es fing an zu fressen. Und während es noch fraß, rannte ich, ohne mich umzusehen, zur Hütte zurück und schlug die Tür hinter mir zu. Soviel ich mich erinnere, weinte ich ihm auch ein paar Tränen nach.

Später ging ich zu dem Wohnzimmerfenster und schaute hinaus. Auf dem Rasen vor der Hütte stand geduckt ein Eichhörnchen, das eine Bein etwas gestreckter, steifer, als das andere; es beobachtete die Tür, während es seinen Kopf mal auf die eine, mal auf die andere Seite legte. Dann kam es ein paar Schritte näher, blieb stehen und wartete ab, und als ob es innerlich die Achseln zucken und sich sagen würde «was soll's», drehte es sich um und verschwand wieder zum Futterplatz.

Seitdem hielt ich auch immer wieder Ausschau nach einem Eichhörnchen, dessen eines Bein etwas steifer und gestreckter war, aber ich konnte es nie entdecken. Vielleicht war es woanders hingegangen. Inzwischen ist es wohl auch schon längst gestorben, und wäre es nur an Altersschwäche. Ich weiß nicht, wie lange Eichhörnchen normalerweise leben.

Zwischen meinem Daumen und Zeigefinger ist immer noch eine Narbe, und manchmal tut sie noch etwas weh.

Ich habe seitdem kein Tier mehr nach Hause gebracht, und das ist auch gut so. Es war ein Fehler gewesen, tat seiner Natur Gewalt an, machte es unfrei. Nichts zu tun ist meistens das beste, was man tun kann. Man sollte den Dingen ihren Lauf lassen.

Trotzdem mußte ich natürlich dem Eichhörnchen helfen, ich hätte es nicht einfach liegen und verhungern lassen können. Ich weiß jedoch, daß ich nicht das Recht dazu habe, wenn ein Tier von sich aus lebensfähig ist. Dann muß es sich selbst überlassen werden.

Ich lebte seitdem völlig allein. Niemand, weder Mensch noch Tier, betrat je meine Hütte. Bis dann Katie auftauchte.

Vorher nie.

14

Ich verstehe nicht, warum sie unbedingt will, daß ich mit ihr zusammen in die Stadt zurückgehe. Sie hat mich schon ein paar Tage lang bearbeitet, zu Anfang noch ganz vorsichtig, meine Reaktionen abwartend, inzwischen jedoch ohne Umschweife. Ich würde mit ihr zusammen in einer Wohnung wohnen, in das Haus ihres Vaters zu ziehen wäre unmöglich.

Sie erzählt mir erst jetzt, daß er sich wieder verheiratet hätte (dachte sie, es würde mich verletzen?). Eine fünfunddreißigjährige Frau, die sehr groß sei, langes dunkelrotes Haar und eine tiefe, ruhige Stimme habe. Elliott, meint sie, mag sie nicht, er würde es wohl seltsam finden, eine «Mutter» zu haben, die nur fünfzehn Jahre älter ist als er, obwohl er natürlich zugeben muß, daß der Unterschied zwischen zwanzig und fünfunddreißig gewaltig ist, nicht nur einfach fünfzehn beliebige Jahre beträgt. Das kann also nicht der eigentliche Grund sein.

Katie selbst findet das ziemlich unwichtig, aber sie hat sowieso keine sehr enge Beziehung zu beiden. Es beunruhigt sie jedoch, daß sie manchmal absichtlich grausam gegenüber Stephen und seiner Frau ist und sich erst, wenn es zu spät ist, wieder unter Kontrolle hat.

Sie erzählte ihnen zum Beispiel, daß sie mich ausfindig machen und mit mir reden wollte. Sie sagte es keineswegs anschuldigend, als hätten sie sich nicht genügend um sie gekümmert und sie deshalb nach jemand Verständnisvollerem suchen würde, trotzdem war ihr klar, daß sie es so auffassen würden. Sie leben, soviel ich mitbekommen habe, sehr zurückgezogen. Stephen hat sich anscheinend nicht viel verändert, und seine Frau ist ihm sehr ähnlich. Nachdem sie ihnen gesagt hatte, daß sie mich besuchen wolle, schwiegen sie einen Augenblick, und dann antwortete Stephen ziemlich ruhig: «Ich denke nicht, daß sie das möchte, aber es ist wohl dein gutes Recht, nach ihr zu schauen.» Sie konnte sehen, daß sie verletzt waren und versuchten, sich nichts anmerken zu lassen, und sie schämte sich. Sie bemüht sich sehr, einen guten Charakter zu entwickeln.

Später sprach Stephen noch einmal allein mit ihr und erklärte ihr, warum er nicht dabei helfen könnte. Er erzählte von seinem Besuch hier und entschied sehr fair, daß er meine Wünsche genauso wie ihre respektieren müsse. Sie müsse mich also schon selbst ausfindig machen. Es dauerte ziemlich lange, mehrere falsche Ansätze; sie findet es beschämend, daß sie schließlich seinen Schreibtisch durchsuchte und auf ein paar Dokumenten, die mit der Scheidung zu tun hatten, meine Adresse fand. Es wäre schrecklich, so etwas zu tun, meint sie, aber sie wäre einfach verzweifelt gewesen. Der Konflikt zwischen ihrer Verzweiflung und ihren Verpflichtungen ihm gegenüber ist unlösbar für sie. Genauso unlösbar wie der Konflikt zwischen ihrem tiefen Groll und diesem Gefühl, das ihren Worten nach Liebe sein könnte.

Es hat lange gedauert, bis wir dieses Stadium erreicht haben. Sie kam so häufig hierher, daß ich inzwischen schon nach ihr Ausschau halte, ihre Gegenwart akzeptiert habe. Sie hat sich einen Platz in meinem Leben erobert. Ich gebrauche nicht dieselben Worte wie sie und kann deshalb auch nicht sagen, daß ich sie liebe, aber ich erwarte sie auf jeden Fall. Ich glaube, es liegt an diesem Ort hier – er macht ihr angst und provoziert ihren Groll und ihre Wut. Sie versteht zwar nicht, was es damit auf sich hat – wie könnte sie auch? –, aber sie hat erkannt, daß er für mich alles bedeutet. Da sie mir nicht die ganze Schuld für das Geschehene zuschieben will, gibt sie dem Land die Schuld; sie weiß, daß meine ganze Liebe, falls ich überhaupt etwas liebe und Liebe das richtige Wort dafür ist, diesem Platz gilt. Wenn ich im Garten arbeite, sehe ich, wie sie mich mit hochgezogenen Brauen beobachtet und es ist, als ob mein früheres Ich zurückgekehrt wäre; das Subjekt, das das Objekt betrachtet, einschätzt, analysiert, und es verunsichert mich, macht mich befangen, ungeschickt, zieht mir buchstäblich den Boden unter den Füßen weg.

Sie versucht zu verstehen, was mich hier hält. Während der ersten Tage kam sie zu mir in den Garten, schaute mir ganz ruhig zu und kniete sich dann mir gegenüber, eine Reihe weiter auf den Boden, und half mir. Sie sagte nichts, sondern arbeitete still vor sich hin, integrierte sich ganz und war kein Eindringling mehr. Sie ist sehr klug, diese Katie, auf ihre Art.

Ich merkte nicht gleich, daß sie das eigentlich gar nicht tun wollte, daß sie den Garten und die Gartenarbeit im Grunde haßte und dieses Opfer nur brachte, um von mir akzeptiert zu werden. Ich merkte es nicht, weil ich irgendwie annahm, sie wäre wie ich und würde auch nur das tun, worauf sie Lust hätte.

Sie mußte längere Zeit leise vor sich hingeweint haben, während sie langsam in ihrer Bohnenreihe vorrückte, das was zum Essen oder Einfrieren zu gebrauchen war pflückte, und die winzigen Triebe eines immer wieder nachwachsenden Unkrauts zur Seite warf. Plötzlich fing sie jedoch an, die Bohnen auszureißen, heulend und wirres Zeug stammelnd; ich mußte natürlich sofort eingreifen, denn sie zerstörte meine Nahrung. Ich schrie sie an, war dabei jedoch eher distanziert, nicht wütend und auch nicht schockiert über das, was sich abspielte.

Sie hörte nicht auf, war völlig außer sich, und ich mußte sie schließlich mit Gewalt daran hindern, sie wegzerren und festhalten, bis sie sich dann völlig aufgelöst, erschöpft und verdreckt wieder beruhigte. Ich trug sie beinahe zur Hütte zurück, legte sie auf die Couch im Wohnzimmer und gab ihr eine Decke. Als ich wieder hinausging, schlief sie vielleicht schon, vielleicht auch nicht; ich konnte es nicht abwarten, ich mußte die Pflanzen ersetzen und nachsehen, wieviel Schaden sie angerichtet hatte. Er war beträchtlich, ich würde dieses Jahr sehr viel weniger Bohnen haben; ich versuchte jedoch, soviel wie möglich wieder einzusetzen und behielt die Pflänzchen im Auge, gab mir besondere Mühe mit ihnen. Dann beendete ich meine angefangene Arbeit und hackte anschließend mein Soll an Holz. Ich war nicht böse auf Katie und versuchte auch nicht, ihr aus dem Weg zu gehen oder Ärger vorzutäuschen, um sie zu quälen; ich tat nur, was getan werden mußte. Sie konnte das nicht verstehen, da sie, genauso wie ich früher, daran gewöhnt war, bei allem nach versteckten Motiven und Aggressionen zu suchen. Ich erinnere mich noch ganz genau daran. Ein völlig neutrales Verhalten kennt sie überhaupt nicht.

Sie dachte also, ich wäre wütend auf sie und war zerknirscht und verlegen, als ich zurückkam, um das Abendessen zu kochen. Sie war inzwischen wach, hatte rote, verquollene Augen und meinte, sie hätte den ganzen Nachmittag geschlafen. Sie hatte versucht, ihr Haar zu kämmen, aber es stand immer noch völlig zerzaust ab.

«Mein Gott, Mutter», sagte sie, «es tut mir leid. Ich weiß nicht, was in mich gefahren ist; es war, als ob irgend etwas explodierte. Es tut mir leid, du haßt mich jetzt bestimmt?» Verblüfft arbeitete ich weiter. Warum sollte ich sie hassen? «Nein, Katie, ich bin dir nicht böse.» Sie mußte es aber trotzdem geglaubt haben, weil ich sonst nichts mehr sagte; ich wollte ihr das nicht suggerieren, sie tat mir eher leid, da sie immer noch so einen unglücklichen Eindruck machte. Sie weiß auch jetzt noch nicht, wie wenig eigentlich gesagt werden muß.

Während des Abendessens war sie still und niedergeschlagen; ich kam erst gar nicht auf den Gedanken, daß es noch wegen dieser Angelegenheit sein könnte; ich hielt sie für abgeschlossen und konnte mir nicht vorstellen, daß sie noch daran dachte. Als sie jedoch nach dem Essen aufbrach, fragte sie, ob sie wieder zurückkommen könnte. «Ich weiß, du willst mich wahrscheinlich nicht mehr sehen, aber ich möchte es wieder ins reine bringen. Es tut mir leid, daß ich die Nerven verlor.»

«Natürlich kannst du wiederkommen. Ich erwartete nichts anderes. Warum denkst du denn nicht?»

Sie schaute mich überrascht an. «Ich habe mich doch so schrecklich aufgeführt, daß du einfach wütend auf mich sein mußt. Ich kann mir vorstellen, was der Garten für dich bedeutet, er ist lebensnotwendig für dich. Und ich versuchte, alles kaputtzumachen, es ist unverzeihlich.»

Was hätte ich ihr antworten sollen? Worte waren einfach unzulänglich, und doch waren Worte das, was sie erwartete, woran sie gewöhnt war.

«Hör zu, Katie», sagte ich bestimmt. «Ich bin dir nicht böse. Wirklich nicht. Du brauchst dir also keine Vorwürfe zu machen. Es ist passiert, ist aber nun vorbei und nichts hat sich deswegen geändert. Ich kann mir vorstellen, wie du dich hier fühlen mußt, und ich sehe keinen Grund, weshalb du mir gegenüber nicht offen sein kannst; du bist umsonst hierhergekommen, wenn du das nicht schaffst. Geh jetzt in die Stadt zurück und schlaf dich aus.»

«Warum denkst du, bin ich hierhergekommen? Ich bin offen.»

«Ja, Katie, schon.» Ich wollte mich ganz klar ausdrücken, damit es nicht wieder zu Mißverständnissen kommen würde. «Du sagtest, du wärst hierhergekommen, um mich kennenzulernen. Du wirst es nie, wenn du mir nur etwas zu Gefallen tun willst. Ich nahm an, daß du in den Garten kamst, weil du Lust dazu hattest, und das war offensichtlich nicht der Fall. Ich kann nichts über dich erfahren, wenn das, was du tust, eine Lüge ist, und ich kann auch nicht ich selbst sein, wenn ich mir die ganze Zeit Gedanken darüber machen muß, ob du nun glücklich bist oder nicht. Mir ist es völlig gleichgültig, ob du im Garten arbeiten willst oder nicht; ich bin nicht glücklicher, wenn du es tust, oder unglücklicher, wenn du es nicht tust. Ich gehe einfach meiner Arbeit nach, das ist alles. Wenn du im Wohnzimmer liegst und liest, komme ich ja auch nicht, wenn ich mich nicht danach fühle. Sei du selbst, Katie. Wenn wir uns mögen, mögen wir uns, wenn nicht, dann nicht.» Ich glaube nicht, daß sie mich verstand. Zumindest nicht zu diesem Zeitpunkt. Vielleicht hat sie es inzwischen begriffen.

Als sie weg war, dachte ich, daß ich vielleicht doch zuviel erwartet hatte. Was hatte ich schon von Aufrichtigkeit gewußt, damals, als ich noch dort lebte, wo sie lebt? Und was wußte ich denn inzwischen, entschied ich doch ausschließlich für mich allein, was Wahrheit war. Ich könnte es herausfinden, wenn ich wieder in diese Welt zurückkehrte, um festzustellen, wer sich verändert hat, meine Umgebung oder ich. Würde ich die Erfahrungen, die ich hier gemacht habe, wieder vergessen? Würde das hier ein Halt für mich sein? Hatte ich mich wirklich verändert oder einfach nur entzogen?

Um das herauszufinden, habe ich mir auch ihren Vorschlag, mit ihr zurückzugehen, durch den Kopf gehen lassen. Zurück in die Stadt und zu den Leuten und ich würde schon sehen, ob ich mir nur etwas vorgemacht hatte. Ein Test, sicherlich! Eine weitere Selbstprüfung? Habe ich sie schon bestanden oder würde ich durchfallen? Katie konfrontiert mich mit einer andern Welt, und ich sehe mich mit den Augen dieser Welt; sie läßt alles wieder auferstehen und zwingt mich, mir Gedanken darüber zu machen.

Ich kann mir jedoch noch Zeit lassen mit meiner Entscheidung. Es sind noch drei Wochen, bis Katie mit der Universität anfängt (wie man sieht, bedeuteten drei Wochen etwas für mich). Eine Zeitspanne, und ich sehe sie auch als das, ich kann nur nicht genau sagen, wie lange das nun ist; es scheint jedoch ziemlich lange zu sein, aber vielleicht ist es in Wirklichkeit eher kurz. Katie sagte heute morgen: «In drei Wochen muß ich wieder zurück», und ich konnte mir darunter etwas vorstellen. Vielleicht nehme ich bereits wieder mein altes Leben auf, vielleicht war alles nur ein Riesenspaß, den ich mir auf meine eigenen Kosten erlaubt hatte.

Katie sagte auch, daß sie schon seit fünf Wochen hier ist, und ich rechne mir aus, daß von unserer Zeit zusammen schon über die Hälfte vorbei ist, was ich erstaunlich finde. Fünf Wochen, was sind fünf Wochen? Ich erinnere mich noch ganz deutlich, als ob es gerade eben erst passiert wäre, wie sie hier auftauchte, scheu und verängstigt auf die Hütte zuging, während ich sie im Garten versteckt beobachtete. Es ist natürlich sinnlos, mich jetzt zu fragen, ob ich besser in meinem Versteck geblieben wäre. Ich habe aber auch den Eindruck, als ob Katie schon immer hiergewesen wäre, in einer Form zumindest; sie enthüllte so viele verschiedene Seiten von sich. Ihre Wut, ihr Groll, ihr Mitleid, ihr Selbstmitleid, ihre Liebe, alles ist während dieser Zeit zum Vorschein gekommen. Und ich habe auch den Sog verspürt, fühlte, wie ich weggezogen wurde, weg von mir selbst. Und manchmal bin ich völlig verunsichert unf konfus, wenn ich über Katie und mich nachdenke; ich habe mehr und mehr das Gefühl, daß ich die Kontrolle verliere, daß ich in etwas hineingezogen werde – in was nur? Und ich bin weniger zufrieden.

Sie lernt rasch. Sie lernt mehr und mehr, mich so zu nehmen, wie ich bin.

Und jetzt, wo wir uns aneinander gewöhnt haben, verläuft unser Leben sehr einfach. Ich gehe meiner Arbeit nach, tue, was ich sonst auch tue; sie liest, sonnt sich, und manchmal zeichnet sie auch, inspiriert von meinen Zeichnungen. Sie ist weder besser noch schlechter als ich. Es amüsiert uns beide, daß wir so miserable Künstler sind, trotzdem aber soviel Spaß daran haben. Katie meint, sie hätte immer gedacht, daß zwischen der Begabung und dem Vergnügen an der Sache eine Art Wechselbeziehung bestünde, aber inzwischen wäre sie nicht mehr überzeugt davon.

Zusammen sind wir eigentlich nur während der Mahlzeiten und der kurzen Zeit abends, bevor es dunkel wird und Katie gehen muß, da sie in der Dunkelheit nicht ausreichend sieht, um fahren zu können. Manchmal unterhalten wir uns, meistens jedoch nicht. Gewöhnlich fängt Katie ein Gespräch an.

Sie will wissen, was ich fühle, und weiß doch nicht, was das heißt. Ihre Versuche, mich zu sondieren, sind natürlich etwas pubertär, aber sie meint, es wäre sehr wichtig für sie. Sie könnte sich keine Beziehung vorstellen (sie spricht das Wort aus, als ob es fettgedruckt wäre), ohne sie zu analysieren. Ein Beispiel: Katie und ich sitzen beim Mittagessen. Wir trinken den Kaffee, den sie aus der Stadt mitgebracht hat. Ich werde gleich aufstehen und wieder Holz hacken.

Sie schaut mich an, möchte offensichtlich ein Gespräch anfangen. Sie meint: «Ich habe dich beobachtet, du hast eine sehr interessante Körpersprache. Ist dir schon aufgefallen, daß deine Beine und Arme immer offen sind! Außer wenn du etwas trägst, hängen deine Arme immer locker herunter und deine Beine – schau dir nur an, wie du dasitzt, mit gespreizten Beinen, du panzerst dich überhaupt nicht ab. Wahrscheinlich kannst du auch auf dem Rücken schlafen. Nur Leute, die keine Angst haben, können das. Du machst immer einen völlig lockeren Eindruck; du sitzt nur gerade so da, irgendwie entblößt. Ich denke, das ist sehr aufschlußreich.»

Vielleicht hat sie recht. Wovor sollte ich auch Angst haben? Aber kaum hatte sie das gesagt, wollen sich meine Arme auch schon um meinen Körper schlingen und meine Beine sich hochziehen. Ich schlafe nicht auf dem Rücken, sondern auf dem Bauch, was immer das auch bedeutet; aber ich sage ihr das nicht. Ich habe mich innerlich irgendwie gewehrt, als sie das sagte; mein Körper wollte sich vor ihren beobachtenden, analysierenden Blicken schützen, mein Kopf reagierte jedoch sofort und sagte dem Körper «laß es dir nicht anmerken». Und schon spielte ich eine Rolle, hielt mich bewußt «offen», obwohl ich mich ihr gegenüber eher verschlossen hätte. Was bedeutet das alles? In was werde ich da hineinmanövriert? Es ist alles sehr verwirrend. Ich mag es nicht, wenn man mich beobachtet. Wenn sie doch damit aufhören würde.

Aber dann fange ich mich wieder, beinahe im selben Augenblick, sehe, daß das ihre Sache ist, nicht meine, und gehe an meine Arbeit.

Aber sie setzt mir ganz tüchtig zu!

Mir fällt etwas ein.

Ich habe Stephen als liebevoll, fair, sanft und rücksichtsvoll beschrieben. Leute, die mit ihm zusammenarbeiten, sagten jedoch, er wäre tüchtig, streng und unnachsichtig. Ihr Bild war ganz anders als meines. Trotzdem, wenn ich an ihn denke, habe ich immer dieses Gefühl der Zärtlichkeit, ein so guter Mensch. Und doch ... Sah ich einfach nur, was ich sehen wollte? War er ganz anders? War es eine

Rolle? Eine Rolle, die er sich für seine Arbeit zurechtlegte? Hatte er Tiefen und auch Oberflächen, die ich gar nicht kannte? War er nicht der, den ich kannte? Hatte ich ihn mir nur zurechtgebastelt?

Ja, natürlich hatte ich das, es ist irgendwie ganz offensichtlich und nicht zu bestreiten. Ich hatte ihn selbst ganz bewußt ausgeklammert. Und auch alle andern waren nur Phantasieprodukte. Keiner war so, wie ich ihn sah; vielleicht reagierten sie auch nur auf das, was ich in ihnen sah, ohne diese Person wirklich zu sein. Alle, Stephen, Katie, Elliott, meine Mutter, die Geschäftsleute bei den Dinnerparties, ihre Frauen waren völlig anders. Ich bastelte sie mir zurecht, versah sie mit bestimmten Eigenschaften, die meiner eigenen beschränkten Sichtweise entsprachen, legte sie fest, machte sie zu Leuten, die mir vertraut waren. Ich vereinfachte grob. Und dann nahm ich ihnen gegenüber bestimmte Verhaltensweisen an, tat so, als wären meine Phantasieprodukte Wirklichkeit. Sie machten ihrerseits natürlich genau dasselbe. Absurd. Als ob man immer nur in einen Spiegel blickt und nur das sieht, was man mit einem bestimmten Augenpaar wahrnehmen kann, alles übrige erkennt man erst gar nicht, weil die Umrisse nicht von den Augen aufgenommen werden. Natürlich. Es war alles ganz offensichtlich. Man kann alles hinnehmen, wenn man sich dessen bewußt ist. Ja, es ist die Person, die ich vor mir habe, mit der ich zusammen lebe oder die ein guter Freund von mir ist oder mein Kind, es ist die Person, die ich sehe, so wie sie leibt und lebt, nur daß ich mir das Ganze aus den Fingern sog, in Wirklichkeit ist sie nämlich überhaupt nicht so; weder sie noch die andern haben dieses Bild, nur ich sehe sie so.

Inzwischen kann ich Katie anschauen, ihr zuhören und verstehen, was sie sagt oder auch nicht, und mir sagen: Das also ist für mich bestimmt, dieses Gesicht zeigt sie mir, aber selbst das wird durch meine Wahrnehmung verwässert und verändert. Näher können wir uns nicht kommen. Solange ich das weiß, kann ich es auch akzeptieren. Sie schaut mich an und sieht – weiß der Himmel was sie sieht – und glaubt diesen kleinen Ausschnitt zu verstehen, hält ihn für das Ganze oder zumindest für etwas Wesentliches. Innerhalb der Grenzen dieser nur Zerrbilder produzierenden Wahrnehmung bewegen wir uns, und das ist auch ganz in Ordnung so.

Ich bin froh, daß Katie hierherkam und wenn auch nur dieser Einsicht wegen; dadurch wird alles viel klarer. Aber – und das ist symptomatisch für meine augenblickliche Verwirrung – ich sehe auch, daß ich, wenn Katie nicht gekommen wäre, erst gar nicht damit konfrontiert worden wäre, was auch nichts geschadet hätte.

Katie liest in ihren Lehrbüchern für das nächste Semester, um «gleich reinzukommen», wie sie meint. Sie scheint sehr praktisch veranlagt zu sein. Sie würde zwar als Archäologin nie viel Geld verdienen, aber das ist ihrer Meinung nach unwichtig. Es würde ihr Spaß machen, im Freien zu arbeiten, ganz gründlich und gewissenhaft vorzugehen, Zentimeter für Zentimeter, auch die kleinste, mühselig zutage beförderte Entdeckung kann sehr wichtig sein, wie sie sagt. Die Gründlichkeit und Geduld, die man dabei aufbringen muß, würden sie faszinieren. Ich dachte zuerst, es wäre ein seltsamer Beruf, Vergangenes wieder auszugraben; wenn ich es mir aber genauer überlege, dann ist das, was sie sagt, irgendwie auch einsichtig. Wie meine Gartenarbeit erfordert es viel Fingerspitzengefühl und Sorgfalt, eine Arbeit, die schützen und erhalten will und bei der etwas herauskommen kann oder auch nicht. Wichtig ist die Arbeit selbst, jeder einzelne Handgriff, und darin liegt die eigentliche Befriedigung; ich kann mir das schon vorstellen. Ob sie sie auch so auffaßt, weiß ich nicht, ich hoffe es jedoch.

Es steht mir nicht zu, irgend etwas für sie zu hoffen, sie hat ihre eigenen Ziele. Sie ist etwas sicherer geworden, vielleicht sich selbst.

Sie wird immer dunkler, wie ich. Die meiste Zeit trägt sie Shorts und ein Bikinioberteil oder einen Badeanzug, und sie liegt häufig in der Sonne und liest. Einmal, kurz nach dem Zwischenfall im Garten, bot sie sich an, mir beim Holztransportieren zu helfen. Ich fragte sie, ob sie auch wirklich Lust dazu hätte. «Nicht wirklich», antwortete sie, «aber es scheint so viel Arbeit für einen allein zu sein. Es macht mir nichts aus, dir zu helfen.»

Ich schickte sie zu ihrem Liegestuhl und ihren Büchern zurück. «Ich mache es gern», sagte ich, «und du nicht.» Ich weiß nicht, ob sie das verstand, aber ich habe den Eindruck, als ob sie sich inzwischen eher vorstellen kann, was Freiheit bedeutet. Ich hoffe es.

Es steht mir jedoch nicht zu, irgend etwas für sie zu hoffen. Es ist nicht einmal so, als ob sie meine Tochter wäre. Das Wort «Tochter» sagt mir nichts. Trotzdem verbindet uns etwas. Ich hatte auch bei meiner Mutter das Gefühl einer gewissen Zusammengehörigkeit gehabt – waren es die gemeinsamen Erfahrungen? Katie probiert offensichtlich das Wort «Mutter» bei mir aus, sie gebraucht es, um zu sehen, ob es paßt, und ich glaube, sie betrachtet die Tatsache, daß ihr das Wort immer leichter über die Lippen kommt, als Beweis dafür, daß uns etwas verbindet. Aber wie ist das möglich? Katie war damals ein kleines Mädchen gewesen, jetzt ist sie eine junge Frau, und ich hatte an alldem keinen großen Anteil. Trotzdem hat sich zwischen uns etwas entwickelt, eine besondere Zuneigung, die nicht notwendigerweise in dem, was wir so reden, zum Ausdruck kommt. Außer der Tatsache, daß wir blutsverwandt und beide Frauen sind, verbindet uns nichts: reicht das, um ein Zusammengehörigkeitsgefühl zustande kommen zu lassen?

Da mich Katie jetzt als *Mutter* sieht, bombardiert sie mich wie eine Fünfjährige mit Fragen und erwartet von mir, daß ich sie auch beantworten kann, nur sind es nicht die Fragen einer Fünfjährigen, sie sind keineswegs einfach, und die Antworten, die ich mir zurechtgelegt hatte, kann ich ihr nicht geben.

«Es ist komisch», meint sie einmal nachdenklich beim Abendessen, «hier bei dir bin ich jemand ganz Bestimmtes, und ich halte mich für aufrichtig dabei. Ich denke nicht, daß ich dir etwas vormache. Und dann gehe ich wieder ins Hotel zurück, und auf dem Weg dorthin verändert sich etwas, etwas zieht sich in mir zusammen, und kaum bin ich dort, bin ich wie verwandelt, lächle, bin liebenswürdig usw. und werde richtig verwöhnt, alle kennen mich und kümmern sich um mich, nur daß sie mich eigentlich gar nicht sehen. Verstehst du, was ich meine?» Ich nicke. Ich verstehe sie. Ich denke an die Dinnerparties und das Kleidergeschäft.

«Für Daddy bin ich so und für Jean so (Stephens jüngere rothaarige Frau, die sehr ruhig ist, genauso wie er) und wenn beide zusammen sind, bin ich wieder anders. Elliott hält mich für albern und oberflächlich, und das ist meine Schuld, da ich mich in seiner Gegenwart auch so gebe; er ist so pompös und provoziert das alles erst. Ich habe mich ihm gegenüber immer verstellt – seit Jahren. Manche meiner Freunde sind ernsthaft, und mit ihnen zusammen bin ich's auch, andere albern nur herum, und ich verwandle mich dabei in eine Art Anführer. Es macht mir wirklich angst, ich sitze manchmal da und überlege mir: ‹Okay, wer von all diesen Leuten bin ich eigentlich?›, aber natürlich nur, wenn ich allein bin. Wahrscheinlich bin ich sie alle, die Sache ist nur, daß keiner von ihnen mir wirklich entspricht, keiner richtig hinhaut. Hier oben jedoch, mit dir zusammen, habe ich das Gefühl, ich selbst zu sein, und ich mache mir auch keine Gedanken, weil ich weiß, daß du mich nie wirklich hassen würdest, egal was passiert.» Sie hält inne, und ich nicke und lächle.

«Das ist es wohl auch, nicht wahr», meint sie schließlich, «wenn ich wüßte, daß ich ihnen vertrauen könnte, daß sie mich nicht hassen würden, ganz gleichgültig, wie mein wahres Selbst aussieht. Es ist seltsam, nicht wahr? Ich kenne so viele Leute und vertraue eigentlich keinem. Warum, denkst du, ist das so? Ich frage mich, wovor ich eigentlich Angst habe. Sie sind alle sehr nett, Daddy und Jean und auch Elliott. Wovor habe ich Angst?»

Sie geht nachdenklich weg, und wir sprechen nicht mehr darüber. Ich denke, vielleicht kommst sie selbst damit zu Rande, vielleicht ist es auch schon anders geworden, wenn sie jetzt wieder zurückgeht. Würde es anders sein, wenn ich mit ihr zurückginge?

Dann wieder: «Ich frage mich, warum ich gerade dir vertraue? Du hast es eigentlich am wenigsten verdient.» Das war während einer Phase, in der sie grollte und verbittert reagierte. Ich gebe versuchsweise meine Ansichten über Blutsbande und weibliches Bewußtsein zum besten, aber sie akzeptiert das nicht.

«Es gibt überhaupt keinen Grund, weshalb ich dich mag», sagt sie, «ich sollte dich eigentlich hassen, weil du dich einfach abgesetzt hast und Daddy, Elliott und mich alles ausbaden ließt. Warum zum Teufel sollte ich da an dir hängen?» Sie will mich herausfordern, eine Antwort provozieren, die ich ihr natürlich nicht geben kann; es gibt keine Gründe. «Was unser weibliches Bewußtsein betrifft, so halte ich das für unsinnig. Es gibt eine Menge Frauen, mit denen mich nichts verbindet, es ist einfach nichts da. Das kann es also nicht sein.» Ich kann ihr wieder einmal nicht antworten. Sie wartet einen Augenblick, ihre Augen fixieren mich böse, ihr Gesicht ist ganz starr vor zornigem Schmerz oder schmerzendem Zorn oder einer ähnlich qualvollen Empfindung. Dann entspannen sich ihr Züge wieder, ihre Augen werden sanfter, und bald darauf lacht sie.

«Aber es spielt keine Rolle, nicht wahr? Du hast es für dich schon längst beantwortet und wartest nur ab, bis ich von selbst darauf komme. Wahrscheinlich mag ich dich deshalb auch so – du weißt es zwar, aber du läßt mir Zeit.» Ich möchte nicht, daß sie das denkt.

«Nein, Katie, du täuschst dich. Ich weiß überhaupt nichts. Ich kann manches erahnen, aber ich weiß es nicht. Manchmal ziehst du die gleichen Schlüsse wie ich, manchmal auch nicht. Das bedeutet noch lange nicht, daß wir Recht oder Unrecht haben, sondern nur, daß wir manchmal ähnlich empfinden und manchmal nicht. Es ist nicht so wichtig.» Ich zucke die Achseln. Diese Haltung, die dieses «es ist nicht so wichtig» ausdrückt, das Achselzucken, kann sie am wenigsten ertragen.

«Das ist es eben», meint sie heftig, «dir ist alles egal. Du sitzt einfach nur da und lächelst und nickst und denkst: ‹Ich bin okay›, und du kümmerst dich einen Dreck um alles übrige. Sicher, du bist okay, aber du bist auch mit nichts konfrontiert. Versuch mal, es mit der *wirklichen* Welt aufzunehmen, du wirst dann schon sehen, was passiert. Wenn dir alles egal ist, vegetierst du auch nur so vor dich hin; du bist wie die Kohlköpfe in deinem Garten, die nur darauf warten, daß es regnet oder die Sonne scheint. Es ist einfach unglaublich, deine Gleichgültigkeit verschlägt mir die Sprache.»

Abgesehen davon, daß sie es aus ihrer Perspektive sieht, gebe ich ohne weiteres zu, daß sie mein Leben genau erfaßt hat. Ich bin wirklich wie meine Kohlköpfe, die die Sonne oder den Regen abwarten. Ich lächle und nicke, besinne mich aber gleich eines Besseren, da sie das natürlich am meisten irritiert und meine besänftigend: Wie kommst du darauf, daß deine Welt realer ist als meine?» Ich denke, wenn sie dahinterkommt, was in meinem Leben real ist, vielleicht kann sie dann auch etwas lockerlassen. Und vielleicht wird sie auch selbst ein wenig freier.

«Du brauchst dich um nichts zu kümmern. Du brauchst dich nicht durchzulavieren, du bist mit nichts konfrontiert, du kannst es dir einfach hier bequem machen und nur das tun, was dir gerade in den Sinn kommt, und alles übrige kann dir gestohlen bleiben. Das ist nicht die Wirklichkeit, außer dir lebt niemand so.»

«Ist dir bewußt, was du gesagt hast, Katie?» Wir liegen ausgestreckt nebeneinander im Gras. Ich liege auf dem Rücken, die Arme hinter dem Kopf verschränkt und unterdrücke nur mit Mühe ein Lächeln. Katie liegt auf der Seite, schaut mich an, auf den Ellbogen gestützt und den Kopf in die Hand gelegt. Mit dem andern Arm, dem freien, gestikuliert sie heftig; sie ist sehr ernst und angespannt.

«Was?» fragt sie überrascht. Dann indigniert: «Was es auch immer war, du wirst es gegen mich verwenden.»

«Vielleicht, wenn du es so auffaßt. Du hast gesagt, ich wäre frei, ich müßte mich um nichts *kümmern*, ich brauchte mich nicht *durchzulavieren* und mich mit nichts zu *konfrontieren*. So sieht also deine Wirklichkeit aus? Wenn das der Fall ist, mußt du mir auch die guten Seiten schildern und sagen, was dir daran gefällt.»

Es dauert ziemlich lange, bis sie dann schließlich lächelt und antwortet.

«Okay», meint sie, «ich will es dir erklären. Ich habe nichts dagegen, mich zu konfrontieren, es ist wie ein Spiel, und ich bin sehr ehrgeizig. Ich schlage mich gern mit Problemen herum und nehme auch gern Verantwortung auf mich. Es macht mir Spaß, etwas zu planen und mich zu amüsieren. Ich verstehe nicht, wie du es aushältst, allein zu leben; Leute machen das Leben doch erst lebenswert; sicher, manche sind beschissen, aber nicht alle, und es ist aufregend, Bekanntschaften zu schließen und zu entdecken, daß man sie wirklich mag. Okay, ich gebe zu, daß mir das nicht gleich auf Anhieb einfiel; ich gebe dir auch recht, wenn dir das, was ich zuerst gesagt habe, eher negativ erschien, vielleicht sehe ich es manchmal auch so, aber eben nur manchmal. Im großen und ganzen ist es schon in Ordnung so. Es ist eben nur nicht alles in Ordung.»

Ich sage nichts. Nicht weil ich nichts dazu sagen kann, sondern weil ich noch nicht soweit bin; es geht mir erst jetzt allmählich auf, daß ich alles von einer Außenseiterperspektive sehe, mein eigenes Leben eingeschlossen. Die Wirklichkeit, die für mich zählt, ist ganz einfach, daß ich noch Holz für heute hacken muß; ich stehe also auf, nehme meine Axt und gehe in den Wald.

Als ich zurückkomme, hat Katie das Abendessen fertig; sie ist wieder einmal böse auf mich, weil sie denkt, ich würde sie für kindisch halten und wäre deshalb weggegangen, ohne ihr zu antworten. Ich muß zugeben, daß ich es manchmal etwas anstrengend finde, dauernd auf ihre Unsicherheit Rücksicht nehmen zu müssen.

«Offensichtlich», meint sie ziemlich feindselig, «hieltest du es nicht der Mühe wert, mir zu antworten. Vielleicht könntest du mir doch deine Meinung verraten.»

Ich seufze, unterdrücke ein Lächeln. Warum bin ich immer versucht, über das, was sie sagt, zu lächeln? Ist es der Kontrast?

«Ach, Katie. Ich glaube gar nichts. Du weißt das und wehrst dich immer dagegen. Es stimmt nicht, daß ich es nicht der Mühe wert hielt, dir zu antworten, ich hatte nur keine Antwort parat. Was ich erfahren habe, steckt in mir und läßt sich einfach nicht vermitteln.

Du könntest stundenlang hier sitzen und mir jeden Augenblick deines Lebens, an den du dich erinnerst, erzählen; du könntest alles analysieren und mir dann erklären, was jeder einzelne Augenblick für dich bedeutete, ich würde es trotzdem nie ganz verstehen, weil ich diese Erfahrungen nicht selbst gemacht habe. Und ich kann dir auch nicht erklären, was ich empfinde, weil du nicht erlebtest, was ich erlebte. Wir können uns vielleicht näherkommen, aber nie ganz kennenlernen; wir werden auch nie alles verstehen. Das ist aber nicht so schlimm, ich finde es schon erstaunlich, daß wir uns überhaupt so nahegekommen sind. Es ist unsinnig, etwas anderes erzwingen zu wollen.

Katie, du gehst wieder von hier weg und in die Stadt zurück und alles mögliche wird sich ereignen; du studierst, triffst neue Leute, verheiratest dich vielleicht auch nächstes Jahr oder nimmst an einer Ausgrabung teil und all diese Erfahrungen sind wie die Teilchen eines Puzzles. Vielleicht kommen sie eines Tages alle zusammen und du denkst: Aha, das ist es also. Ich bin überzeugt davon; aber deine Erkenntnis wird ganz anders aussehen als meine, das stört mich jedoch überhaupt nicht. Was für mich richtig ist, kann für dich völlig falsch sein. Alles in allem erwartest du anscheinend, daß ich dir sage, was du denken sollst, auch wenn es dir nur als Vorwand dient, um mir sagen zu können, daß ich mich täusche und wieder einmal unverantwortlich bin. Ich mache da nicht mit. Meine Handlungen können dir völlig falsch vorkommen, während sie mir richtig erscheinen, und es ist völlig sinnlos, alles unter einen Hut bringen zu wollen. Verlorene Liebesmüh. Warum nicht darauf verzichten, wenn es einen doch nicht weiterbringt?»

Ihr Gesicht ist zornig, angespannt und gleichzeitig flehend. «Es ist also mehr oder weniger vergeudete Zeit, mit dir reden zu wollen, nicht wahr? Du weigerst dich, über irgend etwas von Bedeutung zu sprechen; du weigerst dich, mich an deinem Leben teilhaben zu lassen, was habe ich also noch hier verloren? Ich könnte genausogut nach Hause gehen, meinst du nicht auch?»

Sie will, daß ich sie bitte zu bleiben; was mich jedoch alarmiert, ist die Tatsache, daß ich bei ihrer Drohung dieses komische Gefühl im Magen habe; ich möchte am liebsten meine Arme ausstrecken und sie festhalten. Es ist mir erst jetzt klargeworden, wie abhängig ich von ihr bin.

Wegen ihrer Jugend? Wegen all dieser nicht neuen Ideen, die durch sie wieder lebendig wurden? Oder ganz einfach wegen der menschlichen Nähe? Fühle ich mich einsam? All das muß geklärt werden. Ich gehe in eine Falle, die sie mir gestellt hat, ohne es zu wollen; vielleicht täusche ich mich aber auch, und sie hat es von Anfang an so geplant; als erstes muß ich sie jedoch davon abbringen, gehen zu wollen.

«Nein, Katie, das ist keineswegs so», sage ich schnell. «Wir können zusammen sein, auch ohne Antworten parat zu haben und viel dazulernen. Ich profitiere von dir, und vielleicht kannst du auch etwas von mir profitieren?»

«Vielleicht», meint sie. Sie hat etwas Triumphierendes an sich. «Du hast wohl recht. Ich gehe auf jeden Fall jetzt ins Hotel zurück. Ich möchte mich ausruhen. Ich komme morgen wieder.»

Ich war also mit folgender Frage konfrontiert: Was bedeuten die Erwartungen dieses jungen Mädchens, die meine Tochter ist oder war, für mich? Warum liegt mir so viel an ihr? Was erwarte ich von ihr? Als ich mich endlich schlafen lege, beschäftige ich mich immer noch mit diesen Fragen; meine Gefühle lassen sich einfach nicht erklären. Nein, die Erklärung sind die Gefühle selbst, aber ich kann sie nicht einordnen. Liebe, so wie ich sie in Erinnerung habe, wäre nicht das passende Wort dafür. Ich frage mich, was mir, ohne daß ich es bemerkte, hier gefehlt hat; etwas, das Katie aufzeigen oder geben konnte.

Ich träume. Ich träume, daß mich am Morgen eine riesige Explosion aus dem Schlaf reißt. Die Erde rumpelt, die Hütte schwankt, und als ich von meinem Bett aus zum Fenster hinausschaue, kann ich nur Staub sehen, überall nur Staub, herumwirbelnder und alles verdunkelnder Staub. Ich stehe auf und koche Tee, gehe mit meiner Tasse in der Hand durch alle Zimmer der Hütte, schaue aus den verschiedenen Fenstern und versuche durch den Staub hindurch etwas zu unterscheiden. Es ist, als wären sie mit rostigem Beige gestrichen worden, so wenig lassen sie erkennen. Nur die Bewegung, das ständige Herumwirbeln der einzelnen kompakten Staubkörnchen widerspricht diesem Eindruck.

Ich gehe in die Küche, um zu frühstücken. Ich habe eingesehen, daß es völlig sinnlos ist, bei dieser Naturkatastrophe nach draußen gehen zu wollen; ich sitze hier sicher im Warmen, während es draußen offensichtlich sehr gefährlich und bestimmt auch unerträglich ist. Später gehe ich noch einmal in der Hütte herum und versuche wieder, etwas durch den Staub hindurch zu erkennen, aber es ist einfach unmöglich; die Staubkörnchen schienen jedoch langsamer geworden zu sein; ihre Bewegungen sind eleganter, ausladender und weniger wild. Ich nehme an, daß das Ganze bald aufhört, daß sich alles wieder beruhigt und ich vor die Hütte gehen kann. Ich frage mich, wie tief die Staubschicht sein wird, wenn sich alles gesetzt hat. Wird man in sie einsinken? Und was ist mit dem Garten passiert? Ich denke an die Vögel und die Eichhörnchen und stelle mir vor, daß der Bach beinahe im Schlamm erstickt ist, eine zähe, trübe Masse, und die Wasserläufer sitzen in der Falle. Der Staub scheint sowohl das Wasser wie auch die Luft aufzusaugen. Plötzlich ist alles vorbei; nein, wenn ich aus dem Fenster schaue, sehe ich, daß der Staub nicht einfach verschwunden ist, sondern sich nur gesetzt hat; er bedeckt alles und reicht beinahe bis zum Fensterbrett – so tief ist er. Ich muß hinaus und in ihm herumwaten; ich möchte wissen, was das ist, was passiert ist, und ich erinnere mich an die Explosion und frage mich, was das wohl war. Ein Erdbeben vielleicht?

Ich öffne die Tür, und der Staub, dieses rostige Beige, häuft sich kniehoch vor meiner Tür. Nichts rührt sich. Der Staub scheint sich zu einer Mauer verfestigt zu haben, als ich nämlich die Tür öffne, rieselt er mir nicht entgegen, sondern bleibt einfach liegen, eine kompakte, vertikal zusammenhängende Masse, als ob die Tür noch dagegendrücken würde. Ich denke: Er muß also fest sein und trete darauf. Er ist aber nicht fest, sondern einfach nur lockerer Staub, und ich versinke in ihn, lande unsanft auf dem Boden und ersticke beinahe; er fliegt mir in die Augen und die Nase. Ich kann weder atmen noch sehen. Schließlich komme ich nach Luft ringend daraus hervor und rühre mich nicht, bis sich der Staub wieder gesetzt hat und meine Augen und meine Nase frei sind.

Außer dem Staub kann man nichts sehen. Er liegt wie ein Leichentuch über den Büschen und sogar auch über der Trauerweide. Ihre Umrisse dienen mir als Anhaltspunkte, sie kommen mir jedoch überhaupt nicht mehr bekannt vor. Ich folge dem Weg zum Bach und sehe, daß er völlig trocken und mit Staub aufgefüllt ist; es ist, als hätte es ihn nie gegeben. Ich blicke mich um, überprüfe noch einmal meinen Standort und bin überzeugt, daß ich mich an der richtigen Stelle befinde. Ich drehe mich um und gehe zum Garten. Es gibt ihn nicht mehr, er ist unter dem Staub begraben und durch nichts zu erkennen.

Der Weg zur Wiese ist ebenfalls nicht mehr vorhanden, ich weiß jedoch, in welche Richtung ich gehen muß; ab und zu blicke ich zurück, um mich an der Hütte und der Trauerweide zu orientieren. Es ist nicht schwer, in dem Staub vorwärts zu kommen. Er ist sehr leicht und bietet kaum Widerstand. Jeden Abdruck, den ich hinterlasse, füllt sich sofort hinter mir auf, es bleiben überhaupt keine Spuren. Ich verstehe nicht, wie das zustande kommt, denn es ist völlig windstill.

Diese Wiese sieht genauso aus wie alles übrige, und ich suche umsonst nach den Löchern der Murmeltiere; sie ersticken bestimmt, es ist jedoch keine Spur von ihnen zu entdecken, sie haben sich zu geschickt vergraben, und ich kann ihnen nicht helfen; es ist unmöglich, den Staub beiseite zu schaffen.

Ich gehe also weiter auf den Wald zu und denke, wenn es dort auch so aussieht, muß ich bei meinen Nachbarn oder in der Stadt Hilfe holen. Ich bin überzeugt, daß die Straße frei ist, daß sich das Ganze mehr oder weniger auf eine Stelle, mein Grundstück, beschränkt. Ich hätte mir, als ich auf der Wiese war, noch die andern Felder ansehen sollen, ob sie auch unter dem Staub begraben waren.

Im Wald sind alle Bäume mit einer Staubschicht bedeckt, die auch ziemlich weit die Stämme hochgeht. Ich wundere mich über einen riesigen Baumstumpf, der vor mir auf der Staubschicht liegt. Kein Baum, den ich gefällt habe, er wäre viel zu groß für mich gewesen. Während ich einsinke, wird er getragen; ich gehe näher an ihn heran, um dieses Phänomen zu untersuchen. Soweit ich es beurteilen kann, gibt es keinen Grund dafür. Ich stehe neben dem Baumstamm, meine Schenkel berühren ihn, so tief stecke ich drin, und er liegt immer noch oben. Ich versuche ihn wegzuzerren, da ich nachsehen will, ob er auf etwas Festem liegt.

Er ist unglaublich schwer; es ist ein harter Kampf, bis ich ihn auch nur etwas beiseiterücken kann. Dann wird er plötzlich leichter und leichter und alles fängt an zu gleiten, der ganze Staub gerät in Bewegung und kommt auf mich zu, und ich muß zusehen, daß ich nicht den Boden unter den Füßen verliere. Er wirbelt nicht in der Luft, sondern bewegt sich nur am Boden entlang auf mich zu, rieselt schnell und leicht von den Bäumen; dann bemerke ich auch, daß er nicht auf mich, sondern auf ein riesiges Loch unter dem Baumstumpf, den ich gerade weggerückt hatte, zuströmt; alles scheint darin zu verschwinden, richtige Staubkaskaden und ich denke: Es müßte hübsch sein, darunter zu stehen und zu sehen, wie es herunterkommt, gleichzeitig versuche ich aber auch, mich daraus zu befreien, um nicht mitgerissen zu werden. Ich kann mich an einen Baum festhalten und beobachten, wie der ganze Staub – eine riesige, nichtendenwollende, rostig-beigefarbene Masse, jedes Teilchen an seinem Platz – auf das Loch zuströmt und über den Rand rutscht, tiefer und tiefer sinkt, ohne schneller zu werden; alles verläuft wohlgeordnet und harmonisch. Der Staub scheint aus einer unversiegbaren Quelle zu kommen.

Und plötzlich ist alles vorbei. Ich hatte überhaupt nicht bemerkt, daß die letzte Ladung versickert war; kein einziges Staubkorn ist mehr zu sehen, und die Bäume sind auch wieder grün. Eine Zeitlang ist es totenstill, dann höre ich einen Vogel, einen Ruf und eine Antwort, und dann das Plappern eines Eichhörnchens und das Rascheln eines andern, das angeturnt kommt, und alles ist wieder in Ordnung, alle Geräusche sind wieder da, ein leichter Wind weht, und die Bäume rauschen wieder. Ich lasse meinen Baum los und gehe zu dem Stumpf. Ich schaue hinunter, so tief es geht. Das Loch scheint gar nicht aufzuhören, von dem Staub ist nichts mehr zu sehen, er wurde völlig verschluckt, ist spurlos verschwunden; vielleicht ist es wirklich bodenlos. Es wäre fürchterlich, da reinzufallen, denke ich und versuche, den schweren Stumpf über die Grube zu schieben.

Dann mache ich mich auf den Nachhauseweg. Nichts. Auf der Wiese sieht es so aus, als wäre nichts vorgefallen. Ich schaue in die Löcher der Murmeltiere und kann nichts entdecken, keine Spur, weder von dem Sand noch von den Tieren. Ich gehe weiter. Der Weg ist wieder aufgetaucht, ich folge ihm und sehe die Trauerweide und die Hütte vor mir, beide völlig frei; etwas später gehe ich querfeldein zum Bach. Er ist ziemlich klar, das Wasser fließt ungehindert, von Schlamm oder Staub ist nichts zu sehen, und die Wasserläufer huschen über die Oberfläche. Ich bleibe wieder bei dem Garten stehen und inspiziere ihn, alles ist frisch und grün, wächst und gedeiht.

Ich gehe zur Hütte zurück, mache mir eine Tasse Tee, wandere durch die Zimmer und schaue aus den Fenstern. Die sprießenden Pflanzen leuchten mir entgegen. Ich spüle die Tasse aus und lege mich aufs Bett. Ich hatte meine Kleidung für draußen angehabt – sie ist sauber und völlig staubfrei. Ich ziehe die Decke hoch und lege meinen Kopf auf das Kissen. Und dann wache ich auf.

Die erstaunliche Klarheit des Traums und die Leuchtkraft der Farben verblüffen mich. Ich versuche mir die Details noch einmal ins Gedächtnis zu rufen, sie entgleiten mir jedoch, eines nach dem andern. Ich kann mich nicht mehr genau erinnern, alles verblaßt, der ganze Traum löst sich auf.

Ein paar Nächte darauf kommt er wieder und danach noch einmal. Ich hatte noch nie einen wiederkehrenden Traum gehabt und erinnere mich inzwischen genau daran, und er entfällt mir auch nicht mehr.

Katie fragt mich: «Warum ist das hier besser als das, was du früher hattest? Warum ziehst du das hier vor?» Sie fragt nicht mehr: «Warum bist du weggegangen?»

«Weil ich hierhergehöre.» Sie wartet darauf, daß ich fortfahre, aber ich habe nichts mehr hinzuzufügen.

«Aber», bedrängt sie mich, «du kannst doch bestimmt sagen, was dir an deinem früheren Leben nicht gefiel, warum du dachtest, du wärst nicht am richtigen Platz.»

«Nein. Ich verstand überhaupt nichts damals. Ich kümmerte mich um meine Familie und fragte mich nie, ob das mein Platz sei oder nicht. Bis ich dann hierherkam, und dann war es zu spät. Inzwischen kann ich das Für und Wider schon gar nicht mehr abwägen, weil alles so anders geworden ist, ich kann nicht sagen, das ist besser, und das ist schlechter.»

(Warum machen die Leute das? Dieser Job ist besser und dieser Mensch ist besser und ich habe mich verbessert, was bezweckt man damit? Ich bin sicher, daß ich darauf verzichten könnte, wenn ich wieder zurückginge, und plötzlich durchzuckt es mich, eine schon lange nicht mehr gespürte Erregung wegen der Herausforderung, dem Wechsel; vielleicht wäre es doch möglich zurückzugehen?)

Aber warum sollte ich?

Vielleicht um Katie in meiner Nähe zu haben, um ihre Frische und Lebendigkeit zu spüren und zu sehen, wie sie sich verändert, vielleicht auch reifer wird, was mit ihr passiert. Ich wäre ein Zuschauer, ich konnte mich schon in dieser Rolle sehen, wie ich abgeklärt dasitze und beobachte, wie Katie um mich herumwirbelt, wie ich von ihrem Leben zehre. Der reinste Kannibalismus. Aber andererseits, wie sehr würde sie mir hier fehlen, eine Art Vergeltung für den Kummer, den ich verursachte, als ich wegging.

Sie sagt wieder herausfordernd: «Wovor hast du denn Angst? Warum gehst du nicht mit mir zurück und probierst es aus. Wir hätten dann auch mehr Zeit. Es bleibt uns nicht mehr soviel, wenn du nicht mitkommst.»

Der Gedanke an die verrinnende Zeit läßt mich egoistisch werden, verzweifeln. «Ich habe einen anderen Vorschlag. Du hast recht, wir hatten nicht genug Zeit, aber unser Zeitplan scheint mir ziemlich willkürlich zu sein. Du bist achtzehn, du hast dein ganzes Leben noch vor dir, die Jahre spielen für dich noch keine Rolle. Warum bleibst du nicht hier, besorgst dir eine Wohnung in der Stadt und fängst erst nächstes Jahr zu studieren an?»

Wenn ich jetzt daran denke, finde ich es beschämend, daß ich mich dazu hinreißen ließ, daß ich sie so zu manipulieren versuchte.

Und sie sieht das auch und ist enttäuscht. Sie entscheidet sich jedoch dafür, es zu übergehen.

«Okay», meint sie niedergeschlagen, «ich sehe das ein. Ich möchte auch nicht meine Pläne aufgeben und hätte mir denken können, daß du das genausowenig willst. Es tut mir leid, ich verlangte zuviel.»

Ich denke darüber nach, ist es denn zuviel verlangt? Wenn es irgendeinen Zweifel gibt, und es schien ihn zu geben, bin ich dann hier noch am rechten Platz? Ich halte sehr eigensinnig daran fest, aber warum? Könnte es nicht auch sein, daß meine Zeit hier um ist? Sollte ich nicht zumindest einmal hier herausgehen, und dann weitersehen?

Später versuche ich noch einmal, darüber zu sprechen.

«Hör zu, Katie, ich schließe es keineswegs von vornherein aus, mit dir zurückzugehen. Es ist jedoch ein harter Entschluß, und ich weiß nicht, wie er ausfällt.» Ihr Gesicht fängt an zu strahlen. Warum liegt ihr soviel daran?

«Wenn du mit mir zurückgehst, verkaufst du dann dieses Grundstück?» Ihr ganz persönlicher Feind.

«Nein. Ich müßte wissen, daß ich zurückkommen kann.»

Plötzlich sprachen wir ganz ernsthaft darüber. «Wir müßten uns eine Drei-Zimmer-Wohnung nehmen», meint sie, «Daddy würde ein paar Möbel aus dem Haus beisteuern, das würde dir doch nichts ausmachen? Und er sagte auch, daß er die Miete bezahlen würde, weil er einsieht, daß ich alt genug bin, um meine eigene Wohnung zu haben. Natürlich, wenn du auch etwas bezahlen willst, ich sage das nur, weil du vielleicht nicht in einer Wohnung leben willst, für die Daddy bezahlt. Ich weiß nicht, wie du darüber denkst oder wie du über ihn denkst, was das betrifft.»

«Nein, nein», antworte ich und vergesse über all den Einzelheiten, was eigentlich zur Debatte steht, «ich will natürlich selbst meine Miete bezahlen. Es wäre nicht fair, sein Geld dafür anzunehmen.»

Sie kichert. «Ihr seid so komisch, ihr beiden. ‹Fair› und immer nur ‹fair›. Er reitet genauso darauf herum, und du sagst immer von ihm, daß er so ‹fair› gewesen wäre. Was heißt das überhaupt? Es klingt so, als würdet ihr beide auf Kohlen sitzen und könntet euch nicht entscheiden, in welche Richtung ihr weglaufen sollt, keine scheint die richtige zu sein, also bleibt ihr sitzen.»

«Fairness», sage ich ziemlich pompös, «heißt nichts weiter, als den andern zu respektieren. Man räumt dem andern das Recht ein, seine eigenen Überzeugungen zu haben.

«Oho», sagt sie und lacht boshaft-bitter, «gerade du solltest dich darüber auslassen.»

«Oho», sage ich trocken, «gerade ich.»

Alles scheint auseinanderzufallen, mein Leben ist in drei Teile gespaltet. Einmal mein Zusammensein mit Katie, das alle möglichen Veränderungen in sich birgt und von einem Gefühl der Entwurzelung und Verwirrung begleitet wird. Ich fühle mich manchmal wie ein Kind, wie ein Baby, so hilflos; an die Hand genommen und mit Dingen konfrontiert, die mir überhaupt keine Wahl lassen. Eine Art Erwartung ist auch dabei, aber keine Kontrolle.

Und dann mein gewohntes Leben, meine Arbeit hier, die auch noch erledigt werden muß. Wenn ich draußen im Garten bin und nach dem Gemüse schaue, spüre ich, wie es wieder Besitz von mir ergreift. Ich kann immer noch darin aufgehen, mich ganz damit identifizieren, und es ist sehr erholsam und friedlich. Und dann meine Ausflüge in den Wald, um für den Winter Holz zu holen; obwohl ich nicht einmal weiß, ob ich überhaupt noch einen Winter hier erlebe, habe ich doch das Gefühl, das Richtige zu tun, alles läuft ungestört weiter. Ich bewege mich zwischen ihnen, pendle von einer Welt zur andern und werde immer mehr von Katie geleitet, obwohl sie es nicht bewußt oder absichtlich tut. Es hat sich so ergeben, weil ich schwach bin und außerdem dem Ganzen wie einem Abenteuer entgegensehe, dieses Gefühl habe, daß sich etwas Neues anbahnt. Die beiden Welten sind grundverschieden und eindeutig voneinander abgegrenzt.

Und dann dieser Traum, der immer wiederkehrt, zwar nicht jede Nacht, aber doch so häufig, daß ich die rostig-beigefarbenen Staubmassen, die sich unerbittlich auf das Loch zubewegen und darin verschwinden, deutlich vor mir sehe; anschließend ist dann alles wieder frisch und grün. Dieser Traum ist meine dritte Welt, sie ist genauso real wie die andern und fest in meinem Bewußtsein verankert, obwohl ich keine Ahnung habe, was das alles zu bedeuten hat.

Ich drifte von einer Welt in die andere, ohne zu verstehen, was sich abspielt.

Die Spannungen zwischen ihnen verschärfen sich. Ich habe das Gefühl, daß ich mich, wenn ich nicht bald etwas unternehme, völlig desintegriere. Ich brauche zumindest eine Verschnaufpause.

Ich bitte Katie, ihre Besuche für drei Tage einzustellen. Drei ist willkürlich, ein Kompromiß. Ein Tag wäre jedoch nicht genug, und eine Woche wäre zu lange im Vergleich zu der Zeit, die uns noch bleibt. Ich entschied mich also für drei, eine Notlösung, die wahrscheinlich beiden nicht weiterhilft.

Sie protestiert: «Aber Mutter, ich habe nur noch anderthalb Wochen. Du sagtest doch selbst, daß wir nicht genügend Zeit hätten, und nun nimmst du auch davon noch etwas weg. Drei Tage sind eine Ewigkeit.»

Ich schlage ihr vor, sie solle in die Stadt zurückfahren und solange nach einer Wohnung suchen, sie müßte das sowieso tun, aber sie meint, sie könne das erst machen, wenn sie wüßte, ob ich mitkommen würde.

Ich nehme aber trotzdem die drei Tage für mich in Anspruch und überlasse es ihr, sich auszudenken, wie sie sie verbringen will. Sie geht wieder einmal wütend weg und bezichtigt mich eines hemmungslosen Egoismus; es sieht beinahe so aus, als ob mein Bedürfnis nach diesen drei Tagen wieder alles zerstörte, was sich zwischen uns entwickelt hatte; ihr alter Groll und ihre alte Bitterkeit sind zurückgekehrt. Es tut mir leid, aber ich stelle erleichtert fest, daß ich noch imstande bin, meine eigenen Bedürfnisse durchzusetzen, auch auf die Gefahr hin, sie zu verlieren.

Ich verbringe einen Tag meiner kostbaren Zeit im Bett. Ich zeichne etwas, schreibe ziemlich viel und denke über meine Lage nach, versuche den Konflikt zu dechiffrieren. Ab und zu schlafe ich darüber ein und habe meinen alten Traum.

Ich kann zwar sehen, daß er etwas mit meiner Entscheidung zu tun hat, aber ich weiß nicht was. Ich versuche alles aufzuschreiben, was natürlich naiv ist, ich sollte es eigentlich besser wissen. Auf kindische Art und Weise versuche ich zu einem Entschluß zu kommen, indem ich in zwei Spalten das Für und Wider aufschreibe.

Aber ist jemals etwas so simpel? Der Konflikt, die Tatsachen sind eindeutig, und die Entscheidung sollte mir dementsprechend leichtfallen. Aber ...

Ich drifte ziemlich losgelöst von einem Argument zum andern. Irgendwie scheint mich alles nicht zu berühren. Ich glaube nicht, daß ich wieder meine Mutterrolle spielen will. Trotzdem kommt Katie eine ganz besondere Bedeutung zu, aber ich bin wieder einmal nicht in der Lage, es auszudrücken; ich möchte jedoch auf keinen Fall auf sie verzichten. Obwohl es mir nicht immer leichtfallen würde mit ihren Launen, ihrem Groll, ihrer Bitterkeit, Zärtlichkeit, Frische, Offenheit, Verwirrung und Jugend.

Aber natürlich – eine Sache ist inzwischen klar, Katie ist das Gegenteil von mir, und wir fühlen uns von den Eigenschaften, die wir selbst nicht haben, qualvoll angezogen. Katie verkörpert Leidenschaft, Feuer, Liebe, und ich bin der ruhende Pol. Kein Wunder also.

Ich kann mein Bett wieder verlassen. Ich esse etwas zu Abend und arbeite, bis es dunkel wird, im Garten, in der abendlichen Kühle.

Ich habe zwar immer noch keinen Entschluß gefaßt, aber meine Einsichten ließen mich ruhiger werden. Die Pflanzen sehen ziemlich welk aus, es war ein heißer, trockener Tag, und ich hatte mich nicht um sie gekümmert. Ich kann winzige Veränderungen feststellen, die sich auf die paar Stunden, in denen sie vernächlässigt wurden, zurückführen lassen. Ich habe ein schlechtes Gewissen und besprühe sie mit Wasser aus dem Bach, damit sie morgen wieder besser aussehen. Obwohl ich mich genügend ausgeruht habe, gehe ich früh zu Bett und schlafe ohne Schwierigkeiten ein. Ich habe wieder diesen Traum, stelle jedoch beim Aufwachen zufrieden fest, daß er mich nicht aus der Fassung brachte.

Ich wache bei Sonnenaufgang auf, frühstücke und gehe in den Garten. Es gibt viele reife rote Tomaten, die sofort geerntet werden müssen. Auch die Paprika, die eine tiefdunkelgrüne Farbe haben; der ganze Garten strotzt nur so von prächtigem, reifem Gemüse. Ich muß mich ranhalten.

Ich ernte, was zu ernten ist, gieße das übrige, wende den Kompost, damit das, was sich schon zersetzt hat, nach außen kommt und die noch frischen Teile in der Mitte, wo es warm ist, fermentieren können. Der Haufen stinkt, es ist jedoch kein abstoßender Geruch.

Auf meinem Küchentisch, auf den Ablagen und im Spülbecken häuft sich das Gemüse. Ich halte mich jedoch nicht lange drinnen auf, verzichte auf mein Mittagessen, nehme die Axt und gehe in den Wald.

Geübt wie ich bin, schaffe ich es inzwischen mit drei Schlägen einen größeren Baumstumpf zu spalten. Es warten schon mehrere auf mich, ein beträchtlicher Zuwachs für meinen Holzstoß. Außerdem steht noch ein toter Baum an, den ich auch gleich fälle. Mein Körper hat überschüssige Energien, die Muskeln arbeiten beinahe schneller als mein Kopf; sie können es kaum erwarten, sich zu strekken und zu kontraktieren und treiben mich richtig an. Ich spüre in meinem Körper Säfte, die wie eine Quelle der Lust sind. Ich nehme das Holz in Angriff, setze meine ganze Kraft ein, gehe nicht einfach wild darauflos, und der Schweiß fließt nur so in Strömen. Ich hacke die Zweige von dem toten Baum und mache Reisigbüschel daraus. Es ist ein riesiger Stoß, der zur Hütte befördert werden muß. Einen Teil davon staple ich auf diese Art Schlitten, den ich dann hinter mir herziehe. Ich gehe noch einmal zurück, um eine zweite Ladung zu holen. Ich mache mir keine Gedanken mehr; ich bewege mich einfach und arbeite und schwitze und schleppe und rackere mich ab.

Ich esse schnell etwas zu Abend, einen Salat, der zwar nicht die verbrauchten Kalorien ersetzt, aber doch eine ganze Mahlzeit ist. Ich hole meinen größten Kochtopf heraus und setze Wasser auf. Ich blanchiere die Tomaten, die Paprika, die Wachsbohnen und die grünen Bohnen. Langsam werden die Gemüsehaufen auf dem Tisch, den Ablagen und im Spülbecken kleiner und sind schließlich ganz verschwunden. Es stapelt sich nun in der Gefriertruhe, ein erfreulicher Anblick.

Mir tun alle Knochen weh; jetzt, wo alles vorbei ist, spüre ich doch die Auswirkungen dieser Plackerei. Ich dusche mich sehr lange und sehr heiß, die Hitze prallt auf meinen Körper, wird von ihm absorbiert, geht durch die Muskeln und in das Gewebe bis ganz nach innen und reinigt alles. Eine übewältigende Erschöpfung und tiefe Schwere überfallen mich beim Einschlafen. Auch wenn mein Traum wiederkäme, ich würde mich an nichts erinnern.

Als ich aufwache, ist es der dritte Tag; ich habe es jedoch vergessen. Die Zeit ist einfach verflossen, und für heute habe ich mir einen Spaziergang vorgenommen. Ich empfinde eine gewisse Vorfreude und packe mir zum Mittagessen ein Brot ein.

Es ist weniger heiß heute und auch etwas wolkig, irgendwie sieht es nach Regen aus. Aber es ist viel angenehmer so als in der glühenden Hitze.

Ich gehe den Weg hinunter zum Auto, lasse den Motor an und lasse ihn ein paar Minuten laufen. Dann steige ich wieder aus und folge der Landstraße, langsam und wie ein Kind Kieselsteine vor mich herkickend, ein Spiel; ich sehe, daß durch die Trockenheit manche Pflanzen schon ganz braun geworden sind, es wäre gut für sie, wenn sich die Wolken zusammenziehen würden. In den Straßengräben ist auch beinahe kein Wasser mehr. Ich springe über einen, einfach so, nicht weil ich muß. Der Himmel bedeckt sich immer mehr.

Ich spüre ganz deutlich den Temperaturunterschied, als ich über den Zaun klettere und in den Wald komme. Hier, wo kein Sonnenstrahl hereindringt, ist es kühler, feuchter und auch etwas drückender. Ich entdecke flach auf dem Boden liegende Giftschwämme; sie pressen sich gegen ihre verfaulende Nahrung, die Blätter der letzten Jahre. Es gibt auch Stellen mit kleinen blauen Blumen, ich habe keine Ahnung, wie sie heißen, sie sind sehr hübsch; die Blumen, die im Wald wachsen, scheinen weniger auffallend, zarter zu sein, als die flammenden, prachtvollen Sonnengeschöpfe. Ich sehe ein Kaninchen, das mich jedoch im selben Augenblick auch entdeckt und in großen, kräftigen Sätzen, die in keinem Verhältnis zu seiner Größe stehen, weghüpft. Ich setze mich auf einen breiten Baumstumpf, vielleicht stammt er von einem der Bäume, die ich einmal gefällt habe, und verhalte mich ganz ruhig. Seit ich über den Zaun geklettert bin, umgibt mich völlige Stille; ich fühle mich beobachtet und bewege mich nicht. Allmählich entstehen wieder Geräusche, zuerst nur wenige, dann mehr und mehr; schließlich, als nichts mehr den Frieden zu stören scheint, sieht man auch etwas sich bewegen. Vögel singen in den Bäumen, und die Eichhörnchen und Chipmunks getrauen sich auch wieder hervor, jagen sich und suchen nach etwas zum Fressen; sie sind zwar immer noch auf der Hut, aber doch etwas sorgloser geworden. Ich habe mich in einen atmenden Stein verwandelt, fühle mich mit dem Wald verbunden, bin durchdrungen von den Gerüchen und Geräuschen und dieser Mischung aus Feuchtigkeit und Frische.

Ich weiß nicht, was mich dazu veranlaßte, ich stehe auf, bewege mich wieder und setze meinen Spaziergang fort, gehe einem neuen Ziel entgegen. Als ich am Rand des Wäldchens angelangt bin, spüre ich, daß es regnet; ein ganz feiner, bis jetzt noch sehr sanfter Regen, aber ich kann an den Wolken sehen, daß er stärker wird; sie stecken voller Regen. Ich recke mich ihm entgegen, drehe ihm mein Gesicht zu, fühle, wie er über meine Haut rieselt. Es ist ein sanfter, weicher, sehr angenehmer Regen; aber schließlich fange ich doch zu frösteln an, meine Kleider sind durchnäßt, es regnet auch stärker, und ich gehe in den Wald zurück, um einen Unterschlupf zu suchen.

Unter den großen, dunklen Bäumen regnet es kaum. Ich höre, wie der Regen hoch über mir auf die Blätter prasselt, aber nur ein paar Tropfen dringen bis zu mir auf den Boden durch. Ich packe frierend mein Brot aus und fange an zu essen, warte, bis das Schlimmste vorbei ist. Der ganze Wald kreischt, die Vögel fliegen aufgeregt in die Bäume und auf die Weide, wo sie Jagd auf Würmer machen, die durch die Feuchtigkeit aus der Erde gelockt werden.

Es ist von hier aus schwer zu sagen, ob der Regen aufhören wird. Ich zittere schon am ganzen Körper und beschließe, es zu wagen. Am Waldrand sehe ich, daß der Regen sanft und gleichmäßig fällt, wahrscheinlich wird es auch so für den Rest des Tages bleiben, denn der Himmel sieht nach mehr Regen aus, und die Erde ist durstig. Ich klettere die kleine Schlucht hoch und über den Zaun, renne naß und schwerfällig über die Wiese, den Weg hinunter, der Trauerweide und der Hütte entgegen, die noch immer ziemlich weit sind, aber rasch näher kommen, bis ich schließlich unter dem Vordach stehe und dann auch drinnen bin. Ich ziehe meine Kleider aus und dusche mich, aber ich fröstle immer noch, sogar nachdem ich meinen Tee getrunken habe, und wickle mich in meinen Wintermantel ein. Ich sage mir, daß ich jetzt nicht krank werden darf und stelle den Heizofen vor das Sofa, auf dem ich in eine Steppdecke gehüllt liege und darauf warte, daß es vorbeigeht.

Bis zum Abend fühle ich mich erholt genug, um etwas zu essen, ein wenig Suppe und Brot, und ich weiß, daß ich nicht krank bin. Ich schlafe sehr tief und habe nicht meinen üblichen Traum, zumindest erinnere ich mich nicht.

Am nächsten Morgen bin ich in aller Frühe wieder im Garten. Heute abend wird mich wieder Gemüse erwarten, das ich einfrieren muß. Außerdem gibt es Holz zu hacken, und mein Körper scheint wieder ganz zu meiner Verfügung zu stehen, kräftig, durchtrainiert, leistungsfähig, so wie gewohnt.

Katie hatte ich völlig vergessen. Ich schrecke zusammen, als ich sie neben der Hütte sehe. Wie konnte ich das nur vergessen? Was ist es nur, das mich hier alles vergessen läßt?

«Nun», fragt sie, herausfordernd und gespannt.

Ich weiß nicht, was sie meint.

«Nun, wie hast du dich entschieden?» will sie wissen.

«Entschieden? Ich kann mich nicht erinnern, daß ich irgend etwas enschieden habe.» Ich bin immer noch etwas verwirrt, es ist unglaublich, wie schnell ich vergesse.

Sie ist verärgert. «Ich dachte, dafür wären diese drei Tage bestimmt gewesen. Mein Gott, du mußt doch allmählich wissen, ob du mit mir zurück willst oder nicht. Was hast du denn gemacht?»

«Ach, im Garten gearbeitet, Gemüse eingefroren, Holz geholt und spazierengegangen.» Ich erinnere mich jetzt wieder, worum es ging. Aber was war denn so wichtig an der ganzen Sache? Ich sehe dieses wütende Mädchengesicht vor mir, und sie tut mir leid. Es fällt mir auf, daß ich an diesem ganzen Morgen alles mit erstaunlicher Klarheit vor mir sehe, beinahe wie bei meinen Fieberanfällen. Die Farben leuchten, und Katies Gesicht ist ganz klar, alles prägt sich mir mit ungewöhnlicher Eindringlichkeit ein. Mein Problem scheint jedoch zu sein, daß sich die Dinge nicht in meinem Kopf zusammenfügen, gestochen scharf steht alles einzeln für sich da; ein schwieriges Problem.

Ich fühle mich etwas hilflos. Ich zucke die Achseln, und ihr Mund verzieht sich.

«Ach», sagt sie frustriert und verärgert und den Tränen nahe. «Du bist die *egoistischste* Person, die mir je begegnet ist. Es ist kaum zu fassen, die ganze Zeit hier war völlig umsonst. Hast du einmal in den letzten drei Tagen, während du hier glücklich mit deinem Gemüse beschäftigt warst, an mich gedacht? Ich konnte weder essen noch schlafen, so fürchterlich war der Gedanke, eine Absage von dir zu bekommen. Ich hatte solche Angst, du würdest hierbleiben wollen.» Sie hält inne und holt tief Luft. «Und dabei sollte ich mir, verdammt noch mal, nur wünschen, daß du bleibst, wo du bist. Du bist einfach unmenschlich. Für den Rest meines Lebens werde ich mir jedesmal, bevor ich irgend etwas tue, überlegen: ‹Würde sie das eventuell tun›, in diesem Fall lasse ich die Finger davon. Ich möchte dir auf keinen Fall ähnlich sein. Du bist nicht normal.»

Es tut weh. Ich bin betroffen. Ich kann nicht antworten. Ich stehe nur da und beobachte sie, und sie ist ganz starr und außer sich vor Wut. Ich sehe mich plötzlich mit ihren Augen, eine schon etwas ältere Frau mit verschnittenem Haar und brauner, lederartiger Haut, die bestürzt und ziemlich irre dreinblickt.

Ihr Ärger und dieses Bild verstören mich. Ich habe wieder mein gespaltenes Ich, sehe, was sie sehen muß, und das bin natürlich nicht ich. Die Zeit dreht sich zurück, ich bin schockiert, ich bin wieder die alte Abra, die diese hier betrachtet. Ich bin wieder Frau und Mutter, und diese Erscheinung hier läßt mir die Haare zu Berge stehen.

Ich fühle mich zerknirscht, im Unrecht und wie ein Kind. Ich bin benommen, weiß kaum, wo ich bin und wer diese Person ist, die mich so wütend anblickt; das Entsetzen vor diesem Individuum, das ich sein soll, löscht alles aus – wo wir uns befinden und was uns verbindet.

Ich denke: Mein Gott, ich muß mich zusammenreißen, muß mein Haar in Ordnung bringen, etwas Neues anziehen, so kann ich mich nicht sehen lassen. Ich bin völlig aufgelöst, fahre mir durch die Haare, ziehe an meinen Jeans und meiner Bluse, die noch voller Erde sind, versuche es zu kaschieren, versuche etwas repräsentabler auszusehen.

«Nun», fragt sie noch einmal. Etwas besänftigt, etwas eingeschüchtert. Inzwischen sieht sie auch, daß sie es mit einer Wahnsinnigen zu tun hat – das ist das eigentliche Problem. Und ich sehe das natürlich auch. Ich sehe es auch.

Ich muß versuchen, alles wieder in Ordnung zu bringen.

«Willst du mich denn mitnehmen?» Ich klinge kläglich, bittend, sie muß mich mitnehmen, ich wüßte nicht, wohin ich sonst gehen sollte und wer mir sonst helfen könnte. Sie muß. Jetzt scheint sie jedoch auch zu zögern, erkennt, was das bedeutet und denkt: Was soll ich nur mit einer Verrückten anfangen? Sie hat Recht.

Ihr Wunsch, ein guter Mensch zu sein, Gutes zu tun, siegt. Sie lächelt tapfer, freundlich und sagt: «Natürlich, wann willst du gehen?»

«Sofort, wenn dir das recht ist.» Es muß sofort geschehen, als würde ich das Ganze nicht überleben, wenn wir noch länger zögerten. Ich muß mich jedoch nach ihr richten.

Daß ihr das alles so unmittelbar bevorsteht, scheint ihr einen noch größeren Schrecken einzujagen, aber sie fängt sich.

«Also dann mal los, packen wir deine Koffer.»

Wir gehen zusammen zur Hütte zurück, und sie legt ihren Arm um meine Schulter. Er ruht etwas zögernd auf ihr, und ich spüre eher Verantwortung als Zuneigung, als ob ich irgendwie schwach und gebrechlich – alt geworden wäre. Ich empfinde tüchtig Widerwillen, möchte mich davon befreien; aber wir ertragen es beide bis zur Hütte.

Ich schaue mich um. Was soll ich mitnehmen? Katie packt Geschirr ein, sie will wohl besonders gründlich sein. Ich gerate in Panik, habe Angst, nicht wegzukommen und unterbreche sie: «Wir lassen das besser hier und nehmen nur das Notwendigste mit. Den Rest können wir ein andermal holen.»

Sie läßt mir meinen Willen, da sie mich nicht noch mehr aus der Fassung bringen möchte; ich bin als Verrückte abgestempelt und könnte gefährlich werden. Vielleicht täusche ich mich aber auch und mißverstehe sie, vielleicht will sie einfach nur nett sein und mich beruhigen.

Wir stopfen ein paar Kleider in einen Koffer; es ist so wenig, daß ich selbst überrascht bin, gerade ein paar Jeans, Unterwäsche, T-Shirts und Pullover, einen Mantel und Stiefel für den Winter, Shorts für den Sommer, das ist alles; es scheint nicht der Mühe wert zu sein, es mitzunehmen, außer hier kann ich es doch nirgends tragen.

Aber ich muß natürlich etwas mitnehmen, ich kann nicht mit völlig leeren Händen zurückkehren.

Katie ist unruhig und nervös, macht sich Gedanken über Details, um sich von der Katastrophe abzulenken, die sich da anbahnt, den Veränderungen, die ihr Leben durch mich erfahren wird, der Last, die aus einer großzügigen Geste resultierte. Sie fragt nach dem Bankkonto, ob wir es auflösen sollten, wenn wir durch die Stadt kämen; sollten wir auch die Fenster vernageln, damit niemand den Kram, den wir zurücklassen, klauen könnte; gibt es noch ein paar Extraschlüssel, nach denen wir schauen sollten; möchte ich außer meiner armseligen Garderobe noch etwas mitnehmen? «Nein, nein, nichts. laß uns nur gehen, wir können immer wieder zurückkommen.» Ich schaue mich nicht um, überlege mir nicht, ob ich noch etwas mitnehmen soll; ich möchte nur alles so schnell wie möglich hinter mich bringen, nur weg von hier und nicht mehr verrückt sein.

Es ist eine einzige Qual, eine Steifheit und Schwere, als hätten meine Muskeln ihren eigenen Willen, ein Kampf in meinem Kopf, bei dem dieser den Muskeln befiehlt, sich zu bewegen und zu tun, was getan werden muß; er kommandiert und kann sie doch kaum unter Kontrolle halten.

Katie, die auch den Koffer trägt, schließt die Tür hinter uns ab. Ich gehe, ohne zu zögern, ohne mich umzusehen; es gibt kein Adieu, zu was auch. Das alles kann mich nur abstoßen, muß den Widerwillen vor etwas Verrücktem spielen. Ich sehe nichts, weder den Weg noch die Bäume links und rechts davon, und auch nicht die Gräben, die die sommerliche Hitze beinahe ausgetrocknet hat. Ich sehe nichts, meine Augen sind offen, aber ich kann nichts wahrnehmen. Katies Wagen steht neben meiner improvisierten Garage, dort, wo der Weg aufhört; meine Augen sind starr darauf gerichtet, jeder Schritt bringt mich dem Ende näher, dieses Ende, das unausweichlich auf mich zukommt, ein kleines goldfarbenes Auto, sehr kompakt und leistungsfähig, das Ziel. Katie folgt mir, ich kann ihre Schritte hören, meine Vergangenheit, das, was hinter mir liegt, ist mir versperrt, vor mir steht ihr Auto. Ich gehe und gehe und gehe darauf zu. Es erscheint einfach unfaßbar, daß es außer diesem Auto, das so blitzblank, so unberührt, so glänzend gelb in der Sonne steht, noch etwas anderes geben soll.

Wir gehen ewig und doch nur einen Augenblick. Der Weg erstreckt sich endlos vor mir, und der Wagen scheint schon so nahe, daß ich nur den Arm auszustrecken brauchte, um ihn zu berühren, diesen Mittelpunkt meiner Wahrnehmung.

Aber als ich dort bin, als ich ihn berühren kann, ist er nicht real, als hätte er sich eigentlich wieder entziehen müssen. Ich bin verwirrt, drehe mich nach Katie um, die alles in die Hand genommen hat und jetzt die Beifahrertür öffnet, um meinen Koffer auf dem Rücksitz zu verstauen. «Also dann mal los», sagt sie, «steig ein.» Ich quetsche mich ungeschickt in das Auto. «Laß mich erklären, wie die Sicherheitsgurte funktionieren, sie kommen über die Schulter und werden hier befestigt, so», sie reicht um mich herum und zieht an einem Lederriemen, etwas klickt, und als ich mich nach vorn beugen will, kann ich es nicht. Ein Teil davon verläuft quer über meinen Oberkörper, ein anderer über meinen Schoß. Ich sitze in der Falle. Ich ziehe an dem Riemen, aber er hält mich fest.

Katie geht auf die Fahrerseite. Als sie in den Wagen schaut, verändert sich ihr Ausdruck, sie starrt mich an, und ihre Augen sind weit offen. Ich weiß nicht genau, was ich tue, außer daß ich wie wild um mich schlage, um loszukommen, nicht nur aus Panik, sondern auch aus einer unerklärlichen, tiefverwurzelten Angst.

Ich brauche ihre Hilfe. Sie hat den Riemen angelegt, sie kann mich auch wieder davon befreien. Sie muß wissen, wie das geht, ich ersticke darin. Ich flehe sie an: «Katie, laß mich raus, mach das weg», und ich heule vor Angst. Ihr Gesicht verschwindet, und dann sitzt sie neben mir und sagt: «Beruhig dich, Mutter, es ist schon in Ordnung, es ist nur der Sicherheitsgurt, du solltest ihn eigentlich tragen, aber du mußt nicht, wenn er dich stört, es ist überhaupt kein Problem», und ihr scheinen auch die Tränen zu kommen.

Es dauert eine Weile. Ich kämpfe immer noch damit, und sie findet nicht den richtigen Knopf, endlich klickt es wieder, und Katie versucht, mich aus meinen Fesseln zu befreien. Ich fuchtle mit meinen Armen herum, und Katie kriegt mich kaum los. Die totale Panik. Dann kann sich mein Körper plötzlich wieder bewegen, ich bin frei und zittere nur noch am ganzen Leib, ein Zittern, das gar nicht aufhören will.

Ich kann Katie zwar sehen, aber sie ist nicht real; die Straße ist auch da, aber genausowenig real; sie haben keine bestimmten Umrisse, alles droht sich aufzulösen, wenn man es berührt. Ich möchte etwas Reales, ich möchte den Arm ausstrecken und etwas berühren können.

Ich schiebe Katie beiseite und stürze aus dem Auto. Einen Augenblick lang schaue ich um mich, ohne zu begreifen. Nichts kommt mir bekannt vor, es gibt weder Richtung noch Ziel, nichts, worauf ich zugehen kann, nichts, das mich aufnimmt oder hält.

Ich kann nur verschwommen sehen, doch plötzlich wird alles klar und deutlich. Ich sehe und verstehe. Ich denke: Was habe ich nur gemacht, was habe ich mir nur gedacht?

Ich quetsche mich hinter die immer noch fassungslose Katie ins Auto und hole aus dem Rücksitz meinen Koffer hervor. Ich stehe keuchend da, bis mein Atem allmählich langsamer wird und ich mich umsehen und die Dinge um mich herum erkennen kann. Ich finde mich wieder zurecht, all das war nur eine momentane Verirrung gewesen. Ich gehe zu Katie und lege meine Hand auf ihren Arm. Sie hat nun zu zittern angefangen, und ich spüre, wie sie etwas zurückweicht, eine völlig unbewußte Bewegung; sie findet mich abstoßend und vielleicht auch furchterregend. Ich bin sehr ruhig.

Als ich schließlich etwas hervorbringe, klingt meine Stimme erstaunlich ausgeglichen. Es ist wieder meine Stimme. «Liebe Katie, es tut mir so leid, daß du das alles mitmachen mußtest. Daß ich dir soviel Kummer verursachte. Du hast inzwischen wohl auch eingesehen, daß du ohne mich besser dran bist.»

Sie weigerte sich, mich anzusehen.

«Ich kann nicht erwarten, daß du das verstehst. Ich habe mich mit deinen Augen gesehen, und ich weiß, es ist ein fürchterlicher Anblick, eine Wahnsinnige. Einen Augenblick lang wußte ich nicht, woran ich mich halten sollte. Aber für mich ist es im Grunde gar nicht so fürchterlich.

Es ist schon ziemlich lange her, ich dachte an das, was ich getan hatte, daß ich dich und Elliott und Stephen einfach im Stich ließ und hierher kam und sagte mir: Ich muß einen Zusammenbruch gehabt haben. Aber dann erkannte ich, daß das nicht notwendigerweise etwas Schlechtes sein mußte, ich war nur so daran gewöhnt, alles zu kategorisieren, ich hatte das immer noch nicht abgelegt, und folgerte: Wenn es nicht schlecht war, muß es gut gewesen sein, denn ich habe das, was kaputtgegangen war, für mich wieder zusammengekittet und alles in allem ist es viel besser so. Verstehst du? Nein, wie dumm von mir, du kannst das nicht verstehen, noch nicht. Vielleicht später einmal.

«Hier drinnen», ich tippe mit dem Zeigefinger gegen meine Brust und versuche ihren Blick auf mich zu lenken, aber sie weigert sich, «hier drinnen ist alles in Ordnung. Ich weiß das.» Ich berühre ihr Kinn und halte es fest, zwinge sie, mich anzuschauen. Sie heult. Ihr Gesicht ist tränenüberströmt, Tränen, die einfach nicht aufhören, und sie rührt sich auch nicht, um sie wegzuwischen.

«Falls du eines Tages das Bedürfnis danach hast, komm zurück, besuch mich. Ich fühlte mich dir sehr nahe. Ich bin dir sehr dankbar dafür, daß du gekommen bist. Im Augenblick, und wahrscheinlich auch noch für längere Zeit, wirst du mich hassen, aber vielleicht hört das eines Tages wieder auf, und wenn du mich dann sehen möchtest, komm.»

Ich beuge mich etwas vor und küsse sie auf die Wange. Sie rührt sich nicht.

«Vielen Dank, Katie.»

Ich drehe mich um, nehme meinen Koffer und gehe den langen Weg zurück. Ich gehe keinem Ziel entgegen, habe auf nichts meine Augen gerichtet, es ist nur der Weg, an dessen Ende die Hütte steht, und sie ist wieder mein Zuhause.

Ich schließe die Tür auf und gehe langsam hinein, schaue mich um, nehme alles auf. Im Schlafzimmer leere ich den Koffer aus und verstaue die Kleider. Ich gehe in die Küche und koche Tee.

Ich wandere mit der Tasse in der Hand durch die Hütte und schaue aus jedem Fenster, sehe das Gras, die Büsche, die wilden Blumen, das Unkraut, die Trauerweide, den Garten und etwas weiter in der Ferne das Bachufer.

Ich spüle die Tasse aus und gehe schlafen. Ich bin sehr erschöpft. Ich träume nicht.

Am nächsten Tag jäte ich das Unkraut im Garten und ernte Gemüse, hacke etwas Holz und schleppe es nach Hause, mache mir mein Abendessen und verbringe den Abend mit dem Blanchieren und Einfrieren meiner Wintervorräte. Es ist genügend vorhanden dieses Jahr, kein Problem.

Ich bin müde. Lege mich schlafen. Der Traum kommt nicht wieder.

Christine Haidegger
Zum Fenster hinaus
(4494)

Maryse Holder
Ich atme mit dem Herzen *(4620)*

Margit-Heide Irgang
Einfach mal ja sagen
Eine Geschichte (4767)

Eva Jones
Dreizehn
Roman (4413)

Diana Kempff
Fettfleck
Roman (4666)

Sarah Kirsch
Die Pantherfrau
Fünf Frauen in der DDR (4216)

Liv Køltzow
Die Geschichte des Mädchens Eli
Roman (4323)

Margot Lang (Hg.)
Mein Vater
Frauen erzählen vom ersten Mann ihres Lebens (4357)

Violette Leduc
Die Bastardin
Vorwort von Simone de Beauvoir (4179)

Aïcha Lemsine
Die Entpuppung
Ein Eintwicklungsroman (4402)

Doris Lessing
Der Sommer vor der Dunkelheit
Roman (4170)

Vilma Link
Vorzimmer *(4382)*

Margaret Logan
Eine Tour zum Horzont
Auf Rädern von Paris nach Rom (4794) Oktober '81

Lizzy Sara May
Vater und Tochter
(4244)

Blanche McCrary Boyd
Trauer über den Tod der Magie *(4480)*

Margaret Mead
Brombeerblüten im Winter
Ein befreites Leben (4226)

Isabel Miller
Patience & Sarah
Roman (4152)

Herdis Møllehave
Le und die Knotenmänner
Roman (4689)

Toni Morrison
Sehr blaue Augen
Roman (4392)

Maria Nurowska
Jenseits ist der Tod
Roman (4781)

Helma Sanders-Brahms
Deutschland, bleiche Mutter. *Filmerzählung (4453)*

Emma Santos
Ich habe Emma S. getötet *(4161)*

Herrad Schenk
Abrechnung *(4424)*

Cornelia Schmalz-Jacobsen
Klimawechsel
Berichte aus dem politischen Parterre (4713)

Victoria Thérame
Die Taxifahrerin
(4235)

Märta Tikkanen
Wie vergewaltige ich einen Mann? *(4581)*

Die Liebesgeschichte des Jahrhunderts
(4701)

Esther Tusquets
Aller Sommer Meer
(4519)

Maria Wimmer
Die Kindheit auf dem Lande *(4291)*

rororo

985/ 4a